GUN GAMES

FAYE KELLERMAN

GUN GAMES

HarperCollins *Español*

Editora-en-Jefe: *Graciela Lelli*

ISBN: 978-0-71809-226-9

Impreso en Estados Unidos de América
17 18 19 20 21 DCI 6 5 4 3 2 1

Para Jonathan

CAPÍTULO 1

Anticipó el problema en cuanto entraron por la puerta.

Iban hacia él: eran cinco —tres chicos, dos chicas—, todos debían de sacarle un par de años, pero probablemente estuvieran aún en el instituto. Los chicos tenían algo de músculo, pero no en plan esteroides, lo que significaba que podría con ellos individualmente. Grupalmente no tendría nada que hacer. Además, Gabe no iba a buscar pelea. La última vez que sucedió se fastidió la mano temporalmente. Había tenido suerte. Quizá volviera a tenerla. Si no, tenía que ser listo.

Se levantó las gafas sobre la nariz y siguió mirando el libro hasta que tuvo encima al grupo. Incluso entonces, no alzó la mirada. No iba a ocurrirle nada dentro de un Starbucks… mirando la página que tenía delante y con la mente a mil por hora.

—Estás en mi asiento —dijo uno de los chicos.

Su padre siempre enfatizaba que, si alguna vez iban a atacarle, lo mejor era tomarla con el líder. Porque, con el líder fuera de combate, los demás caían como fichas de dominó. Gabe contó hasta cinco antes de levantar la mirada. El tipo que había hablado era el más grande de los tres.

—¿Perdona? —preguntó Gabe.

—He dicho que estás en mi asiento. —Y, como para enfatizar sus palabras, se echó hacia atrás la cazadora y le permitió ver a Gabe la pistola que llevaba en la cinturilla del pantalón, posiblemente uno

9

de los peores lugares para guardar un arma sin cinturón. Había solo dos personas en el mundo a las que Gabe les aguantaba gilipolleces, y no estaba frente a ninguna de ellas. Ceder sería un error. Por otra parte, enfrentarse también sería un error. Por suerte, el tipo le dio la solución perfecta.

Gabe levantó el dedo índice.

—¿Te importa? —Lentamente y con cuidado le retiró la cazadora al chico con el dedo y se quedó mirando la pistola—. Beretta 92FS con empuñadura tuneada. —Hizo una pausa—. No está mal. —Soltó la cazadora—. ¿Sabes que la empresa acaba de sacar un nuevo modelo? 96A o algo así. Es igual que la serie 92, salvo que tiene mayor capacidad de tambor.

Gabe se puso en pie. Frente a frente, era unos cinco centímetros más alto que el de la pistola, pero no pensaba alardear de la diferencia de altura. Dio un paso hacia atrás para que ambos tuvieran espacio.

—A mí me gustan las de cañón largo…, como la Cheetah 87. Para empezar, es muy fiable. Además, es una de esas pistolas ambidiestras. Yo soy diestro, pero tengo mucha fuerza en la izquierda. Ya sabes. Nunca se sabe qué mano será mejor usar.

Se quedaron mirándose fijamente, Gabe centrado en el tipo de la pistola. Para él los otros cuatro era como si no existieran. Entonces, con un movimiento rápido y fluido, se echó a un lado y extendió la mano para ofrecerle su asiento magnánimamente.

—Adelante.

Pasaron unos segundos mientras el uno esperaba a que el otro parpadeara.

—Siéntate —le dijo finalmente el chico.

—Después de ti.

Seguían mirándose, después se sentaron al mismo tiempo, y el tío de la pistola ocupó el sillón de cuero en el que Gabe había estado sentado antes. No dejó de mirarlo a la cara, sin bajar la guardia un solo instante. El tío rondaría el metro setenta y cinco y pesaría ochenta kilos, tenía el torso desarrollado y los brazos fuertes. Pelo castaño por debajo de las orejas, ojos azules, barbilla marcada. Bajo la cazadora de cuero se había puesto una camiseta gris y llevaba unos vaqueros negros ajustados. Era un chico guapo y probablemente tuviera un montón de admiradoras.

—¿Dónde aprendiste tanto sobre pistolas? —preguntó el tío.

—De mi padre —respondió Gabe encogiéndose de hombros.

—¿A qué se dedica?

—¿Mi padre? —Al decir eso, Gabe sonrió—. Eh…, de hecho es un proxeneta. —Se hizo el silencio que esperaba—. Tiene prostíbulos en Nevada.

El otro se le quedó mirando con renovado respeto.

—Mola.

—Suena mejor de lo que es —dijo Gabe—. Mi padre es un tío desagradable, un auténtico cabrón. También tiene un millón de pistolas y sabe cómo usar todas y cada una de ellas. Me llevo bien con él porque no le enfado. Además, ya no vivimos juntos.

—¿Vives con tu madre?

—No. Ella está en la India. Se piró con su amante y me dejó al cuidado de unos completos desconocidos…

—¿Me estás vacilando?

—Ojalá estuviera vacilándote. —Gabe se rio—. El año pasado fue una auténtica pesadilla. —Se frotó las manos—. Pero al final todo salió bien. Me gusta el lugar en el que estoy. Mi padre de acogida es teniente de policía. Uno esperaría que fuera muy severo, pero, comparado con mi padre biológico, ese hombre es un santo. —Miró el reloj. Eran casi las seis de la tarde y estaba a punto de anochecer—. Tengo que irme. —Se puso en pie y así lo hizo el otro.

—¿Cómo te llamas? —preguntó el otro.

—Chris —mintió Gabe—. ¿Y tú?

—Dylan. —Chocaron el puño—. ¿A qué colegio vas?

—Estudio en casa —respondió Gabe—. Casi he acabado, gracias a Dios. Bueno, encantado de conocerte, Dylan. A lo mejor te veo en el campo de tiro.

Le dio la espalda al grupo y se alejó lentamente. Tuvo que hacer un esfuerzo por no mirar hacia atrás.

Una vez fuera, salió corriendo a toda velocidad.

Rina estaba colocando las rosas cuando el chico entró, jadeante y con la cara roja.

—¿Estás bien? —le preguntó.

—No estoy en forma. —Gabe intentó respirar con normalidad. Trató de sonreír a su madre temporal, pero no le salió con mucha naturalidad. Sabía que Rina estaba escudriñándolo, mirándolo fijamente con sus ojos azules. Llevaba un jersey rosa que hacía juego con las flores. Él buscaba algo insustancial que decir—. Qué bonitas. ¿Son del jardín?

—De Trader Joe's. Las rosas del jardín no empezarán a florecer hasta dentro de un par de meses. —Se quedó mirando al muchacho y vio que sus ojos verde esmeralda brillaban detrás de sus gafas. Algo le pasaba—. ¿Por qué corrías?

—Intento mantenerme en forma —le dijo Gabe—. Tengo que hacer algo para ganar energía.

—Yo creo que alguien capaz de practicar durante seis horas al día tiene mucha energía.

—Díselo a mi corazón.

—Siéntate. Te traeré algo de beber.

—Puedo ir yo. —Gabe se fue a la cocina. Cuando regresó, llevaba una botella de agua. Rina todavía lo miraba con desconfianza. Para distraerla, recogió el periódico de la mesa del comedor. La foto de la portada mostraba a un chico y el titular decía que Gregory Hesse, de quince años, se había suicidado de un tiro en la cabeza. Tenía la cara redonda y los ojos grandes, y parecía tener menos de quince años. Gabe comenzó a leer el artículo con atención.

—Qué triste, ¿verdad? —comentó Rina, mirando por encima de su hombro—. Te preguntas qué diablos podría ser tan horrible como para que ese pobre chico estuviera dispuesto a ponerle fin a todo.

Había muchas razones para perder la esperanza. El año anterior él había pasado por todas ellas.

—A veces la vida es dura.

Rina le quitó el periódico, le dio la vuelta y lo miró a los ojos seriamente.

—Parecías disgustado cuando has entrado.

—Estoy bien. —Logró sonreír—. De verdad.

—¿Qué ha pasado? ¿Te ha llamado tu padre o algo?

—No. Estamos bien. —Cuando Rina lo miró con escepticismo, añadió—: En serio. No he hablado con él desde que volvimos de París. Nos enviamos un par de mensajes. Me preguntó qué tal iba y le dije que bien. Estamos bien. Creo que le caigo mucho mejor ahora que mi madre no está.

Dio un trago de agua y miró hacia otro lado.

—¿Te dije que mi madre me envió un mensaje hace una semana?

—No, no me lo dijiste.

—Se me debió de pasar.

—Ajá.

—En serio. No era gran cosa. Estuve a punto de no responderle porque no reconocí el nombre de la pantalla.

—¿Está bien?

—Eso parece. —Se encogió de hombros—. Me preguntó cómo estaba. —Detrás de las gafas, sus ojos miraban al vacío—. Le dije que estaba bien y que no se preocupara…, que todo iba bien. Después me desconecté. —Volvió a encogerse de hombros—. No me apetecía charlar. Si te digo la verdad, preferiría que no se pusiera en contacto conmigo. ¿Tan terrible es eso?

—No. Es comprensible —respondió Rina con un suspiro—. Tendrá que volver a construir vínculos antes de que puedas confiar…

—Eso no va a ocurrir. No es que tenga nada en su contra. Le deseo lo mejor. Es solo que no quiero hablar con ella.

—Me parece justo. Pero intenta mantener la mente abierta. Cuando vuelva a ponerse en contacto contigo, quizá puedas concederle unos segundos más de tu tiempo. No por ella, sino por ti.

—Si vuelve a ponerse en contacto conmigo.

—Lo hará, Gabriel. Ya lo sabes.

—Yo no sé nada. Estoy seguro de que estará ocupada con el bebé y esas cosas.

—Un hijo no sustituye a otro…

—Gracias por el discurso, Rina, pero la verdad es que no me importa. Apenas pienso en ella. —Aunque en realidad lo hacía a todas horas—. El bebé la necesita mucho más que yo. —Sonrió y le acarició la cabeza—. Además, tengo una maravillosa sustituta aquí mismo.

—Tu madre sigue siendo tu madre. Y algún día te darás cuenta. Pero muchas gracias por tus palabras.

Gabe devolvió la atención al artículo del periódico.

—Vaya, el chico era de la zona.

—Sí, así es.

—¿Conoces a la familia?

—No.

—¿Y… el teniente investiga casos así?

—Solo si el forense duda de que fuera un suicidio.

—¿Y cómo puede saberlo el forense?

—La verdad es que no lo sé. Pregúntaselo a Peter cuando vuelva.

—¿Cuándo volverá?

—En algún momento entre ahora y el amanecer. ¿Quieres que vayamos a la tienda a por algo de cena?

A Gabe se le iluminaron los ojos.

—¿Puedo conducir yo?

—Sí, puedes. Ya que estamos allí, podríamos comprarle un sándwich al teniente. Si no le traigo comida, no come.

Gabe dejó el periódico.

—¿Puedo ducharme antes? Estoy un poco sudado.

—Claro.

Gabe sabía que Rina seguía evaluándolo. Al contrario que su padre, él no era un hábil mentiroso.

—Te preocupas demasiado —le dijo—. Estoy bien.

—Te creo. —Rina le revolvió el pelo, húmedo por el sudor—. Ve a ducharte. Son casi las siete y me muero de hambre.

—Y que lo digas. —Gabe sonrió para sus adentros. Acababa de utilizar una de las expresiones favoritas del teniente. Llevaba casi un año con los Decker y ciertas cosas habían empezado a pegársele. Fue consciente de los rugidos del hambre. Su estómago había tenido que calmarse para que su cerebro recibiese el mensaje de que no había comido desde el desayuno y se moría de hambre.

No era que los nervios se le fueran al estómago, pero las pistolas le afectaban al sistema digestivo.

No como a su padre.

A Chris Donatti no había arma de fuego que no le gustara.

CAPÍTULO 2

Desde que el caso Hammerling saliera en el programa de televisión *Fugitive*, Decker no había hecho más que recibir llamadas, casi todas callejones sin salida. Aun así, tenía por costumbre seguir cualquier pista sin importar lo absurda que pudiera ser. Un asesino en serie andaba suelto y no podían dejar ningún cabo suelto. La pista actual procedía del desierto de Nuevo México, en un pequeño pueblo situado entre Roswell —conocido por sus avistamientos de ovnis— y Carlsbad, conocido por su red de cuevas subterráneas. Un lugar en medio de ninguna parte siempre era buena opción para esconderse. Además esa región estaba de camino a Ciudad Juárez, México, donde, según algunas estimaciones, se habían cometido más de veinte mil asesinatos en la pasada década. La mayoría de las víctimas participaban en guerras de drogas. Pero también había una amplia minoría de asesinatos de mujeres jóvenes, posiblemente unas cinco mil, llamados feminicidios, en los que las víctimas iban desde los doce a los veinticinco y aparentemente no tenían relación las unas con las otras. La afición de los mexicanos a la violencia sería una tapadera muy conveniente para alguien como Garth Hammerling, si lograba no acabar muerto él también.

Decker se pasó los dedos por el pelo, que conservaba algunos reflejos rojos entre el gris y el blanco. Hannah decía que los reflejos parecían muy punk. Sonrió al pensar en su hija pequeña. Estaba pasando el año en Israel y después de eso comenzaría la universidad

en Barnard. Sus hijos iban desde los treinta y tantos hasta los dieciocho años, y él todavía no había experimentado el síndrome del
nido vacío, gracias a dos personas con muchos problemas que, sin
darse cuenta, les habían pedido ayuda a Rina y a él para criar a su
hijo. Pero Gabriel era un buen chaval; no era un estorbo, aunque sí
una presencia.

Actualmente Rina estaba enseñando a conducir al chico, que
tenía quince años.

«Pensaba que eso ya lo había dejado atrás», le había dicho ella.
«Hacemos planes y Dios se ríe de nosotros».

La buena noticia era que sus nietos, Aaron y Akiva, hijos de su
hija mayor, Cindy, tenían casi tres meses. Se habían adelantado tres
semanas y habían pesado dos kilos seiscientos veintitrés gramos y
dos kilos setecientos cincuenta gramos, respectivamente. Hacia el
final del embarazo, Cindy había engordado casi veintisiete kilos.
Pero, siendo atlética y haciendo ejercicio casi todos los días, había
perdido esos kilos y más. Ahora estaba de baja por maternidad en
su trabajo de detective novata en el distrito de Hollywood. Pensaba
regresar en cuanto encontrara una buena niñera. Mientras tanto,
Rina y su exmujer, Jan, se encargaban con mucho gusto. Los bebés
daban mucho más trabajo que Gabe.

Decker se alisó el bigote mientras estudiaba el mensaje telefónico.

La pista se la había proporcionado la Policía del estado de Nuevo México. Era la cuarta vez que veían a Garth Hammerling en
Nuevo México, y Decker empezaba a pensar que tal vez se propu-
siera algo. Marcó el código del área 505 y, tras una serie de esperas
y desvíos de llamada, le pasaron con la CIS —la Sección de Investigaciones Criminales— en la División 4. El investigador encargado de seguir la pista se llamaba Romulus Poe.

—Conozco al tipo que llamó al programa —le dijo Poe a Decker—. Tiene un motel en Indian Springs localizado a unos sesenta
y cinco kilómetros al sur de Roswell. El tipo es lo que podríamos
llamar un personaje indígena. Ve y oye cosas que se nos escapan a

los simples mortales. Pero eso no significa que esté completamente loco. Yo llevo por aquí doce años. Antes de eso, pasé diez años en Homicidios del centro de Las Vegas. He conocido a muchos frikis. El desierto no es lugar para cobardes.

—¿Cómo se llama el tipo? —preguntó Decker.

—Elmo Turret.

—¿Cuál es su historia?

—Dice que vio a un tío que se parecía al de la foto de Hammerling que sacaron en *Fugitive*. Elmo dice que lo vio hace unos días a unos quince kilómetros de su motel. Yo estoy terminando con una redada antidroga. Me he pasado la tarde en una plantación de marihuana. En cuanto termine con los dueños del terreno, me pasaré por la zona con mi moto y veré si encuentro algo de veracidad en la historia.

—Llámeme de todos modos. Es el cuarto aviso que recibo de Nuevo México.

—No me sorprende. ¿Ha estado allí alguna vez?

—Solo en Santa Fe.

—Eso es otro país, civilizado en su mayor parte. Pero aquí…, bueno, ¿qué puedo decir? Esto es el Salvaje Oeste.

El papeleo le llevó una hora más y, a las siete y media de la tarde, Decker estaba a punto de irse a casa cuando su detective favorita, la sargento Marge Dunn, llamó al marco de su puerta abierta. Medía un metro setenta y siete, tenía los hombros anchos y el cuerpo bien definido. Iba vestida para el invierno en Los Ángeles, con unos pantalones de corte marrones y un jersey de cachemir color tostado. El pelo, rubio —más rubio a cada año que pasaba—, lo llevaba recogido en una coleta.

—Siéntate —le dijo Decker.

—Tengo ahí fuera a una mujer que quiere hablar contigo —dijo Marge—. De hecho quería hablar con el capitán Strapp, pero, como se ha marchado, se ha conformado con el siguiente de la lista.

—¿Quién es?

—Se llama Wendy Hesse y me ha dicho que son asuntos personales. En vez de insistir, he pensado que sería más fácil enviártela a ti.

Decker miró el reloj.

—Claro, hazla pasar mientras voy a por una taza de café.

Para cuando regresó, Marge había hecho pasar a la mujer misteriosa. Su piel tenía un tono gris poco saludable y sus ojos azules, aunque secos en aquel momento, parecían haber llorado mucho. Llevaba el pelo cortado a tazón, de color castaño oscuro y con las raíces blancas. Era una mujer de complexión ancha y debía de tener cuarenta y muchos años. Iba vestida con un chándal negro y deportivas.

—Teniente Decker —dijo Marge—, esta es la señora Hesse.

Decker dejó la taza de café sobre la mesa.

—¿Quiere algo de beber?

La mujer negó con la cabeza sin levantar la mirada de su regazo y murmuró algo.

—¿Disculpe? —preguntó Decker.

Entonces ella levantó la cabeza de golpe.

—No…, gracias.

—¿En qué puedo ayudarla?

Wendy Hesse miró a Marge, que dijo:

—Voy a ir a por café. ¿Está segura de que no quiere un poco de agua, señora Hesse?

La mujer rechazó esa segunda oferta. Cuando Marge se marchó, Decker dijo:

—¿En qué puedo ayudarla, señora Hesse?

—Tengo que hablar con la policía. —Cruzó las manos una sobre la otra y se miró el regazo—. No sé por dónde empezar.

—Simplemente dígame lo que tiene en la cabeza —dijo Decker.

—Mi hijo… —se le humedecieron los ojos—… dicen que se… que se suicidó. Pero yo… no me lo creo.

Decker la contempló en un contexto diferente.

—Usted es la madre de Gregory Hesse.

Ella asintió y las lágrimas comenzaron a resbalar por sus mejillas.

—Lo siento mucho, señora Hesse. —Le ofreció un pañuelo—. No puedo imaginarme cómo se siente ahora mismo. —Cuando la mujer comenzó a sollozar abiertamente, Decker se levantó y le puso una mano en el hombro—. Deje que le traiga un poco de agua.

—Quizá sea buena idea —respondió ella asintiendo.

Decker se reunió con Marge junto a la cafetera.

—Es la madre de Gregory Hesse, el adolescente del periódico que dicen que se ha suicidado. —Marge se quedó con los ojos muy abiertos—. ¿Hay alguien de Homicidios que estuviera ayer en la escena?

—Yo estaba en los juzgados —respondió Marge. Después hizo una pausa—. Oliver estaba allí.

—¿Te habló de ello?

—En realidad no. Le había deprimido. Se le notaba en la cara. Pero no dijo nada de que la muerte pareciera sospechosa.

Decker llenó un vaso de agua.

—La señora Hesse tiene sus dudas sobre lo del suicidio. ¿Te importa quedarte? Quiero que alguien más lo escuche.

—Por supuesto.

Ambos regresaron a su despacho.

—Le he pedido ayuda a la sargento Dunn —le dijo Decker a la señora Hesse—. Trabaja con Scott Oliver, que estuvo en su casa ayer por la tarde.

—Siento mucho su pérdida, señora Hesse —dijo Marge.

La mujer volvió a llorar.

—Había… había muchos policías en la casa —murmuró.

—El detective Oliver iba vestido de paisano. No recuerdo lo que llevaba puesto ayer. Tiene cincuenta y…

—Sí —dijo la mujer secándose los ojos—. Lo recuerdo. Es asombroso…, todo está borroso… como en una pesadilla.

Decker asintió.

—Sigo creyendo que… me voy a despertar. —Se mordió el labio—. Me está matando. —Las lágrimas caían de nuevo más rápido de lo que ella podía secárselas—. Lo que pueden hacer por mí es averiguar qué ocurrió realmente.

—De acuerdo. —Decker hizo una pausa—. Dígame, ¿qué es lo que no se cree de la muerte de su hijo?

Las lágrimas caían sobre sus manos cruzadas.

—Gregory no se disparó. ¡No había usado una pistola en su vida! Odiaba las pistolas. ¡Toda nuestra familia aborrece la violencia en todas sus formas!

Decker sacó una libreta.

—Hábleme de su chico.

—No era un suicida. Ni siquiera estaba deprimido. Gregory tenía amigos, era un buen estudiante. Tenía muchas aficiones. Nunca, ni remotamente, insinuó algo sobre el suicidio.

—¿Notó algún cambio en él en los últimos meses?

—Nada.

—¿Quizá estaba malhumorado? —sugirió Marge.

—¡No! —exclamó la mujer con determinación.

—¿Dormía más? —preguntó Decker—. ¿Comía más? ¿Comía menos?

El suspiro de Wendy denotaba exasperación.

—Era el mismo chico de siempre…, meditabundo…, no hablaba mucho. Pero eso no significa que estuviera deprimido, ¿sabe?

—Claro que no —le dijo Decker—. Siento preguntarle esto, señora Hesse, pero ¿había tomado drogas alguna vez?

—¡Jamás!

—Hábleme un poco de las aficiones de Gregory. ¿Alguna actividad extraescolar?

La mujer pareció desconcertada.

—Eh… Sé que intentó entrar en el equipo de debate. —Se hizo el silencio—. Lo hizo muy bien. Le dijeron que volviera al año siguiente, cuando hubiese hueco.

Lo que significaba que no lo había logrado.

—¿Qué más? —preguntó Decker.

—Estaba en el club de matemáticas. Se le daban muy bien.

—¿Qué hacía los fines de semana?

—Estaba con sus amigos; iba al cine. Estudiaba. Además de las asignaturas del instituto, estudiaba un curso de preparación universitaria.

—Hábleme de sus amigos.

La mujer cruzó los brazos sobre su generoso pecho.

—Puede que Gregory no fuese de los chicos más populares. —Hizo el símbolo de las comillas con los dedos al decir «populares»—. Pero desde luego no era un marginado.

—Estoy seguro de que no. ¿Y sus amigos?

—Sus amigos eran… Se llevaba bien con todos.

—¿Puede ser más específica? ¿Tenía algún mejor amigo?

—Joey Reinhart. Eran amigos desde primaria.

—¿Alguno más? —preguntó Marge.

—Tenía amigos —repetía incesantemente la señora Hesse.

Decker enfocó el tema de otro modo.

—Si Gregory tuviera que encajar en una categoría dentro del instituto, ¿en cuál sería?

—¿Qué quiere decir?

—Usted ha mencionado a los populares. Hay otros grupos: los deportistas, los *skaters*, los colgados, los empollones, los rebeldes, los cerebritos, los filósofos, los hípsteres, los góticos, los vampiros, los marginados, los artistas… —Decker se encogió de hombros.

La mujer apretó los labios.

—Gregory tenía todo tipo de amigos —dijo al fin—. Algunos tenían problemas.

—¿Qué tipo de problemas?

—Ya sabe.

—Para nosotros, problemas suelen ser sexo, drogas o alcohol —explicó Marge.

—No, eso no. —Wendy se retorció las manos—. Algunos de sus amigos tardaron un poco en madurar. Uno de ellos, Kevin Stanger…, se metían tanto con él que tuvo que irse a una escuela privada al otro lado de la colina.

—¿Lo acosaban? —preguntó Decker—. Por acoso me refiero a agresiones físicas.

—Lo único que sé es que se trasladó a otro centro.

—¿Cuándo sucedió eso? —preguntó Marge.

—Hace unos seis meses. —La mujer miró hacia abajo—. Pero Gregory no era así. No, señor. Si se hubieran metido con Gregory, yo me habría enterado. Habría hecho algo al respecto. Eso se lo aseguro.

Quizá por eso mismo Gregory no se lo habría dicho.

—¿Nunca llegaba a casa con golpes o hematomas que no podía explicar? —preguntó Decker.

—¡No! ¿Por qué no me cree?

—Sí que la creo —dijo Decker—. Pero tengo que hacerle ciertas preguntas, señora Hesse. Quiere una investigación competente, ¿verdad?

La mujer se quedó callada. Después dijo:

—Puede llamarme Wendy.

—Como prefieras —respondió Decker.

—¿Alguna novia? —preguntó Marge.

—No que yo sepa.

—¿Salía los fines de semana?

—Normalmente sus amigos y él iban los unos a las casas de los otros. Joey es el único con edad para conducir. —A Wendy se le humedecieron los ojos—. Mi hijo nunca lo hará. —Comenzó a sollozar. Decker y Marge esperaron a que la pobre mujer recuperase la voz—. En un par de ocasiones… —se secó los ojos—, cuando fui a recogerlo…, vi a algunas chicas. —Volvió a enjugarse las lágrimas—. Le pregunté a Gregory por ellas. Me dijo que eran amigas de Tina.

—¿Quién es Tina? —preguntó Marge.

—Oh…, perdón. Tina es la hermana pequeña de Joey. Frank, mi hijo pequeño, y ella están en el mismo curso.

—¿Joey y Gregory iban a la misma escuela?

—Bell y Wakefield. En Lauffner Ranch.

—La conozco —respondió Decker.

Bell y Wakefield era una exclusiva escuela preparatoria de North Valley, con ocho hectáreas de terreno, un moderno campo de fútbol, cancha de baloncesto interior, estudio de cine y laboratorio informático digno de la NASA. Ganaba premios en deportes, arte dramático y ciencias, en ese orden. Muchos atletas profesionales y actores vivían por la zona, y sus hijos solían estudiar en B y W.

—¿Unos mil quinientos estudiantes?

—No sé el número exacto, pero es una escuela grande —dijo Wendy—. Tiene mucho espacio para encontrar tu lugar especial.

«Y, si no encuentras tu lugar, tiene mucho espacio para perderse», pensó Decker.

—Joey es un poco bobalicón —dijo Wendy—. Medirá un metro setenta y pesará cuarenta y cinco kilos. Lleva gafas grandes y tiene las orejas de soplillo. No digo esto solo por ser mala, solo para decirles que hay muchos otros chicos a los que podrían haber acosado antes que a Gregory.

—¿Tienes una foto suya? —preguntó Decker.

Wendy rebuscó en su bolso y sacó la foto de la graduación de primaria. En ella aparecía un niño con cara infantil, ojos azules y mofletes sonrosados. Le quedaban años para la pubertad, y el instituto nunca trataba bien a esos chicos.

—¿Puedo quedármela? —preguntó Decker.

Wendy asintió.

Él cerró su libreta.

—¿Qué quieres que haga por tu hijo, Wendy?

—Averiguar qué le pasó realmente. —Tenía lágrimas en los ojos.

—La forense ha declarado que la muerte de tu hijo fue un suicidio —le recordó Decker.

Wendy estaba decidida.

—Me da igual lo que diga la forense, mi hijo no se suicidó.

—¿Podría haber sido un disparo accidental?

—No —insistió Wendy—. Gregory odiaba las pistolas.

—¿Y cómo cree que murió? —preguntó Marge.

Wendy miró a los detectives mientras se retorcía las manos. No respondió a la pregunta.

—Si no fue una muerte accidental provocada por él mismo y si no fue un suicidio intencionado, eso nos deja con el homicidio, accidental o intencionado.

Wendy se mordió el labio y asintió.

—¿Crees que alguien asesinó a tu hijo?

Wendy tardó varios segundos en poder hablar.

—Sí.

Decker intentó ser lo más amable posible.

—¿Por qué?

—Porque sé que no se pegó un tiro.

—Así que crees que la forense ha pasado por alto algo o… —Wendy se quedó callada—. No me importa ir a la escuela y hablar con algunos amigos y compañeros de Gregory. Pero la forense no cambiará su declaración a no ser que encontremos algo extraordinario. Algo que contradiga directamente el suicidio. Normalmente es el forense el que acude a nosotros porque sospeche que haya habido algo raro.

—Incluso aunque fuera… lo que ustedes dicen. —Wendy se secó los ojos con los dedos—. No tengo… ni idea… de lo que ocurrió. —Más lágrimas—. Si lo hizo…, no sé por qué. ¡Ni idea! No podía ser tan tonta.

—No tiene nada que ver con la inteligencia.

—¿Usted tiene hijos, señor?

—Sí.

—¿Y usted, detective? —Se había vuelto hacia Marge.

—Tengo una hija.

—¿Y qué pensarían si llegaran a casa un día y descubrieran que su hijo se ha suicidado?

—No lo sé —respondió Decker.

—No puedo imaginármelo —añadió Marge con lágrimas en los ojos.

—Entonces díganme una cosa —continuó Wendy—. ¿Cómo se sentirían si supieran que no había ninguna razón para que su hijo hiciera eso? No estaba deprimido, no estaba de mal humor, no tomaba drogas, no bebía, no era un marginado, tenía amigos y nunca había empuñado una pistola. ¡Ni siquiera sé de dónde sacó la pistola! —Comenzó a sollozar—. ¡Y nadie me dice nada!

Decker dejó que llorase y le pasó la caja de pañuelos de papel.

—¿Qué quiere que hagamos, señora Hesse? —preguntó Marge.

—Wen… dy —respondió ella entre sollozos—. Averigüen qué pasó. —Estaba rogándoles con la mirada—. Sé que probablemente esto no sea un asunto policial, pero no sé dónde acudir.

Silencio.

—¿Contrato a un detective privado? Al menos él podría averiguar de dónde sacó Gregory la pistola.

—¿Dónde está la pistola? —preguntó Decker.

—Se la llevó la policía —les dijo Wendy.

—Entonces debería estar en el armario de las pruebas —dijo Marge—. También está en los archivos.

—Vamos a buscarla y averigüemos de dónde salió —dijo Decker, y se volvió hacia Wendy—. Déjame empezar con la pistola y trabajaremos a partir de ahí.

—¡Gracias! —Wendy comenzó a llorar de nuevo—. Gracias por creerme… o al menos por pensar en lo que he dicho.

—Estamos aquí para ayudar —dijo Marge.

Decker asintió con la cabeza. Probablemente la mujer estuviese en fase de negación. Pero a veces, incluso en esas circunstancias, los padres realmente conocían a sus hijos mejor que nadie.

CAPÍTULO 3

Sentado en el sofá del salón, Decker abrió una lata de zarzaparrilla y disfrutó del cariño de la presencia de su esposa y del regusto de la carne curada.

—Gracias por comprarme la cena.

—Si hubiera sabido que estabas a punto de llegar, te habríamos esperado en la tienda.

—Es mejor así. —Le dio la mano a Rina. Se había duchado antes de cenar y había cambiado el traje por el chándal—. ¿Dónde está el chico?

—Practicando.

—¿Cómo lo lleva?

—Parece que está bien. ¿Sabías que Terry se había puesto en contacto con él?

—No, pero estaba destinado a ocurrir tarde o temprano. ¿Cuándo fue?

—Hace como una semana. —Rina le resumió la conversación—. Obviamente le ha afectado. Esta noche durante la cena parecía ausente. Cada vez que se siente incómodo, empieza a hablar de sus próximos concursos. Paradójicamente, los concursos le calman. Alquilarle un piano es mucho más barato que una terapia.

El piano de media cola estaba en el garaje, el único lugar donde tenían suficiente espacio. Gabe compartía su estudio de música con el Porsche de Decker, su banco de trabajo, sus herramientas y la zona de jardinería de Rina. Habían insonorizado el lugar porque el chico practicaba a horas muy raras. Pero, dado que estudiaba en casa y prácticamente había terminado el instituto, le dejaban llevar su propio ritmo. Ni siquiera había cumplido los dieciséis y ya había entrado en Juilliard y Harvard. Aunque ellos fueran sus tutores legales —cosa que no eran—, no quedaba ninguna educación por darle. Llegado ese punto, solo le daban comida, cobijo y algo de compañía.

—Cuéntame qué tal tu día —dijo Rina.

—Bastante rutinario, salvo la última media hora. —Decker le resumió su conversación con Wendy Hesse.

—Pobre mujer.

—Debe de estar sufriendo mucho si prefiere el homicidio al suicidio.

—¿Es eso lo que ha declarado la forense? ¿Suicidio?

Decker asintió.

—Entonces… simplemente no quiere creérselo.

—Cierto. Normalmente las señales están ahí, pero los padres miran para otro lado. Sinceramente creo que Wendy está perpleja. —Decker se alisó el bigote—. ¿Recuerdas cuando nos conocimos? Insistías en enviar a los chicos a una escuela judía y yo pensé que estabas loca. Por lo que pagamos por la matrícula, podríamos haberlos enviado a Lawrence o Bell y Wakefield, no a una escuela ubicada en un ruinoso edificio con una sola planta que no tiene biblioteca ni sala de ordenadores.

—Mucha gente habría estado de acuerdo —contestó Rina con una sonrisa.

—Pero he de decir que casi todos los chicos que hemos conocido son simpáticos. Cierto, yo veo lo peor de las escuelas preparatorias, pero no creo que esos lugares promuevan actitudes saludables. Por otra parte, tú hiciste lo correcto.

—La escuela, aunque desorganizada y sin muchos recursos, es un lugar acogedor. Gracias por decirlo.

Decker se recostó en el sofá.

—¿Has hablado hoy con alguno de los chicos?

—Claro que sí. Los chicos están ocupados como de costumbre. He hecho Skype con Hannah esta mañana. Se iba a la cama. Probablemente se levante dentro de un par de horas.

—La echo de menos. —Decker parecía triste—. A lo mejor llamo a Cindy. A ver qué hace.

Rina sonrió.

—Los nietos siempre son el antídoto para lo que aflige.

—¿Quieres que vayamos a verlos?

—Deberías preguntarle primero a Cindy.

—Sí, supongo que tengo que hacerlo. —Decker hizo una llamada y cuando colgó sonreía—. Ha dicho que vayamos.

—Entonces vamos.

—¿Y qué pasa con Gabe?

—Le diré que nos vamos —dijo Rina—. Le caen bien Cindy y Koby, pero tengo la impresión de que dirá que no. Hoy estaba raro. Quizá tenga que ver con su madre. En cualquier caso, cuando se pone así, se retrae.

Decker reflexionó sobre sus palabras.

—¿Debería hablar con él?

—Te dirá que todo va bien.

—No quiero que se sienta como un extraño —dijo Decker—. Pero yo no hago gran cosa por hacerle sentir como un miembro de la familia. Me sentiría muy culpable si un día llegase a casa y me lo encontrase igual que a Gregory Hesse.

Rina asintió.

—Creo que su música es y ha sido siempre su salvación.

—¿Y con eso es suficiente?

—No lo sé. Solo puedo decirte que lleva una vida normal. Toma el autobús dos veces por semana para ir a sus clases en la universidad, rellenó él solo todas las solicitudes para la universidad aunque me ofrecí a ayudarle, fue él solo a las entrevistas y audiciones aunque me ofrecí a ir con él, y reservó sus vuelos y sus habitaciones de hotel aunque me ofrecí a hacerlo yo. Ya le han admitido en Harvard y en Juilliard. A mí me parece que no estaría planeando su futuro si pensara que no tiene futuro. —Rina hizo una pausa—. Si quieres hacer algo bueno por él, llévalo a conducir. Eso le emociona.

—De acuerdo. Le llevaré el domingo.

—Le encanta tu Porsche.

—No nos pasemos con los detalles. Una cosa es ser emocionalmente sensible. El Porsche es otra cosa.

El Coffee Bean estaba a unos tres kilómetros del Starbucks donde Gabe se había encontrado a Dylan y compañía, con suerte fuera de su radio de operaciones. Aunque tampoco esperaba encontrarse con nadie más a las seis de la mañana. El establecimiento estaba vacío y eso le parecía bien. Había escogido un sillón de cuero en la parte de atrás, después de comprarse un *bagel* y un café grande, además del *New York Times*. Cuando vivía en la costa este, solía leer el *Post*. Le resultaba extraño leer un periódico intelectual cuando lo único que deseaba hacer era leer datos curiosos o la revista *Page Six* para saber quién se acostaba con quién.

La cafetería estaba a unos quince minutos de la parada del autobús para ir a la Universidad de California del Sur. Los martes y jueves tenía clase con Nicholas Mark y, aunque no tenía clase hasta las once, decidió empezar temprano el día. Había dormido mal la noche anterior. No paraba de oír la voz de su madre en la cabeza…

Untó la crema de queso en el *bagel* y comenzó a ojear las noticias, que eran aún más deprimentes que su vida actual. Algunos minutos más tarde sintió la presencia de unos ojos y levantó la mirada.

Una chica con el uniforme de la escuela judía. No era de extrañar, dado que el establecimiento estaba a dos minutos de la escuela. Debía de llevar amortiguadores en los pies porque no había oído nada hasta que la tuvo encima, aferrada a su mochila como si fuera una armadura.

—Hola —dijo con una sonrisa tímida.

—Hola —respondió él. Al mirarla mejor, se dio cuenta de que probablemente era mayor de lo que había pensado al principio. Tenía la piel tostada, la barbilla pequeña y puntiaguda, los labios carnosos y los ojos grandes y negros, bajo unas cejas negras cuidadosamente arqueadas y pintadas. Su pelo también era negro y muy largo, recogido en una coleta. Era mona, aunque su cuerpo no parecía gran cosa —dos bolas de helado a modo de pecho y ni una curva a la vista—. ¿Necesitas algo?

—¿Te importa que me siente?

Él era el único cliente del establecimiento. Se encogió de hombros.

—No, adelante.

Pero ella no se sentó.

—Te oí tocar el año pasado en la graduación —le dijo—. Mi hermana mayor iba a clase con Hannah. Estuviste... —Se pegó la mochila al pecho—. ¡Fantástico!

—Muchas gracias —respondió Gabe.

—Quiero decir que fue...

No terminó la frase. Se hizo el silencio. Un silencio incómodo.

—Gracias. Te lo agradezco. —Gabe levantó su café, dio un trago y volvió a mirar el periódico.

—¿Te gusta la ópera? —preguntó ella de pronto.

Gabe dejó el periódico.

—De hecho sí que me gusta.

—¿De verdad? —La chica abrió desmesuradamente los ojos—. Vaya, qué bien. Entonces al menos no se echarán a perder. —Bajó la mochila y comenzó a rebuscar en ella hasta encontrar lo que buscaba: un sobre. Se lo ofreció a Gabe—. Aquí tienes.

Gabe se quedó mirándola durante unos segundos, después aceptó el sobre y lo abrió. Entradas para *La Traviata* ese domingo en el Centro de Música. Primera fila en palco.

—Qué buenos asientos.

—Lo sé. Me costaron mucho dinero. Alyssa Danielli hace de Violetta. Es maravillosa, así que seguro que será estupendo.

—¿Y tú por qué no vas?

—Iba a ir con mi hermana, pero me ha dejado tirada. Yo no podía competir con una fiesta en la piscina y el atractivo de Michael Shoomer.

—¿Y por qué no buscas a otra persona con la que ir?

—Nadie de mi edad va a querer pasar la tarde del domingo en la ópera.

—¿Y tu madre?

—Está ocupada. De todos modos no le interesa. La única razón por la que mi hermana accedió a ir es que le dije que le limpiaría la habitación. Así que supongo que ya no tengo que hacerlo. —Parecía herida—. Tú puedes aprovecharlas. Ve con tu novia.

—No tengo novia.

—Bueno, pues lleva a un amigo.

—No tengo amigos. Pero… sin duda aprovecharé una de las entradas si tú las vas a tirar. ¿Estás segura?

—Segurísima.

—Entonces muchas gracias. —Le devolvió el sobre con una sola entrada.

—De nada. —La chica suspiró con fuerza.

Gabe intentó sonreír forzadamente.

—¿Quieres que vayamos juntos?

La muchacha se emocionó.

—¿Tienes coche?

—No. Solo tengo quince años. Pero podemos ir en autobús.

—¿En autobús? —preguntó la chica con cara de horror.

—Sí, en autobús. Así es como se mueve la gente que no tiene acceso a un coche. —La piel de la chica se oscureció más y Gabe le señaló una silla—. ¿Por qué no te sientas? Me empieza a doler el cuello de mirarte…, aunque no es mucho.

—Lo sé. Soy una enana. —La chica se sentó y miró por encima de su hombro, después habló en voz baja, como si estuvieran conspirando—. ¿Sabes llegar al Centro de Música en autobús?

—Así es.

—¿Dónde se encuentra el autobús?

—En una parada de autobús.

Ella se mordió el labio.

—Debes de pensar que soy idiota.

—No, pero probablemente seas una consentida a la que siempre han llevado a todas partes.

En vez de ofenderse, la muchacha asintió.

—Me han llevado a todas partes menos donde realmente deseo ir. —Suspiró—. Me encanta Alyssa Danielli. Su voz es tan… pura.

Gabe se recostó en su sillón y la contempló con franqueza. Admiraba la pasión en cualquier forma, pero la música clásica era algo con lo que se identificaba.

—Si tantas ganas tienes de ir a la ópera, entonces ve.

—No es tan fácil.

—¿Por qué no?

—Tú no entiendes la cultura persa.

—¿Hay algo en los genes persas que hacen que no les guste la ópera?

—Mi padre quiere que sea doctora.

—Estoy seguro de que hay doctores a los que les encanta la ópera. —Dio un bocado a su *bagel*—. ¿Quieres café o algo?

—Voy yo. —Se alejó, pero se dejó la mochila. Pocos minutos más tarde regresó con algo con espuma. Una capa de sudor le cubría la frente—. Está empezando a venir gente.

—Eso está bien. Así el sitio no tendrá que cerrar.

—Me refiero a que es… —Miró el reloj y dio un sorbo a su café—. ¿Es peligroso tomar el autobús?

—Yo no lo haría de madrugada, pero esto es una matiné. —Gabe se frotó el cuello—. Si vas a seguir hablando conmigo, ¿podrías sentarte, por favor?

La chica se sentó.

—Mira…, como te llames —dijo él—. ¿Y si te doy las indicaciones para ir en autobús? Si estás en la parada del autobús, iremos juntos. Si no, te compraré un CD y te escribiré una crítica.

Ella suspiró.

—Quizá podamos ir en taxi.

—Un taxi cuesta como veinte veces más.

—Yo lo pagaré.

Gabe se quedó mirándola. ¿Quién era?

—No digo que sea pobre. Yo pagaré el taxi si al final vienes. De lo contrario, iré en autobús.

—¿Qué te parece esto? —preguntó la chica—. Tú pagas el taxi si voy y, si no voy, te devolveré el dinero.

Gabe negó con la cabeza.

—Esto es cada vez más complicado.

—Por favor —le suplicó ella.

—De acuerdo. —Gabe puso los ojos en blanco—. Me devolverás el dinero del taxi si te rajas… Lo cual no tiene sentido porque tengo que ir a recogerte de todos modos y, para entonces, ya sabrás si vienes o no.

Ella abrió más aún los ojos.

—No puedes recogerme en mi casa. Nos encontraremos a unas pocas manzanas de allí.

—Ajá. —Gabe lo entendió por fin—. Vas a ir a escondidas de tus padres.

—Más o menos.

—Dios, tampoco es que vayas a una *rave*; es una maldita ópera. —Al ver que ella no decía nada, añadió—: No es solo la ópera. Es ir conmigo a la ópera. Porque no soy judío.

Ella se quedó mirándolo.

—¿No eres judío?

—No. Soy católico.

—Oh, Dios. Mi padre me mataría solo por salir con un chico blanco. —Se inclinó hacia delante y habló en voz baja—. ¿Qué hacías en una escuela judía si no eres judío?

—Es una larga historia. —Hizo una pausa—. Esto no es buena idea. No quiero ser responsable de que te metas en un lío. ¿Quieres que te devuelva la entrada?

—No, claro que no. Si no la utilizas, se desaprovechará. —Volvió a suspirar—. Quiero decir que solo es una ópera, ¿no?

—Sí, solo es una ópera. No es una cita. —Gabe volvió a estudiar su rostro—. ¿Cuántos años tienes?

—Catorce.

—Parece que tengas diez.

—Muchas gracias —respondió ella. Obviamente era algo que le decían mucho.

—Pareces joven, pero eres muy mona —dijo Gabe para avergonzarla, pero lo decía en serio—. Esto es lo que voy a hacer. Voy a darte mi número de teléfono y me llamas o me escribes si puedes ir. —Esperó un momento—. Tienes móvil, ¿verdad?

—Por supuesto.

—Así que los persas pueden tener móviles.

—¡Ja, ja!

—Apunta mi móvil. ¿Sabes cómo me llamo?

—Gabriel Whitman.

—Excelente. —Le dio su número a la chica—. Ahora apuntaré yo el tuyo. Pero para eso primero necesito saber tu nombre.

—Yasmine Nourmand. —Pronunciado Jaz-miiin. Lo deletreó y después le dio su número.

—Es un nombre muy exótico. ¿Cómo se llama tu hermana mayor?

—Tengo tres hermanas mayores.

—La que iba a clase con Hannah.

—Esa es Sage. Mis otras hermanas son Rosemary y Daisy. Yasmine es jazmín en hebreo. —Miró el reloj—. Tengo que irme. Las clases empiezan a las siete y media.

—Lo recuerdo. ¿Qué hacías aquí tan temprano?

—A veces vengo temprano para escuchar mis CD. —Sacó seis óperas: dos de Verdi, dos de Rossini y dos de Mozart—.

Quiero mucho a mis padres. Y a mis hermanas. Son maravillosos y todo eso. Y también disfruto con el pop normal. Pero, a veces, cuando escucho mi música, que no parece gustarle a nadie más, me gusta estar sola.

Sus ojos parecían distantes.

—Mi sueño es ver una ópera en directo. Y escuchar a alguien tan bueno como Alyssa Danielli. —Levantó su mochila—. Gracias por ofrecerte a ir conmigo.

—Un placer.

—Y gracias por no reírte de mí.

—Un poco sí lo he hecho.

—Sí, es verdad. —Se despidió con la mano y se marchó.

Él devolvió la atención al periódico, sabiendo que aquello era un error. Pero al hablar con ella se había dado cuenta de lo solo que estaba.

Yasmine había despertado al león durmiente.

Chicas.

CAPÍTULO 4

Los informes de las autopsias de heridas de bala autoinfligidas siempre eran espeluznantes. El daño causado por un arma a escasa distancia era horrendo. Los detalles resultaban aún más difíciles de leer cuando las víctimas eran jóvenes como Gregory Hesse. Marge ojeó el largo informe policial, así como el informe de la forense, y no encontró nada fuera de lo común. Estaban presentes todos los indicios del suicidio: una única bala en la cabeza, marcas de quemaduras en la sien, la posición del cuerpo con respecto al arma, que yacía sobre la mano derecha del chico. Se levantó del escritorio y llamó a la puerta abierta de Decker.

—¿Querías ver el informe de Gregory Hesse?

—Sí, sería fantástico. —Le hizo un gesto para que pasara. Marge llevaba un jersey fino de punto color marrón y pantalones de vestir negros; un atuendo mucho más cómodo que el traje gris de Decker. Aquel día llevaba un jersey de cuello vuelto de color negro, así que al menos no tenía que ponerse corbata. El capitán lo había mirado de arriba abajo y le había preguntado si iba de estrella de Hollywood—. ¿Algo que deba saber?

Marge se sentó y dejó los papeles sobre la mesa.

—Es todo bastante deprimente.

—¿Qué hay de la pistola?

—Los informes dicen que era una Ruger LCP 9 mm.

—Una pistola ratón —dijo Decker.

—Pistola ratón, pistola de mujer. Sea lo que sea, cumplió su cometido. Oliver me ha dicho que era un modelo de Ruger antiguo.

—¿De cuándo?

—Creo que no me lo ha dicho. Hoy la sacará del armario de pruebas. —Hizo una pausa—. Si todo refuerza la historia del suicidio, ¿qué hacemos después?

—Bueno, puedo llamar a la señora Hesse y decirle que no hay nada que investigar. O puedo llamarla y decirle que hablaré con algunos de los amigos y profesores de Gregory para intentar encontrar pistas de lo ocurrido.

Marge asintió.

—¿Qué piensas? —le preguntó Decker.

—Sé que vive en la comunidad para la que nosotros trabajábamos. Así que somos sus empleados en un sentido amplio. Pero ¿de verdad es nuestro trabajo realizar una autopsia psicológica? No es que me importe hacerlo, pero no quiero meterme en terrenos que no nos son familiares.

—Te entiendo, pero deja que te lo explique así. Cuando realizamos una investigación, intentamos encontrar el motivo detrás de cada crimen. Técnicamente, el suicidio es un crimen.

—Supongo que todo crimen empieza con un arma —dijo Marge—. Veré qué puede decirme Oliver sobre eso.

—¿Podrías también conseguirme un par de números de teléfono? —Revisó sus notas—. El de Joey Reinhart y el de Kevin Stanger. Probablemente te los den si llamas a Bell y Wakefield. No quiero ponerme en contacto con Wendy Hesse hasta que tengamos algo que decirle.

—Puede que en la escuela colaboren más si añado un toque personal. —Marge miró el reloj. Eran las once—. Puedo ir ahora mismo.

—Claro. Y, ya que estás allí, intenta ver cómo es el lugar.

Oliver llamó a la puerta y entró.

—Tengo información sobre la Ruger utilizada en el suicidio. La pistola le fue robada a la doctora Olivia Garden, que, según nuestros ordenadores, es una dermatóloga de sesenta y cinco años que trabaja en Sylmar.

Decker señaló la silla situada junto a Marge, y Oliver se sentó. Scott, siempre un caballero, iba vestido aquel día con una camisa negra y corbata del mismo color, pantalones grises y una chaqueta de espiguilla. Llevaba mocasines de cuero negros.

—¿Te has puesto en contacto con la doctora?

—He hablado con su secretaria. La doctora estaba con un paciente. Su pausa para comer es de doce y media a dos. Me pasaré e intentaré verla entonces. Quizá Gregory Hesse fuese paciente suyo. Ya sabes, los adolescentes y el acné. Quizá se la robó de la mesa.

—La pistola fue robada hace seis años —explicó Marge—. Por entonces Gregory tendría ocho o nueve años.

—Cierto —dijo Oliver—. Probablemente pasó de mano en mano desde entonces.

—¿Solo le robaron la pistola o formaba parte de un botín mayor?

—No lo sé. Simplemente he introducido el número de serie y allí estaba.

—¿Dónde tuvo lugar el robo?

—En su consulta —respondió Oliver.

—Su consulta. Interesante. —Decker lo pensó durante unos segundos—. Tal vez tuvo problemas anteriormente con robos por asuntos de drogas y pensó que necesitaba protección.

—Se lo preguntaré cuando hable con ella.

—De acuerdo. Y averigua también quién sabía lo de la pistola y quién tenía acceso a ella.

—Entendido. —Oliver se puso en pie y miró a Marge—. ¿Quieres venir conmigo?

—Iré contigo si tú vienes conmigo a Bell y Wakefield. El teniente quiere unos números de teléfono. Esas cosas son más fáciles de obtener si nos presentamos en persona.

—Y, ya que estáis allí —dijo Decker—, conseguid el horario de clases de Gregory Hesse. Más adelante puede que queramos hablar con sus profesores.

—Claro, iré contigo —le dijo Oliver a Marge. Después miró a Decker—. ¿Lo de Gregory Hesse es una investigación en toda regla? Quiero decir que todo apunta a que el chico se suicidó. Caso cerrado.

—Un chico de quince años se pega un tiro con una pequeña pistola robada, seis años atrás, de la consulta de una doctora. Siento cierta curiosidad. Por ahora digamos que el caso sigue abierto.

El pitido de su teléfono móvil interrumpió la concentración de Gabe…, lo cual no le importó mucho, porque en realidad no estaba tocando muy bien.

Unos días lo clavabas, otros días no.

Se había olvidado de apagar el teléfono. Todavía no entendía por qué tenía uno. Últimamente no le llamaba mucha gente: los Decker, su profesor de piano, que normalmente le cambiaba las horas de clase, y su padre, que hablaba con él durante treinta segundos. Para los pocos minutos que lo usaba al mes, no compensaba mantener la línea activa, salvo que resultara más caro cancelar el servicio que mantenerlo.

Era un mensaje de un número de la zona que Gabe no reconoció: *Voy contigo el domingo.*

Era de la chica persa. Yasmine. La sonrisa que se dibujó en sus labios fue involuntaria. Había estado pensando en ella los dos últimos días. No pensando a propósito, como cuando piensas en algo para mantenerlo fresco en tu memoria, como la última vez que vio a su madre. Pero no era así… Yasmine simplemente aparecía en su cabeza de vez en cuando.

Sus pulgares volaron sobre el teclado del teléfono.

Genial. Dónde quedamos?

Yasmine le envió una dirección para reunirse con ella en el taxi.

Está a 3 manzanas de mi casa. A q hora?

La ópera empezaba a las tres. En taxi no tardarían tanto como en autobús, pero aun así quería llegar con tiempo, porque odiaba la impuntualidad.

A las 13?
No puedo salir tan pronto. A las 14?
Demasiado justo. 13.30 máx.
Ok.
Hubo una pausa.
Estaré a las 13.30.
Él respondió: *Q ganas. Ciao.*
Ciao.
Dejó el teléfono. Después volvió a pitar.
Gracias.
Gabe volvió a sonreír. *D nada.*

En esa ocasión sí apagó el teléfono y siguió tocando. Reservó la Sonata de Mozart n.º 11 en la mayor y en su lugar se decantó por Chopin —la polonesa en do sostenido menor, op. 26, n.º 1, primer movimiento— *allegro appassionato.*

Su estado de ánimo en aquel momento era bastante *appassionato.*

Los carteles que colgaban de los edificios de dos plantas anunciaban que Bell y Wakefield estaba celebrando treinta años de excelencia. Se construyó cuando Marge era una detective novata en la División de Foothill con Decker. La arquitectura de la escuela se mantenía bien porque era de estilo clásico: californiano con amplios ventanales de vidrio emplomado, puertas con cercos de madera grabados, paredes de estuco y tejados de tejas rojas. Las instalaciones se hallaban construidas sobre hectáreas de prados verdes y a la sombra de sicomoros, eucaliptos y robles de California. Además incluían una biblioteca, una sala de ordenadores y un edificio para el claustro, y contaban con un campo de futbol, varias canchas de tenis y baloncesto y una piscina exterior. Los coches situados en el aparcamiento de estudiantes e invitados incluían compactos y muchos cuatro por cuatro, desde Toyotas hasta Range Rovers. El claustro tenía un aparcamiento propio.

Marge y Oliver llegaron a las 11.30. El edificio de Administración era el más grande de todos, tanto en tamaño como en altura, y era un hervidero de actividad. Las paredes estaban plagadas de material: trabajos de fin de trimestre con sobresalientes, obras de arte de gran calidad, artículos, panfletos de colores, anuncios, fotografías y un enorme buzón de quejas repleto. La oficina de Admisión ocupaba la primera planta. La habitación más grande de todas parecía un banco, con una fila de estudiantes de pie a un lado del mostrador y los empleados de la escuela sentados al otro lado. Tras ellos, un amplio espacio abierto lleno de escritorios con ordenadores. Los trabajadores escribían incesantemente con los teclados.

Los dos detectives esperaron la cola y, cuando llegaron al mostrador, Marge mostró su placa y le preguntó a una mujer sobresaltada si podía hablar con alguien de administración por un asunto personal. Cinco minutos más tarde, los acompañaron hasta el despacho del vicedirector de los chicos. Les dijeron que el doctor Martin Punsche los recibiría enseguida. Su despacho era pequeño, un escritorio con ordenador, cuatro sillas, una librería y poco más. Sí que tenía una ventana que daba a los prados.

Punsche apareció con la mano extendida y les dio la bienvenida a Bell y Wakefield. Rondaba los cincuenta y tantos años, tenía los hombros anchos y la nariz rota, y era calvo. Con una camiseta blanca y un silbato colgando del cuello, podría haber sido el entrenador de fútbol. En su lugar llevaba una camisa azul, corbata dorada y pantalones de vestir grises.

—Maggie me ha dicho que era un asunto personal —dijo Punsche—. Espero que no haya ningún problema. La escuela ha pasado unos días difíciles. Siéntense.

Los detectives se sentaron.

—¿Días difíciles? —preguntó Marge.

—Sabrán que uno de nuestros estudiantes corrió un terrible destino hace un par de días.

—Gregory Hesse —dijo Oliver—. Por eso estamos aquí.

42

—Me lo imaginaba. Ha sido algo terrible, terrible. Ya hemos celebrado una asamblea escolar al respecto. Hemos animado a nuestros estudiantes a hablar de ello. También he contactado con varios psicólogos y doctores para que vengan a hablar de la prevención del suicidio. Nuestros presidentes de estudiantes, Stance O'Brien y Cameron Cole, han montado una línea telefónica para estudiantes. Una docena de último curso se han ofrecido voluntarios para reunirse con los de primer año durante la comida. Estoy orgulloso de la movilización de nuestros estudiantes.

Marge se quedó mirándolo. El pobre chaval se había pegado un tiro en la cabeza y aquel tío estaba presumiendo del espíritu escolar. ¿Sería capaz de desconectar en algún momento?

Punsche colocó las manos sobre su mesa.

—Bueno…, ¿y en qué puedo ayudarles?

Oliver se estiró la corbata.

—Seguimos intentando atar algunos cabos sueltos del caso.

—¿Qué clase de cabos sueltos?

—Cosas que todavía no encajan.

—Puede que encajen más tarde —aclaró Marge—, pero ahora mismo estamos investigando algunas cosas en nombre de Wendy Hesse.

Oliver se encogió de hombros.

—Para empezar, necesitamos unos números de teléfono.

—¿Se refiere a números de teléfono de nuestros estudiantes? —Cuando Marge asintió, Punsche dijo—: Sabrán que no puedo facilitar los números sin preguntárselo a los padres.

—Nos interesa Joey Reinhart, el mejor amigo de Gregory Hesse —explicó Marge—. Podemos pedirle el número a Wendy Hesse, ella fue la que nos habló de Joey, pero el teniente no quería molestarla. Usted lo entenderá.

Punsche se acarició la barbilla lampiña.

—¿Por qué se ha puesto Wendy Hesse en contacto con ustedes?

—Como le ha dicho mi compañero, hay cosas que no encajan. Nos tomamos en serio cualquier delito, y el suicidio es un delito.

—Es un delito solo en el sentido más técnico de la palabra.

—Así es el Departamento de Policía de Los Ángeles —respondió Oliver—. Somos muy técnicos.

—También hemos descubierto algunas cosas interesantes sobre otro amigo de Gregory. Un chico llamado Kevin Stanger. Se fue de Bell y Wakefield hace unos seis meses, al comienzo de su segundo año. Doy por hecho que conservarán su dirección y su número de teléfono.

—Kevin Stanger. —El hombre volvió a acariciarse la barbilla—. Lo siento. No le pongo cara a ese nombre.

—Quizá no lo conozca, así que le diré lo que sabemos. Kevin Stanger se fue a otra escuela porque sufría acoso.

Punsche negó con la cabeza.

—Si lo acosaban aquí, yo me habría enterado.

—No se enteró —dijo Oliver—. Pero eso no significa que no ocurriera.

—Miren, yo no lo sé todo, pero sí sé muchas cosas. Si supiéramos que estaban acosando a un estudiante, abordaríamos la situación lo más rápido posible. Aquí no toleramos esa clase de tonterías.

—¿Así que aquí no hay acoso?

—Hay hermandades. Aunque la escuela destaca por sus logros académicos, deportivos y teatrales, sigue siendo un instituto lleno de adolescentes. Hay chicos populares y estoy seguro de que no serán benévolos con todo el mundo. Habrá chicos que se sientan marginados. Pero eso no es acoso.

Marge probó con otro enfoque.

—Estoy segura de que usted tiene cariño a sus estudiantes. Ahora mismo lo único que buscamos son dos números de teléfono. Maldita sea, solo queremos consolar un poco a Wendy obteniendo algunos detalles. Ayúdenos con eso.

—Supongo que puedo conseguirles los números —dijo Punsche—. Puede que lo de Kevin Stanger tarde un poco más, porque ya no es alumno y no estará en el ordenador.

—No importa —dijo Oliver—. Esperaremos.

—Si puede conseguirnos el horario de clases de Gregory, nos sería de mucha utilidad —añadió Marge.

—No habrán venido hasta aquí solo por unos números de teléfono y un horario de clases —supuso Punsche.

—La verdad es que sí —respondió Marge—. De todos modos estábamos por la zona. Pero, ya que estamos aquí, si hay algo que pueda decirnos sobre Gregory Hesse que pueda sernos de ayuda, por favor, siéntase libre para hablar.

—Qué hacía, con quién se relacionaba, a qué clubes pertenecía…, lo que le enfadaba —explicó Oliver.

—Esto es embarazoso, pero lo diré de todos modos. —A Punsche se le habían sonrojado las mejillas—. Yo no conocía realmente al chico. Nunca tuve motivos para… relacionarme con él. Normalmente me encargo de los problemas y de los chicos problemáticos. Que yo sepa, Gregory encajaba bien.

—¿Esa opinión se basa en algo concreto o en la ausencia de problemas?

El vicedirector empezó con evasivas.

—Estoy seguro de que podría haberlo conocido mejor. Pero, cuando sucedió todo, yo no… no sabía que tuviera problemas.

—Dado que no lo conocía bien, quizá sepa de alguien que sí lo conociera.

Punsche parecía molesto.

—Prueben con alguno de sus profesores. Les conseguiré el horario de clases. Y, si fuera ustedes, me limitaría a seguir la lista.

CAPÍTULO 5

—Me pegaría un tiro si tuviera que estar en el instituto nueve horas al día, cinco días a la semana. —Oliver estaba mirando el horario de clases—. ¿Qué fue del aburrimiento creativo?

—Por eso Hollywood solo hace *remakes* de películas antiguas. —Marge iba al volante. Habían terminado en Bell y Wakefield a la una y se dirigían hacia la consulta de la doctora Olivia Garden en Sylmar—. Les falta ingenio. Y ni siquiera hablo de rehacer los clásicos. Me refiero a series de los sesenta o a *Los ángeles de Charlie*. Cosas populares.

—En eso no estoy de acuerdo. —Oliver parecía melancólico—. *Los ángeles de Charlie* tenía cosas positivas.

Marge sonrió.

—Le he dicho a Lee Wang que lleve la Ruger a balística y vea si se utilizó en otros delitos.

—¿Cómo crees que Hesse se hizo con ella?

—Ni idea. —En ese momento sonó el móvil de Marge—. ¿Puedes contestar por mí?

—Podrías usar el *bluetooth*.

—¿Para que oyeras todas mis conversaciones personales? No, gracias.

—Qué quisquillosa. —Oliver rebuscó en su bolso y contestó—. Detective Oliver.

Al otro lado de la línea se oyó una voz vacilante de mujer.

46

—Le estoy devolviendo la llamada a la sargento Dunn.

—Ahora mismo está conduciendo. ¿Con quién hablo?

—Soy Nora Stanger.

—Ah, gracias por llamar, señora Stanger. Soy el detective Scott Oliver, el compañero de la sargento Dunn. Estamos repasando algunos detalles sobre el trágico suicidio de Gregory Hesse y nos preguntábamos si podríamos hablar con usted. Según creo, su hijo Kevin era amigo suyo.

—Hacía tiempo que los chicos no se veían.

—Sí, sé que Kevin se marchó de Bell y Wakefield. Confiaba en que su experiencia pudiera arrojar algo de luz a lo ocurrido. Wendy Hesse, la madre de Gregory, está sufriendo, y cualquier respuesta que podamos darle sería de ayuda.

La voz de la mujer sonó siniestra.

—Pobre mujer.

—No entiende lo que ocurrió. Y nosotros no sabemos gran cosa sobre Bell y Wakefield. En administración, como es lógico, protegen a la escuela. Quizá usted pueda darnos algunos datos. Mi compañera y yo tenemos libertad de horarios. ¿Cuándo le vendría bien?

—Tengo que… tengo que hablar con Kevin. A su edad, no puedo tomar decisiones por él.

—Ya tiene el número de la sargento Dunn. Le daré también el mío—. Oliver le recitó algunos dígitos—. Dígame cuándo le viene mejor. Y gracias por devolvernos la llamada.

—De nada —respondió Nora antes de colgar.

Oliver volvió a guardar el teléfono en el bolso de Marge.

—Tiene que preguntarle a Kevin.

Marge asintió.

—¿Qué te ha parecido Punsche?

—Un falso y un artista de las mentiras —respondió Marge—. Pero le creo cuando dice que no sabía nada de los problemas de Kevin Stanger.

—Debía de saber que el chico se fue a otra escuela.

—Quizá eso sí lo sabía, pero puede que no supiera el por qué. Si al chico lo acosaban, sí que creo que la escuela habría reaccionado.

—Quizá. —Oliver lo pensó por un momento—. Me pregunto qué sabrá Nora Stanger sobre los problemas de su hijo.

—Lo suficiente para sacarlo de la escuela —respondió Marge—. Con quien realmente tenemos que hablar es con Kevin. Él es quien puede darnos nombres.

La doctora Olivia Garden y el doctor Gary Pellman, de la Sociedad Dermatológica de Estados Unidos, formaban una corporación médica. La consulta estaba en un centro comercial de una sola planta que compartía el aparcamiento con una tienda de donuts, una tienda de bocadillos y una lavandería. Marge encontró aparcamiento en la calle y echó monedas en el parquímetro.

Una vez dentro de la consulta, Oliver llamó a la puerta corredera de cristal. La mujer situada al otro lado tenía sesenta y tantos años, el pelo corto y gris, la cara redonda y los ojos marrones. No iba maquillada, pero su piel parecía suave; una buena publicidad para la clínica. Llevaba puesta una bata blanca y un estetoscopio le colgaba del cuello.

—La clínica está oficialmente cerrada hasta las dos, pero quizá pueda ayudarles.

—Buscamos a la doctora Garden —dijo Marge.

—Pues la han encontrado. —Marge le mostró la placa y la doctora dijo—: Vengan por aquí. —Abrió la puerta—. Entremos en mi despacho. Estoy terminando de comer.

—Sentimos interrumpirla —dijo Marge.

—No hay problema. —Les hizo pasar a su despacho personal—. Acerquen una silla. —Se sentó detrás de su mesa y dio un bocado a medio sándwich—. ¿De qué se trata?

—Hace unos seis años, denunció el robo de una pistola —explicó Oliver—. Una Ruger 9 mm.

—¿La han encontrado?

—Sí, así es. Ha sido utilizada recientemente en el suicidio de un chico de quince años.

Olivia Garden se quedó con la boca abierta.

—¿El de los periódicos?

—Ese mismo. Se llamaba Gregory Hesse. ¿Por casualidad los conocía a él o a su familia?

—No. —La doctora negó con la cabeza—. Oh, Dios mío. ¿Cómo consiguió mi pistola ese pobre chico?

—Por eso estamos aquí —respondió Oliver—. Queremos hacerle un par de preguntas sobre el robo.

Marge sacó una libreta.

—Según creemos, la pistola fue robada de su consulta.

—Sí, así fue, hace mucho tiempo…

—¿Solo robaron la pistola o formaba parte de un botín mayor?

—No. Creo que fue solo la pistola.

—¿Por qué tenía una pistola en su consulta? —preguntó Oliver.

Hubo una pausa.

—Si no recuerdo mal —dijo la doctora—, había habido una oleada de robos en clínicas de la zona. La policía nunca arrestó a nadie, pero nos reunimos con la patrulla de seguridad del barrio y pensamos que sería algún yonqui buscando drogas. El caso es que la gota que colmó el vaso para mí fue cuando una enfermera que se quedó trabajando hasta tarde recibió un golpe en la cabeza y tuvo que ir al hospital. Al final no le pasó nada, pero yo me asusté. Mi marido sugirió que me comprará una pistola porque a veces trabajo hasta tarde.

—¿Y cuánto tiempo hacía que tenía la pistola cuando se la robaron? —preguntó Oliver.

—No mucho. Diría que unos seis meses.

—¿Se compró otra pistola?

—No. —Dio otro bocado al sándwich—. Después del robo, no quise contribuir al amplio arsenal de armas en el mercado negro. Supuse que estaría mejor con un bate de béisbol. Pero, por suerte, nunca llegó a pasar nada. Los robos cesaron y pensamos que el ladrón se fue en busca de pastos más verdes.

—¿Se dio cuenta de inmediato de que la pistola había sido robada? —preguntó Marge.

—Buena pregunta. La guardaba en una caja con candado en el último cajón de la mesa y no la abría muy a menudo. Cuando lo descubrí, podrían haberla robado meses atrás.

—¿Quién sabía que usted tenía una pistola? —preguntó Oliver.

—Nadie aparte de mi familia. Jamás se lo conté a mis empleados. No quería asustar a nadie.

—¿Y qué hay de sus hijos?

—Mis hijos tienen treinta y nueve y cuarenta y cuatro años. Llevan años fuera de casa. No les habría contado lo del arma. Se habrían preocupado por mí. No somos una familia de armas. Pero en aquella época me sentía vulnerable.

—¿Es posible que alguno de sus empleados la robara? —preguntó Oliver. La doctora pareció escéptica—. ¿Tenía problemas con alguno de los que trabajan para usted?

Ella negó con la cabeza.

—He trabajado con la misma gente durante años. Creo que la última vez que tuve que despedir a alguien fue hace diez años. No era alguien a quien conociera. Era un desconocido, de eso estoy segura.

—Yo diría que eso sería cierto si la pistola hubiese formado parte de un botín mayor. Pero ¿cómo es que el ladrón encontró el arma y no se llevó nada más?

La doctora no respondió y terminó de comerse el sándwich.

—¿Qué van a hacer con la pistola?

—Ahora mismo es una prueba.

—Pueden quedársela. Yo ya no la quiero, sobre todo después de lo que me han contado. —Masticó una zanahoria y después miró el reloj—. Tengo que hacer unas llamadas antes de volver a abrir la clínica. Espero que no les importe.

Los detectives se levantaron.

—Gracias por dedicarnos su tiempo —dijo Marge—. Debo decir, doctora Garden, que tiene usted una piel preciosa. ¿Tiene algún secreto especial?

—No puedo contarle mis secretos más preciados —respondió la mujer con una amplia sonrisa—. Pero le daré una pista de una de mis armas secretas. Empieza por B y termina por X. Y, si no lo adivina, probablemente sea usted una ludita.

—Dice que compró la pistola para estar protegida y que seis meses después descubrió que había sido robada —dijo Marge. Oliver y ella estaban en el despacho de Decker. Eran las cuatro de la tarde—. Está segura de que nadie más sabía lo del arma, salvo su familia.

—¿Lee ha sabido algo de balística? —preguntó Oliver.

—De ser así, no me ha llamado aún —respondió Decker.

—No puedo creerme que una pistola robada haya estado dando vueltas por ahí durante seis años sin ser utilizada para algún acto criminal.

—Lo más importante es cómo llegó la pistola a manos de Gregory Hesse —dijo Marge.

—Y eso seguimos sin saberlo. La señora Stanger no ha vuelto a llamar. No sé si lo hará. Parecía reticente a hablar. —Oliver miró a Decker—. Quizá si la llamase alguien con más autoridad, cedería.

—¿Gregory y su hijo estaban muy unidos?

—No lo sé —dijo Marge.

—Pero sí que sabemos que Gregory y Joey Reinhart eran buenos amigos. Quizá podamos centrarnos en él.

—Hemos dejado mensajes en el contestador de la casa y en el móvil de Joey. Pero no ha devuelto la llamada.

—¿Cuándo dejasteis el mensaje?

—Hace como dos horas.

—Dame su dirección. —Decker se puso en pie—. Me pasaré por allí de camino a casa.

* * *

Decker siempre tenía sus reservas a trabajar un viernes por la noche. Y, con ese caso, no había ninguna urgencia inmediata, solo el deseo de ayudar a una mujer angustiada. No existía justificación real para estar aparcado frente a la casa de Joey Reinhart cuando debería estar en casa inaugurando el *sabbat*. Se consolaba pensando que solo eran las seis de la tarde. Le había prometido a Rina no llegar más tarde de las siete. Estaba a punto de salir del coche cuando un adolescente flacucho salió de la casa agitando las llaves del coche. Iba encorvado y llevaba una cazadora y unos vaqueros. Abrió la puerta del conductor de un Ford Escort azul, se montó y empezó a dar marcha atrás.

Una de las luces traseras del vehículo estaba fundida.

Perfecto.

Decker puso en marcha el motor y lo siguió durante varias manzanas hasta que el muchacho llegó a la calle principal. Un minuto más tarde, Decker sacó la luz roja y la colocó en el techo de su coche. El chico se echó hacia el arcén inmediatamente. Cuando Decker se aproximó al Escort, el muchacho bajó la ventanilla y lo miró con miedo.

—¿Me enseñas tu carné de conducir?

Al chico le temblaban las manos cuando le entregó su cartera.

—¿Qué he hecho?

Decker sacó el carné y le devolvió la cartera.

Joey Harmon Reinhart. Uno ochenta, sesenta y ocho kilos («cuando los cerdos vuelen», pensó Decker), ojos marrones, pelo castaño. Según su fecha de nacimiento, tenía dieciséis años y tres meses. Decker le devolvió el carné y le indicó que saliese del coche y se subiese a la acera.

El chico obedeció. Estaba tan nervioso que casi le fallaron las rodillas.

—El faro trasero izquierdo está fundido.

—No lo sabía. Lo arreglaré de inmediato.

Decker se quedó mirándolo.

—¿Sabes, Joey? Si alguien te para en un coche sin identificarse, no salgas. Quédate en tu coche con las puertas cerradas y pide una identificación. Me da igual lo beligerante que se muestre el tipo al otro lado. Un agente de verdad no se ofendería. Salir del coche antes de saber qué está pasando es una estupidez.

El pobre muchacho se limitó a asentir con la cabeza.

Decker se sacó la cartera y le mostró la placa y la identificación.

—Incluso esto podría ser falso. Así que el siguiente paso es utilizar tu móvil y preguntar mi nombre al Departamento de Policía de Los Ángeles. Porque yo podría ser cualquiera, ¿de acuerdo?

El chico volvió a asentir.

—¿Quién dice que soy?

El muchacho leyó la identificación.

—Teniente Peter Decker.

—Entonces llama al Departamento de Policía y consigue mi número de placa.

—¿Quiere que haga eso ahora?

—No te molestes —respondió Decker con una sonrisa—. Soy teniente de la policía. —Miró el carné del chico—. ¿Dónde vas?

—He quedado con algunos de mis amigos.

Decker le devolvió el carné.

—Te dejaré marchar con una advertencia, pero arregla eso cuanto antes.

—Sí, señor. Ahora mismo. Quiero decir, mañana por la mañana. Creo que todos los talleres están cerrados...

—Pero arréglalo. —Decker se fijó en los ojos asustados del chaval—. ¿Sabes, Joey? Reconozco tu nombre.

—¿De verdad?

—Sí. Eras amigo de Gregory Hesse, ¿verdad? —El muchacho no respondió—. Uno de mis detectives te dejó un mensaje sobre Gregory Hesse. No le has devuelto la llamada. Tampoco tu madre ni tu padre. ¿Hay alguna razón para ello?

El chico comenzó a temblar de verdad. Incluso en la oscuridad, Decker veía su cara pálida. Lo último que quería era que un adolescente se quejara a sus padres de brutalidad policial.

—No te preocupes por eso —dijo Decker—. Volveré a llamar a tus padres.

—¡No, no, no lo haga! —le rogó el joven—. Yo iba a llamar, pero ya era viernes por la tarde y pensé que no habría nadie.

—La policía trabaja los fines de semana.

—Sí, claro. Lo sé. Qué estupidez. —Se golpeó la cabeza con la mano—. Greg era mi mejor amigo. Podemos hablar de ello. Ahora no. No es un buen momento, o sea, un buen lugar. Quiero decir que no es un buen momento ni un buen lugar.

—Dime una hora que os venga bien a tus padres y a ti —dijo Decker.

—Preferiría no meter a mis padres en esto.

—¿Por alguna razón en concreto?

—Ya sabe cómo son estas cosas… Saben cosas, pero no lo saben todo.

Decker se quedó mirando la cara del adolescente.

—Joey, ¿crees que Greg se suicidó?

El chico se humedeció los labios.

—No lo sé.

—¿Greg estaba triste últimamente?

—Triste no. Diferente.

—¿Puedes definir «diferente»?

—Distraído. Algo le rondaba por la cabeza.

—¿Alguna idea de qué?

—No se me ocurre nada.

—¿Y si hablamos el domingo? —sugirió Decker—. Así no interferirá con tus deberes. ¿Quieres venir a la comisaría?

—Estaría bien. ¿Puede ser a las once? No…, perdón. —Volvió a golpearse la cabeza—. No me entero. Ese día es el funeral de Greg. Durará un rato. ¿Quiere que quedemos el sábado?

—No me viene bien. ¿Y el domingo por la tarde? ¿A las cuatro o las cinco?

—A las cinco me va bien.

Decker le entregó su tarjeta al chico.

—Si ves que no puedes, llama a este número. ¿Dónde es el funeral?

—En la iglesia presbiteriana de Tanner Road.

—Me pasaré. —Decker garabateó algo en su libreta—. Toma. —Le dio al chico un pedazo de papel—. Esto es para el faro trasero, por si vuelven a pararte. Dice que te dejo ir con una advertencia y que lo arreglarás a lo largo del fin de semana.

—Gracias, señor. —El adolescente miró a Decker, pero no dijo nada.

—¿Qué piensas?

—Eh... ¿Sabía mi nombre por casualidad o me estaba siguiendo?

—Tienes el faro roto, Joey —respondió Decker con una sonrisa—. A caballo regalado no le mires el diente.

CAPÍTULO 6

Desde el asiento trasero de un taxi que apestaba a tabaco, Gabe le envió un mensaje a las 13.23.

Estoy aquí.

Yasmine le respondió un minuto más tarde: *Llego unos minutos tarde. Enseguida llego.*

Unos minutos se convirtieron en cinco. Gabe, compulsivo y puntual, se ponía especialmente nervioso cuando tenía que esperar.

De niño, siempre estaba esperando: a que su madre terminara las clases, a que terminara los deberes, a que le hiciera la cena, a que le leyese, a que le arropase en la cama. Su madre siempre estaba ocupada, ocupada, ocupada.

Los cinco minutos se convirtieron en diez, después en quince. A las 13.45 volvió a escribir a Yasmine.

Se está haciendo tarde.

Perdón. Enseguida llego.

Viéndolo con perspectiva, se daba cuenta de lo mucho que había tenido que trabajar su madre. Cada minuto libre de su tiempo lo dedicaba a su educación o a llegar a fin de mes. Él nunca sabía cuándo dormía, porque siempre estaba levantada cuando se despertaba o se acostaba. Cuando estaba en preescolar, vivían en un estudio diminuto en Chicago sin apenas calefacción en invierno. Recordaba perfectamente estar aplastado bajo un montón de mantas cuando dormía. No soportaba el peso. Le hacía sentir como si alguien estuviera encima de él. Pero, si se quitaba una o dos mantas, se congelaba. Apenas recordaba el calor del cuerpo de su madre cuando se metía en la cama que compartían, pues esos momentos quedaban envueltos por la niebla del sueño y de la infancia.

Chris no apareció en escena hasta que él tuvo unos cinco años.

Daba igual lo que sintiera ahora por su padre, porque Gabe agradecía la intervención de Chris. En cuanto apareció, se mudaron a un apartamento de dos dormitorios y la vida se hizo soportable. No solo tenían más comida, sino mejor comida —pollo, fruta y verdura, incluso galletas—, a años luz de su dieta anterior a base de leche, pan blanco, mantequilla de cacahuete y macarrones.

En el fondo de su mente recordaba haber comido muchos tallarines antes de entonces. A veces comía tallarines durante días. Casi siempre su madre le acompañaba, pero había veces en las que simplemente le daba de comer y se quedaba mirándolo. Incluso a la edad de dos o tres años, se daba cuenta de que su madre no comía con él. Recordaba que pensaba que tal vez ella tenía hambre y él debería compartir la comida. Pero él también tenía mucha hambre. Y, casi sin darse cuenta, ya se había comido el tazón entero y se había bebido toda la leche. Y su madre le daba un beso en la cabeza y le decía que era un buen chico. Y esas noches él no la veía comer nada, solo bebía café.

Suspiró.

Tras desaparecer de su vida durante casi un año, se había puesto en contacto con él. Y él la había ignorado. De pronto se sentía avergonzado y, cuando se sentía culpable, se ponía de mal humor.

¿Dónde diablos estaba la maldita chica? Había sido mala idea. Estaba cada vez más tenso.

Tras la aparición de Chris, nunca volvieron a pasar hambre. Tenían calefacción, tenían aire acondicionado y él tenía el mayor lujo de todos: un piano.

Chris le había llevado a París hacía seis semanas para celebrar Año Nuevo. Estar con su padre siempre era como estar con un barril de pólvora con la mecha muy larga. Gabe había sido educado, se había mantenido callado y, por una vez, su padre había decidido comportarse. En realidad se lo habían pasado bastante bien.

Aunque tampoco es que pasaran mucho tiempo juntos. Chris normalmente dormía toda la mañana mientras él recorría la ciudad, dando largos paseos solo, captando la arquitectura icónica con su cámara. Solían encontrarse por la tarde, visitaban algún museo y salían a cenar y/o a un concierto. Después Gabe regresaba a su habitación mientras su padre buscaba mujeres.

Para probarlas una a una. La edad de consentimiento sexual era menor en Francia, y Chris se aprovechaba de esa ley más liberal, tirándose a chicas por las que en Estados Unidos habría ido a la cárcel. En total debió de acostarse con unas quince chicas en diez días. Él decía que estaba probando la mercancía. Había un acuerdo tácito según el cual Gabe podía quedarse con la que quisiera, pero eso le habría supuesto complicaciones. Así que se encerraba en su habitación de hotel cada noche y veía la amplia oferta de porno de la Internet francesa.

Al final Chris solo le ofreció trabajo a una chica. Era una chica de diecinueve años preciosa, pero drogadicta. Le había comprado un billete en turista con la aerolínea más barata que encontró mientras Gabe y él, acompañados de Talia, la actual novia de Chris, volvían a casa en primera clase con Air France.

—¿Qué probabilidades hay de que acabe viniendo a trabajar para ti? —le preguntó Gabe.

—Un cincuenta por ciento.

La chica se presentó dos semanas más tarde. Eso decía mucho del encanto de Chris.

Cuando el reloj de Gabe dio las dos, se cabreó de verdad. Ya había gastado veinte dólares esperando y la chica todavía no había aparecido. Le dijo al taxista que esperase un poco más, salió del taxi y escribió mientras caminaba por la acera.

Dnd stás?

Perdón.

¡Joder! Iban a llegar tarde. No soportaba llegar tarde. Apretó los dientes con rabia. Al fin, a las 14.20, la vio llegar corriendo. De no haber estado tan furioso, se habría reído porque resultaba cómica. Corría, con la cara roja, sobre sus tacones, llevando un diminuto vestido de cóctel negro que le quedaba ajustado y un jersey negro con el cuello de piel. Llevaba el pelo recogido con un estilo elegante, como si fuera a un baile de gala. Sostenía un bolso de noche con cuentas. ¿Y él? Él llevaba una camisa vaquera sobre una camiseta negra de algodón, unos pantalones caquis y unas Vans.

Ella le saludó con la mano.

Él no devolvió el saludo.

Cuando llegó al taxi, dijo:

—Lo siento mucho…

—Es muy tarde. Vámonos de aquí.

Ella entró primero, después se montó él y cerró la puerta con fuerza.

Con mucha fuerza.

—Vamos, vamos, vamos —le ladró al taxista, un ruso que hablaba con mucho acento—. Tome la 405 hacia la 101 este que conecta con la 134. Siga por ahí hasta la 5 sur y después tome la 110 sur. Salga en la primera.

—De acuerrrdo.

—Tenemos que llegar en media hora.

—Eso es imposible.

—Hágalo y haré que le merezca la pena el esfuerzo.

—Usted manda.

El taxista pisó el acelerador y ellos se quedaron pegados al asiento con la fuerza. Yasmine dejó escapar un grito ahogado, pero él la ignoró. Se quedó sentado en el asiento, echando humo, con los brazos cruzados.

—Lo siento —repitió Yasmine.

Él no respondió. Después dijo:

—¿Por qué has tardado tanto?

—Le dije a mi madre que devolví las entradas. Así que he tenido que esperar a que mi madre y mis hermanas se fueran a comprar y a la fiesta de Michael Shoomer. Luego he tenido que arreglarme.

«¿Arreglarte para qué?».

Gabe se quedó mirándola. Llevaba mucho maquillaje, medias y perlas, como si fuera una fiesta de graduación. Incluso esas chicas parecían estúpidas. Parecía como si se hubiera disfrazado con la ropa de su madre. Él apartó la mirada.

Ella jugueteó nerviosa con su collar.

—Lo siento.

—A mí no me importa —le dijo él—. Yo ya he visto ópera. Aunque odio llegar tarde. Todo el mundo te mira y tienes que pasar por encima de la gente. Es una falta de respeto hacia los intérpretes.

Yasmine tenía la cara roja y seguía jadeando. Se quedó mirándolo y guardó silencio. Cuando volvió a hablar, sonaba angustiada.

—Voy demasiado formal.

Gabe no dijo nada y siguió echando humo. Ella se giró y se quedó mirando por la ventanilla del taxi.

Había poco tráfico. Iban bien de tiempo.

—La ópera atrae a todo tipo de gente —dijo él al fin—. La gente va vestida de muchas maneras, desde chaquetas y corbatas hasta vaqueros. No te preocupes por ello.

Ella siguió mirando por la ventanilla.

Continuaron otros cinco minutos en silencio. De pronto, Gabe se relajó. ¿Qué sentido tenía enfadarse? Ese era el terreno de su padre.

—Estás guapa —dijo.

Ella se dispuso a decir algo, pero cambió de opinión.

—En serio, Yasmine —insistió Gabe—. Estás muy guapa.

Yasmine lo miró por primera vez. Tenía la raya del ojo algo corrida.

—Siento mucho haber llegado tarde. Mi familia siempre llega tarde. Debería haberte advertido. Si querías que llegase a la una, deberías haberme dicho las doce. Pensaba que ir a la ópera era algo bastante elegante.

—A veces lo es. —Gabe se dirigió al taxista—. ¿No puede ir más deprisa?

—Ya voy a ciento cinco.

—Pues vaya a ciento veinte. No tiene a nadie delante.

—¿Me pagará la multa?

—Sí, le pagaré la multa.

—Usted manda.

El taxi volvió a ganar velocidad. Gabe miró el reloj. Les quedaba una media hora y estaban a una media hora de camino.

—Nada en Los Ángeles es formal, y menos una matiné.

—Ahora lo sé. Nunca he ido a la ópera. Ni siquiera he visto una representación de ningún tipo en directo.

—¿Tus padres no creen en la cultura?

—Tienen cultura, pero no es cultura estadounidense. En Irán, estoy segura de que mi padre era muy culto. No aprendió inglés hasta que cumplió los treinta. ¿Por qué iba a ir al teatro aquí? Se perdería todos los matices.

—Tienes razón. Ha sido una grosería. Perdona.

Ella jugueteó con las cuentas de su bolso de noche.

—Tengo un aspecto ridículo.

Él intentó sonreír.

—Nadie te mirará, porque tendremos que abrirnos paso entre la oscuridad cuando lleguemos.

—Siento que te lo vayas a perder todo.

—No nos lo perderemos todo. Simplemente tendremos que esperar a que haya un interludio para que nos dejen sentarnos. A mí no me importa. Yo ya he visto *La Traviata*.

—¿De verdad?

—Sí, la vi hace como cuatro años en el Met.

—¿En serio? —Yasmine abrió los ojos con asombro.

—Sí. Antes vivía en Nueva York.

—Dios mío. —Se recostó en el asiento y suspiró con los ojos cerrados—. Ese es mi sueño.

—¿Vivir en Nueva York?

—No, ir al Met. —En ese momento se incorporó—. ¿Quién hacía de Violetta?

—Déjame pensar. Fue hace ya un tiempo… Creo que fue Celine Army.

—¡Es genial! —Se giró hacia él, aunque sin mirarlo a los ojos—. Pero Alyssa Danielli es mejor.

—Yo no hablo de mejor y peor. Son diferentes.

—Bueno, a mí me gusta más la voz de Danielli. Es más dulce.

—En eso te doy la razón. —Se quedó mirando su rostro maquillado con la raya corrida—. ¿Cómo puede tener un oído tan bueno alguien que nunca ha ido a un concierto?

Ella se encogió de hombros.

—Soy una extraterrestre.

Gabe contuvo una sonrisa.

—Liszt solía presentar a Chopin diciendo que era de otro planeta, así que quizá no sea tan malo.

—Quizá. —Yasmine sacó un espejito y un pintalabios del bolso. Cuando se vio la cara, se horrorizó—. ¡Dios mío! ¡Parezco un monstruo!

—Estás bien…

—Esto es vergonzoso… Parece que me he tirado la noche bebiendo y drogándome. —Sacó una toallita húmeda del bolso y comenzó a limpiarse los ojos. Eso no hizo más que empeorarlo. Empezó a temblarle el labio inferior—. Dios, estoy hecha un desastre.

Empezó a atacar su cara con la toallita para desmaquillarse. Con cada pasada, se le corría más y más el maquillaje. Comenzaron a resbalarle las lágrimas por las mejillas.

Gabe puso los ojos en blanco.

—Para, para, para. —Le quitó la toallita—. Cálmate. Estás bien. Estate quieta. —Con cuidado comenzó a quitarle la pintura de la piel hasta que se le quedó limpia—. Ya está.

Ella se miró al espejo con miedo y no dijo nada.

—No sé por qué querrías cubrirte la cara con esa mierda —le dijo Gabe—. Estás mucho más mona sin ella.

—Ya te he dicho que las persas se arreglan para los eventos. Además, ahora parezco una niña de diez años.

—Pero una niña mona de diez años.

Al fin sonrió y después se pintó los labios.

—Gracias por aguantarme.

Gabe se encogió de hombros.

—Ya que estás cambiando cosas, deberías dejarte el pelo suelto. Nadie de nuestra edad lleva el pelo así a no ser que estén en un cortejo nupcial.

Ella hizo un puchero y comenzó a quitarse horquillas del pelo.

—¿Necesitas ayuda? —le preguntó él.

—Creo que ya has hecho suficiente, gracias…

—Vas a arrancarte el pelo si sigues dando esos tirones. —Se acercó a Yasmine, pero ella se apartó. Él puso los ojos en blanco—. Estate quieta. Solo intento ayudarte, ¿de acuerdo?

De pronto ella se detuvo y dejó caer los hombros derrotada.

—Haz lo que quieras.

«Nunca le digas eso a un tío». Gabe contuvo la sonrisa.

—Tienes mucho pelo.

—Veo que no sabes nada sobre chicas persas. Todas tenemos mucho pelo y gran parte de él en zonas no deseadas.

Él soltó una carcajada inesperada.

—¿Has pensado en dedicarte a la comedia?

—Me alegra que te haga gracia.

—Estate quieta. —Gabe se acercó más a ella mientras le quitaba horquillas del pelo, una por una. Su rostro estaba a pocos centímetros. Podía saborear su aliento. Inhaló su perfume. Su vestido tenía el escote en U y dejaba sus clavículas al descubierto. Cuando terminó de quitarle todas las horquillas, fingió alisarle el pelo y deslizó los dedos por aquellas protuberancias óseas. Pasó los dedos por sus largos mechones de pelo, suave, negro y ondulado. Le sacó algunos mechones de debajo del jersey y acarició su nuca.

Y allí estaba: aquel cosquilleo tan familiar debajo del pantalón. No es que llevase los pantalones ajustados, pero era alto y, gracias a

Dios, estaba proporcionado. Lo único que tendría que hacer ella sería mirar hacia abajo para verlo. Por suerte era demasiado ingenua para darse cuenta. Se desaprovecharía, pero al menos era agradable excitarse con algo que no fuera porno.

—Ya está. —Dejó los tirabuzones sobre sus hombros y se recostó en el asiento—. Ahora estás buena.

—¡Sí, claro! —Yasmine apartó la mirada. Le resultaba difícil mirarlo sin sonrojarse. Era el chico más guapo que había visto en toda su vida.

Gabe miró el reloj y volvió a enfadarse. Lo cual estaba bien, pero era difícil estar excitado y molesto al mismo tiempo. Empezó a dar golpes con el pie mientras el taxi corría hacia su destino. Miró el reloj de nuevo cuando se acercaban al Centro de Música. Para cuando el taxi se detuvo, les quedaban solo cinco minutos.

Estaban en el lado del Teatro Ahmanson en vez del Dorothy Chandler Pavilion, donde se representaba la ópera. Era más rápido correr que darle más indicaciones al taxista.

Gabe pagó cien dólares por una carrera de sesenta y dos.

—Gracias. —Abrió la puerta de golpe—. Vamos, vamos, vamos.

Comenzó a correr por la acera, dando por hecho que ella lo seguía. Pero, poco después, al mirar por encima del hombro, estaba como a veinte pasos por detrás. El vestido le quedaba demasiado ajustado como para permitirle un movimiento amplio y los tacones eran demasiado altos para correr. Gabe se detuvo, le agarró la mano y la arrastró mientras oía el clic, clic, clic de sus tacones.

—¿Qué propina le has dejado al taxista? —preguntó.

—No sé. ¿A quién le importa?

—Voy a pagar la carrera a medias contigo, así que a mí me importa.

—Dije que lo pagaría yo, si venías… aunque hayas llegado cuarenta y cinco minutos tarde.

Yasmine iba jadeando.

—Dije que pagaría la mitad…

—¡Olvídalo! —Siguió tirando de ella—. ¡Vamos, vamos!

Llegaron a la entrada a las 15.04.

Las luces estaban parpadeando por última vez, indicando que el espectáculo estaba a punto de comenzar. Por los altavoces se oía a la orquesta afinando.

Empezó a subir los escalones a saltos, de dos en dos, seguido de Yasmine, pero su peso le lastraba. Se dio la vuelta y vio cuál era el programa. Ella tenía la boca abierta y miraba perpleja hacia el techo.

—¡Mira qué tamaño tienen esas lámparas de araña!

—Sí, y seguirán ahí en el descanso. —Volvió a tirar de ella—. ¡Vamos!

Entraron justo cuando las luces se apagaban. Pasó frente a la acomodadora y le dijo que sabía dónde estaban sus asientos.

Pasaron por encima de la gente.

«Perdone, perdone, disculpe, perdone».

Al fin encontraron los asientos.

—Apaga tu móvil —le dijo a Yasmine.

—Claro.

Gabe se recostó en su butaca y respiró aliviado. Miró a Yasmine, que parecía ajena a su llegada por los pelos y a su comportamiento grosero. En cuanto la orquesta comenzó con la obertura, se quedó sentada prestando atención, con las rodillas muy juntas, las manos aferradas al bolso y el cuerpo ligeramente inclinado hacia delante, como si hubiera algo que ver además del telón de terciopelo.

¡Increíble!

Tras tomar aliento varias veces, hizo girar los hombros y empezó a relajarse. Estaban en la primera fila del palco, así que gozaba del lujo del espacio extra para estirar las piernas. Se recostó, separó las piernas y dejó caer las manos sobre su regazo.

Su rodilla tocó la de ella por accidente. Juntó las piernas de inmediato.

Ella lo miró a la cara, le dedicó una sonrisa de oreja a oreja y articuló un «gracias» silencioso antes de volver a mirar hacia el escenario.

Él arqueó las cejas y no pudo evitar sonreír también. Se acomodó en su butaca con los brazos cruzados. Lentamente sus piernas comenzaron a abrirse y volvió a tocar la rodilla de Yasmine.

En esa ocasión la dejó donde estaba.

CAPÍTULO 7

Como la comisaría estaba tranquila, Decker pensaba adelantar parte del papeleo de la semana anterior, pero no podía concentrarse; no paraba de pensar en el funeral de Gregory Hesse. Habían colgado una foto ampliada de la cara del chico encima del altar, y sus ojos jóvenes no podían anticipar el desastre que se avecinaba. Ante una iglesia abarrotada, el cura pronunció un discurso sobre una vida segada por el más profundo de los secretos del corazón. Tuvo que parar en varias ocasiones para recomponerse. Después hablaron familiares y amigos, que contaron sus recuerdos de un chico demasiado joven para emplear el pretérito.

La misa terminó a las doce y la recepción duró una hora más. Decker sí que advirtió que asistieron muchos jóvenes. Tras esperar su turno para ofrecer sus condolencias a los padres, supuso que había hecho lo correcto al asistir al funeral, porque Wendy Hesse le apretó la mano.

«Por favor, no se olvide de mi hijo».

—Toc, toc. —Rina estaba en su puerta con una bolsa de papel—. Servicio de habitaciones.

—Siéntate. —Decker sonrió—. ¿Qué me has traído?

—Sándwich de *roast beef* en pan de centeno con rábano picante y mostaza. Tengo una reunión en el colegio dentro de veinte minutos. Mientras tanto, pensaba hacer lo que mejor se me da, es decir, alimentarte.

—Haces muchas cosas extremadamente bien, incluyendo alimentarme.

Rina se sentó.

—Estarás en casa a las siete, ¿verdad?

—Sí, allí estaré. —Koby y Cindy iban a ir a cenar con los bebés—. ¿Estás segura de que no prefieres salir?

—Si saliéramos, ninguno podríamos comer. Así que he cocinado. Incluso aunque no comamos ninguno, es más barato que salir.

—Nadie cocina tan bien como tú. ¿Qué vas a preparar?

Ella le contó el menú: falda de ternera asada rellena de arroz pilaf y frutas deshidratadas, judías verdes, puré de boniatos y, de postre, pastel de melocotón. A Decker se le hizo la boca agua incluso mientras se comía el sándwich.

—Intenta llegar a tiempo.

—No lo intentaré, llegaré a tiempo. Mira este lugar. Soy el único loco que está aquí un domingo por la tarde. ¿Dónde está Gabe?

—Ha ido a la ópera. Dijo que estaría de vuelta para la cena.

—Ese chico es un misterio, pero sabe reconocer una buena comida.

—¿Cómo ha ido el funeral?

Decker le hizo un resumen.

—De hecho estoy aquí para hablar con el mejor amigo de Gregory. Es un poco raro. O quizá le puse nervioso cuando le paré.

—¿Tú crees? —Cuando Decker puso cara, ella añadió—: ¿Qué te parece raro?

—Se guarda cosas.

—Eso no es raro, se llama cautela.

—¿Desde cuándo eres su abogada defensora? —En ese momento sonó el interfono y la recepcionista informó a Decker de que Joey Reinhart le llamaba por la línea dos—. Hola, Joey, soy el teniente Decker.

—Eh, podría llegar un poco antes.

—Claro. ¿A qué hora?

—De hecho estoy justo delante de la comisaría.

—Entra y saldré a recibirte. —Decker colgó el teléfono y se levantó—. El chico ha llegado pronto.

—De todas formas yo me tengo que ir. —Rina se levantó y le dio un beso en los labios—. Hoy vamos a decidir si instalamos una máquina expendedora o montamos un puesto para vender a los chicos nuestra propia comida.

—¿Y cuál es el dilema?

—Bueno, si dejamos que una empresa de máquinas expendedoras nos traiga la comida, podría haber problemas con el *kashrut*. Pero el pro es que ellos se encargan de todo y nos envían una factura. Además no necesitamos a nadie que lo gestione. Si vendemos nuestra propia comida, ganamos más dinero y el *kashrut* no es un problema. Pero entonces podríamos tener problemas de responsabilidad y con el Departamento de Sanidad, y tenemos que encontrar a alguien que lleve el puesto. Sí, parece trivial, pero esta clase de cosas influyen mucho en los chicos.

—Lo entiendo. Desde que pusimos la máquina de capuchino junto a la de dulces, todos andan más contentos.

—Ahí lo tienes. —Rina sonrió—. Nunca subestimes el poder de la cafeína y del azúcar.

Incluso envuelto en una sudadera con capucha y unos vaqueros anchos, el chico seguía siendo un saco de huesos. Decker lo llevó a una sala de interrogatorios, le dio un vaso de agua y un caramelo.

—Ya he arreglado el faro —dijo el muchacho.

—Fantástico.

—Gracias por no ponerme una multa.

—No hay de qué. Me alegra que te hayas encargado de ello. —Decker sacó una grabadora portátil—. ¿Te importa que grabe la conversación? Es el procedimiento habitual. Nadie tiene una memoria perfecta.

—Claro. Adelante.

Decker dijo el nombre de la persona con la que estaba hablando, la hora y la fecha.

—Gracias por venir.

—No hay de qué. —Joey entrelazó sus largos dedos y se encogió de hombros—. ¿Qué puedo decir?

—La madre de Gregory no tiene ni idea de lo que ocurrió. No se lo esperaba.

—A mí me lo va a decir.

—¿Tú tampoco lo veías venir?

El chico pareció apesadumbrado.

—No.

—Háblame de Gregory Hesse —le pidió Decker—. ¿Cómo era?

—Es difícil describir a una persona a la que conoces desde siempre —contestó Joey con oscuridad en la mirada—. Greg era Greg.

—¿Qué hacíais cuando estabais juntos?

Joey volvió a encogerse de hombros.

—Salíamos por ahí…, íbamos al cine, jugábamos a videojuegos. Siempre nos llevamos bien. Los dos somos bastante cerebritos…, ni se imagina. Yo soy más de ciencias y matemáticas. A Greg se le daban bien también las matemáticas, pero le gustaba la lengua. Lo suyo era leer y escribir. Solía ayudarme con mis trabajos. —Joey se mordió el labio—. Era un tío listo.

—¿Tenéis otros amigos en común?

—Sí, tenemos un grupo —Mikey, Brandon, Josh, Beezel. Si quieres sobrevivir a B y W, necesitas amigos.

—¿Y qué pasa si no tienes amigos?

—Estás jodido. B y W no es un lugar agradable. Pero, si no pasas por desesperado, puedes apañártelas y obtener una buena formación.

—¿Qué le ocurrió a Kevin Stanger?

—Oh, Dios, pobre Kev. —Negó con la cabeza—. La supervivencia del más fuerte, ya sabe. Kev no lo soportó.

—¿Por qué no?

—Ya sabe, no todos los empollones son listos. Ese era el problema de Kevin. Era friki, pero no tenía un cerebro en el que apoyarse. Eso le convirtió en un objetivo.

—¿Los chicos le pegaban?

—No, es algo más sutil. Ellos te acorralan. Vas caminando y de pronto tienes a una docena de ellos junto a ti, dándote tobas en la cabeza, tocándote, pidiéndote dinero, que tú les das. Pero ni siquiera después paran. Con Kevin era un día tras otro.

—¿No fue a administración a contar sus problemas?

—Si haces eso es peor. Lo mejor que puedes hacer es vivir con ello y confiar en que encuentren a otra víctima. Lo de acorralarte provoca mucha ansiedad, porque por dentro piensas que en cualquier momento van a ponerse violentos.

—¿Y cuántos suelen ser?

—De cinco en adelante. Y, como realmente no te hacen daño, ¿a quién vas a quejarte? Se trata del dominio. En plan, quién es el jefe.

—¿Quiénes son?

—Imbéciles —respondió Joey—. Sería una estupidez por mi parte dar nombres, porque, cuando te conviertes en objetivo, se corre la voz y entonces eres el blanco de todos. Yo me las apaño bien. No se ofenda, pero no voy a joderla.

—Ellos no sabrían quién es la fuente, Joey. Podríamos mantenerlo en privado.

—Búsquese a otro. En cualquier caso no le sería de ayuda, porque Greg no tenía problemas. Él podía superarlo. —Joey pareció quedarse perdido en sus pensamientos—. Ambos damos clases particulares, otra razón por la que no voy a dar nombres. Tengo que pagarme el coche y la gasolina es cara. Las clases particulares me dan dinero.

—Lo comprendo. Háblame de Greg y sus clases.

—No puedo asegurarlo, pero creo que Greg estaba haciéndolo a lo bestia.

—¿Te refieres a escribir trabajos para los alumnos de último curso?

—No. No podía hacer algo así. Era más bien... rellenar los huecos. Las tesis de los alumnos de último curso tienen un mínimo de treinta páginas. Eso es mucho escribir para la mayoría.

Decker asintió.

—Eso no tiene nada de malo. Quiero decir que casi todos los chicos de B y W han recibido clases particulares durante años: de profesores profesionales, de preparadores para el examen de ingreso a la universidad, de estudiantes universitarios. Todo el mundo sabe que, si entregas un trabajo de fin de trimestre en la escuela, unos cuarenta millones de personas lo han ojeado antes de entregarlo. B y W tiene una estricta política de evaluación. Has de rendir a un nivel universitario, lo cual para mí nunca ha tenido sentido. ¿Para qué necesitas el instituto si ya estás a nivel universitario? Pero ya sabe cómo es. La competencia es feroz.

Decker se rascó la cabeza. Sus hijos ya habían dejado atrás esa carrera de locos, pero recordaba muy bien el estrés que suponía entrar en las mejores universidades del país. Gabe era el único adolescente que Decker conocía a quien no le ponía nervioso la universidad. Así que básicamente hacía falta ser un genio de la música para hacerlo sin ansiedad.

—Si a Greg le iba bien, Joey, ¿por qué crees que se pegó un tiro?

A Joey se le humedecieron los ojos.

—Es un misterio.

—Me dijiste que últimamente actuaba de manera diferente.

El chico hizo una pausa.

—Es que en los dos últimos meses se obsesionó con su videocámara. Al principio no importaba, pero después se hace molesto tener una cámara en la cara mientras te comes un perrito.

—¿Qué grababa Greg?

—Decía que solo estaba documentando la vida del adolescente medio.

Decker lo pensó un momento.

—Cuando Greg empezó a grabar, ¿comenzó a distanciarse de ti y de tu grupo? ¿Comenzó a salir con otras personas?

—No que yo sepa. Quiero decir que no empezó a salir con los bohemios.

—¿Quiénes son los bohemios?

—Oh, ya sabe, artistillas que se visten raro y que son suuuuperintelectuales. Te sueltan el rollo ese de que la formación clásica no sirve de nada y que la verdadera formación está en las calles. Lo que significa que son estúpidos. ¡Joder, dadme un respiro! Cualquiera que vaya a B y W es un niñato malcriado. Quiero decir que ninguno de esos supuestos tipos duros duraría un solo día en las calles.

—¿Quiénes son los tipos duros? —Joey hizo un gesto con la mano para quitarle importancia—. ¿Le preguntaste a Greg por qué empezó a grabar?

—Decía que era divertido..., que le hacía olvidar el aburrimiento del instituto. —Joey se quedó callado unos segundos—. No sé por qué, pero me dio la impresión de que tenía que ver con una chica.

—¿Le preguntaste a Greg por ello?

—Sí. Lo negó, dijo que, si tuviera novia, yo sería el primero en saberlo para que pudiera restregármelo.

—Las chicas pueden llevarte en muchas direcciones —dijo Decker—. ¿Tu teoría es una suposición o estás pensando en alguien en concreto?

—He repasado las posibilidades mentalmente. No se me ocurre nadie.

—¿Y qué hay de tu hermana? —preguntó Decker.

—¿Mi hermana? —Pareció extrañado—. ¿Se refiere a Tina?

—Una vez su madre le recogió de tu casa. Dijo que había chicas allí y, cuando le preguntó a Gregory, él le dijo que eran amigas de tu hermana.

—Tina es una cría. —Cuando Decker guardó silencio, Joey continuó—. No..., imposible. Y, aunque flirteasen, que yo nunca lo vi, ella no sería el motivo por el que Greg hizo lo que hizo. No podría inspirar tanta pasión.

—¿Y sus amigas?

—No lo veo. —Joey negó con la cabeza—. Si quiere que se lo pregunte, lo haré.

Decker lo pensó por un momento. En realidad no tenía una buena razón para empezar a interrogar a un puñado de niñas de trece años.

—Haz lo que te resulte más cómodo. —Miró a Joey a los ojos—. Repíteme cuál crees que pudo ser la causa del suicidio.

—No lo sé, teniente, eso seguro.

—¿Crees que Greg podría haber empezado a drogarse?

—No creo.

—¿Fumabais juntos?

Joey se puso rojo.

—A veces los fines de semana, y nada fuerte. Quizá un porro entre cuatro.

Decker asintió.

—¿Crees que Greg podría haber ido más allá?

—Greg no parecía perder el control con nada. —Se quedó mirando a Decker a la cara—. ¿En una autopsia no se analiza la sangre en busca de drogas?

—Desde luego, pero se tarda un par de semanas. Volvamos a Greg y a la posibilidad de que hubiera una chica. Siento curiosidad por saber por qué lo consideras una posibilidad.

El chico movía los ojos nervioso de un lado a otro.

—Olía mejor. —Dio un trago de agua—. Ya sabe, cuando hace frío y se enciende la calefacción. Un grupo de tíos se juntan y comen y a veces… —Volvió a ponerse rojo—. Ya sabe, ven cosas que no verían con sus padres delante. Huele un poco mal.

—Lo entiendo —le dijo Decker.

—A Greg siempre le habían sobrado algunos kilos. Sudaba mucho. El mes pasado creo que empezó a ducharse con más frecuencia. —Evitó mirarlo a los ojos—. Y, cuando un tío empieza a ducharse con tanta frecuencia, a mí me parece que tiene que haber una chica implicada. Además… —Hizo una larga pausa—. ¿Cómo digo esto sin parecer un pervertido? Veíamos cosas. Creo que Greg al fin descubrió que tenía polla, ya sabe a lo que me refiero.

—Entiendo. ¿Greg era adicto al porno?

—Todos somos adictos al porno. Somos adolescentes.

Decker lo pensó un momento.

—¿Crees que grababa cosas que no debía grabar? Quizá grababa a las chicas en los vestuarios.

Joey lo miró con los ojos muy abiertos.

—De ser así, a mí nunca me mostró nada.

—¿Cómo crees que habría reaccionado Greg si le hubieran pillado haciendo una cosa así?

—Bueno, para empezar, habría sido expulsado de la escuela.

Decker asintió y pensó: «¿Qué habría pasado si un chico tranquilo y estudioso fuese pillado grabando desnuda a una chica popular? ¿Qué numerito le habría montado ella? ¿Lo habría avergonzado, humillado, chantajeado, amenazado con acudir al director? Y, si el chico se hubiera visto enfrentado a una posible expulsión…, a saber qué habría podido hacer».

Joey seguía reflexionando sobre la pregunta.

—Creo que a mí me habría enseñado algo así. No es que esté bien, pero los tíos son así.

—¿Viste alguna vez lo que tenía Gregory en la cámara?

—A veces nos enseñaba algo, pero no tengo ni idea de la totalidad.

—¿Su madre tiene la videocámara?

—Supongo que sí.

—De acuerdo, Joey. Con eso tenemos algo para empezar.

El muchacho asintió.

—¿Puedo hacerle una pregunta?

—Claro.

—¿Por qué hace esto? —Joey parecía incómodo—. Si Greg estaba haciendo algo malo, ¿por qué desenterrarlo?

—Es una buena pregunta. En un principio su madre me pidió que la ayudase a entender los motivos que llevaron a su hijo a hacer algo tan terrible. Pero, si es algo desagradable, voy a tener que llevar a cabo una investigación.

—Sí, me parece una buena idea. Aunque no creo que estuviera haciendo nada malo.

Decker se quedó mirando al chico a la cara. Parecía sincero.

—¿Crees que a tus amigos les importaría que hablase con ellos?

—No, no les importaría. No sé lo que le dirían. Probablemente yo conocía a Greg mejor que ellos.

Decker le entregó una hoja de papel y un boli.

—¿Puedes escribir sus nombres y sus números de teléfono?

—Claro.

Mientras escribía, Decker pensaba en su próximo movimiento. Conseguir la cámara, conseguir el ordenador del chico y echar un vistazo a la habitación. Joey tenía razón en una cosa. ¿Hasta dónde quería saber Wendy Hesse? Cuando Joey le devolvió el papel, él dijo:

—Tengo otra pregunta importante. ¿Tienes idea de dónde pudo obtener Greg la pistola?

—Esa pistola en concreto no —respondió Joey—. Pero le diré una cosa. No es difícil conseguir armas en B y W. Puedes conseguir pistolas, puedes conseguir alcohol, puedes conseguir droga, puedes conseguir porno, puedes conseguir buenas notas y los resultados de los exámenes.

—Así de fácil, ¿eh? —dijo Decker.

—Así de fácil, sí —respondió Joey—. Lo único que has de hacer es pagar por ello.

CAPÍTULO 8

Durante el dueto final —«Gran Dio, morir si giovane»—, Gabe desvió la mirada hacia Yasmine, que se había llevado las manos a la cara. Se veían sus ojos entre los dedos abiertos, y las lágrimas resbalaban por sus mejillas. Durante toda la representación, él había estado concentrado en el tono, el timbre de la voz, la mezcla de sonido y el volumen. Pero la chica sentada junto a él sollozaba porque Violetta estaba a punto de sucumbir a la tuberculosis.

¿Quién estaba entonces aprovechando más la tarde?

Cuando Yasmine parpadeó, un nuevo torrente de lágrimas brotó de sus ojos. En un gesto protector, Gabe la rodeó con el brazo y ella simplemente se fundió con él y dejó que sus lágrimas saladas mojaran su camisa. Cuando Violetta finalmente murió y bajó el telón, Yasmine se incorporó, sacó un pañuelo del bolso y se secó la cara. Los aplausos y saludos duraron cinco minutos más y después se encendieron las luces.

Eran las cinco y media de la tarde cuando salieron del edificio. El cielo conservaba el resplandor de una puesta de sol deslumbrante: rosas, naranjas y púrpuras. El suelo estaba húmedo y el aire era fresco.

Yasmine se rodeó con los brazos. Su voz sonó temblorosa.

—¿Cómo conseguimos un taxi?

—No lo haremos —dijo Gabe mirando el reloj—. Entre que lo llamamos y llega hasta aquí, es más fácil tomar el autobús.

—¿Cuánto tiempo tardaremos en llegar a casa?

—Una hora como máximo.

—Le dije a mi madre que estaría en casa a las seis.

—Eso no sucederá ni con el taxi. Debemos darnos prisa. El autobús pasará en cinco minutos y, si lo perdemos, tendremos que esperar media hora. —Le dio la mano y tiró de ella. Llegaron un minuto antes de que pasara el autobús. Ella saltaba de un lado a otro mientras se frotaba los brazos—. ¿Tienes frío? —le preguntó Gabe.

—Siempre tengo frío.

—Fuera hace frío. —Le frotó los brazos con las manos.

Cuando llegó el autobús, ella dijo:

—Siento haberme puesto sensible. Espero no haberte avergonzado.

—Es teatro. Se supone que ha de conmoverte. Los intérpretes vivimos por gente como tú.

Se montaron en el autobús y él pagó los billetes. El interior olía a rancio, pero al menos hacía calor. Gabe encontró dos asientos vacíos hacia la parte trasera. Le cedió el asiento de la ventanilla y él se conformó con el pasillo; mejor para estirar las piernas, y además podría protegerla con su cuerpo si se subían pandilleros. En Los Ángeles no existía realmente el transporte público rápido. Los autobuses eran el medio de transporte para aquellos demasiado pobres o demasiado jóvenes para tener coche. Yasmine sacó su móvil y comenzó a hablar en un idioma extranjero, presumiblemente persa. Colgó algunos minutos más tarde.

—¿Va todo bien?

—Mi amiga me ha dicho que me cubriría. Se supone que estoy en su casa.

—Buena amiga. ¿Por qué no has ido con ella a la ópera?

—Habría venido conmigo, pero no le habría gustado. No es divertido ir con una persona que mira el reloj todo el tiempo.

—Te entiendo.

—Muchas gracias por hacer esto por mí.

—La verdad es que el placer ha sido mío. Nunca había oído a Danielli en directo. Ha estado genial.

Yasmine se llevó la mano al corazón.

—Dios mío, me ha trasladado completamente. —Tomó aliento y lo dejó escapar—. Puede que esto suene fatal, pero creo que el tío que hacía de Alfredo no le hacía justicia.

Él arqueó las cejas.

—Sí, no ha dado algunas notas.

—Y justo al final... Dios mío, ¿no era vergonzoso? O sea, ¿cómo puedes cantar así cuando estás cantando con Alyssa Danielli?

Gabe se quedó mirándola.

—Sí que tienes buen oído. ¿A tu familia le gusta la música?

—Mi madre cantaba.

—¿Ópera?

—No. Cantaba en fiestas y cosas así. Ya no lo hace.

—¿Por qué no?

—Porque está casada. O sea, aún canta, pero no de manera profesional. —Yasmine se quedó pensativa—. Tiene una voz preciosa.

Gabe asintió.

—¿Y tus padres no te dan clases de música?

—Oh, claro que sí. Todas recibimos clases de piano. Pero a mí se me da fatal.

—¿Durante cuánto tiempo tocaste?

—Técnicamente sigo tocando, pero soy un desastre. No quiero hablar de ello. Y menos contigo.

Pasaron unos minutos en silencio. Gabe se sacó una barrita energética del bolsillo y, nada más hacerlo, Yasmine se quedó mirando el aperitivo. Él se lo ofreció sin decir nada.

—¿Tienes otra? —le preguntó ella.

—Quédatela.

—La compartiremos.

—Quédatela.

Ella aceptó la barrita y la partió por la mitad.

Gabe mantuvo las manos en su regazo.

—No tengo hambre, en serio.

—Entonces, ¿por qué la has sacado si no querías comer?

—La fuerza de la costumbre. A veces necesito un subidón de azúcar. —Se quedó mirándola a la cara—. Pareces cansada. ¿Has tomado algo hoy además de la Coca-Cola *light* durante el intermedio?

—Tomé café. —Gabe puso los ojos en blanco y ella añadió—: No tenía tiempo. —Dio un mordisco cuidadosamente a la barrita.

Gabe esperó unos segundos antes de hablar.

—¿Te gusta la música al piano?

—Claro que me gusta. Me gusta cómo tocas tú. No masacras la música, como hago yo.

Él sonrió.

—Te lo pregunto porque el sábado que viene por la tarde hay un concierto en la universidad. —Hizo una pausa—. Un momento. ¿Eres *Shomer Sabbat*?

—Vamos a la sinagoga por la mañana, pero conducimos y esas cosas. —Se quedó mirándolo—. Para ser católico, conoces unas expresiones bastante desconocidas.

—Si vives con los Decker, aprendes algunas cosas.

—Bueno… —Esquivó su mirada y se mordió el labio—. ¿Qué decías?

—Ah, sí. Que el pianista es un chico que conozco de los concursos. Paul Chin. Estudia en la Universidad del Sur de California y tenemos el mismo profesor de piano. Es muy bueno. Yo voy a ir seguro. Si quieres venir conmigo, estaré encantado de llevarte.

—Me encantaría ir. ¿A qué hora es?

—A la misma hora. Las tres. —Ella no dijo nada y empezó a calcular algo desconocido—. ¿Por qué no se lo dices a tus padres sin más?

—No me dejarían ir.

—Yasmine, no es una cita…

—Ya lo sé.

—Obviamente te encanta la música clásica y es una pena reprimirlo.

—Mis padres son muy anticuados. Sobre todo mi padre. No me permite salir, punto, ni siquiera con chicos persas judíos. —Hizo una pausa—. Ya sé que no es una cita y que solo estás siendo amable, pero... —Suspiró.

—Bueno, la oferta sigue en pie —dijo Gabe—. Si cambias de opinión, preséntate en la parada del autobús.

Ella asintió, parecía triste.

—Termínate la barrita.

—No tengo hambre. —Se la ofreció a él otra vez.

—Cómetela. No seas una de esas anoréxicas ridículas.

—No soy anoréxica.

—Entonces demuéstrame que me equivoco y cómetela.

Yasmine dio otro mordisquito sin muchas ganas.

—Oye, no te preocupes —le dijo él dándole un golpe con el codo en el brazo—. Tendrás tiempo de ir a más conciertos cuando vayas a la universidad. Además, probablemente sea mejor no engañar a tus padres.

Ella no respondió.

—¿Qué va a tocar el pianista? —preguntó al cabo de un rato.

—Saint-Saëns. Creo que la orquesta va a tocar algunos clásicos como la «Danse Macabre» y «Bacchanale». —Lo pensó por un momento—. Cuando era pequeño, vi *Sansón y Dalila*. Me llevó mi padre. Yo heredé el oído de él. El caso es que no fue como una ópera en el Met, sino una de estas cosas experimentales que les encanta hacer a los vanguardistas neoyorquinos. Y, cuando llegó «Bacchanale», la compañía empezó a quitarse la ropa hasta que se quedaron todos desnudos y empezaron a simular..., ya sabes. —Sonrió—. Dios, creo que no escuché una sola nota.

Ella se rio.

—¿Cuántos años tenías?

—Unos nueve.

—¿Y qué hizo tu padre?

—No sé. Yo estaba demasiado avergonzado para mirarlo.

Yasmine volvió a reírse.

—¿Así que sacaste tu talento de tu padre?

—Sí, solo que yo soy mejor que él y ambos lo sabemos. Es divertido. Mi padre es un completo tirano. Jamás le he rebatido nada, salvo en cuestión de música. Es el único campo en el que puedo decirle que se equivoca y él se ríe o me da la razón. Es raro.

—Probablemente estés haciendo realidad su sueño.

—No, a mi padre le gusta lo que hace.

—¿A qué se dedica?

Gabe tardó un poco en responder.

—Tiene burdeles. —Yasmine se quedó sin palabras—. Burdeles. Ya sabes. Prostíbulos.

—¿Prostíbulos?

—¿No sabes lo que es un prostíbulo?

—Sé lo que es una prostituta —dijo ella, ruborizada—. No sabía que hubiera un lugar específico para ellas.

—Cómete la barrita energética.

Yasmine dio otro mordisco.

—¿Y cómo funciona eso? ¿Todas las prostitutas deciden vivir juntas?

—Cambia de tema.

—No. Tengo curiosidad.

—Un burdel es un lugar donde trabajan las prostitutas. Así que, en vez de tener que salir a la calle a buscar tíos, se quedan en un sitio y los tíos acuden a ellas.

—¿Para tener sexo?

—Esa es la idea.

—¿Así que tu padre tiene un gran motel o algo así?

—Sí, algo así.

—Vaya. —Abrió mucho los ojos—. ¿Y eso es legal?

—En algunas zonas de Nevada sí lo es.

—¿Y las prostitutas le pagan un alquiler?

—Es un poco más complicado. —Golpeó el suelo con el pie—. Yasmine, puedes preguntarme lo que quieras, pero te agradecería que esto quedara entre nosotros. Es un poco vergonzoso.

Ella se encogió de hombros.

—Mi padre tiene todo tipo de propiedades. Estoy segura de que tendrá inquilinos desagradables.

—Vale —respondió Gabe riéndose.

—Pero no creo que tenga prostíbulos.

—Seguro que no. No se lo preguntes.

—No. No sería buena idea.

—Sería una malísima idea. —Gabe señaló el resto de la barrita energética—. Come.

Yasmine dio un mordisquito más.

—¿Y qué tocará?

—¿Qué tocará quién?

—El pianista del concierto del sábado.

—Ah, sí. —La conversación iba de un lado a otro—. Paul va a tocar un concierto para piano llamado «Africa Fantasie». No es especialmente difícil, pero a mí me encanta. Y me gusta mostrar mi apoyo.

—Nunca lo he escuchado.

—Es bueno. Hay varias versiones en YouTube.

—Y… ¿a qué hora vas a ir?

Gabe se quedó mirándola.

—El autobús sale a la una. Así llegas a la universidad sobre las dos y cuarto o dos y media.

Ella asintió.

—¿Cuánto cuestan las entradas?

—No mucho. Quince o veinte pavos. Te compraré una. Si vienes, bien. Si no, bien también. Sin presión. Pero, si quieres venir, no puedes llegar tarde. No pienso esperar.

—Entendido. —Yasmine se recostó y cerró los ojos—. Este día ha sido mágico…, simplemente mágico.

—Me alegra que te haya gustado —dijo Gabe—. Probablemente deberías comprarle algo a tu amiga por cubrirte.

—¿A Ariella? —Yasmine sonrió—. Yo la he cubierto a ella un millón de veces. Esto no es nada. Esa chica sí que es mentirosa.

—¿Así que tú eres la buena?

Ella se encogió de hombros.

—No hay nada de lo que avergonzarse —dijo Gabe—. Te irá bien.

—Estoy segura de que en algún lugar hay un chico judío y persa de veinticuatro años esperando a que yo crezca. —Se quedó mirándolo—. Las chicas persas tienden a casarse con chicos mayores. O sea, no siempre, pero esa es la tradición. Mi hermana mayor está prometida con un chico de treinta y un años. Ella tiene veintitrés.

Gabe asintió.

—Qué interesante.

El resto del trayecto lo hicieron en silencio. Yasmine fue cabeceando hasta que se quedó dormida con la cabeza apoyada en su hombro. Tenía la cara orientada hacia arriba y los labios ligeramente entreabiertos. Gabe sentía su aliento caliente en la mejilla. El pelo le hacía cosquillas en la cara.

También estaba cansado, pero no podía dejar de mirar cómo dormía.

Era una verdadera monada. Una pena.

Pocos minutos antes de llegar a su parada, la zarandeó suavemente para despertarla. Ella tomó aire y lo dejó escapar, se incorporó y se frotó los ojos.

—¿Me he quedado dormida?

—Eso parece. —Gabe se levantó y solicitó la parada. Poco después el autobús se detuvo—. Vamos.

Era una noche sin luna, fría y oscura.

—Te debo el dinero del taxi.

—No me debes nada.

—Insisto.

—No lo aceptaré. Vamos. Te acompaño a casa… o hasta unas casas antes de la tuya, supongo.

—Se supone que estoy en casa de Ariella.

—¿Y dónde vive?

—A la vuelta de la esquina, así que no hay problema.

—Te acompañaré hasta su casa. Ella te está encubriendo a ti, así que sabrá de mi existencia, ¿no?

—Más o menos.

—Eso suena mal.

—Más bien misterioso. —Yasmine comenzó a andar... muy despacio. No quería que la noche terminara—. Gracias de nuevo.

—De nada.

Caminaron durante unos segundos sin decir nada; el único sonido era el ruido de los tacones de Yasmine.

—No, gracias, de verdad. —Ella se detuvo—. Ha sido el día más especial y maravilloso de mi vida. Nunca lo olvidaré. —Se puso de puntillas y le dio un beso en la mejilla, después salió corriendo y desapareció por la acera; sus tacones golpearon el suelo hasta que se oyó una puerta abrirse y cerrarse.

Entonces todo quedó en silencio.

Gabe se quedó parado durante unos segundos, después se dio la vuelta y comenzó a andar hacia casa, sintiendo aún en la mejilla el calor de los labios de Yasmine.

CAPÍTULO 9

Desde el punto de vista de un detective, el suicidio era un delito extraño. Había una víctima, pero el perpetrador tenía muchas caras: la depresión, la psicosis, la humillación, una deuda abrumadora, la rabia, el autodesprecio, o la trágica combinación de angustia adolescente y arma de fuego. Reconstruir la mente de Gregory Hesse en el momento del impacto era imposible. Lo único que buscaba Decker era un indicio del por qué.

La semana posterior al funeral de Hesse había sido ajetreada, la comisaría estaba hasta arriba de delitos de todo tipo. Casi todos sus detectives estaban ocupados, intentando recuperar suficientes pruebas para detener a criminales que, actualmente, andaban sueltos por las calles. Marge y Oliver no paraban de entrar y salir de los tribunales, testificando en casos que habían tardado más de un año en llegar a juicio. El jueves por la tarde, Decker recibió una llamada de Romulus Poe, de la Policía de Nuevo México.

—Parece que su asesino en serie, Garth Hammerling, estaba efectivamente en mi zona. He estado intentando reconstruir sus movimientos, pero tengo huecos. Lo último que supe fue que había comprado equipo de acampada y se dirigía al bosque nacional situado al norte de Nuevo México. La zona coincide con la punta sur de las Montañas Rocosas y es fácil desaparecer allí. Y, en esta época, también es bastante fácil perderse y morirse de frío. Habría que tener muchos conocimientos de supervivencia para superar el invierno, sobre todo uno como el que estamos teniendo.

—No sé nada sobre los conocimientos de supervivencia de Garth Hammerling —dijo Decker—. Sé que ha ido de acampada en el pasado.

—Ir de acampada a las Montañas Rocosas en invierno no es ir a Yosemite en verano con conexiones eléctricas y baños portátiles. Es riguroso y peligroso.

—Por suerte para Hammerling, sabe matar —dijo Decker.

—Quizá se le den bien las mujeres borrachas. Un león en la montaña es otra historia. Y deje que le diga una cosa, en invierno tienen hambre. Yo mismo vivo sin conectarme a la red eléctrica, llevo décadas así. Pero ni siquiera yo acamparía en el norte durante el invierno.

—¿Si sobrevolara la zona en helicóptero, podría ver algo?

—La zona está llena de pinos, así que ni siquiera en verano se ve mucho desde arriba, salvo verde. En esta época del año, está todo blanco y, pasados unos minutos, te ciega la nieve. Supongo que, si tienes mucha suerte, se puede ver humo o algo así. Es mejor esperar a que vuelva a la civilización. Si no sabemos nada de él, podemos empezar a buscar cuando comience el deshielo en marzo, y lo mismo podríamos encontrar un cuerpo que una persona viva. Avisaré a los guardabosques y se lo haré saber si encontramos algo. Si Hammerling fuera listo, se daría cuenta de que fuera hace frío y volvería a unas temperaturas más cálidas.

—De acuerdo. Pero no bajen la guardia. Es muy peligroso.

—Entendido. Si sé algo de él, usted será el primero en saberlo.

—Gracias, sargento Poe. Seguiremos en contacto. —Decker colgó el teléfono justo cuando Marge Dunn entraba en su despacho.

—Acabo de quedarme libre. ¿Necesitas algo?

El reloj marcaba las tres y diez.

—Seguro que se me ocurre algo. —Decker revisó los asuntos de su lista de tareas y vio que solo le quedaba Gregory Hesse—. ¿Podrías hacerme un recado?

—¿Recoger tu ropa del tinte o lavarte el coche?

—Nada de lo que tengo se lava en seco, y mi coche está hecho un desastre. —Decker señaló una silla y Marge se sentó. Aquel día iba vestida con pantalones marrones y un jersey rosa. El color le sentaba bien.

—Sigo buscando un motivo para el suicidio de Gregory Hesse.

—¿Y qué tal va eso?

—Todavía estoy esperando el informe toxicológico. Sigo pensando que quizá el chico estaba colocado con algo, porque ninguno de sus amigos entiende el motivo. —Le resumió sus conversaciones, sobre todo la del domingo anterior con Joey Reinhart—. ¿Por qué no vas a casa de Wendy Hesse y recoges el ordenador y la videocámara de Greg? Parece que esa era su pasión. Y pregúntale a la señora Hesse si puedes echar un vistazo a su habitación. Joey Reinhart, el mejor amigo de Greg, insinuó que podía haber una chica en la vida de Greg.

—¿Y si la encontramos?

—Le preguntaremos por la relación y si salió mal. Quizá esa fuera la razón.

—No queremos hacer que nadie se sienta culpable —dijo Marge.

—No, claro que no. Debía de estar muy mal para hacer algo así. Casi todos los chicos se olvidan de las chicas bastante deprisa. Aunque su cerebro esté triste, sus gónadas siguen siendo misiles sensibles al calor. Pero hay algunos tipos sensibles que no ven futuro más allá de un corazón roto. ¿Hemos descubierto algo nuevo sobre la pistola?

—La hemos llevado a balística. Ahora tenemos que buscar casos en los que hubiera balas de una Ruger 9 mm. Llevará su tiempo.

—¿Crees que la pistola ha estado parada durante cinco años?

—Podría haber sido utilizada para otras cosas, pero puede que no lo sepamos. Su obsesión con la cámara es intrigante. Quizá grabó algo que no debía.

—Yo estaba pensando lo mismo. —Le pasó la dirección—. Espero que Wendy Hesse quiera cooperar. No he hablado con ella desde el funeral.

—¿No te ha llamado?

—No, y yo la he llamado varias veces. Siempre salta el contestador. Quizá haya cambiado de opinión sobre lo de husmear en la vida privada de Greg.

—¿Y por qué removerlo todo entonces?

—Ya sabes cómo son las investigaciones. Cobran vida propia.

Gabe no había sabido nada de ella desde el domingo por la tarde. Yasmine le había escrito para darle las gracias una última vez, y él le había respondido diciendo que estaría encantado de volver a hacerlo, lo cual era cierto. Pero, desde entonces, nada.

Durante la semana, pensó en ponerse en contacto con ella, pero ¿para qué? O se presentaba el sábado, o no se presentaba. Y, a juzgar por cómo iban las cosas, lo más probable era que no se presentara. Aquello le afectaba y afectaba a su manera de tocar. Hasta su profesor se dio cuenta.

Sobre todo su profesor.

«Estás distraído». Luego Nick le dirigió una de sus famosas miradas fulminantes. «Gabriel, eres un buen pianista profesional. Siempre serás un buen pianista profesional. Pero, si quieres ser genial, tendrás que estar concentrado al cien por cien en lo que haces. En este negocio, ser bueno no es suficiente».

Por el amor de Dios, tenía solo quince años. Casi todos los tíos de su edad estaban fumando hierba o metiendo mano a las tías. ¿Qué quería de él? Pero, en su lugar, Gabe le dijo a Nick que tenía razón y que se esforzaría más.

«No son tus manos, Gabe, es tu cerebro. Deja que la música te llegue a la cabeza».

Gabe se había propuesto aplicarse ese consejo. Se lo había propuesto de verdad. Además, Nick le había mandado unos ejercicios de composición que normalmente le gustaban. Pero, en vez de hacer progresos en el campo escogido, estaba solo en la casa, sentado en su cama a las cuatro de la tarde mirando el Facebook.

Chopin tendría que esperar.

Distraído.

Su cuenta de Facebook seguía activa, pero sus fotos eran viejas. Había algunas de él con sus amigos, cuando tenía amigos. En un par de ellas salía con su madre cuando tenía madre. Había una foto antigua de su padre, que curiosamente era el único que seguía presente en su vida. Hacía más de un año que no respondía los mensajes de nadie ni actualizaba su estado. Navegaba por las páginas de sus antiguos amigos buscando fotos actuales. Sus amigos habían crecido, y algunos de los más morenos ya tenían una cantidad de barba considerable. A él también le había salido pelusilla, pero era difícil de ver porque el pelo era rubio.

En cualquier caso no le interesaban tanto sus viejos amigos, le interesaba su nueva amiga.

Por quinta vez en una hora se metió en el perfil de Yasmine. Ella había aceptado su solicitud de amistad, pero hasta ahí había llegado su contacto.

Se quedó mirando las fotos en las que salía ella (preciosa), sus tres hermanas (preciosas), su madre (la preciosa original), y su padre, que era calvo, con la cara cuadrada, y parecía tener sesenta y muchos años. Yasmine se parecía a sus hermanas (que a su vez se parecían a la madre), salvo que ella era todavía una niña mientras que las otras tres estaban más cerca de convertirse en mujeres. Se imaginó bien cómo maduraría, deseó poder probarla dos años más tarde. No le importaría ni siquiera poder probarla tal y como estaba ahora. Siguió mirándole la cara, deseando que nunca se le hubiera acercado. Incluso había ido varias veces al Coffee Bean a las seis de la mañana durante la semana con la esperanza de encontrarla, pero ella no apareció.

Como último recurso, pensó en pasearse por los alrededores de su escuela y hacerse el sorprendido cuando la viera. Tenía una excusa legítima. Rina era profesora allí. Pero desechó la idea porque le parecía que era casi como acosarla.

Así que se quedó mirando las mismas doce fotos que había estado mirando hacía unos minutos.

En ese momento le llegó un mensaje por el ordenador.

¿Estás ahí?

El nombre de la pantalla era diferente al de la última vez, pero sospechaba quién era.

¿Mamá?

Una larga pausa.

¿Cómo estás?

Sintió que se le nublaba la vista y se le cerraba la garganta.

Estoy bien. La cabeza le daba vueltas. Ella nunca le habló de su embarazo, la razón por la que le había abandonado. Decidió destapar el pastel y hacerle saber que lo sabía. *¿Cómo está mi hermana?*

Hubo otra pausa. Su madre estaba tardando en contestar. ¿Qué hora sería en la India? Debían de estar en plena madrugada.

Está bien. ¿Te lo dijo Chris?

Sí, me lo dijo él, escribió Gabe. *Pero Decker también lo averiguó. Lo sabemos todos desde hace un tiempo. ¿Cómo se llama?*

Esperó a que respondiera.

Juleen.

Me gusta. Me encantaría conocerla algún día.

A mí también. Quizá sin tardar mucho.

El corazón le dio un vuelco. El momento fue incómodo.

Veremos qué sucede. Dale un beso de mi parte. Y no te preocupes demasiado por Chris. Le he visto alguna vez. Creo que ya tiene la cabeza en otras cosas.

Otra pausa.

Te quiero, Gabriel. Te quiero y te echo mucho de menos.

El corazón volvió a sacudírsele en el pecho. Ya no estaba enfadado. La rabia provocada por su abandono había sido reemplazada por una profunda tristeza. El piano parecía estar llamando su nombre.

Yo también te echo de menos. Tengo que ir a practicar, mamá. No te preocupes por mí. Estoy bien.

Cerró el ordenador antes de que ella pudiera responderle y se fue al garaje, donde los Decker habían montado el estudio de piano. Eran gente maravillosa, los mejores. Pero no llevaban su misma sangre.

«Céntrate, Gabe. Céntrate».

Las sutilezas de Chopin jamás sonaron tan bien.

Tras llamar a la puerta con firmeza y no obtener respuesta, Marge metió su tarjeta en la ranura situada entre la puerta y el marco. Estaba a punto de darse la vuelta cuando la puerta se abrió y la tarjeta cayó al suelo.

Wendy Hesse tenía los ojos rojos, llevaba un chándal azul y calcetines, pero iba descalza.

Marge se agachó para recoger la tarjeta.

—Lo siento mucho, señora Hesse, ¿la he despertado?

Su expresión era de confusión.

—¿Qué hora es?

—Las cuatro.

Wendy se frotó los ojos.

—Estaba viendo la tele y debí de quedarme dormida. —Pasaron varios segundos—. ¿Las cuatro?

—Sí, señora.

—Tengo que recoger a mis hijos del colegio. —Se llevó una mano a la boca—. ¿Es viernes?

—Jueves.

—Oh… —Se quedó mirando a Marge a la cara—. Me resulta familiar.

—Soy la detective Dunn, de la Policía. —Le entregó su tarjeta a la mujer—. Me preguntaba si podría entrar.

—Por supuesto.

Marge cruzó el umbral. Era un día frío de febrero en el valle, pero en la casa hacía mucho calor. Hacía mucho tiempo que allí no corría el aire fresco. El lugar estaba ordenado, sobre todo teniendo en cuenta las circunstancias; Wendy Hesse se sentó en un sofá rojo y Marge junto a ella.

—¿Necesita algo? —le preguntó Marge.

—No, es que… —Se colocó un mechón de pelo detrás de la oreja—. La gente ha sido amable. A algunos les da vergüenza acercarse a mí, pero en general ha sido… Menos mal que tengo amigos. ¿De verdad es jueves?

—Sí.

—Casi dos semanas.

—¿Ha entrado ya en su habitación? —Cuando Wendy negó con la cabeza, Marge agregó—: ¿Sería posible que yo le echase un vistazo? Todavía estamos buscando una razón… todos nosotros. Sería de gran ayuda si pudiera llevarme el ordenador portátil de Gregory para examinar su contenido.

Wendy parecía nerviosa.

—Quizá deba preguntárselo a mi marido.

—Claro. —Marge esperó unos segundos—. ¿Ha echado un vistazo al ordenador de Gregory?

Wendy negó con la cabeza.

—¿Sabe su nombre de usuario y su contraseña?

—Sé su nombre de usuario. Antes sabía su contraseña, pero creo que la cambió.

—¿Podemos ir a su habitación y ver si su contraseña funciona? —Wendy se mordió la uña del dedo pulgar—. O puedo sacar su ordenador de la habitación si todavía no está preparada para entrar.

—Debería hablar de esto con mi marido.

—Como usted desee —le dijo Marge—. Sé que está interesada en encontrar una razón…

—Ya no estoy tan segura. —Tomó aire y lo dejó escapar lentamente—. ¿Qué cambiará eso? Mi hijo no regresará. —Las lágrimas comenzaron a resbalar por sus mejillas—. Quizá sea mejor dejarlo correr.

—Lo que usted crea que es mejor. —Marge le entregó su tarjeta a la mujer y ella la aceptó—. Llámeme si cambia de opinión.

La mujer se puso en pie y miró a Marge con sus ojos inundados por la pena.

—Gracias por venir.

—No hay de qué. —Marge vaciló, pero decidió hacer la pregunta de todos modos—. Según creo, grabar con la cámara se había convertido en la nueva afición de Gregory. ¿Le interesaba hacer películas?

—Siempre era Gregory el que grababa los eventos familiares.

—Así que le interesaba desde hacía tiempo.

Wendy se quedó callada.

—Es solo curiosidad —dijo Marge—. Llame si necesita algo.

Al ver que la mujer no hablaba, Marge se dio la vuelta y salió de la casa.

CAPÍTULO 10

A Rina le encantaba la tranquilidad de la mañana del *sabbat*, cuando el vecindario se libraba del ruido de las obras y de los sopladores de hojas. A través de la ventana de la cocina oía el canto de los pájaros. El año anterior unos pinzones habían anidado en uno de sus arbustos. Cada día oía los graznidos de los pequeños varias veces cuando los padres acudían a alimentarlos. La comida era primordial y, con una gran familia, gran parte de su vida se desarrollaba entre fogones.

Llevaba desde las ocho vestida para ir a la sinagoga, pero Peter estaba tomándose su tiempo. De modo que se sentó a la mesa de la cocina a tomar café y leer el periódico; un raro momento de soledad que resultó durar poco. Gabe entró vestido con una camiseta negra de manga larga, unos vaqueros y unas deportivas. Veía sus ojos verdes somnolientos detrás de los cristales de las gafas.

—Hola —dijo.

—Qué madrugador.

—Sí, quería ponerme al día con algunas cosas. Ganar un poco de tiempo.

—¿Quieres desayunar algo?

—Sí, estaría bien. —El chico sacó una taza del armario y se preparó un café instantáneo. Se sentía cómodo como para abrir la despensa y saquear la nevera sin pedir permiso. Se preparó un tazón de cereales y comenzó a comer.

—Hoy vamos a comer aquí, por si te interesa —le dijo Rina.

—Gracias, pero voy a salir. —La miró—. Un tío que conozco hace un concierto de piano en la universidad. Quería ir a mostrarle mi apoyo.

—Qué bonito. ¿Y es bueno?

—Es muy bueno. —Gabe le dirigió una sonrisa taimada—. Pero no tan bueno como yo.

—Eso por descontado —respondió ella con otra sonrisa—. ¿Cuándo es el concierto?

—A las tres. Pero, para llegar con tiempo, tengo que tomar el autobús de la una, lo que significa que tengo que salir de aquí sobre las doce y media.

—Siento no poder llevarte.

—No pasa nada. No me importa caminar. Si no caminara hasta las paradas de autobús, no haría ningún ejercicio.

—Tenemos una cinta de correr.

—Sí, mi vida ya es bastante así.

—Pobre Gabe —dijo Rina—. Es difícil ser un genio.

Él soltó una carcajada.

—Me gusta cuando haces eso. Significa que no te compadeces de mí.

—Tú, querido, eres cualquier cosa menos un objeto de compasión. De hecho, estás cargado de recursos. Deberías prestarles alguno a los más desafortunados. ¿A qué hora volverás a casa?

—No lo sé. A lo mejor Paul y yo salimos a cenar. Supongo que dependerá de cómo le salga el concierto.

—Llama y deja un mensaje en el contestador. No es que tenga que preocuparme por un tipo independiente como tú, pero soy madre y me preocuparé si no sé dónde estás.

—No pasa nada. Es bonito tener cuidados maternales de vez en cuando.

La habitación quedó en silencio. Rina lo miró a la cara.

—¿Ha vuelto a ponerse en contacto contigo?

—Sí. —Gabe hundió la cuchara en sus cereales y apartó el tazón—. He descubierto que mi hermana se llama Juleen.

—Bonito nombre. —Silencio—. ¿Qué más te ha dicho?

—No mucho. Le he dicho que Chris sabe lo del bebé y que no debería preocuparse demasiado por él.

—¿Eso es cierto?

—En su mayor parte. Quiero decir que a él todavía le gusta. Me ha dicho que volvería con ella, con bebé y todo. Pero no la va a perseguir. Creo que le gusta ser un mártir para variar. Después de todo lo que le ha hecho pasar, se siente a gusto con el papel de esposo agraviado.

—Yo tengo un tío y una tía; tienen unos noventa años. Durante cuarenta años vivieron en casas separadas y se juntaban solo el *sabbat*. La gente preguntaba si estaban separados o divorciados. No. Simplemente no querían vivir juntos todo el tiempo. Para ellos funcionó.

—Siempre y cuando ellos estén bien, yo estoy bien. —Gabe se limpió las gafas con la camiseta—. Creo que quiere que vaya a la India.

—Sería un viaje interesante.

—Sí, quizá en el futuro. —«Cuando esté preparado, y ahora no lo estoy». Volvió a ponerse las gafas—. Debería ponerme en marcha. ¿Qué has preparado para comer?

—Carne curada y pavo.

—¡Dios! Guardadme un poco.

—Apartaré un poco y lo esconderé en el frigorífico donde nadie lo vea. —Rina le dio un beso en la coronilla—. Gracias por el cumplido.

Gabe se levantó y le dio un abrazo espontáneo, después se apartó cohibido. Notó calor en la cara y supo que se estaba sonrojando.

—Gracias, Tina. No solo he acabado en casa de dos de las personas más amables del mundo, sino que cocinas mejor que nadie que conozca.

—Será mejor que te lo creas.

Él soltó una carcajada y se dirigió hacia el garaje, el único lugar donde se sentía completamente relajado: su piano, su música, su refugio. De vez en cuando, cuando no había nadie en casa, se sentaba al volante del Porsche de Peter, ponía la mano en la palanca, miraba a través del parabrisas y se imaginaba en una carretera destino a cualquier lugar.

Llegó a la parada del autobús a la una menos diez, pero no había ni rastro de Yasmine.

Bien.

Se sentó en el banco, abrió su libro de composición, empezó a reproducir la pieza en su cabeza, corrigiendo y cambiando cosas hasta que llegó el autobús a la una y cinco. Se puso en pie y, cuando se abrieron las puertas, subió sin dejar de pensar en su música. Oyó entonces un grito a lo lejos.

—Esperaaaaa.

Le levantó la mano al conductor, se bajó del autobús y la vio correr hacia allá. Estaba a una manzana de distancia y llevaba el pelo revuelto como la crin de un caballo. El corazón le dio un vuelco.

—¿Puedes esperar un minuto? —le preguntó al conductor—. Ya llega mi amiga.

—Tengo un horario y una ruta que hacer.

—Por favor —dijo Gabe sacando un billete de diez.

El conductor rechazó el dinero.

—Sigo teniendo un horario. Voy a contar hasta diez.

Gabe volvió a bajar y le hizo gestos con el brazo. Yasmine entró cuando el conductor llegó al ocho, estaba completamente agotada y doblada hacia delante. Gabe pagó los billetes, la puerta se cerró tras ellos y el autobús arrancó. Yasmine se balanceó hacia atrás y Gabe la agarró antes de que se cayera. Tenía la cara bañada en sudor. No ayudaba el hecho de que llevara una chaqueta rosa. Al menos su atuendo —vaqueros y zapatos planos— era más apropiado que la última vez.

Estaba jadeando…, con la mano en el costado. Gabe la condujo hasta unos asientos libres y le cedió el lado de la ventanilla. Se sentó junto a ella y, durante los primeros cinco minutos, lo único que hizo fue escuchar sus resuellos.

—¿Estás bien? —le preguntó al fin.

Ella asintió.

Gabe se dispuso a decir algo, pero en su lugar se rio.

—He… tenido… que cambiarme… la ropa de la sinagoga.

—Estás muy bien, Yasmine —le dijo él—. ¿No quieres quitarte la chaqueta?

Ella asintió y él la ayudó a quitársela. Debajo llevaba un jersey rosa con cuello en U que dejaba al descubierto sus preciosas clavículas.

—He traído… comida —dijo ella, y levantó su bolso, ligeramente más pequeño que una bolsa de la compra—. ¿Tienes hambre?

La tenía. Hacía horas que había digerido el medio tazón de cereales.

—¿Qué has traído?

—Galletas… y fruta. —Seguía con la mano en el costado.

—¿Tienes flato?

Yasmine asintió y sacó una manzana.

—¿Te parece bien?

—Claro. —Gabe aceptó la fruta y ella sacó otra más.

—Siento… llegar tarde.

Gabe dio un mordisco. La manzana era grande, jugosa y ácida.

—No pasa nada.

—Al menos lo he conseguido.

—Por los pelos. —Otro mordisco. Su muslo tocaba el de ella—. ¿Quién te va a encubrir hoy?

—Ariella.

—¿Otra vez?

Ella asintió y mordió su manzana.

—Reza para que siga siendo tu amiga. Conoce tus trapos sucios.

Yasmine le dirigió una sonrisa encantadora.

—Dios mío… —Seguía respirando con dificultad, pero más despacio—. Está muy emocionada por todo este asunto.

—¿Qué?

—Porque engaño a mis padres para quedar contigo.

—¿Cómo si yo fuera un chico malo? —preguntó él con una sonrisa.

—Más bien un chico prohibido. Al menos espero que no seas malo. Creo que lo único que excitaría más a Ariella sería que fueras un vampiro.

Gabe se rio y se acercó un poco más a ella.

—Siento decepcionarte.

Ella le hablaba a toda velocidad.

—¡Está un poco loca!

Se acercó más.

—No paro de decirle que no es una cita, que solo estás siendo amable…

Hasta que pudo oler su sudor…

—… que simplemente tenemos intereses comunes…

El sudor mezclado con su perfume.

—… que no es nada romántico y que solo es un concierto y…

Se giró y la miró.

—… no es para tanto…

Cara a cara, le levantó la barbilla con el dedo índice y rozó sus labios con los suyos. Al ver que ella no se resistía, volvió a hacerlo. Lo hizo una tercera vez, pero más duradero, le mordió el labio inferior y saboreó la sal de su piel. Era dulce, húmeda, suave y aromática.

¡Dios!

Se echó hacia atrás en su asiento con las manos detrás de la cabeza, cerró los ojos y sintió su erección palpitando entre la pierna y los vaqueros.

—Lo siento, Yasmine, me he distraído. —Se giró para mirarla—. ¿Qué decías?

Ella no respondió. En su lugar, se quedó sentada muy quieta con la frente cubierta de sudor, las manos en el regazo y mirando hacia abajo. Todavía sujetaba la manzana. Tenía la boca entreabierta y respiraba aceleradamente.

Gabe sabía que la había pillado por sorpresa. No era agradable, pero al menos así ella sabía en qué punto estaba él. Le dio un codazo en el brazo suavemente. Yasmine levantó la mirada y él arqueó las cejas. Ella volvió a mirar hacia abajo.

Tal vez la hubiera malinterpretado. Tal vez deseara malinterpretarla. Incluso si lo hubiera hecho, no era lógico que le asustaran tanto un par de besos castos en los labios, aunque fuera su primer beso.

Ella separó las manos muy despacio. Los dedos de su mano derecha se deslizaron lentamente por su muslo hasta llegar al de él, y dejó la mano apoyada a unos diez centímetros de la zona de peligro.

Su cerebro le gritaba «más arriba, cariño». En su lugar, le dio la mano, se la llevó a los labios y volvió a colocar sus dedos entrelazados sobre su muslo, alejados de su erección. Se relajó y notó que ella también.

Continuaron en silencio durante un rato, mirándose de vez en cuando y sin soltarse las manos. Finalmente Yasmine guardó la manzana en el bolso y dejó escapar un suspiro.

—¡Me rindo! —Con un movimiento rápido, le rodeó el cuello con los brazos, enredó los dedos en su pelo y lo besó en los labios.

¡Vaya!

El tiempo pareció acelerarse. Caliente, sudoroso y mareado por la excitación, Gabe no paraba de recordarse a sí mismo que Yasmine era virgen y que estaban en público. Pero no podía evitarlo. Siguieron besándose y besándose y besándose, y tuvo que hacer un gran esfuerzo por no meterle las manos debajo del jersey. Su boca era suave y cálida, su aliento olía a manzanas, su perfume tenía un toque floral y su sudor olía a humedad. Gabe estaba ensimismado. Tanto que a punto estuvo de saltarse la parada; se puso en pie de un salto en el último momento y la solicitó. El autobús se detuvo y ellos se tambalearon con la inercia. Sentía el calor en la cara, sabía que estaba rojo como un tomate. En esa ocasión era él el que respiraba con dificultad.

—Nos bajamos aquí.

Ella asintió, recogió su bolso y se bajaron del autobús esquivando las miradas reprobatorias de algunas de las mujeres mayores. En cuanto el autobús se alejó, él la rodeó con los brazos, la levantó del suelo y ella le rodeó la cintura con las piernas. La llevó así durante una manzana, sin dejar de besarse mientras andaban. Una y otra vez, hasta que creyó que iba a explotar. Volvió a dejarla en el suelo.

—Dios —le dijo—. Necesito calmarme.

Ella se rio nerviosamente. Gabe le dio la mano y caminaron en silencio.

—¿Estás bien? —le preguntó Yasmine un minuto más tarde.

—No —respondió él—. Estoy un poco mareado.

—¿Te apetece una galleta?

Él la agarró por la cintura y la giró.

—Me apeteces tú. —La soltó, le rodeó la cara con las manos y la besó en la boca. Miró el reloj y desencajó los ojos—. Dios, tenemos diez minutos para atravesar el campus. —Le dio la mano y empezaron a caminar a toda velocidad.

—¿Me has comprado una entrada?

—Claro que te he comprado una entrada. Esperaba que vinieras. Habría ayudado que me hubieras dicho que tal vez vendrías.

—No lo supe hasta el último momento.

—Bueno, al menos podrías haberme escrito diciendo «quizá». No sabía nada de ti.

—Bueno, eso es porque yo tampoco sabía nada de ti.

—¿De qué estás hablando? —preguntó Gabe—. Te pedí amistad en Facebook.

—Y yo acepté.

—Pero no me escribiste.

—El chico escribe primero.

Gabe puso los ojos en blanco.

—¿Desde cuándo eso es una norma?

—No sé. Pero es la norma.

—¿Sabes que fui al Coffee Bean a buscarte?

—No lo sabía.

—Pues eso hice. —Gabe estaba ofendido—. Fui el martes y el jueves.

—Yo fui el lunes y el miércoles —contestó Yasmine.

—¡Oh, qué dices! —Le dio la mano y empezó a correr—. Si me hubieras escrito, nos habríamos visto. No puedo llamarte.

—¿Por qué diablos iba a dar por hecho que querías quedar conmigo?

—¿Por qué no ibas a darlo por hecho? Te pedí que vinieras al concierto.

—Pensé que solo estabas siendo amable. Dijiste que no era una cita.

Gabe se detuvo y sonrió.

—Te mentí.

Llegaron cuando las luces se apagaban…, otra vez. La primera mitad del concierto estuvo bien, pero él solo era consciente de la presencia de Yasmine, de su mano agarrada a la suya, que provocaba el movimiento por debajo de su cintura. Hasta que Paul no subió al escenario, Gabe no pudo relajarse y disfrutar de la música. Cuando terminó el concierto y se encendieron las luces, estaba más tranquilo.

—Ha hecho un buen trabajo.

—¿Te ha gustado?

—Sí. —Se volvió hacia ella—. ¿Qué te ha parecido?

—Me ha gustado mucho la pieza. Creo que me gusta Saint-Saëns. Compone con un tema común, o voz, o como sea que se llame. No es excesivo como algunos compositores.

—Bien dicho. —Gabe la miró a la cara, se moría por besarla, pero no quería excitarse. Sería un paso en falso saludar a Paul con una erección—. Tengo que ir a saludar. ¿Te importa?

—En absoluto.

La condujo entre bambalinas, donde Paul estaba hablando con algunos de sus compañeros de clase y una joven llamada Anna Benton a la que Gabe conocía bien de anteriores competiciones de piano. Anna tenía dieciocho años, el pelo rubio, los ojos azules y las piernas largas. Como de costumbre, hablaba a toda velocidad con quien quisiera escucharla. Paul y Gabe se abrazaron.

—¡Excelente!

—Sí, ha estado bien.

—Has hecho un gran trabajo.

—No ha estado mal —respondió Paul—. Gracias por venir.

—No hay de qué. —Yasmine estaba escondida detrás de él. Gabe la empujó hacia delante—. Esta es mi amiga Yasmine.

—Hola —dijo Paul.

—Has estado fantástico —susurró Yasmine.

Anna intervino y le dio a Gabe un abrazo y un beso en la boca.

—Vaya, hola, Whitman, ¿has estado viviendo en una cueva?

—No ha pasado tanto tiempo...

—No estuviste en Atlanta, ni en París, ni en Bruselas... ¿Estuviste en Chicago? No, tampoco estuviste en Chicago.

—El año pasado tuve algunos asuntos —respondió Gabe—. Iré a Budapest.

—¿Para la competición juvenil de Liszt?

—Sí, Liszt. Pero juvenil no. Ahora soy adulto.

—¿Tienes quince años? ¡Joder! —Se quedó mirándolo con rabia—. ¿Cuándo diablos cumpliste quince años?

—Hace unos siete meses...

—¡Joder! —exclamó Anna—. ¡Mierda! ¡Y has tenido que escoger Budapest para cumplir quince? ¡Joder!

—Primero me gritas por no venir y luego, cuando te digo que voy...

—Sí. Vas a competir contra mí. ¡Joder!

—Quizá me equivoque.

—¿Por qué ibas a equivocarte? Tú nunca te equivocas. Y, ahora que trabajas con Nicholas Mark, debes de ser realmente bueno.

—Es realmente bueno —le dijo Paul.

—¡Vaya, fantástico! ¡Fantástico! ¡Joder!

—Yo también te quiero, Anna. —Yasmine volvió a esconderse detrás de él. Gabe la sacó hasta situarla junto a él—. Esta es mi amiga Yasmine.

—Hola. —Anna miró a Yasmine de arriba abajo y volvió a mirar a Gabe—. No es que no te quiera, Gabriel. Sí que te quiero, pero te odio. ¡Joder!

—¿Tienes tiempo para cenar, Whitman? —preguntó Paul.

Gabe miró a Yasmine, que parecía fuera de lugar. Entendía bien cómo se sentía.

—No. Tengo que hacer unas cosas para Nick.

—Nick el imbécil.

—No tan imbécil como tú —le dijo Anna a Gabe.

—Nick es genial, salvo cuando no lo es. —Gabe se volvió hacia Paul—. Estaré en el campus el martes. ¿Puedes quedar a comer?

—Creo que sí.

—Te escribiré —aseguró Gabe. Después miró a Anna—. Adiós, cariño.

—¡Cierra la puta boca!

—Yo también te quiero.

Se abrazaron y Gabe sacó a Yasmine del edificio. Caminaron unos minutos en silencio.

—Creo que no le he caído bien —dijo entonces Yasmine.

—¿A quién?

—A tu amiga Anna.

—Anna siempre habla mal.

—No. Me estaba mirando con recelo.

—No es cierto. Probablemente te estaba examinando. Es lesbiana.

—¿Es lesbiana?

—Sí.

—¿Cómo puede ser? ¡Si es preciosa!

—¿Por qué las lesbianas no pueden ser preciosas?

—Bueno, sí que pueden, pero… ¡qué desperdicio!

—Hablas como un tío. A mí me cae bien Anna, pero es complicada. Nunca me sentí atraído por ella, ni siquiera antes de saber que era lesbiana.

Pero Yasmine tenía la mente en otra parte.

—Si yo fuera tan guapa…

Gabe esperó a que continuara.

¿Cómo podía explicárselo? A ella le encantaba su cultura. Le gustaba mucho ser persa. Pero a veces resultaba duro ser una minoría, en realidad una minoría dentro de una minoría, porque casi todos los chicos judíos que conocía eran blancos. Sabía lo que decían de los persas los padres de esos chicos: que eran exclusivistas, que eran distantes, que eran tacaños, que eran mentirosos, que no eran de fiar. Eran todo estereotipos. Además, si tenías que huir de tu país con lo puesto, también te mostrarías cauteloso. Su padre era un hombre maravilloso y honesto. Su madre no era distante, pero sí tímida. Era muy difícil tener que justificarte a ti misma lo que eras. A veces sería agradable encajar sin más.

—Nada. No importa.

Gabe le dio un beso tierno en la boca.

—¿Sabes lo que es realmente *sexy*?

—¿Qué?

—Que una chica se presente a tiempo —respondió él con una sonrisa. La agarró de la mano y empezó a correr hacia la parada del autobús. Llegaron al mismo tiempo que el autobús. Yasmine comenzó a andar hacia la parte de atrás como la primera vez, pero Gabe le tiró del brazo.

—Siéntate aquí. Quédate con la ventanilla.

—De acuerdo…

—Agacha la cabeza.

—¿Qué?

—Hazlo. No hables. —Gabe se giró hasta ocultar con su cuerpo el suyo casi por completo. Dos paradas después, un grupo de cuatro pandilleros se acercó desde la parte de atrás, empujándose los unos a los otros. Cuando llegaron a la puerta de salida, uno de ellos vio a Yasmine y abrió mucho los ojos.

Gabe sacó su crucifijo y se dirigió al mestizo en español; no hablaba con fluidez, pero podía hacerse entender. El tipo le respondió con voz sombría. Segundos más tarde los pandilleros se habían ido. Gabe se dio la vuelta, se recostó en su asiento y dejó escapar el aire.

—Siempre se me olvida en qué zona estamos.

—¿A qué ha venido eso? —preguntó Yasmine.

—Una chica tan guapa como tú es carnaza para tipos como esos.

—¿Qué le has dicho?

—Le he dicho que era sacerdote y que acababan de disparar a tu hermano. Que íbamos al hospital a darle la extremaunción. Me ha ofrecido sus condolencias.

Yasmine se quedó mirándolo.

—¿Se ha creído que eras sacerdote?

—Eso parece. —Gabe besó el crucifijo y volvió a guardárselo bajo la camisa—. Era de mi abuela, que se lo dio a mi padre, que se lo dio a mi madre, que después me lo dio a mí.

—¿Cuándo aprendiste a hablar español?

—El teniente ha estado dándome clases. No hablo como un nativo, pero supongo que eso me ha hecho parecer más convincente.

—No puedo creer que se hayan tragado que eres sacerdote.

—Es cuestión de actitud, Yasmine. Cuando me veo en un apuro, me conecto con mi padre y normalmente me va bien.

—¿Hay algo que no sepas hacer?

—No sé trazar una línea recta ni hablar persa. —Le pasó el brazo por los hombros—. Con lo primero no puedo hacer nada, pero tal vez con lo segundo puedas ayudarme tú.

—¿Para qué quieres aprender persa?

—Para que, cuando hables con Ariella o con tus padres, yo pueda escucharte. —Sonrió y después dijo—: En serio, me gustan los idiomas.

—Te enseñaré persa. ¿Qué obtengo yo a cambio?

Gabe quería sonreír, pero se contuvo.

—Estoy seguro de que, si lo pienso, se me ocurrirán un par de cosas que puedo enseñarte.

—¿Como piano? —Negó con la cabeza—. Olvídalo. Soy un caso perdido.

Dios, qué ingenua era, no reconocía ni una insinuación. Pero besaba bien.

—Quizá piano no, pero, como dice el refrán, creo que juntos podríamos hacer música.

Yasmine se sonrojó y giró la cabeza para mirar por la ventanilla. Él había crecido con chicas precoces. Aquella era como de otra época.

—Si flirteo contigo, no te pongas nerviosa. Me gustas, pero sé comportarme, ¿de acuerdo?

Ella asintió y sonrió.

—No te comportes demasiado bien.

Gabe sonrió también y le rodeó los hombros con el brazo.

—Tus palabras son música para mis oídos.

CAPÍTULO 11

Un fin de semana sin incidentes dio paso a una semana infernal, como si todo el mundo hubiese reservado sus actividades criminales para los días laborables. A las cuatro y media de la tarde del martes, Decker por fin estaba listo para comer cuando Marge entró en su despacho con un bolso negro colgado del hombro y las llaves en la mano.

—Me voy a ver a Kevin Stanger —anunció.

—¿A quién?

—El chico acosado que se fue de Bell y Wakefield. Lo que no sé es por qué me molesto. Para empezar, hemos recibido el informe toxicológico de Gregory Hesse. No aparece ninguna de las drogas habituales. Pero sí que tenía 0,05 de alcohol en sangre, que para un chico de su tamaño probablemente serían algunas cervezas.

—A lo mejor estaba reuniendo valor para hacer lo que hizo.

—Podría ser —dijo Marge—. Pero el hecho sigue siendo que se disparó y que no estaba drogado hasta el punto de no saber lo que estaba haciendo.

—Todos estamos de acuerdo en que fue un suicidio. La pregunta es por qué.

—Pregunta que tal vez nunca podamos responder, porque parece que Wendy Hesse ha cambiado de opinión. No ha llamado desde que la visité el jueves pasado. ¿Te ha llamado a ti?

Decker negó con la cabeza.

—Quizá no debamos molestarnos en ir a ver a Kevin Stanger.

—El chico ha accedido a hablar con nosotros, Pete. La policía quedaría como una idiota si le dijese que da igual.

—No estoy muy ocupado ahora mismo. ¿Quieres compañía?

—¿Estás seguro? Sé que estás ocupado.

Decker recogió su chaqueta.

—Tengo que salir. Llevo aquí metido desde las seis y todavía no he visto la luz del sol.

—Será mejor que te des prisa. El sol baja deprisa.

—Sí, incluso una estrella inanimada sabe cuándo decir «basta».

Solo por su estatura, Kevin Stanger no parecía el tipo de chico al que se acosa fácilmente. Rondaba el metro setenta y cinco, setenta kilos, con los músculos de la espalda bastante desarrollados. Su cara, sin embargo, decía otra cosa. Era redonda, con la barbilla poco definida y las mejillas cubiertas de acné. Llevaba aparato. Tenía el pelo rebelde y los ojos marrones, coronados por unas cejas pobladas. Incluso antes de saludar, su expresión ya era derrotista.

El chico los condujo al salón y les invitó a sentarse en el sofá. Después miró por el ventanal y se sentó con las piernas inquietas.

—Tiene que ser rápido —dijo—. Mi madre llegará a las seis.

El reloj de Marge marcaba las cinco y diez.

—Me dijiste que a tu madre le parecía bien —dijo.

—Bueno, más o menos. No ha dicho que no. —Kevin llevaba una sudadera y unos pantalones de pijama. Estaba sonrojado—. No me encontraba bien, así que he decidido saltarme las dos últimas clases. Se lo he dicho a una de las vicedirectoras, la señora Holloway. Ha dicho que podía irme a casa si a mi madre le parecía bien. Así que he fingido llamar a mi madre y después le he dicho a la señora Holloway que le parecía bien. O sea, no sé si a mi madre le parece bien porque no la he llamado. Porque quería hablar con ustedes y no quería pedir permiso. A veces es mejor no meter a los padres.

Decker asintió y preguntó:

—¿Qué puedes decirnos de Greg?

—Era un buen tío.

—Nadie parecía tener un problema con él —dijo Marge.

—Sí. Yo creía que Greg sabía defenderse solo. —Se rascó la cabeza—. O quizá no. Si estaba pasando por un mal momento, ojalá me lo hubiera dicho. Nunca me dijo nada.

—¿Podrías hablar sobre lo que pasaste tú? —preguntó Decker.

—Es difícil hablar de ello.

—Haz lo posible —le dijo Marge.

—Pensé que podía soportarlo, pero, pasado un año, no aguanté más. Mi madre quería hablar con administración, pero yo dije que no. Seguimos viviendo en la misma zona.

—¿Qué es lo que te hacían?

—No son las cosas físicas. —Kevin levantó la mirada—. Quiero decir que te empujan y cosas así, pero eso no era lo malo. Era el acoso constante.

—Joey Reinhart decía que te arrinconan. —Decker sacó su libreta.

—Sí, te arrinconan. Las chicas eran peores que los chicos, porque las chicas te hacían cosas y, cuando respondías, se reían de ti.

Marge sacó una libreta.

—Si no es demasiado duro para ti, ¿podrías entrar en detalles?

—Bueno, te meten mano e intentan…, ya sabe, excitarte y, si reaccionas, se ríen y te llaman cosas… —Se llevó las manos a la cara—. Aun así, yo pensaba que podía soportarlo. Pero, cuando empiezan a acorralarte fuera del colegio, da un poco de miedo. No hay nadie allí para ayudarte.

—¿Y qué hacían?

—Te rodean… como una manada de lobos. La gota que colmó el vaso fue cuando uno de ellos sacó una pistola y me la metió en los pantalones. Yo… —Kevin se mordió el labio—. Me meé encima. Entonces supe que nunca regresaría.

—¿Quién lo hizo? —preguntó Decker.

—No me acuerdo.

—Sí te acuerdas.

—Recuerdo quiénes me acorralaron, pero no recuerdo quien me metió la pistola en los pantalones. Me bloqueé.

—¿Quién estaba en el grupo? —preguntó Decker.

—¿Quiere nombres?

—Sí, quiero nombres.

—Saben que, si empezaran a interrogarlos, yo lo negaría.

—Supongo que, si fuera un fanático, podría ir al colegio y empezar a interrogarlos, porque lo que has descrito es un asalto a mano armada —dijo Decker—. Pero no voy a hacer eso porque el incidente tuvo lugar hace meses y no eres un testigo fiable. Pero sí que quiero algunos nombres para mis archivos. Así que dame nombres.

—Va por estratos —explicó Kevin—. El jefe da las órdenes y sus capos las llevan a cabo.

—Kevin —dijo Decker—, ¿quién estaba allí cuando sacaron la pistola?

Kevin miró al techo.

—Recuerdo que Kyle Kerkin estaba allí.

—¿Quién más? —preguntó Marge—. Danos nombres.

—Stance O'Brien, Nate Asaroff, JJ Little, Jarrod Lovelace, ese es el grupo de los capos. El jefe es un tipo llamado Dylan Lashay. Pero él no estaba allí aquel día.

—¿El jefe? —preguntó Marge—. ¿Los capos? ¿Es que actúan como la mafia?

—Sí. —Kevin asintió—. La mafia de B y W.

—Genial —dijo Decker—. Háblame de Dylan Lashay, el líder.

—Creo que ha sido aceptado en Yale.

—Vaya, qué bien —murmuró Decker.

—Es irónico, ¿verdad? —dijo Kevin—. Lo tiene todo. Buena nota en el examen de acceso, en las extracurriculares. Es capitán del equipo de simulación de las Naciones Unidas, capitán del equipo de fútbol, dirige todas las obras del colegio, se lleva a todas las chicas; y, si la vida no fuese suficientemente justa, es muy rico. Su padrastro es el presidente de una compañía petrolera. Tiene todo lo que desearía cualquier chico, así que ha de encontrar otras maneras de divertirse.

—¿En el colegio están al corriente de su grupo?

Kevin puso los ojos en blanco.

—Dylan es el ojito derecho de B y W.

—¿Y por qué crees que el grupo te eligió a ti? —le preguntó Marge.

—No sé. Yo intentaba pasar desapercibido... como todos: Greg, Joey, Mikey, Brandon, Josh y Beezel. Pero era yo el que llevaba la diana en el culo. —Pareció pensativo—. Greg daba clases particulares a algunos de los chicos. Creo que por eso se salvaba.

—¿Le daba clases a Dylan?

—Dylan era muy listo. No creo que necesitara muchas clases. Pero bueno, eso no viene al caso.

—¿Por qué no? —preguntó Marge.

—Porque no les he llamado por eso. —Hizo una pausa—. ¿He hecho bien en llamarles?

—Claro, Kevin —respondió Marge—. ¿Qué quieres contarnos?

—Greg mantuvo el contacto..., me llamaba cada dos semanas para saber cómo iba. El caso es que, hace unos dos meses, me llamó muy emocionado.

—¿Con qué? —preguntó Marge.

Kevin se inclinó hacia delante.

—De acuerdo, aquí va. El año pasado, Greg y yo estuvimos en clase de Periodismo con el señor Hinton. Era un profesor muy aburrido, pero también es el director del periódico de la escuela. El señor Hinton estaba obsesionado con el periodismo de investigación. Nos habló mucho sobre los años de Nixon, y Woodward y Bernstein, y un tipo llamado Garganta Irritada... ¿Saben de lo que les hablo?

—Sí —respondió Marge—. Es Garganta Profunda.

—Ah, sí, eso. El caso es que el señor Hinton me mataba de aburrimiento, pero a Greg la historia le entusiasmaba. Yo pensé que iba a trabajar en el periódico. Pero, cuando le pregunté al respecto a principios de año, dijo que no le interesaba. Luego me fui porque décimo curso estaba siendo igual que noveno, pero peor. Así que me sorprendió cuando Greg me llamó y me dijo que tenía una noticia que iba a poner a B y W patas arriba.

—Continúa —le animó Decker.

—Así que le pregunté de qué se trataba y dijo que no podía contármelo. Y me dijo que no se lo contara a nadie, ni siquiera a Joey Reinhart, que es su mejor amigo. Y la única razón por la que me lo contó a mí fue que yo ya no estaba en el colegio.

Marge y Decker esperaron a que Kevin continuara. Tras unos segundos de silencio, el chico fue al grano.

—Cuando volví a hablar con Greg, le pregunté por su gran exclusiva. Y repitió que seguía sin poder decirme nada. Pero sin duda parecía menos emocionado que la primera vez, como si las cosas no fueran muy bien. Y le pregunté si estaba bien y me dijo que estaba genial. Pero había algo raro. Así que intenté sonsacarle, pero insistía en que estaba genial, pero que estaba trabajando mucho y se encontraba más cansado que de costumbre.

Kevin dejó de hablar.

—Eso es todo.

—¿Y no te dijo más? —preguntó Marge.

—No. No sé nada más que lo que les acabo de contar. Pero pensé que sería mejor contárselo, porque nunca se sabe qué cosas son importantes. Así que... ya está.

—¿No te dio ninguna idea de lo que estaba investigando? —preguntó Decker.

—No. Se lo diría si lo supiera.

—¿Sabes si estaba investigando la historia con alguien más?

—No llegamos a tanto. —El chico miró el reloj—. Mi madre llegará enseguida. Les agradecería que...

Decker se puso en pie. Tanto Marge como él le dieron a Kevin sus tarjetas.

—Si se te ocurre algo más, no dudes en llamarnos.

—Así lo haré. —Kevin se puso en pie y abrió la puerta—. No es tan difícil de entender... lo que hizo Greg. Algunas veces en B y W yo pensé en hacer lo mismo. Solo puedo decir que me alegro de no haber tenido una pistola cerca.

Decidieron verse los martes y los jueves a las seis de la mañana porque Gabe tenía que despertarse temprano de todos modos para tomar el autobús a la universidad.

El lunes para él fue una tortura. Pasaron el día escribiéndose sin parar.

El martes resultó ser igual de tortuoso, pero de un modo diferente. Quedaron a tomar café y hablaron, lo cual estaba bien, pero no podían tocarse, salvo tal vez darse la mano por debajo de la mesa o apretarse la pierna. Así que el espacio entre ellos, pese a ser de pocos centímetros, parecía kilométrico. Después de que ella se fuera al colegio, Gabe se quedó frustrado y tuvo que aguantar un trayecto de una hora en autobús junto con los demás desechos de Los Ángeles.

La clase fue bien. Nick comentó que tocaba con más pasión. También le dijo a Gabe que era hora de empezar a hacer conciertos.

«He hablado con alguien para que venga a oírte tocar. Tienes que empezar pronto. Ya no eres tan joven».

Un artista acabado a los quince años.

«¿Quién es él?».

«Un agente muy conocido. Se encarga de todos los festivales veraniegos de música de cámara. Es una manera tan buena como cualquier otra de empezar a soltarte. Vendrá el jueves. Te quiero en la universidad a las ocho de la mañana, descansado y alimentado. ¿Entendido?».

«Entendido».

Llegó a casa a las seis de la tarde, hambriento y cabreado. No había nada en la nevera. Rina entró en la cocina y lo vio rebuscando en los armarios.

—No hay gran cosa para comer —le dijo.

—Ya lo veo.

—Voy a reunirme con Peter en la tienda —dijo Rina—. ¿Quieres venir?

—Estoy cansado —respondió Gabe.

—Te traeré algo.

—Estoy cansado, pero tengo hambre —añadió Gabe tras pensarlo unos segundos—. ¿Puedo conducir yo?

—Si no estás demasiado cansado, sí.

—¿Podemos sacar el Porsche?

—No.

Gabe puso una cara.

—Vale. Iré. Me muero de hambre.

—Vamos. —Rina recogió su bolso y sacó las llaves—. ¿Cuándo comiste por última vez?

—A las diez de la mañana.

—El teniente comió por última vez a las seis de la mañana —le informó Rina—. Tener que aguantar a dos hombres hambrientos no es mi ideal de diversión.

—Intentaré comportarme.

—No albergo mucha esperanza. —Le lanzó las llaves—. Pero por lo menos sois guapos los dos.

CAPÍTULO 12

La clave con los varones hambrientos era darles de comer lo más rápido posible. De modo que Rina se vio en un aprieto cuando entraron a la tienda y Sohala Nourmand la saludó. ¿Debería acercarse y charlar durante unos minutos, o devolverle el saludo con la mano y arriesgarse a ser tachada de mal educada?

Claro, Rina tenía que acercarse a la mesa y saludar. Sage había sido compañera de clase de Hannah y ambas eran buenas amigas. Además, Daisy y Yasmine estudiaban en el instituto.

—No lo hagas —gruñó Decker en voz baja—. Me muero de hambre.

—Solo un momento. —Le lanzó una mirada de advertencia. «Compórtate o habrá consecuencias», quería decirle. Después se acercó a Sohala con una sonrisa.

Gabe se había dado la vuelta y se había tapado la cara con la mano con la esperanza de mantener el pánico bajo control. Peter confundió su reacción con el malhumor provocado por el hambre. Le pasó un brazo por los hombros y dijo:

—Asegúrate de estar enamorado antes de casarte.

Rina miró hacia atrás. Peter y Gabe la seguían, y su marido no se molestaba en ocultar su enfado. Daba igual. Bakshar, el padre de la familia Nourmand, tampoco parecía muy contento.

Rina le dio a Sohala un beso en la mejilla.

—Estás preciosa, como siempre.

—Y tú estás estupenda —respondió Sohala.

Las hijas de los Nourmand eran cuatro, cada una tan guapa como la anterior. Bakshar era bastante mayor que Sohala, siempre con una expresión severa en el rostro. No podía ser fácil criar a cuatro hijas. Rina se volvió hacia Rosemary, la mayor, y vio el anillo que llevaba en el dedo.

—¿Cuándo es el gran día?

—El dos de agosto.

—Cuando Aaron termine la residencia —dijo Sohala. Rosemary la miró con una reprobación que su madre ignoró—. En Dermatología.

Rina sonrió y dijo:

—Enhorabuena, Rosie.

—Gracias.

—¿Cómo está Hannah? —preguntó Sage.

—Encantada con Israel.

—Claro.

—¿Y qué haces tú?

—Estoy en la Facultad Pierce.

—Eso es genial.

Sage se encogió de hombros.

—No está mal. —Miró a Gabe—. Enhorabuena a ti también.

—¿A mí? —preguntó Gabe, que estaba escondido detrás de Peter.

—Has entrado en Harvard, ¿no?

Yasmine le dirigió una mirada rápida que no se atrevió a interpretar antes de devolver la atención a su sopa. Gabe supo que estaba sonrojándose.

—Oh, ¿cómo sabes eso?

—Hannah lo puso en Facebook.

El adolescente miró a Rina con cara de súplica.

—Le diré que lo quite —dijo ella.

—¿Por qué? —preguntó Sohala—. No es algo de lo que avergonzarse. Deberías estar muy orgulloso.

Con el corazón a mil por hora, Gabe intentaba por todos los medios mantener la compostura. Arrastró los pies, sintiéndose como un imbécil.

—Eh…, he entrado haciendo trampas.

¿Por qué coño había dicho eso?

—¿Trampas? —preguntó Bakshar.

—No son trampas exactamente. —Sentía que le ardía la cara—. Quiero decir que tengo buenas notas, pero he entrado porque toco el piano.

El padre pareció reaccionar.

—Yasmine toca el piano.

—No, papi —dijo Daisy, de dieciséis años—. Él toca el piano de verdad.

A Yasmine se le oscureció la cara. «Pobre chica», pensó Rina. Sohala y sus chicas eran una familia feliz, siempre sonrientes…, salvo la más joven. Yasmine llevaba el peso del mundo sobre sus hombros.

—Papi, tocó en la graduación, ¿recuerdas? —dijo Sage.

—Ah…, sí. —El padre miró a Gabe con renovado respeto—. Estuviste muy bien.

—Gracias —respondió Gabe. «¿Puedo irme a casa a morirme ya?».

—Yasmini, cuando vayas a la universidad, deberías enviarles un CD con tu voz —dijo Rosemary, después miró a Gabe—. A la junta de admisión le gustan esas cosas, ¿verdad?

Gabe buscó la mirada de Yasmine para encontrar una explicación, pero ella seguía mirando la sopa.

—Claro —respondió él—. Sí, le gustan mucho.

—Yasmini tiene una voz preciosa —explicó Rosemary.

—Al menos alguien ha heredado el talento de mamá —añadió Sage.

—Sí. Cuando Yasmine está en casa, te das cuenta —intervino Daisy—. La oyes desde la calle. ¿Cuál es esa nueva aria que siempre andas cantando?

Gabe contempló al objeto de su deseo con otros ojos.

—¿Cantas ópera?

—No —respondió ella sin levantar la mirada.

—¿Cómo se llama el aria? —preguntó Daisy—. La última. Canta muchas. Tiene un repertorio y pasa de una a otra y a otra.

Yasmine había adquirido un color extraño mezcla de rojo y marrón, una especie de caoba. Tenía los ojos puestos en la mesa. Sohala le dio una palmadita en el brazo a su hija.

—Me gusta cuando canta.

—Deberías enviarles un CD, Yasmini, en serio —insistió Rosemary—. ¿Quién canta ópera a tu edad? Es diferente. Llamará la atención.

—Yasmine no necesita cantar para ir a la universidad —dijo el padre con determinación—. Tiene cabeza. Va a ser doctora.

Decker ya estaba harto de cháchara.

—Rina, tenemos que sentarnos o no conseguiremos mesa.

—¿Queréis cenar con nosotros? —preguntó Sohala.

A Gabe se le disparó el corazón.

—Gracias —respondió Rina—, pero me temo que tengo que encargarme de los chicos y tendremos un problema. Me alegro de veros a todos. Disfrutad de la cena.

—Saluda a Hannah de mi parte. ¿Va a venir para la Pascua judía?

—Desde luego —respondió Rina.

—La llamaré.

Decker agarró a su esposa del brazo.

—Que cenéis bien. —La condujo hacia la única mesa libre. El resto del local estaba lleno de clientes. Las cartas ya estaban en la mesa y Gabe las utilizó para esconder su cara y fingir que contemplaba las opciones. Le rugía el estómago del hambre, pero tenía que calmarse antes de poder digerir algo.

—Entiendo que tengas que ser simpática —le dijo Decker a Rina—. Pero no es necesario que mantengas un diálogo eterno cuando sabes que me muero de hambre.

—¿Quieres algún entrante? —le preguntó Rina.

—Eso, ignórame —dijo él.

—¿Sopa?

—Mi opinión no cuenta para nada —gruñó Decker.

—Yo tomaré la sopa de repollo. Podemos compartirla —dijo Rina, y se volvió hacia Gabe—. ¿Quieres tú un entrante?

«Yo quiero largarme de aquí», pensó él. Seguía con la carta frente a los ojos.

—Tomaré albóndigas.

—Puede que yo también tome albóndigas —dijo Decker.

—Me parece una idea estupenda —concluyó Rina.

—Qué contenta estás.

—Alguien tiene que estarlo —le dijo Rina—. Y no me mires así. Al menos yo he contestado que no cuando nos han dicho que nos sentáramos con ellos.

—Bajo pena de muerte.

—Peter, entiendo tu posición, pero, en serio, tienes que comer antes de decir una palabra más, ¿de acuerdo?

—Entendido.

—Y tú también —le dijo Rina a Gabe—. Estás muy pálido. —La camarera se acercó y les llevó pan y pepinillos—. Vamos a lavarnos las manos.

Decker resopló, se levantó de la mesa y se lavó las manos ritualmente. Después bendijo el pan antes de lanzarse sobre la cesta. Pidieron todos y, cinco minutos más tarde, llegaron los entrantes, que los chicos devoraron en un santiamén. Gabe no comió mucho. En realidad ni siquiera sabía lo que estaba comiendo.

Rina se volvió hacia Gabe.

—Siento que Hannah haya aireado tu vida privada.

—No pasa nada. —Estaba más nervioso que antes de cualquier competición—. Es que no me gusta llamar la atención. No es que me disguste… No tocaría si me disgustara. Así que a veces sí que me gusta llamar la atención. Pero una atención es mejor que otra… —Sabía que estaba divagando. «Ve al grano, Gabe»—. El jueves voy a hacer una prueba para un agente.

—¿De verdad? —dijo Decker.

—Qué emocionante —añadió Rina.

—Sí, mi profesor ha concertado una cita con un tipo que se encarga de los festivales veraniegos de música de cámara. Espero conseguir un hueco en algunos de los programas menos codiciados. Creo que sería divertido.

—¿Eso significa que te pagarán por actuar? —preguntó Decker.

—Sí, supongo —dijo Gabe.

—Muy bien.

Llegaron los sándwiches. En ese momento la familia Nourmand se levantó de su mesa. Sohala se despidió con la mano y Rina hizo lo mismo.

Decker sonrió.

—Le gustas, ¿sabes? —le dijo a Gabe.

El chico sintió que se le ponía la cara roja.

—¿Qué?

Decker se volvió hacia Rina.

—¿Cuál de las chicas era la listilla que estaba haciendo sentir incómoda a su hermana pequeña?

—Daisy —respondió Rina—. Está en tercero y sí, es muy lista.

—Sí, pues le gustas —le dijo Decker a Gabe señalándolo con el dedo—. No caigas en la trampa.

—Qué pesadito estás —dijo Rina—. No le tomes el pelo.

—No le tomo el pelo. Le estoy diciendo la verdad. —Miró a Gabe—. El padre te cortaría la cabeza. Después iría a por mí y me la cortaría también.

—Déjalo ya —insistió Rina.

—Es un tío amargado.

—Bakshar tiene sesenta y muchos años y cuatro hijas, y ahora tiene que pagar una gran boda. ¿Cómo estarías tú?

—Amargado. —Decker masticó el sándwich—. Está bueno.

Rina miró a Gabe. Él apenas había tocado su sándwich.

—¿Ya no tienes hambre?

—Creo que me he llenado con las albóndigas. —Miró a Decker, que ya se había terminado su cena—. ¿Quieres un poco del mío, Peter?

—Si no te lo vas a comer.

—Quédatelo.

—¿Ves? Por eso estás tan escuálido y yo estoy gordo. —Decker vio que Gabe miraba el reloj—. ¿Tienes que irte?

—Tengo que prepararme para la prueba.

Decker dejó el sándwich y pidió la cuenta. Miró al muchacho con preocupación súbita.

—Gabe, ¿te sientes cómodo trabajando tan joven?

—En este negocio, no soy tan joven.

—Pero en la vida real sí que lo eres. —De pronto Decker se dio cuenta de que estaba mirando a un niño, con mucho talento, muy listo, pero aun así un niño—. Hablo en serio, Gabe. Sé que has… ido en esta dirección toda tu vida. Pero asegúrate de que es lo que deseas. Mantén la mente abierta.

Gabe asintió.

—Lo digo en serio, hijo. Solo tú puedes vivir tu vida.

El chico sonrió.

—Creo que es la primera vez que alguien me dice que tenga en cuenta otras opciones además de la música.

—¿Ves? Soy original —contestó Decker.

Gabe agarró su sándwich a medio comer y dio un mordisco. De pronto recuperó el apetito.

—¿Quieres que te lo devuelva? —preguntó Decker.

—No, no importa. —Se sentía bien—. De hecho me gusta lo que hago. No me imagino haciendo otra cosa.

—Eso es lo que me gusta oír. —Decker acababa de terminar de pagar la cuenta cuando sonó su teléfono—. Es Marge. Tengo que contestar.

—Claro.

—¿Puedo llamarte en un rato? —preguntó Decker—. Estoy terminando de cenar.

—De acuerdo —contestó Marge. Estaba seria.

—Dos minutos —prometió Decker antes de colgar.

Rina se levantó y también lo hizo Gabe. Le dio un beso a su marido en la mejilla—. Te veremos en casa.

—Quizá.

—¿Es una de esas llamadas?

—Eso creo.

—Buena suerte. —Le lanzó las llaves a Gabe—. Sí, puedes conducir.

Decker los acompañó hasta el Volvo de Rina y vio como Gabe sacaba el coche de un hueco bastante estrecho y se alejaba con un movimiento rápido. Como casi todos los chicos, tenía un buen sentido del espacio. Hannah no paraba de chocarse con cosas: postes, arbustos, buzones. ¿Estaría siendo machista? Tal vez, pero sus ideas estaban demasiado arraigadas como para sentirse mal por ello.

Decker le devolvió la llamada a su sargento favorita.

—¿Qué pasa?

—Acabo de recibir una llamada de uno de los agentes. Ha habido otro suicidio.

Eso llamó su atención.

—¿Uno de los amigos de Gregory?

—No lo sé, pero era una adolescente. Myra Gelb, estudiante de undécimo curso en Bell y Wakefield.

—Dios mío. —Decker metió la llave en el motor—. ¿Cuál es la dirección?

Marge le dio la información.

—Esto es… horrible.

Decker puso en marcha el motor y arrancó. Conectó el *bluetooth*.

—Voy de camino. ¿Has llamado al forense?

—Están todos de camino.

—¿Cómo ha sido?

—Un tiro en la cabeza.

—¿Como Gregory Hesse?

—Sí. Siniestramente parecido a Gregory Hesse.

CAPÍTULO 13

Había dos coches patrulla, uno frente al otro, bloqueando la calle al tráfico. Una ambulancia se encontraba a unos veinte metros. Decker corrió hacia la escena, saludó con la cabeza a los dos agentes situados frente a la cinta amarilla y después se agachó para pasar por debajo. El edificio de apartamentos era de escayola y madera, y cada piso tenía un balcón que daba a la calle. La familia Gelb vivía en el segundo piso de un edificio de cuatro plantas.

Entró por la puerta y encontró a los paramédicos tratando a una mujer tendida sobre el sofá. Llevaba unos pantalones grises y una blusa roja, con la manga derecha remangada para poder tomarle la tensión. Junto a ella había un hombre de veintitantos años, vestido con vaqueros y una sudadera de UCLA, sujetándole la mano.

El salón daba a un comedor y después a la cocina. Decker encontró a Marge apoyada en la encimera, con la libreta abierta, aunque no estuviese escribiendo nada.

—Ocurrió en su dormitorio —dijo en voz baja.

—¿Cuántos dormitorios hay?

—Dos. Uno para la hija, uno para el hijo. Él estudia en UCLA, pero vive en casa. La madre duerme en el salón, en un sofá cama. —Marge parecía tener los ojos algo húmedos—. Te mostraré dónde ocurrió, si quieres.

—¿Quién vigila la escena del crimen?

—Hosea Nederlander. Está esperando a los de la oficina del forense.

—Luego veremos el cuerpo. Primero quiero ver cómo está la familia.

Regresaron al salón sin hacer ruido. Los paramédicos hablaban en voz baja entre ellos. La madre tendría cuarenta y muchos años y los ojos rojos, pero secos. Estaba sentada rígidamente mientras uno de los hombres comprobaba sus constantes vitales.

Una paramédica llamada Lanie hablaba con el joven.

—Sigue con la presión sanguínea altísima. Necesita venir con nosotros.

—No voy a ninguna parte —insistió la mujer. De pronto se fijó en Marge y en Decker—. ¿Son de la policía?

—Sí, lo somos. —Decker se presentó.

—Debería ir al hospital —dijo Lanie.

—¡No quiero ir!

—Mamá…

—No. ¡No puedo dejarla sola! ¡No puedo hacer eso!

—Yo me quedaré aquí y me encargaré de todo —le aseguró el hijo—. Pero no podré hacer nada si tengo que preocuparme por ti.

—¡No voy a ir! —La mujer tenía la cara blanca como un fantasma.

—¿Quiere un poco de agua, señora? —preguntó Marge.

—Buena idea —respondió el hijo.

Marge se fue a la cocina.

—¿Tienen algún doctor a quien pueda llamar? —preguntó Decker.

—Mamá, ¿todavía vas al doctor Radcliff? —preguntó el hijo.

La mujer no respondió.

—Brian Radcliff —dijo el joven—. No sé su número.

—Lo conseguiré —dijo Decker—. Podría ver a tu madre en el hospital.

—¡No voy a ir!

—Por favor, llámelo —le rogó el hijo con desesperación en la mirada.

—Quizá él pueda venir aquí —sugirió Decker.

Marge regresó con un vaso de agua. Se lo acercó lentamente a la mujer a los labios. Decker hizo una llamada y después regresó al salón.

—Llegará en unos diez minutos.

—Gracias —respondió el hijo.

—Quédate con ella, ¿de acuerdo? —le pidió Decker a Marge.

—Por supuesto.

—¿Puedo hablar contigo unos minutos? —le preguntó Decker al chico.

El joven lo siguió hasta la cocina.

—Para empezar, siento mucho la muerte de tu hermana.

—Gracias. —El joven se secó los ojos, brillantes por las lágrimas.

—Perdona, pero no sé tu nombre.

—Eric Gelb.

—¿La víctima era tu hermana pequeña?

Eric asintió.

—¿Y el nombre de tu madre?

—Udonis.

—¿Gelb?

El chico asintió.

—¿Divorciada?, ¿viuda?

—Divorciada.

—¿Y tu padre?

—Muerto.

—Lo siento.

Él se encogió de hombros.

—¿Estabas aquí cuando ocurrió… lo de tu hermana?

—No.

—¿Tu madre estaba aquí?

—Estaba en el trabajo.

—Así que llegaste tú o llegó ella…

—Yo la encontré…, encontré a Myra. —Se llevó la mano a la boca—. Ya estaba…

Decker asintió.

—¿Y qué hizo entonces?

—Llamé a mi madre, pero no le dije lo que había ocurrido. Después llamé a la policía. —Las lágrimas resbalaban por sus mejillas—. La policía llegó antes que mi madre. Le impidieron entrar en la habitación. Cuando le dijeron que mi hermana había muerto, mi madre se desmayó. Así que llamé a los paramédicos.

—¿Y todo eso ocurrió hace como media hora?

—Quizá una hora. No tengo sentido del tiempo.

Decker asintió.

—¿Estás dispuesto a responder a algunas preguntas más?

Eric asintió.

—Para empezar, ¿cuántos años tienes?

—Veinticuatro.

—De acuerdo. ¿Y estudias en UCLA?

—Sí. Segundo de Derecho.

—De acuerdo. ¿Sois solo tu hermana y tú?

—Sí.

—Y estabais muy unidos los dos o…

—Hay una diferencia de edad. Yo no paso mucho tiempo en casa. Pero, cuando nos veíamos, nos llevábamos bien.

—¿Sois del mismo padre y de la misma madre?

—Sí. Mis padres se separaron, después se reconciliaron y tuvieron a mi hermana. Pero al final se divorciaron cuando yo tenía dieciocho años.

—¿Así que Myra tenía diez años?

—Sí. Justo después, a mi padre le diagnosticaron cáncer. Murió hace dos años. Mi padre y yo no estábamos muy unidos, sin rencores, pero sin nada en común. Myra y mi padre estaban muy unidos. El divorcio fue muy duro para ella. La muerte de mi padre la destrozó.

—¿Depresión?

—Grave. Tuvo que medicarse.

—¿Seguía medicada?

—Eso creo.

—¿La medicación la ayudaba?

—No lo sé. También iba al psiquiatra.

—¿Sabes cómo se llama?

—Mi madre lo sabe.

—¿Tu hermana había intentado suicidarse anteriormente?

—Sí. Justo después de la muerte de mi padre. Parecía que iba mejor… —Levantó las manos.

—¿Iba a Bell y Wakefield? —le preguntó Decker.

Eric asintió.

—Tenía una beca. Ambos teníamos beca.

—¿Cómo te fue a ti?

—¿A mí?

Decker asintió.

—No estuvo mal. Me formaron bien.

—¿Socialmente?

—No es el lugar más cálido del mundo, pero tenía amigos. No tuve problemas.

—¿Y tu hermana?

Eric resopló.

—No lo sé. Nunca se quejó. Sé que tenía algunos amigos.

—¿Sabes sus nombres?

—Solo los de pila. Heddy…, Ramona… —Se encogió de hombros—. Eso es todo lo que recuerdo.

—¿En los últimos dos meses tu hermana había cambiado en algo?

—No que yo sepa. Pero yo no estaba mucho en casa.

—¿Observaste un empeoramiento de su depresión?

—No…, en realidad no.

—¿Sabes si tu hermana tenía alguna actividad al margen del colegio?

—Pintaba y dibujaba —respondió Eric—. Era una gran artista. Creo que hacía viñetas para el periódico del colegio.

—¿Algo más?

—Puede que le interesara algo más, pero no sé. No paso mucho tiempo aquí. Ha sido casualidad que estuviera… —Se le humedecieron los ojos—. Estoy en clase o en la biblioteca. También hago prácticas después de clase y los fines de semana. En general me limito a dormir aquí. Le dije a mi madre que nos cambiásemos las camas —yo ya no necesito mi habitación—, pero es una cabezona. Supongo que ya se habrá dado cuenta.

Decker oyó las voces procedentes de la otra habitación. Marge asomó la cabeza.

—Ha llegado el médico.

—Bien. —Decker se volvió hacia Eric—. Muchas gracias por responder a mis preguntas. Y, de nuevo, lo siento mucho.

Eric asintió y juntos regresaron al salón.

Radcliff tenía cincuenta y tantos años y el pelo canoso. Iba vestido con un jersey, una camisa Oxford y unos vaqueros. Le dio a Eric una palmadita en el hombro.

—Hemos decidido encontrarnos en el hospital.

—Muchas gracias —le dijo Eric.

Marge colgó el teléfono.

—Tenemos a dos investigadores forenses abajo. Quizá debamos esperar a que la señora Gelb se vaya al hospital.

Decker accedió y vio como sentaban a Udonis Gelb en una silla de ruedas.

—Te informaré de lo que pase, Eric —dijo Radcliff—. ¿Me das tu móvil?

Eric se lo dio.

—Gracias, doctor.

En cuanto se marchó la madre, los dos investigadores forenses, Jamaica Carmichael y Austin Bodine, entraron en el apartamento.

—Tengo que ver qué ha ocurrido —le dijo Decker a Eric—. Hay mucha gente entrando y saliendo. No tienes que quedarte.

—Se lo he prometido a mi madre.

—Puedes esperar en el salón.

Eric asintió.

Marge condujo a los investigadores hasta la escena del crimen. Decker sacó su libreta. Era un dormitorio normal: paredes azules, muebles blancos y una colcha de seda blanca manchada de sangre. La pistola, un revólver Taurus de 5,6 mm, todavía descansaba sobre el edredón, pero el cuerpo estaba en el suelo, a los pies de la cama. Tenía la cara de medio lado sobre un charco de sangre coagulada, un agujero negro que goteaba sangre que resbalaba por su mejilla y por su cráneo, coagulándose en el pelo, corto y oscuro. La mano derecha tenía quemaduras de la pólvora. Llevaba una camiseta gris y unos vaqueros oscuros. Iba descalza.

—¿Has medido la trayectoria? —preguntó Decker.

—He medido la trayectoria desde la pistola a la mano y desde la pistola a la cabeza, pero la chica estaba en el suelo cuando he entrado. He estado buscando, pero no he encontrado la bala.

El investigador forense Austin Bodine giró la cabeza de la chica con cuidado.

—No ha encontrado ninguna bala porque sigue dentro. No hay agujero de salida.

Marge revisó sus notas.

—A mí me parece que estaba sentada al borde de la cama cuando se ha disparado. La pistola ha caído sobre la cama, pero ella ha acabado en el suelo. La colcha es de satén…, resbala.

—¿Están seguros de que solo ha habido un disparo?

—Hasta ahora, solo el de la cabeza. —Jamaica giró el cuerpo con cuidado hasta colocarlo de costado—. Todo lo demás parece intacto.

Bodine envolvió las manos en bolsas.

—¿Quieren revisar su ropa antes de que nos la llevemos?

—Sí —respondió Marge. Ambos detectives revisaron la ropa en busca de objetos extraños: pelo, fibras, cualquier cosa que sugiriera la presencia de otra persona en la habitación. Había salpicaduras de sangre por todas partes. Parecía una herida de bala autoinfligida en la cabeza, parecido al caso de Gregory Hesse. Pero al menos ahora tenían algunas respuestas al por qué.

Cuando Marge y Decker terminaron con la ropa, los investigadores forenses comenzaron el arduo proceso de envolver y trasladar el cuerpo, colocando los restos de Myra Gelb sobre una camilla de acero antes de sacarla por la puerta. Eric estaba sentado en el sofá mientras todo eso sucedía, con la cabeza gacha y las manos en el regazo. El joven tardó un rato en hablar, incluso después de que se hubieran marchado los investigadores.

—¿Y ahora qué? —preguntó al fin.

—Mi compañera y yo querríamos revisar exhaustivamente la habitación. Abrir cajones, inspeccionar el armario, mirar debajo de la cama. ¿Tienes algún problema con eso?

—No.

—¿Tienes idea de dónde pudo conseguir Myra la pistola?

Eric levantó la cabeza y se quedó mirándola.

—Esa es una buena pregunta.

—¿Podría ser de tu madre? —sugirió Decker.

—Lo dudo. A mí nunca me dijo nada al respecto.

—Se lo preguntaremos —dijo Marge—. Vamos a llevarnos la pistola para asegurarnos de que todo concuerda.

—Muy bien. —Eric estaba pálido—. ¿Qué pasará después de que revisen la habitación?

Decker le entregó una tarjeta.

—Cuando inspeccionemos la zona, puedes llamar a esta mujer. Ella y su hijo entrarán en la habitación y se desharán de todo lo que haya que limpiar.

—Dios, no había pensado en eso. —Volvió a llevarse las manos a la cabeza—. Supongo que no se llama a la señora de la limpieza. —Las lágrimas brotaron de nuevo.

—Tiene que hacerlo un profesional. Hay otras personas que se dedican a esto, pero hemos descubierto que esta mujer es muy sensible.

Eric aceptó la tarjeta.

—Gracias, sargento…, teniente.

—Ella es la sargento, yo el teniente. —Decker y Marge le entregaron sus respectivas tarjetas—. Llámanos si necesitas algo.

—¿Y qué pasa con el cuerpo?

—Después de la autopsia, alguien te llamará para recogerlo. —Decker le entregó otra tarjeta—. Este es un contacto en Forest Lawn. No sé si tenéis un cementerio, pero al menos aquí tienes un nombre. También tengo el contacto de alguien que incinera, si prefieres eso. Cuando el forense termine con el cuerpo, los profesionales harán lo demás.

Eric se quedó con las tarjetas.

—Gracias por las indicaciones. —Levantó la mirada—. Estoy totalmente perdido.

—Lo comprendemos —dijo Marge—. Vamos a volver a entrar en la habitación, si te parece bien. Entre tanto, ¿hay alguien a quien quieres que llamemos?

—No quiero estar con nadie —les dijo Eric—. No le desearía esto ni a mi peor enemigo.

CAPÍTULO 14

El dormitorio era funcional: las pertenencias de Myra eran pocas. Era una chica ordenada. Los cajones de su escritorio y los de la ropa estaban organizados y no muy llenos. Decker recordaba pocos armarios de mujer con espacio libre en su interior. Myra tenía seis vestidos, casi idénticos en estilo —manga corta, escote en V y colores lisos—. Tenía cuatro faldas, media docena de jerséis y el mismo número de camisetas y de vaqueros. Su calzado eran deportivas, unos zapatos negros de tacón y chanclas.

No tenía muchos adornos frívolos, como peluches, figuritas de cristal o joyas en forma de corazón. Tampoco había nada rebelde; ni accesorios góticos, ni botas de combate, ni cadenas, ni señales de cigarrillos o marihuana. No parecía gustarle el deporte, tampoco el teatro. No había nada que dijera: así era Myra. Era una chica psicológicamente empobrecida.

Sus libros debían de proporcionarle una vía de escape: la serie de *Harry Potter* en tapa dura, la serie de *Crepúsculo* en tapa dura y *Gossip Girls* en edición de bolsillo. No tenía CD, pero sí que tenía un iPod y un teléfono móvil. Con una mano enguantada, Decker revisó sus últimas llamadas. Casi todas de su madre, pero había varias de Heddy, Ramona y Lisa. Eric la había llamado al móvil una vez en las últimas semanas. También había varios números sin nombre asignado. Decker anotó los dígitos.

—¿Tienes un anuario de Bell y Wakefield? —le preguntó a Marge.

—Puedo conseguir uno.

—Me gustaría ponerles cara a los nombres. En los casos de Heddy, Ramona y Lisa, me gustaría tener los apellidos. —Revisó algunos de los mensajes de Myra: *nos vemos luego. T recojo a las 5.*

Tardarían mucho en revisar todos sus mensajes. Decker dejó el teléfono en la mesilla de noche.

—Me encantaría llevármelo, pero supongo que hay que pedir permiso. —Miró a Marge—. Dos estudiantes del mismo colegio se suicidan en menos de mes y medio. Ambos eran… marginados. ¿Qué te parece?

—Que con frecuencia son los marginados lo que se suicidan. Además, uno era varón; la otra mujer, edades diferentes, cursos diferentes.

—Y la mujer tenía un historial de depresión —agregó Decker.

—Pero… —dijo Marge—. Siguen siendo dos estudiantes del mismo colegio en muy corto espacio de tiempo. Se me ocurre una especie de club de suicidas, o un pacto suicida, o… ¿Se conocían?

—Yo pensaba en la pistola. ¿De dónde salió? —Se quedaron los dos en silencio. Hasta que habló Decker—. No veo ningún ordenador.

—Tal vez tuvieran un ordenador compartido —sugirió Marge—. Puedo preguntarle a Eric.

—Si queremos revisar los archivos personales de Myra, necesitaremos el permiso de la señora Gelb. —Decker se pasó las manos por el pelo—. Y, al contrario que Wendy Hesse, ella no nos ha pedido ayuda. —Volvió a mirar hacia el armario. En un rincón había dos cajas de mudanza de cartón. Sacó una y la abrió—. Mira esto, Marge.

Cientos de dibujos —a boli y a tinta, con lápiz, ceras, témperas, acuarelas— en pedazos de papel blanco, en papeles de borrador con anuncios por la otra cara, una docena de libretas de bocetos y muchas servilletas, periódicos y pósits: cualquier cosa hecha de pulpa de papel.

—Por fin —dijo Decker—. Hemos encontrado a la verdadera Myra Gelb.

—Era buena. —Marge sacó algunos de los dibujos de arriba y los observó con ojo crítico—. Muy buena, de hecho.

Había caras, había paisajes, había bodegones y muchas caricaturas y viñetas. Comenzaron a revisar el material uno a uno. Una hora más tarde, Decker estaba contemplando un dibujo a boli y tinta en el que aparecía un tipo enorme resoplando en el retrete. El pie decía: *La producción artística de Dylan*. Le mostró el dibujo a Marge.

—¿Dylan Lashay? —Decker se encogió de hombros—. Sea quien sea, Myra no era su admiradora. Mañana conseguiré un anuario.

Al llegar la medianoche, Marge se incorporó y se estiró. Llevaba casi seis horas en el apartamento y la última la había pasado en el dormitorio. Oyó pasos. Eric llamó al marco de la puerta y Decker y ella salieron de la habitación.

—¿Qué sucede? —preguntó ella.

—Acaba de llamarme el doctor Radcliff. Han ingresado a mi madre. Tengo que ir al hospital. Me gustaría dejarlo por esta noche.

—No hay problema —dijo Decker—. Vamos a precintar la habitación. Por favor, no entres en ella.

—Le garantizo que no supondrá un problema.

—Volveremos mañana. Gracias por dejar que nos quedemos hasta tan tarde.

—No hay de qué. —Eric hizo una pausa—. ¿Qué están buscando?

—Sé que tu hermana estaba deprimida. Pero tomaba medicación e iba al psiquiatra. También era activa. Dibujaba mucho —dijo Decker—. ¿Crees que a tu madre le importaría que me llevase estas cajas a la comisaría para echarles un vistazo?

—¿Qué hay dentro?

—Los dibujos de tu hermana.

—Mi madre los querrá recuperar.

—Por supuesto —aseguró Decker—. Pero de este modo puedo echarles un vistazo sin molestaros.

—Supongo que no pasa nada. —Eric suspiró—. Claro, lléveselas.

Marge agarró una caja y Decker la otra. Eran grandes, pero no pesadas. Eric cerró la puerta y juntos caminaron hasta el ascensor. Cuando llegaron al bajo, Eric salió primero.

—Preséntale nuestras condolencias a tu madre —dijo Marge.

—Lo haré.

Decker levantó una de las cajas.

—Puede que esto te resulte un poco extraño, Eric, pero te lo preguntaré de todos modos. No hemos encontrado el ordenador de tu hermana. ¿No tenía?

—Tenía un Mac —respondió Eric—. Qué raro.

Marge levantó su caja.

—Quizá lo encontremos mañana.

—Es realmente extraño. Normalmente está a la vista.

—¿Se lo podría haber llevado alguien?

—No sé quién. Pero, si no está allí… —Hizo una pausa—. No sé qué decir.

—A veces la gente regala cosas antes de actuar —explicó Decker.

Eric negó con la cabeza.

—Ella tenía pocas amigas. Pregúnteles a ellas.

—De acuerdo. De nuevo, siento mucho tu pérdida.

Pero Eric no pareció oírle.

—¿Cree que haya podido dejar una nota o algo?

—No lo sé con seguridad —respondió Decker—. Pero, si no la buscamos, nunca lo sabremos.

Aunque Yasmine le había dicho que el chico escribe primero, Gabe siempre esperaba a que le escribiera ella. Así sabía que tenía intimidad absoluta. Su teléfono pitó a las 12.30 de la mañana. Él estaba en la cama con las luces apagadas, descansando, pensando en ella y excitándose.

Estás levantado?

Gabe sintió que se le aceleraba el corazón.

Sprándot. Siguió escribiendo sin esperar respuesta. *Anoxe ksi nos pillan.*

Dios. Ksi m da un ataq.

Stuvist bien. Yo fui un imbécil.

No. Yo fui una imbécil. Al – tu hablast.

Tartamudear no s hablar. Tu hermana es una mocosa.

Daisy es así. Es difícil star en 11 curso.

Gabe sonrió. Probablemente Yasmine fuese una de esas personas amables que siempre veía algo bueno en todo el mundo. *Solo t protejo.*

☺ *Thanx.*

Gabe escribió: *x cierto. Alguien me ha ocultado algo.*

Mira kien habla!! Yasmine escribió una línea más. *Harvard!!!* Otra pausa. *HARVARD!!!!*

Él respondió: *Quizá.*

Quizá??? Stas loco?

Hay + opcions.

X ejemplo?

Luego t lo digo.

Una larga pausa. Luego ella escribió: *Vas a la uni en otoño?*

Él respondió: *Sí.*

☹

Quizá me qd.

N srio, gabe, si ntras n Harvard, vas a Harvard.

Quizá. Pausa. *Kiero oirt kntar.*

No.

Vnga.

No.

Gallina.

Me da =...

AC cuánto q kntas ópera?

No knto ópera.

Mentirosa.

No.

Ok. No kntas ópera. Y q aria kntabas n ksa sin parar, según Daisy.

Nada.

Vnga, yasmine, basta. Kiero saberlo.

T reirás.

Gabe respondió: *????*

Yasmine escribió: *promet q no t reirás.*

Claro q no.

Der holle rache.

«Der Hölle Rache», el aria de la venganza de *La flauta mágica* de Mozart, cantada por la Reina de la noche. Era una pieza musical icónica, una de las primeras arias que los niños escuchan cuando empiezan a estudiar ópera. Y aun así era una de las piezas más difíciles de cantar por la coloratura necesaria.

No estaba mal.

Lol, escribió Gabe para picarla.

Klla!!

N serio, s impresionant.

No como yo la canto.

No t creo.

Dberías.

Asi q eres 1 soprano de coloratura.

Eso dicn.

Kien? Tu profesor d voz? Dbs d tner un profe si kntas der holle rache.

Sí. Mi padre cree que voy a piano, xo n realidad voy a clases de voz.

La verdad sale a la luz. Gabe escribió: *Ah. Ahora todo tiene sentido. Tu madre lo sabe?*

Sí.

Alguien + apart d mi?

Tu y ariella.

Ah, ariella. La guardiana de secretos. Spro q sea buena amiga.
Lo es.

Mentir debía de ser el pasatiempo favorito de la familia Nourmand. Al igual que su propia familia. Le escribió: *No me imagino toda esa coloratura saliendo d un pexo tan pqño.*

Eres horrible. Ahora nunk t kntare.

No keria dcir eso. Pero sí que quería. Le encantaba tomarle el pelo.

T odio, escribió Yasmine.

Gabe respondió: *Q pna, xq yo stoy loco x ti.*

Hubo una larga pausa. Después ella escribió: *Kiza no t odio.*

Gabe respondió: *vamos a besarnos xa hacer las paces.*

Besarnos y manosearnos, querrás dcir.

Eso tb. Una pausa. *N serio. Cuando puedo oirt kntar?*
Nunk.

Gabe escribió: *vent st sábado. Ls Dckers van a salir a comer. Se irán a ls 10, así q ven a las 11. Yo t acompañaré al piano.*

No puedo. Tngo q ir a la sinagoga. Ya me lo prdi el sábado pasado x ti.

Xfaaaa
Gabe, no puedo.
☹
Vere q puedo hacer. No prometo nada.
Xfa, xfa, xfaaaa.
Ya verems.
No kiero causart problems, s q t exo d mnos.
Yo tb a ti.

Añadió: *muxo.*

Gabe escribió: *xfa, vent, yasmine. Kiero vert xq me gustas muxo, xo tb kiero oirt kntar. Si no vienes, será una semana ntera sin vrt.*

Hubo una larga pausa. *No nos vmos el juevs?*

No puedo. Tngo q vr a un agent y star en la uni a ls 8.

Agent?

Sí. Ls músicos ncsitan agents xa trabajar.

140

T ha conseguido trabajo?

Quizá. Buskn pianista xa los festivales de musik de kmara en Wyoming, Texas y Oklahoma. Cuarteto para piano d Mozart. Tngo que tocarla xa él y tiene q ser prfecto.

Tu toks prfecto.

X eso m gustas tanto. Puedes el vierns x la mña?

No. Tngo examn d mates.

Pues l sábado. Xfaaaaa.

Hubo una larga pausa. *Ok. Ire l sábado. Ya se me ocurrirá algo.*

Graciasssss. Luego añadió: *stoy loco x ti.*

Ella respondió: *yo siento lo mismo.*

Gabe escribió: *mil bs.*

1 millon.

S tard. Tiens clase. A la kma.

Yasmine escribió: *sí. S q stoy muy contnta cuando hablo cntigo.*

Lo sé. S difícil djarlo. Xo es +d la 1. Tienes q irt a dormir. T vere l sábado.

Ok.

Buenas noxes. Dulces sueños.

Lo serán si sueño cntigo.

Gabe escribió: *eres embriagadora. No puedo djar d pnsar n ti. Kiero q llegue l sábado. Buens noxes, mi amor.*

Yasmine escribió: *buens noxes, mi angel Gabriel.*

Apagó el teléfono.

El corazón le latía a toda velocidad en el pecho. Cerró los ojos y dejó que actuaran su cerebro y otras cosas, imaginando el roce de sus labios, el sabor de su piel.

No tardó mucho.

La segunda vez tampoco tardó mucho.

Le parecía sacrílego hacerlo después de hablar con ella. Era tan preciosa, tan pura, tan angelical. Pero no podía evitarlo.

Era un tío. Tenía quince años. Era el hijo de Chris Donatti.

Era lo que era.

141

CAPÍTULO 15

El viernes por la mañana, el día después de que Myra Gelb se pegara un tiro, Bell y Wakefield había cancelado todas las clases. Las clases de cálculo y composición avanzada habían sido reemplazadas por programas especiales a cada hora en punto, comenzando a las ocho de la mañana. Había programadas tres asambleas multitudinarias, que se celebrarían en el inmenso auditorio, además de seminarios más pequeños en las clases. Los temas iban desde el acoso hasta el establecimiento de relaciones saludables, pasando por la depresión y el suicidio adolescentes, con toda la información impresa en panfletos con el emblema del león de B y W en color carmesí. En la portada aparecían las fotos de Gregory Hesse y Myra Gelb, con un *in memoriam* y la fecha de su nacimiento y de su muerte impresa debajo.

Marge y Oliver estaban esperando en el despacho del doctor Martin Punsche, sentados en sillas de respaldo duro mientras ojeaban las páginas del folleto. Eran las diez de la mañana y llevaban quince minutos esperando. Oliver estaba poniéndose nervioso. Aquel día vestía una chaqueta de ante marrón, una camisa negra y pantalones del mismo color. Llevaba los mocasines resplandecientes. Marge iba vestida con uno de sus jerséis de cachemir favoritos. La buena ropa de punto era como llevar una manta: holgada y suave. Aquellos jerséis en particular le caían hasta más abajo de la cinturilla de los pantalones, lo que camuflaba las imperfecciones.

Se había comprado la misma prenda en seis colores diferentes. Aquel día había escogido el azul claro.

Oliver golpeó los papeles con la mano.

—¿Crees que esta mierda psicológica ayuda?

—¿Quién sabe? —respondió Marge—. Los adolescentes están en otro planeta. Solo el destino y el dolor les aleja de la autodestrucción, y a veces ni siquiera eso es suficiente.

Oliver observó las fotos de los adolescentes fallecidos.

—Así que ha pasado como un mes entre las dos muertes.

Marge asintió.

—Seis semanas. Si fueron dos suicidios aleatorios, es una lástima. Pero es inevitable preguntarse si está ocurriendo algo extraño dentro de la escuela, como un club de suicidas o una ruleta rusa.

—La ruleta rusa es cosa de varones blancos. Tal vez Gregory Hesse. Pero no Myra Gelb. ¿Las dos víctimas tienen algo en común además de ir a la misma escuela?

Marge lo pensó por un momento.

—No eran marginados como tal, pero tampoco formaban parte de los chicos populares, como la Mafia de B y W, un puñado de niños ricos jugando a ser criminales. Pero eso no significa que no puedan hacer daño.

—Sí, los adolescentes con pistola no son buenos para nadie —dijo Oliver—. ¿Así que Myra sufría depresión?

—Según su hermano, sí. No sabemos si Gregory también estaba deprimido. No parecen tener amigos en común. Además, con mil quinientos estudiantes en la escuela, es probable que ni siquiera se conocieran, sobre todo porque ella era un año mayor.

—¿Y qué me dices de profesores en común?

—No sé —dijo Marge—. A decir verdad, cuando Wendy Hesse cortó nuestra mininvestigación, dejamos a un lado la autopsia psicológica de Gregory Hesse. Pero ahora, con dos suicidios, y con el acoso de Kevin Stanger y la información sobre la minimafia, puede que merezca la pena seguir investigando. Siempre hay grupos, pero esto podría ir más allá.

En ese momento, Martin Punsche entró como un tornado, vestido con una camisa blanca y pantalones oscuros. Su cara había acumulado varias arrugas desde la última vez que lo vieron los detectives. El vicedirector miró el reloj.

—Sé que llego tarde. No he podido hacer nada. Ha sido… un infierno. No hay otra palabra para describirlo. Infierno. Esto es algo sin precedentes.

—¿Nunca antes habían tenido suicidios en B y W? —preguntó Oliver.

—Dos en los últimos ocho años, y nos parecía que aquello era extraordinario. Admitimos solo a los más fuertes psicológicamente. Claro, no puedes predecir que surjan cosas como la muerte y la enfermedad a lo largo de cuatro años que pasan los chicos aquí, pero tratamos de afrontar esas cosas de inmediato. Sabíamos que Myra tenía problemas. Por razones legales pedimos a los padres que informen sobre la medicación que toman sus hijos. Su madre nos dijo que Myra había tomado antidepresivos. Pero parecía estar bien.

—¿Cuál es su definición de estar bien? —preguntó Oliver.

—Sus notas eran excelentes y tenía amigos. Sus profesores nunca informaron de nada raro.

—¿Quiere sentarse, señor Punsche? —preguntó Marge.

Punsche se dio cuenta de que estaba dando vueltas de un lado a otro. Se dejó caer en su silla tras el escritorio.

—Solo tengo un minuto antes de mi próximo seminario. ¿Qué puedo hacer por ustedes?

—La última vez que hablamos, dijo que no conocía muy bien a Gregory Hesse —le recordó Oliver.

—Sí, eso era cierto. Desde entonces he hablado con alguno de sus profesores. Gregory tampoco parecía tener ningún problema. Era un estudiante excelente, no era rebelde ni asocial. De hecho, daba clases particulares y yo no lo sabía. No estaba al corriente. —Punsche se quedó mirando a los detectives—. Ni siquiera estoy seguro de por qué están aquí. Es maravilloso que la Policía se interese por el bienestar de nuestros jóvenes, pero no creo que este sea un asunto policial.

—Queremos asegurarnos de que estas muertes no formen parte de un problema mayor dentro de la escuela…, que ambos casos no estén relacionados.

Punsche se pasó la mano por la cabeza.

—No veo por qué. Myra y Gregory ni siquiera estaban en el mismo curso.

—Eso no significa que no se conocieran.

—Quizá tuvieran alguna clase en común —sugirió Marge.

—Normalmente décimo y undécimo están bastante separados, pero hay algunas optativas que pueden cursarse en cualquier año. Vamos a ver… —Encendió su ordenador—. Abriré la lista de clases de Myra y la de Gregory…

—Nosotros aún tenemos la lista de clases de Gregory. —Marge sacó un pedazo de papel—. Según creemos, le interesaba especialmente el periodismo de investigación.

El doctor Punsche se encogió de hombros.

—Yo no lo sé.

—¿Gregory trabajaba en el periódico de la escuela? —preguntó Oliver.

—No lo sé.

—¿Y Myra? —preguntó Marge—. Era buena artista y caricaturista.

—Eso tampoco lo sé. El profesor de periodismo y director del periódico es Saul Hinton. Hablen con él. Está en la clase… —Pulsó unas teclas en el ordenador y después imprimió el resultado—. ¿Qué decía?

—El número de la clase de Saul Hinton.

—Veintiséis o veintisiete. —Punsche sacó la lista de la impresora y se la entregó a Marge—. Aquí tiene, las clases de Myra Gelb.

Marge lo comparó brevemente con el horario de clases de Gregory Hesse. Las listas no parecían cruzarse, y ninguno estudiaba periodismo actualmente.

—¿Algo más? —Punsche miró el reloj con un aspaviento—. Tengo que irme.

—Una cosa más —dijo Oliver—. ¿Qué sabe de Dylan Lashay?

Punsche pareció desconcertado.

—¿Qué tiene que ver Dylan con todo esto?

—Según creemos, es el líder de un grupo de chicos que…, bueno, se comportan como una especie de mafia, Dylan es el jefe y tiene un grupo de capos.

—¿Qué? —Punsche puso cara de incredulidad—. Nunca había oído algo tan ridículo. Dylan es uno de nuestros mejores estudiantes, saca buenas notas, hace deporte y es un magnífico actor. Le han aceptado en Yale por adelantado.

—De acuerdo —dijo Marge—. Y eso contradice lo que acabamos de decirle porque…

—¡Bueno, porque es absurdo! Dylan no tiene que andarse con juegos para ser líder. Es un líder.

—Hemos oído que le gustan demasiado las pistolas —comentó Oliver.

—¡No sé de qué está hablando! —exclamó Punsche—. Y además, no tengo por costumbre hablar con la policía de estudiantes concretos.

—Salvo para decir que ha sido admitido en Yale —dijo Marge.

—Creo que ya hemos terminado. —Punsche se puso en pie—. Aunque han cruzado algunas barreras, les sigo invitando a hablar con el señor Hinton o cualquiera de nuestros empleados en B y W. No tenemos nada oculto aquí, aunque no sé qué podría ofrecerles el señor Hinton o cualquiera de nuestros empleados.

—Agradezco su franqueza —dijo Marge. Oía en su cabeza la risa de Oliver—. Nunca se sabe lo que puede surgir, así que gracias por darnos libertad con sus profesores.

—¡Yo no he dicho eso! —Punsche negó con la cabeza como si estuviera hablando con dos estudiantes problemáticos—. Miren, detectives, no pretendo decirles cómo llevar su investigación, pero les daré un consejo amistoso. La escuela ha vivido dos tragedias terribles, dos suicidios. No tiene sentido que vayan por ahí husmeando en los asuntos de la gente.

—Cuando dice «gente», ¿se refiere a Dylan Lashay? —preguntó Oliver.

—Los Lashay son personas maravillosas, y Dylan no es ninguna excepción —respondió Punsche—. Están muy implicados en la comunidad local y en los actos benéficos, lo que incluye el apoyo a la Policía local.

—Es bueno saber a quién vamos a pisotear —dijo Oliver con una sonrisa.

Marge le dio un codazo a su compañero.

—Tenemos trabajo que hacer, señor Punsche. Y estoy segura de que respeta el hecho de que nos tomamos nuestro trabajo muy en serio. Gracias por su ayuda.

Oliver no había terminado.

—No estoy seguro de que su consejo sea amistoso, señor Punsche.

Marge le dio un pellizco cuando Oliver la miró con odio. Punsche no se percató de la interacción.

—Yo solo se lo digo. Lo que hagan con ello es asunto suyo.

Saul Hinton tenía cuarenta y tantos años, era alto, delgado, con la nariz torcida y el pelo gris peinado con cortinilla. Con los brazos largos y el torso estirado, se movía como uno de esos muñecos inflables situados como reclamo en los concesionarios de coches.

El aula estaba vacía. En la pared delantera había una pizarra negra, otra blanca y una pantalla plana de cuarenta pulgadas. En el tablón de corcho estaba colgado el último número del periódico escolar, *Los chismes de B y W*, de nuevo estampado con el león mascota. Hinton les ofreció sentarse en cualquiera de los veinte pupitres, cada uno con varios puertos de red para los portátiles.

—En realidad están desfasados —les dijo el profesor—. La escuela puso wifi hace seis años. Los puertos se usan solo en caso de emergencia.

—¿Qué pasa si los estudiantes no tienen su propio portátil? —preguntó Oliver.

—El colegio les proporciona uno —respondió Hinton.

—¿Cuánto cuesta la matrícula? —preguntó Marge.

—Cuarenta mil al año. En torno al veinte por ciento de nuestro cuerpo estudiantil está becado —explicó Hinton—. La administración hace todo lo posible por mantener la calidad y ceñirse al presupuesto. Por desgracia, para lograrlo debemos rechazar a muchos estudiantes magníficos. —Se sentó al borde de su mesa—. ¿Qué puedo hacer por ustedes? No creí que estas muertes, por trágicas que hayan sido, fueran asunto de la policía.

—Técnicamente, el suicidio es delito —dijo Oliver.

—Y eso es ridículo.

—Principalmente, señor Hinton, hemos venido porque queremos estar seguros de que los suicidios no forman parte de un problema mayor aquí, en Bell y Wakefield —explicó Marge.

Hinton la miró fijamente con sus ojos marrones.

—¿Qué problema mayor?

—¿Recuerda a un estudiante llamado Kevin Stanger?

—Por supuesto. Se marchó al comenzar décimo curso.

—¿Sabe por qué? —preguntó Oliver.

—¿Lo sabe usted?

—Tenía problemas sociales —le dijo Marge—. ¿Es eso lo que había oído usted?

—Algo así.

—Entonces va un paso por delante del vicedirector. El doctor Punsche dice que no sabía por qué Stanger se había trasladado a otro centro.

Hinton se quedó callado.

—O quizá haya mentido.

Hinton siguió guardando silencio; una técnica del interrogatorio policial además del periodismo.

—¿Qué sabe del acorralamiento? —preguntó Marge.

—¿Eso fue lo que dijo Kevin? —preguntó Hinton.

Respondía a una pregunta con otra. Así que Oliver cambió de tema.

—Kevin nos dijo que Greg Hesse y él habían mantenido el contacto incluso después de que él se marchara. También mencionó que Hesse había desarrollado interés por el periodismo de investigación cuando estudió con usted en noveno.

—Sí, eso es cierto. A Greg le intrigaba Watergate.

—¿Y Watergate inspiró a Greg para hacer investigaciones por su cuenta?

—No que yo sepa, y desde luego no alentado por mí.

—Kevin Stanger parece pensar que Greg estaba metido en algo raro. Hesse vivía pegado a su videocámara. Además, decía que estaba investigando algo que pondría a Bell y Wakefield patas arriba.

—¿Sabe de qué está hablando Stanger? —preguntó Oliver.

Hinton negó lentamente con la cabeza.

—No, la verdad es que no. —Otra pausa—. Si pueden decirme algo más…, tal vez algo me resulte familiar.

—Stanger solo sabe eso —contestó Marge—. Nos preguntábamos si tendría algo que ver con el periódico de la escuela.

—Gregory no trabajaba para el periódico.

—¿Nunca escribió una columna como colaborador, por ejemplo?

Hinton se mordió el labio inferior, se puso en pie, se dirigió hacia su mesa y encendió el ordenador.

—Esperen un momento. —Estuvo buscando durante cinco minutos—. Sí que escribió una columna…, solo una, y a principios de año. —Observó la pantalla durante unos segundos y después pulsó el botón de imprimir—. Ya me acuerdo. Eran consejos para sobrevivir a noveno curso. Humorístico, pero informativo.

Sacó la hoja de la impresora y se la entregó a Oliver.

—Ya lo recuerdo. Greg era muy buen escritor. Pero nunca se unió al periódico. No sé por qué.

—¿Había conflictos con otros estudiantes? —preguntó Marge.

—No lo recuerdo.

—¿Quién es el estudiante editor del periódico?

—Tenemos un editor de tercero y otro de cuarto curso.

Marge sacó su libreta.

—¿Puede darme sus nombres?

—Puedo darle los nombres porque podrían encontrarlos con facilidad. Pero nadie les dará permiso para hablar con esos chicos sin sus padres.

—Entendido —respondió Marge.

—La de tercero es Heddy Kramer; el de último curso es Kyle Kerkin.

—Kyle Kerkin —dijo Marge—. Es amigo de Dylan Lashay, ¿verdad?

Hinton hizo una pausa.

—¿Por qué me hacen preguntas irrelevantes?

—El nombre de Lashay no deja de aparecer cuando hablamos de los suicidios —dijo Oliver.

Marge cambió de tema antes de que Hinton pudiera responder.

—Heddy Kramer era buena amiga de Myra Gelb. Eso nos lo ha dicho Eric, el hermano de Myra. —Levantó un dedo—. ¿Sabe? Myra era una artista excelente. Y, si una de sus amigas editaba el periódico… ¿Sabe si Myra trabajó alguna vez en el periódico como artista?

—No estaba en plantilla, pero sí que colaboraba como *freelance*. Hacía viñetas, creo.

—Tal vez Myra conoció a Gregory a través del periódico —sugirió Oliver.

Hinton negó con la cabeza.

—No creo. Ninguno de los dos colaboraba de manera regular.

—A Myra Gelb no le caía muy bien Dylan Lashay —explicó Oliver—. Dibujó algunas caricaturas despectivas de él.

Hinton lo miró con rabia.

—¿Sabe? La policía, al igual que los periodistas, debería ser imparcial cuando realiza una entrevista. Para mí está claro que ustedes dos tienen un plan. No sé qué tiene que ver su investigación con Dylan Lashay y, francamente, no me importa. Creo que ya hemos terminado.

—Es justo lo que dijo el doctor Punsche cuando no le gustaron nuestras preguntas —dijo Oliver.

Marge se levantó.

—Gracias por su tiempo y su ayuda.

—Creo no haberles ayudado en nada —respondió Hinton.

—A veces lo que no se dice nos ayuda más que lo que se dice —dijo Oliver en respuesta.

CAPÍTULO 16

—La pistola de Myra Gelb era robada —dijo Decker.

—¿Por qué no me sorprende? —preguntó Oliver.

Marge y él estaban en el despacho del teniente. Ella estaba de pie, él sentado frente a Decker. Eran las tres de la tarde.

—¿Hace cuánto tiempo? —preguntó Marge.

—Un año.

—¿A quién se la robaron?

—A Lisbeth y Ramon Holly. —Decker le entregó a Oliver la dirección y el número de teléfono—. Viven por la zona. Llámales y averigua los detalles.

—Ya se me ocurrirá algo —respondió Oliver mientras salía del despacho.

—¿Qué sucede? —le preguntó Decker a Marge.

—Tenemos algunos detalles sueltos sobre los dos chicos, pero nada de lo que se pueda tirar. Además, creo que en la escuela no les caemos bien. Desde luego no tanto como Dylan Lashay. —Le resumió a su jefe la mañana—. Myra y Greg sí que colaboraron para el periódico, pero seguimos sin tener nada que los relacione.

—¿Heddy Kramer es la Heddy de la agenda telefónica de Myra? —preguntó Decker.

—Sí. Además es una de las editoras del periódico. —Marge se encogió de hombros—. Tal vez fuera el contacto entre los dos jóvenes. El profesor de periodismo no recuerda que se conocieran, pero tampoco ha sido de mucha ayuda, sobre todo después de que mencionáramos el nombre de Dylan Lashay.

—Dylan, el jefe de la mafia.

—Sus padres debieron de hacerle al colegio una oferta que no podían rechazar.

Decker sonrió.

—Es posible que Myra y Greg se conocieran a través del periódico —continuó Marge—. Tal vez empezaron a hablar sobre algunos asuntos desagradables que estuvieran sucediendo en el colegio. Ninguno de los dos era un marginado, pero tampoco eran de los populares. —Hizo una pausa—. O quizá un suicidio es solo suicidio.

—Lo que me intriga es que ambas pistolas fueran robadas. Lo de Gregory Hesse ya es bastante confuso. ¿Por qué iba a tener Myra Gelb una pistola robada?

—Ni idea —respondió Marge—. Puedo interrogar a Heddy Kramer si quieres.

Decker lo pensó durante un momento.

—La misa por Myra es mañana a las once. Esperemos a que eso pase antes de que hables con Heddy o con cualquier otro amigo de Myra. Se les tiene que pasar el *shock* antes de hablar coherentemente.

—Intentaré organizar algo para la semana que viene.

En ese momento regresó Oliver.

—No hay nadie en casa de los Holly. He dejado un mensaje.

—El funeral de Myra es mañana —dijo Marge—. Organizaré una entrevista con sus amigas a principios de la próxima semana.

—Intenta hablar con los Holly antes de eso —dijo Decker—. Si el viernes no los localizas, hazlo durante el fin de semana.

Marge se volvió hacia Oliver.

—Yo estoy libre este fin de semana. ¿Y tú?

—Ya conoces mi número, cariño —respondió Oliver—. Llámame cuando quieras.

*   *   *

153

A las seis y media de la mañana, Gabe estaba sentado en la parada del autobús, con la cabeza apoyada en la mano, maldiciendo la hora y a los pájaros cantores, cuya cacofonía estaba provocándole dolor de cabeza. Sabía que la prueba era importante para su futuro, pero tenía la mente en otra parte y no estaba concentrado. Si iba a levantarse a esa hora, al menos debería pasar tiempo con Yasmine. Se veían los lunes, martes y jueves por la mañana (habían sumado un día más), y le fastidiaba no poder verla aquel día aunque supiera que Nick se había esforzado mucho por conseguirle la prueba. Siguió lamentándose de la situación, perdido en su propio mundo, así que apenas advirtió la figura que pasaba por delante. Ni siquiera oyó la voz hasta que la tuvo encima.

—¿Chris?

Gabe levantó la mirada.

La chica era preciosa: pelo rubio y largo, ojos azules, alta, piernas largas. Tenía las tetas grandes y perfectas, probablemente operadas a pesar de ser joven. Con o sin cirugía, daba igual. Era perfecta.

Había estado pensando en Yasmine, así que tardó un momento en darse cuenta de que estaba dirigiéndose a él. Se dispuso a decirle que se había equivocado, pero entonces se percató de quién era.

—¿Te acuerdas de mí? —Le dedicó una sonrisa radiante.

—Claro —respondió él—. Eres una de las chicas que iba con Dylan.

La chica se sentó en el banco junto a él.

—Dylan es un gilipollas.

Eso era cierto.

—Si es un gilipollas, ¿por qué estás en su grupo?

Ella ladeó la cabeza.

—Tiene algunos… atributos ocultos.

Maldita guarra calientabraguetas.

—Bien por Dylan —respondió Gabe riéndose.

—Siento que fuera un imbécil contigo —prosiguió ella.

—No me importa.

—Se quedó impresionado contigo. Me di cuenta.

Gabe se encogió de hombros para quitarle importancia.

—Sabes mucho sobre pistolas.

—Mi padre las colecciona. —Furtivamente. Técnicamente tenía historial policial. Aunque ninguna ley impedía que un criminal tuviese pistolas—. Francamente, preferiría que coleccionara coches o guitarras, algo menos letal.

—¿De verdad es proxeneta?

—Sí.

—Vaya. Eso es bastante… raro.

—No voy a mentir. Es raro si lo pienso. Así que no lo pienso. —Se volvió hacia ella—. ¿Qué haces aquí tan temprano?

—Yo podría preguntarte lo mismo.

—Tú primero.

La chica abrió su bolso y le mostró una bolsa llena de marihuana.

—Ah. ¿Es buena?

Ella lo miró a la cara.

—Podríamos averiguarlo juntos. Vivo a seis manzanas de aquí.

Gabe soltó una carcajada.

—Tienes unos padres muy liberales.

—Tengo padres adictos al trabajo que ya se han marchado.

—Ah… —La miró a la cara y se dio cuenta. Conocía bien a esa clase de gente. En Nueva York siempre había una fiesta cada viernes y cada sábado por la noche si te movías por los círculos apropiados. Y, siendo el hijo de Chris Donatti, él siempre se movía por los círculos apropiados. Aunque él era un año menor porque había adelantado un curso, los chicos lo aceptaban. Era el tipo listo y con talento que sabía mantener la boca cerrada cuando llegaban los problemas. Y, como era alto y guapo, las chicas mayores también lo aceptaban.

Era siempre la misma historia. Entrabas en una habitación, dabas un par de caladas y a los diez minutos ya tenías a una tía chupándotela. Pero él no quería eso ahora. Le habría encantado una mamada, pero no de aquella desconocida, por buena que estuviera. Ya se imaginaba a su padre llamándole idiota. Y tal vez lo fuera. Porque a veces le asustaba estar tan obsesionado por una virgen escuálida de pechos pequeños y gran personalidad. No podía quitarse a Yasmine de la cabeza. No paraba de imaginársela desnuda, lo cual resultaba embarazoso porque, al hacerlo, siempre se excitaba.

Solo pensar en ella un par de segundos y ya la tenía medio dura. La rubia estaba mirándole la entrepierna. Interpretó la inconfundible protuberancia de sus pantalones como señal de interés.

—¿Interpreto eso como un «sí»?

—No puedo. —Gabe levantó las manos—. He quedado con los de mi grupo. Tenemos una prueba en un estudio para una importante compañía discográfica a las ocho de la mañana, y me matarán si llego tarde.

—Solo son las siete menos diez.

—Se tarda un rato en autobús.

—¿No tienes coche? —preguntó ella.

—No tengo carné —respondió él—. Tengo quince años.

—¿De verdad? —preguntó ella, desconcertada.

—De verdad. —Gabe se encogió de hombros—. No te mentiría con eso.

Ella lo miró de arriba abajo.

—¿Por qué no vas a clase?

—Creo que ya te lo dije… o quizá se lo dije a Dylan. Estudio en casa. Es genial, porque eso me da mucha flexibilidad para tocar con mi grupo. Y, dado que no conduzco y tengo que tomar el autobús a todas partes, eso me deja tiempo para hacer cosas.

Ella lo miraba a la cara.

—Podríamos caminar hasta mi casa y podría llevarte en coche a tu prueba —le dijo.

—¿No tienes clase?

—Esto es lo que pienso yo de las clases. —Levantó el dedo corazón—. Además, ya me han aceptado en la universidad.

—¿Dónde?

—Reed..., venga, vamos a fumar —insistió ella—. Te relajará, Chris.

No era una chica que aceptara un «no» con facilidad. Gabe pensaba en cómo librarse de ella sin cabrearla.

—Estoy un poco nervioso por la prueba. No es el mejor momento.

Ella se inclinó más hacia él y comenzó a masajearle el cuello. Tenía la mano fría.

—¿Estás seguro de que no quieres que te desee buena suerte? Seguro que te relajará.

—Quizá, pero... —Intentó parecer sincero. Para quitársela realmente de encima, tendría que besarla o algo así, pero no le parecía bien—. Eres muy guapa. Seguramente yo sea un imbécil ahora mismo, pero me conozco cuando me pongo así. En otra ocasión, ¿de acuerdo?

—Tú te lo pierdes.

—Créeme, lo sé.

Ella le quitó la mano del cuello.

—¿Qué tocas?

Podría haber dicho el teclado, pero no le apetecía contarle nada sobre sí mismo. Dado que no llevaba guitarra ni bajo, dijo:

—La batería.

De nuevo esa sonrisa.

—Me gustan los chicos que saben llevar el ritmo.

—Ya sabes lo que dicen. Los bateristas lo hacen a lo bestia. —Por suerte el autobús apareció a lo lejos—. Oye, no sé cómo te llamas.

—Cameron.

Gabe sacó el teléfono y guardó su nombre en la lista de contactos.

—¿Y tu número?

Ella se lo dio. Cuando le pidió el suyo, Gabe cambió los dígitos. De ese modo, si alguna vez volvía a encontrarse con ella, podría decir que lo había escrito mal si intentaba llamarlo.

—¿Tienes apellido? —le preguntó ella.

—Donatti. —Se lo deletreó. Si introducía su nombre en Google, encontraría referencias sobre su padre y vería que decía la verdad. Probablemente deduciría que era su hijo. Gabe no le preguntó el apellido y ella tampoco se lo dio.

El autobús se detuvo en la parada.

—Me alegra haber hablado contigo, Cameron —le dijo—. Ya nos veremos.

Cameron ladeó la cabeza, pero sus ojos se volvieron tormentosos.

—Sigue soñando, niño.

—Supongo que me lo merezco —dijo él poniéndose en pie.

Ella lo miró de arriba abajo.

—Puede que te perdone…, eso depende. La bola está en tu tejado, Chris. —Hizo una pausa—. Supongo que se te da bien manejar las bolas.

Gabe se obligó a reírse y le señaló el bolso.

—Piensa en mí cuando la pruebes. —Se subió al autobús y pagó el billete.

Se alegró cuando el vehículo arrancó.

Borró de inmediato su nombre de la agenda, se sentó y esperó a que su corazón recuperase su ritmo habitual. Pocos minutos más tarde, su teléfono cobró vida.

Stas ahí?

Su sonrisa fue inmediata.

N l bus a la uni.

Buena suert n la prueba. Se q lo harás gnial.

Gracias. M siento sguro. Suert en tu exam d bio.

Gracias. No m siento tan sgura como tu. Xo kien lo sta?

Gabe se rio. *Kieres dcir q soy un arrogant?*

Digo q eres dmasiado prfcto xa preocupart.

¡Si ella supiera! Escribió: *Si soy prfcto, s xq salgo cn la diosa d la prfeccion.*

Eres l mejor. ☺

Gabe escribió: *T he exado d - sta mñna, Yasmine.*

Yo tb. He soñado… cntigo sta noxe.

Spero q fuera bueno.

Ns besábams.

Ntoncs ha sido muy bueno.

Era tan real, Gabe. Saboreaba tu bok. No keria q trminara.

Eran las siete de la mañana y sus palabras estaban excitándole tremendamente. Avergonzado, cruzó las piernas y le escribió: *me pones a mil. S obsceno.*

Lol. Otra pausa. *N srio. T exo muxo d -, Gabriel. Soy patetik.*

No tanto como yo. Pienso n ti todo l tiempo. star separados s una mierda.

Sí q lo s. stoy dseando q llegue l sábado. Cuanto tiempo starán fuera los Decker?

Se van a la sinagoga ntre ls 9 y ls 10. Staran fuera uns 4 horas. Así q tndrems muxo tiempo xa star junts.

Sí! Q ganas!!

Él escribió: *kiza podamos recrear tu sueño.*

Ella respondió: *solo si lo hacmos una y otra vez.*

Diossss. Me matas.

Tndre que hacert la respiración bok a bok. ☺

Ers dmasiado sexy. Kiero q llegue l sábado. Vn a ls 10.30 xa star seguros.

Allí staré… puntual.

Sí, ya, respondió Gabe con una sonrisa.

N srio.

Hubo una pausa entre sus mensajes. Luego escribió: *jodr, tngo q irme. Daisy sta aporreando mi puerta xa irns a clase. Si no voy, se ira sin mi.*

Jodr cn tu hermana. vete. T scribo cuando pueda.

Yo haré lo mismo. Me exaras de - hoy?

Stas como una kbra. Claro q t exare d -. T exo de - siempre q no stas.

Puedo star como una kbra, simpre q sea tu kbra.

159

Claro que lo ers. Un millón d bs y abrazos, yasmine. Q tngas un buen día.

Un millón d bs y abrazos xa ti, Gabriel. Tienes mi ♥.

Su teléfono quedó en silencio y él se quedó mirando la pantalla negra con la esperanza de que volviese a iluminarse. Al ver que no sucedía, le dio un beso al teléfono y se lo guardó en el bolsillo. Se recostó y cerró los ojos. Explotaba de deseo. Lo demás no importaba. Ni los trastornados de sus padres, ni los Decker, ni su profesor, ni la prueba, ni las competiciones, ni siquiera su futuro como pianista.

Solo ella.

Solo Yasmine.

CAPÍTULO 17

Gabe pensaba que había tocado bastante bien y, a juzgar por la cara del agente, su juicio no andaba muy descaminado. Jeff Robinson tenía treinta y tantos años, era el típico tío de Los Ángeles con el traje oscuro, la camiseta de manga corta y las deportivas de bota. El pelo, castaño, le llegaba hasta los hombros, y tenía los ojos saltones. Se movía mucho y usaba las manos cuando hablaba.

—Creo que tienes un ganador, Nick —dijo—. Es joven y toca con el brío enérgico de la juventud, su capacidad de lectura es excelente, domina bien el instrumento y, además, tiene arte en el escenario. Es divertido mirarlo. Yo trabajo en el negocio del entretenimiento y las mujeres, siendo mujeres, saben lo que les gusta. En los eventos privados, utilizan a los músicos como si fueran arreglos florales; y, cuanto más guapos sean, más venden.

—El chico es más que un adorno, Jeff.

—Desde luego. Y, si sigue desarrollándose, podría hacer grandes cosas con él. Ya puedo hacer grandes cosas por él.

—No quiero que esté sobreexpuesto.

Hablaban de él como si fuera una fotografía antigua.

—Estoy de acuerdo, tiene que madurar. Pero, si sigue progresando, para cuando salga de Juilliard, debería estar preparado para abordar algo más allá de la música de cámara en espacios pequeños. —Se volvió hacia Gabe—. Empiezas las clases en otoño.

—En algún lugar —respondió Gabe.

—¿Qué significa eso? —preguntó Robinson.

Gabe notó que se le ponía la cara roja.

—Eh, me han aceptado en Harvard…

—¿Harvard? —Robinson se quedó mirándolo—. No estarás pensando en ir a Harvard.

—Jeff —dijo Nick—, deja que yo me encargue.

—¿Te han aceptado en Juilliard?

Gabe asintió.

—Entonces vas a Juilliard. Harvard es una pérdida de tiempo. ¿Por qué ibas a tenerlo en cuenta?

—Jeff…

—Quiero escuchar lo que el chico tiene que decir.

Gabe tomó aliento.

—Pensé que sería bueno para mí personalmente, así como musicalmente, ir a una universidad normal.

—Pues vas a Juilliard y cursas algunas asignaturas en Columbia. Los estudiantes lo hacen constantemente.

—Todavía no me han contestado de Columbia —explicó Gabe—. Probablemente entre en…

—No, no, no. Lo has entendido mal. No vas a Columbia. Vas a Juilliard y cursas asignaturas en Columbia. —Hizo una pausa—. ¿Te han contestado de Harvard y de Columbia no?

—En Harvard solicité plaza por anticipado.

—No me digas que es obligatorio.

—No, lo de Harvard no es obligatorio.

Jeff respiró aliviado.

—Gabe, deja que te diga una cosa. No tienes mucho tiempo. Si no despuntas entre los veinte y los veinticinco, no lo harás nunca.

—Jeff…

—No digo que no puedas ser músico, pero solista de piano con grandes orquestas en grandes recintos…, olvídalo.

—¿Quieres dejar que me encargue yo, Jeff?

—Nick, llevo un negocio. Si el chico no va en serio, no voy a perder mi tiempo puliéndolo.

—Voy en serio —dijo Gabe.

—No puedes ir en serio si estás pensando en Harvard. Y no me digas que Yo-Yo Ma fue allí. Tú no eres Yo-Yo Ma. —Se quedó mirando al chico—. Tengo al menos a cien muchachos ahí fuera que matarían por estar en tu piel, con un talento como el tuyo, una cara como la tuya y un profesor como Nicholas Mark. ¿Y tú quieres tirarlo todo por la borda quitándole cuatro años a tu vida musical para ir a encontrarte a ti mismo?

—Yo no he dicho que…

—Jeff…

—¿Por qué iba a creer que vas en serio, Gabe? —Lo tenía literalmente delante—. Convénceme.

—Porque no quiero ser músico, tengo que ser músico —respondió Gabe—. No es una cuestión de voluntad. No tengo elección. Cuando me siento y toco, es como si… estuviera completo. Es mi manera de comunicarme, como el habla. —Negó con la cabeza—. La música es el único idioma que hablo con fluidez. Lo demás es todo extranjero para mí.

—Entonces, si es así —dijo Robinson—, ¿por qué te planteas ir a un lugar donde no puedes comunicarte? Ni siquiera sabía que Harvard tuviera una sección artística.

—No tienen…

—¡Dios, chico! ¿Harvard? Al menos vete a Princeton, que tiene una sección artística. ¿Cómo puedes pensar seriamente en ir a una universidad sin opciones artísticas? ¿Y he de creer que vas en serio?

—Pensaba hacer un programa vinculado al Conservatorio de Nueva Inglaterra…

—Y ese sitio está bien, Gabriel. Pero no es Juilliard, y Boston no es Nueva York.

—Jeff, es muy joven.

—No tan joven.

—Lo suficientemente joven para tomarse un año para estudiar —dijo Nick.

—Un año sí, pero no cuatro. —Se volvió hacia Gabe—. Si quieres una universidad, la del Sur de California es mejor que Harvard. Al menos podrás estudiar con Nick.

—Jeff, ¿alguna vez te he guiado mal?

—Nick…

—Contéstame. —Se hizo el silencio—. Por última vez, deja que yo me encargue. Tú concéntrate en conseguirle actuaciones.

—No pretendo joderme mi futuro —dijo Gabe de pronto—. Si es mala idea ir a Boston, entonces no iré. Y ya sé que no soy Yo-Yo Ma, pero pensaba que, si él fue, no sería tan malo. Pero, si es una estupidez, pasaré de Harvard, ¿vale?

Robinson suspiró.

—Mira, Gabe, esta es la realidad. Tienes capacidades de adulto, pero sigues siendo un crío. Yo lo sé. Nick lo sabe. En un mundo perfecto, Nick y yo te protegeríamos, pero no podemos. Vas a entrar en un negocio adulto. ¿Entendido?

—Entendido.

—Me parece que no. Y no es culpa tuya. No estamos hablando de un recital o de una competición o de un jurado que te ponga nota. Estamos hablando de gente normal. Algunas personas tendrán un oído decente, la mayoría apreciará la música, habrá quienes no tengan oído. Pero todas esas personas pagarán dinero por oírte tocar. Así que tienes que salir ahí cada vez y hacer que merezca la pena. Y has de saber que, cada vez que pongas las manos en un teclado, la gente te criticará. Si trabajas duro, si te aprendes un repertorio considerable, si practicas, practicas, practicas, no me cabe duda de que serás lo suficientemente bueno para lograrlo. Llevo tiempo dedicándome a esto. Después de unas cuantas piezas, sé quién tiene lo que hay que tener y quién no. Tú tienes potencial y desde luego tienes arte en el escenario. Y puede que llegues a ser lo suficientemente bueno para tener una carrera como solista. Te alabarán, sí, pero habrá veces en las que te vapuleen. Yo seré tu abogado ahí fuera. Seré yo quien lea las críticas y subraye los comentarios positivos. Si creo que la crítica es una mierda, no te la enseñaré jamás.

Pero, si creo que la estás cagando, te lo diré y esperaré que cambies. No represento a perdedores, ¿entendido?

—No tengo ningún problema con eso —dijo Gabe encogiéndose de hombros—. Sin ser arrogante, sé que soy muy bueno. También sé aceptar las críticas. Pregúntale a Nick.

—Tiene ego, pero no es cabezón —dijo Nick.

—Eso está bien —respondió Robinson—. Eso es justo lo que quiero oír.

—¿Satisfecho? —preguntó Nick.

—Por ahora.

—¿Podemos hablar de lo que podrías ofrecerle este verano?

—Depende de lo mucho que quiera trabajar.

—Quiere trabajar.

Jeff se volvió hacia el muchacho.

—¿Quieres trabajar?

—Desde luego. Por eso estoy aquí. —Gabe se puso en pie—. Enseguida vuelvo.

—¿Dónde vas? —preguntó Jeff.

—¿Puedo ir a hacer pis?

Jeff le dejó ir.

Gabe salió al pasillo y tomó aire. Jeff era difícil, pero también directo. Comparado con Chris, era un blando. Gabe miró su móvil y seleccionó el número de su padre. Chris cambiaba de móvil como de camisa, así que Gabe se sorprendía cuando la línea daba señal. Se sorprendía más aún cuando Chris contestaba a sus llamadas.

—¿Estás bien? —preguntó Donatti.

—Sí, estoy bien.

—¿Qué quieres?

—Acabo de hacer una prueba para un agente.

—¿Qué agente?

—Se llama Jeff Robinson y organiza eventos de todo tipo, desde el Carnegie Hall hasta los salones privados más selectos. Nick está intentando conseguirme hueco en los festivales veraniegos de música de cámara.

—¿Qué tal va?

—Bueno, creo que Jeff me va a colocar en algún sitio. Todavía tiene huecos en algunas ciudades pequeñas en mitad del país. Nick quiere que haga como seis actuaciones. Creo que será divertido.

—Es un buen comienzo. Debe de haber contratos de por medio.

—Sí. Tengo algunos. Tú sigues siendo mi tutor legal, ¿verdad?

—A no ser que sepas algo que yo no sé, sigo siendo tu padre. Envíame los contratos. Les diré a mis abogados que los revisen.

—Vale. Gracias.

—¿Necesitas algo más?

—No. Estoy bien.

—¿Quién es la chica?

Gabe se quedó en silencio sin saber qué decir.

—¿Qué?

—No me vengas con esa estupidez adolescente de «qué». Has comprado algo por ciento veintiocho pavos en una joyería de plata de ley. Tú no llevas joyas, salvo la cruz de mi madre. Y no eres gay, por tanto no se lo has comprado a un tío. Así que, ¿quién es la chica?

Gabe intentó pensar en una mentira creíble, pero se quedó con la mente en blanco. Estaba demasiado cansado para invenciones. Además, no podía engañar a su padre con nada.

—Una.

—Ya sé que es una, Gabriel. No creo que sea una aparición. Dime su nombre.

—Yasmine.

—¿Te gusta?

—Sí.

—¿Mucho?

—Sí.

—No la dejes preñada.

—No nos hemos acostado.

—Entonces eres idiota.

Gabe se cabreó.

—Oye, tú esperaste más de un año antes de acostarte con mamá.

166

—¿Y quién dice que yo no fuera un idiota? Mira dónde he acabado. ¿Y desde cuándo soy yo tu modelo a seguir?

Llegados a ese punto, Gabe pensó que la mejor opción sería no decir nada.

—¿Cuántos años tiene?

—Catorce.

—Dios, no me extraña que no te la tires. Si prácticamente es una niña pequeña. ¿Ha pasado ya la pubertad?

—No le he preguntado.

—¿Y no lo sabes?

De nuevo Gabe se quedó callado.

—Así que te gustan jóvenes —dijo Donatti—. No es asunto mío.

—Para empezar, por si no sabes mi edad, soy solo un año mayor que ella. Para continuar, no me gustan jóvenes *per se*, papá. Me gusta ella.

—No te pongas a la defensiva. No te creerías la escoria con la que trabajo.

—Solo digo que no es raro, ¿vale?

—Si acabas en la cárcel, cuenta con mi apoyo.

—No tiene gracia. —Sobre todo porque se veían a escondidas—. Hablaremos luego.

—No te atrevas a colgarme.

—Vale. Cuélgame tú a mí.

—Eh, semental, tranquilo, que estoy de tu lado. —Su padre soltó una carcajada—. Gabriel, me alegra que hayas encontrado a alguien que te interese. Y debe de ser interesante, porque tú no soportas a las tontas. Pero asegúrate de que no interfiera en tu música. Eso sí que no.

—Ella me entiende. Además, le gusta la ópera. Así nos conocimos.

—Me alegra oírlo. Pero estate atento. Crees que lo tienes todo bajo control, pero fíjate en mí. Eres todo hormonas.

No era así en absoluto. Bueno, quizá un poco.

—Tomo nota, vale.

—Envíame los contratos. Mis abogados se pondrán en contacto con tu agente. Y no te preocupes. No le cabrearé.

—Es bastante duro, Chris. En todo caso, él te cabreará a ti.

—Me parece bien. Me gustan los retos. —Su padre colgó el teléfono.

De hecho, la conversación no había estado mal. Durante años, Gabe había creído que la única razón por la que Chris lo toleraba era su madre, que su madre y él venían en el mismo paquete. Ahora su madre ya no estaba allí, y Chris y él habían hablado más en los últimos seis meses que en los catorce años anteriores. A veces hasta parecía que a su padre le importaba un poco.

Sabía que debía volver con Nick y con Jeff, pero hablar con su padre le había puesto más nervioso. Escribió a Yasmine. *Stas ocupada?*

Durante unos segundos no oyó nada. Volvió a guardarse el teléfono en el bolsillo y se dirigió hacia el auditorio, pero entonces pitó.

Todo bien?

Puedo llamart?

T llamo yo.

Esperó un minuto. Por fin el teléfono sonó.

—Hola.

—¿Qué pasa?

—Nada. —Una pausa—. Solo quería oír tu voz.

—¿Dónde estás?

—Sigo en la universidad.

—¿Qué tal la prueba?

—Ha ido bastante bien. ¿Qué tal tu examen?

—¡Difícil! Todos lo decían.

—Seguro que lo has hecho genial.

—Eso espero. ¿Tú estás bien?

—Sí. Todo va bien.

—¿De verdad?

—Sí. Tengo que volver a entrar. Mi profesor y el agente están… discutiendo mi futuro.

—¿Qué quieres decir?

—Están discutiendo dónde debería tocar, cuándo debería ser solista, qué debería tocar, a qué universidad debería ir. —Oyó la cisterna del retrete y sonrió—. ¿Estás en el baño?

—¿Dónde si no voy a hablar?

Gabe se rio.

—Gracias por llamarme. Solo oír tu voz me hace feliz. Hablaremos luego.

—¿Por qué tu profesor y un agente hablan sobre a qué universidad vas a ir?

—Porque el agente cree que ir a una universidad normal es una pérdida de tiempo para mi carrera.

—Harvard no es una universidad normal.

—No es Juilliard. Ni siquiera tiene departamento artístico.

—¿Acaso necesitas un departamento de música? Probablemente seas mejor que cualquiera que pudieran contratar.

—¿Ves? Por eso te necesito. Mi ego no puede funcionar sin tus cumplidos.

—Solo digo lo que es cierto. Es una pregunta absurda, pero ¿entiendo que te han admitido en Juilliard?

—Sí, y nada de lo que dices es estúpido.

—Díselo a mi profesor de biología. ¿Quieres ir a Juilliard?

—No sé. Probablemente. Tiene más sentido.

—¿Más que Harvard?

—No sé. Pensaba que sería divertido ir a una universidad normal, algún lugar que no esté obsesionado con la música. También podría ir a la Universidad del Sur de California. Nick está aquí, no en Boston.

—¿Qué quieres hacer tú realmente, Gabe? Eso es lo único que importa.

—No sé. Estoy tan acostumbrado a que me guíen que no lo había pensado. —Oyó un timbre a lo lejos—. ¿Tienes que colgar?

—Puedo llegar unos minutos tarde. —Yasmine hizo una pausa—. Sé cómo te sientes. Mi padre parece que ya ha decidido mi futuro. En su cabeza, ya está sentado en mi graduación en la escuela de Medicina. O sea, puede que quiera ser doctora, pero sería agradable tener algo que decir.

—No me cabe duda de que podrías gobernar el mundo si quisieras.

—Eres el mejor —le dijo ella—. Te echo mucho de menos.

—Yo también. ¿De verdad soñaste que nos besábamos?

—Sí. —Su voz se volvió susurrante—. Y no quería que acabara, pero me desperté y no pude volver a dormirme. Fue muy frustrante.

—Supongo que tendrás que hacer ese sueño realidad.

—Es una idea fantástica. —Otro timbre—. Ese es el último aviso. Tengo que colgar.

—Gracias por llamarme, Yasmine. Yo también tengo que volver a entrar y tocar Chopin. Está guay. Me gusta Chopin. Pero no tanto como tú, cabra loca.

Hubo una pausa. Sabía que ella estaba sonriendo.

—Sabes que te adoro —dijo.

—Yo también te adoro —le dijo Gabe—. Besos.

—Besos —respondió ella antes de colgar.

Cada vez que dejaba de hablar con ella, se ponía triste. Lo odiaba. No quería que le importase tanto, pero solo podía pensar en lo mucho que le gustaba. En lo feliz que se sentía cuando estaban juntos. Le encantaban sus mañanas juntos, sentados en un rincón del Coffee Bean, dándose la mano por debajo de la mesa, robándose besos cuando nadie miraba. Su manera de hablar de ópera, del colegio, de sus hermanas o de lo que fuera mientras le apretaba la pierna. Le gustaba que le permitiera meterle la mano por debajo de la falda, deslizar los dedos sobre su muslo desnudo hasta casi alcanzar el lugar sagrado. Entonces ella se reía y le apartaba la mano. Y luego él volvía a hacerlo.

Estaba cansado, estaba confuso, estaba frustrado y estaba solo. Pero sobre todo estaba excitado.

Todo hormonas.

Chris tenía razón.

Maldita sea.

CAPÍTULO 18

Un cielo cubierto de nubes amenazaba con lluvia a la cuenca de Los Ángeles. Sin embargo, lo único que recibió la ciudad fue un clima sombrío: neblina y aire húmedo. Los quince grados de temperatura rozaban el clima de abrigo, pero un buen jersey de punto serviría. La única razón por la que Marge llevaba su cazadora de cuero era la moda. Se la había comprado el año anterior en el *outlet* de Camarillo, uno de sus lugares favoritos para encontrarse con Will, su novio, que trabajaba en Santa Bárbara. La suya era una relación a distancia que funcionaba bien.

La casa de Lisbeth y Ramon Holly era su última parada antes de que Oliver y ella pudieran irse a casa. La dirección era una casa estilo rancho de los años sesenta dentro de un vecindario de construcciones modestas en parcelas pequeñas y sin aceras. En los jardines había árboles maduros, casi todos ellos sin hojas, salvo los pinos y los cedros que se alzaban hacia el cielo plomizo. Aunque las navidades habían quedado atrás hacía dos meses, algunas de las casas aún tenían las luces de colores titilantes en el crepúsculo. Eran poco más de las cinco de la tarde y el sol ya se había puesto. Hacía frío. Resultaba deprimente.

La puerta la abrió una chica preadolescente alta de piel morena, pelo largo y oscuro y cuerpo de palo. Llevaba unos vaqueros ajustados y una sudadera de lentejuelas, y estaba hablando por el móvil. Una mujer de treinta y tantos años, Lisbeth Holly, salió de la parte

171

de atrás y los invitó a pasar. Rondaba el metro setenta y cinco, tenía la piel muy clara y el pelo despeinado, largo y rubio. Y también tenía un cuerpo de palo, incluyendo el pecho. Tenía la cara llena de arrugas y lucía al menos cuatro *piercings* en cada oreja. Llevaba una rosa tatuada en la muñeca derecha y una mariposa en la nuca. También vestía vaqueros ajustados y un jersey rojo sin mangas.

Lisbeth se presentó y les ofreció a los detectives una mano huesuda. Aceptó sus tarjetas y después entró con ellos en un pequeño salón de muebles rosas floreados y una alfombra otrora blanca que había envejecido hasta volverse gris. Su hija, Sydney, siguió hablando con el móvil y apenas les prestó atención. Finalmente desapareció por el pasillo.

Perpleja, la mujer negó con la cabeza.

—Un día de estos encontrarán la manera de implantarles esos malditos chismes en el cerebro. Al menos así no lo perdería. No sé qué les pasa a los chicos de hoy en día. Lo pierden todos. Yo siempre cuidaba de todo lo que tenía. Aunque no tenía muchas cosas. Nunca me verán indecisa sobre qué ponerme por las mañanas. No como esa.

Señaló con el pulgar hacia el pasillo.

—Pero bueno, siéntense.

Se encendió un cigarrillo.

—Me he enterado de que han encontrado mi pistola. ¿Les importa que fume, por cierto?

—Está en su casa —respondió Marge.

—Sí, pero la gente es muy rara. Siéntense, por favor.

Ambos detectives eligieron el sofá de flores. Lisbeth ocupó el sillón a juego y se sentó con las piernas recogidas bajo su cuerpo.

—¿La pistola robada era suya? —preguntó Oliver.

—Sí. —Una nube de humo salió de sus fosas nasales—. Tengo varias pistolas y son todas mías.

—¿Cuántas tiene? —preguntó Marge.

—Tengo un rifle y un revólver para las prácticas de tiro y una semiautomática de 5,6 mm para protegerme. Por si no lo han adivinado, soy la que dispara en la familia. Me crie disparando en dianas. Ramon, en su comunidad… Ellos crecían disparando a gente. Eso ya lo ha dejado atrás. Sigue sabiendo usar armas, pero ya no le gustan. No desde que murió su hermano.

—¿Cuándo fue eso? —preguntó Marge.

—Hace unos diez años. Ramon idolatraba a su hermano. El tipo, francamente, era un parásito, pero yo no digo nada. Todos tenemos una fantasía a la que nos aferramos. La mía es que podía haber sido supermodelo si ella no hubiera aparecido. —De nuevo señaló con el pulgar para referirse a su hija—. Es una tontería, pero lo utilizo con mi marido cuando estoy cabreada con él.

—¿Y la pistola fue robada hace más o menos un año?

—Sí. Culpa mía. Las guardo en una caja fuerte como buena ciudadana. Acababa de comprar la Taurus y la única razón por la que compré una pistola ratón fue que el comerciante prácticamente la regalaba. Seguía encima de mi cómoda cuando fue robada. Malditos críos.

Oliver la miró.

—¿Cómo sabe que los ladrones fueron unos críos?

—Por el resto de cosas que se llevaron. El teléfono de Sydney, su iPod y un par de anillos suyos, incluyendo el que su abuela le regaló en su confirmación. Una aguamarina grande y azul. El azul es el color favorito de Sydney. Tenía una inscripción, así que, si alguna vez lo encuentran, ya sabrán a quién pertenece. Y, claro, la abuela lo reemplazó de inmediato. Pensarían que Sydney tendría cuidado después de eso. Pero noooo.

—Aun así podrían haber sido adultos —dijo Marge—. Los móviles y los iPod suelen ser objetos robados frecuentemente.

—Tiene razón. Pero también se llevaron los CD de Sydney. Créanme, solo unos críos querrían esos CD. Y, aunque me robaron la pistola, mis joyas no las tocaron. Las tenía guardadas en el último cajón de mi cómoda, pero no había que buscar mucho para encontrarlas. Fuera quien fuera revisó los cajones de mi hija, pero no los míos. Y es evidente que el ladrón estuvo en mi habitación si se llevó la pistola. Simplemente no le interesaban mis trastos. Por eso creo que fueron críos.

—Quizá el ladrón se quedó sin tiempo —sugirió Oliver.

—Entonces, ¿por qué ir primero a la habitación de mi hija? Entiendo que se lleven el móvil y el iPod, pero ¿por qué molestarse en robar las joyas de Sydney de todo a un dólar? Las cosas buenas —si es que las hay— estarán en el dormitorio de los padres. Su habitación fue la primera a la que entraron. La habitación de los padres se les ocurrió después.

—Debería haber sido usted detective —dijo Marge con una sonrisa.

—Lo llevo en la sangre. Vengo de una familia de policías. De Indianápolis. Mi madre trabajaba en el departamento de coches robados y mi padre se encargaba de los asaltos en viviendas. Mi abuelo vistió uniforme toda su vida. Mi abuela nos crio a mis cuatro hermanos y a mí porque mis padres nunca estaban en casa. Y adivinen a qué se dedican mis hermanos. Son polis. Cuando me casé con Ramon —un antiguo pandillero— pensé que a mi padre le iba a dar un ataque. Resulta que yo tenía razón y ellos estaban equivocados. Ahora a mis padres les cae bien. Y así debería ser. Me aguantó durante tres años de rehabilitación. —Levantó un cigarrillo—. Esto es lo último que queda de mi yo adicta. —Se le humedecieron los ojos—. Ese hombre me salvó la vida.

Apagó el cigarrillo y encendió otro.

—En fin, no han venido a escuchar mi triste historia. ¿En qué más puedo ayudarles?

—¿Tiene idea de quién podría haber entrado en su casa? —preguntó Marge.

—Alguien del barrio. Nuestra casa no fue la única que asaltaron.

—¿Hubo otros robos? —preguntó Marge.

—Sí, la nuestra fue la tercera o la cuarta. ¡Al final dijimos basta!

—¿Qué hicieron?

—El vecindario se reunió para hablar de ellos. Llegaron a la misma conclusión de que habían sido unos críos. Por aquí somos todos humildes, pobres no, gracias a Dios, pero tampoco es que seamos ejecutivos de Wall Street, ya me entienden. Casi todos necesitamos dos sueldos para sobrevivir. Lo que significa dos padres que trabajen. Y, como la mayoría tenemos hijos en edad escolar, eso implica que hay muchas casas vacías durante el día. Fue entonces cuando nos robaron a todos.

Dio otra calada.

—Tuvimos un par de reuniones con la Policía local. Intensificaron la patrulla. Además juntamos un poco de dinero y contratamos a dos maridos sin trabajo para que patrullaran las calles. Así los chicos tenían dignidad y algo que hacer. No ha habido problemas desde entonces.

—¿Tiene algún candidato específico para el robo? —preguntó Oliver.

—No, ojalá. ¿Dónde encontraron la pistola?

—Eso es lo difícil —respondió Marge.

—¡Mierda! ¿La han usado en un delito?

—En un suicidio —aclaró Oliver.

—¡Oh, Dios, qué horror! ¿Quién? —Lisbeth se había puesto gris—. ¡Oh, no! ¿La adolescente del periódico? —Como nadie habló se llevó la mano a la boca—. ¡Joder! Disculpen. Eso es... es horrible.

—¿La conocía? —preguntó Oliver.

—No. ¿Cómo se llamaba?

—Myra Gelb —dijo Marge.

—No, no la conocía. ¿Qué edad tenía?

—Dieciséis años.

—¡Santo Dios! —Se encendió otro cigarrillo antes de terminarse el primero. Cuando se dio cuenta, apagó uno de ellos. Tenía lágrimas en los ojos—. Lo siento. —Las lágrimas resbalaron por sus mejillas—. Soy un poco blanda.

Marge le acercó un pañuelo.

—Pueden quedarse con la pistola. —Lisbeth se secó los ojos—. Me da mal rollo. No la quiero.

—Gracias —dijo Marge—. Tendrá que firmar un papel…

—Lo que sea. —Agitó la mano en el aire. Seguía alterada.

—Queremos llevarla a balística y ver si se había utilizado en otros delitos —explicó Oliver.

—Dios, espero que no. —Lisbeth hizo una pausa—. ¿El suicidio de la chica tuvo algo que ver con el de hace seis semanas?

—¿Por qué lo pregunta? —quiso saber Oliver.

—No sé. ¿Dos suicidios adolescentes tan cercanos en el tiempo? Es raro. O sea, que no existen las epidemias suicidas, pero ya saben cómo son los jóvenes. A uno se le ocurre una idea estúpida y eso influye a otro. Son como borregos.

—¿Conocía a la primera víctima? Se llamaba Gregory Hesse.

—No. No conozco a ninguno. ¿Cómo se hizo la chica con mi pistola?

—Estamos investigándolo —dijo Marge.

—¿Era…? No quiero decir una mala chica, porque yo he estado ahí. ¿Salía con la gente equivocada?

—Acabamos de empezar a investigarlo —explicó Marge—. ¿Y no ha tenido problemas de robos desde hace un año?

—Correcto. —Dio una última calada al cigarrillo y lo apagó—. ¿Sabe? Aquello funcionó mejor de lo que habíamos imaginado. Antes de los robos, conocía solo a unas pocas personas de mi calle. Después tuvimos las reuniones y nos conocimos. El verano pasado, íbamos de fiesta en fiesta por las diferentes manzanas. Es agradable. A veces una no se da cuenta de lo sola que está.

Volvieron a humedecérsele los ojos.

—Pobre chica. Solo Dios sabe lo sola que se sentía.

CAPÍTULO 19

Para Yasmine, las 10.30 eran las 11.00.

Cuando Gabe abrió la puerta, intentó disimular su decepción al ver que había llevado a una amiga, a quien presentó como Ariella. Él se la había imaginado como Ariel, el personaje de Disney, con cuerpo de sirena y pelo rojo. En su lugar, la chica medía menos de metro sesenta, era pechugona y tenía el pelo negro y revuelto y los ojos marrones. Parecía rondar los dieciocho, mientras que Yasmine parecía que tenía doce.

Las invitó a pasar y los tres se quedaron de pie en silencio en el ordenado salón de los Decker. Yasmine vestía una falda negra y una camisa blanca, y parecía que iba a tocar en la orquesta del colegio, sobre todo porque llevaba partituras en la mano. Ariella iba ataviada con un vestido de punto rojo ajustado que dejaba ver todas sus curvas. Yasmine la había descrito como una mujer salvaje. Ahora Gabe entendía por qué.

—¿Por qué no vamos al garaje, donde está el piano? —preguntó él al fin.

—Yo no me quedo. Seguro que es un alivio para ti —dijo Ariella.

—Yo no he dicho nada.

—Sí, no te has visto la cara cuando has abierto la puerta. —Su risa sonó estridente—. He venido a decirte que, si le haces daño a mi mejor amiga, te mato.

—¡Déjalo ya! —dijo Yasmine riéndose nerviosamente.

Gabe contuvo su sonrisa.

—Me queda clara la advertencia. Te prometo que preferiría morir a tocarle un solo pelo de la cabeza a Yasmine.

—De acuerdo. Solo quería que quedara claro. —Ariella todavía parecía seria cuando se volvió hacia su amiga—. Pasaré a recogerte a la una y media.

—¡Son solo dos horas y media! —exclamó Gabe.

—No te preocupes —dijo Yasmine—. Ella siempre llega tarde también. —Le dio un beso a su amiga—. Vete ya.

—Ariella —dijo Gabe cuando la chica ya salía por la puerta—. Gracias.

Ella le guiñó un ojo y se marchó.

Se hizo el silencio. Gabe cerró la puerta y se apoyó en ella.

—¿Sabes? Creo que es la primera vez en seis semanas que hace que nos conocemos que estamos realmente a solas. —Ella se sonrojó—. ¿Puedo saludarte con un beso?

—¿Es necesario que me lo preguntes?

Gabe le quitó las partituras y la besó suavemente en los labios. Sintió la electricidad al instante. Le rodeó la cintura con los brazos y la acercó a su cuerpo mientras ella le rodeaba el cuello. Se besaron con pasión durante unos minutos y después se separaron de golpe. Él tenía la cara ardiendo y se le habían empañado las gafas. No le importaba llevar gafas, pero en ocasiones resultaban molestas. Se las frotó con la camiseta intentando contener su evidente excitación, pero estaba allí. Al menos ella no dijo nada.

—¿Sabes? Realmente tengo muchas ganas de oírte cantar.

—Más tarde. —Yasmine se inclinó hacia delante y posó los labios sobre los suyos.

Volvieron a besarse.

—Creo que estás intentando retrasarlo.

—Tienes razón.

Gabe se apartó y le pasó el brazo por los hombros.

—Vamos, antes de que me desmaye. Te enseñaré mi estudio. Mi piano comparte espacio con el Porsche del teniente.

Caminando con dificultad la guio hasta su sala de prácticas improvisada. Era mucho más seguro estar con ella allí que en su dormitorio. Le entregó la partitura y se sentó al piano.

—¿Quieres calentar?

Yasmine sonrió.

—Y yo que pensé que ya estábamos calentándonos.

—¡Estoy intentando ser considerado y tú me estás matando!

—Vale…, cantaré para ti. —Yasmine se sentó a su lado y contempló aquellos preciosos ojos verdes—. ¿Sabes? No te había oído tocar nunca, salvo en la graduación.

Gabe pasó las manos por el teclado.

—Ya empiezas a divagar de nuevo.

—No, en serio. Quiero oírte tocar. —Le puso la mano en la rodilla—. Por favor.

Él se inclinó y la besó.

—Si sigues tocándome, no podré hacer nada.

—Por favor, toca para mí, Gabriel.

—De acuerdo. —Tomó aliento y lo dejó escapar—. ¿Qué quieres oír?

—No sé. —Lo pensó unos instantes—. ¿Qué tal «El vuelo del moscardón»?

Gabe gimió. Sin mirar el teclado, comenzó a tocar la pieza.

—Dios, creo que me la aprendí cuando tenía cinco años. —Sacó la lengua.

Yasmine le detuvo.

—Entonces, si no quieres esa, toca otra cosa. Te gusta Chopin. Toca Chopin.

—¿Quieres algo rápido o lento?

—Rápido.

Lo pensó un momento y después, con un acorde de do menor, su mano izquierda comenzó a bajar por el teclado a toda velocidad ejecutando giros hasta que se le unió la derecha. Hablaba mientras tocaba.

—«Revolutionary Étude» en do menor. Escrito después de que Rusia invadiera Varsovia. Chopin era polaco, así que esto es como su himno para su patria, aunque era más francés que polaco. Es una buena pieza, pero un poco grandilocuente.

Se detuvo abruptamente.

—Sabes lo que es un *étude*, ¿verdad?

—Claro. Es un estudio.

—Sí. Chopin escribió varios. Este es uno de los más famosos. A mí me gusta el «Opus 10, número 5». —Con la mano derecha comenzó una serie de tresillos con diversos matices—. Se toca todo con las teclas negras, salvo una nota blanca. No es fácil de tocar, pero es divertido cuando controlas los dedos.

Dejó de tocar y sonrió a Yasmine. Ella estaba con los ojos muy abiertos.

—¿Qué?

Ella negó con la cabeza, incapaz de hablar.

Gabe se encogió de hombros.

—Vamos a probar el «Gran vals brillante» en mi bemol mayor. Me gusta porque es muy vívido musicalmente. Quiero decir que, cuando la toco, me imagino un gran salón de baile con los hombres con ropa cursi y las mujeres con vestidos bailando. Te transporta a otra época.

Comenzó con la introducción, que consistía en una serie de acordes con aire de marcha militar antes de llegar a los compases de ¾. De nuevo hablaba mientras tocaba.

—Con la música puedes ver el baile. Igual que te imaginas el vals vienés. Ya sabes, giro… giro… giro… giro. Todos los colores…, el satén, el encaje y el boato. Es una mezcla estupenda de imagen y música…, no sé…, es como una fotografía de antaño.

Movía los dedos por el teclado sin ningún esfuerzo.

—Me encanta su ligereza…, su elegancia…, los bailarines flotando por el aire.

Dejó de tocar y la miró.

—Dime si te cansas de mis historias. A veces me pongo a hablar y no paro.

—Haces que la música cobre vida.

—Tú haces que yo cobre vida. —Gabe dejó de tocar, estiró el brazo por encima del piano y le entregó un paquete envuelto—. Aquí tienes.

Yasmine se quedó mirando el regalo y se le humedecieron los ojos.

—¿Para mí?

Gabe fingió mirar a su alrededor.

—Aquí no hay nadie más. Supongo que, por eliminación, será para ti. Ábrelo.

Yasmine deshizo el lazo con manos temblorosas y abrió la caja. Era un reloj de plata de ley. Le dio las gracias con un susurro mientras las lágrimas resbalaban por sus mejillas. Aunque ya llevaba un Movado de oro, intentó ponérselo. Pero le temblaban demasiado las manos.

—Es un regalo conceptual —dijo Gabe con una sonrisa—. A lo mejor, si llevas dos, llegas a tiempo. —Ella se rio a pesar de las lágrimas—. ¿Por qué no guardas el nuevo en la caja y lo usas como reloj para el colegio? Creo que, si tu reloj dorado desapareciera, tus padres lo notarían.

—Mi madre sí, seguro. —Se quedó mirando el regalo—. Me encanta, de verdad. Es de mi estilo.

—Me alegro.

Ella seguía mirando hacia abajo.

—Es lo más bonito del mundo. —Lo miró a la cara—. Creo que eres el ser humano más maravilloso del planeta.

—¿De verdad?

Yasmine asintió.

—Gracias. —Hizo una pausa—. ¿Puedo meterte mano?

Ella le dio un manotazo en el hombro y él se rio.

—Por favor.

—¿Quieres tocar mis pechos pequeños?

—Me encantan tus pechos pequeños. Me encanta todo de ti. —La levantó y la sentó en su regazo para que pudieran estar cara a cara. Ella le rodeó inmediatamente con las piernas y él se excitó.

Le metió la mano por debajo de la blusa y después por debajo del sujetador—. Puede que tengas el pecho pequeño, pero es una maravilla de la naturaleza. Bésame.

Ella obedeció y ambos disfrutaron de su sabor. Se besaron durante varios minutos mientras ella se restregaba sobre su regazo hasta que Gabe sintió que iba a explotar. Sin previo aviso, Yasmine se echó a llorar.

Gabe se apartó, sorprendido.

—¿Qué pasa? ¿Te he hecho daño?

Ella negó con la cabeza y sollozó.

—¿Qué he hecho?

—Nada —respondió ella.

—Entonces, ¿por qué lloras?

—Porque… nunca… jamás… me gustará otro chico tanto como me gustas tú. —Volvió a llorar incontroladamente—. Me imagino… dentro de quince años. Tú serás un pianista rico y famoso. Y yo seré una ama de casa persa…, vestida con chándal…, llevando a mis dos hijos al entrenamiento de fútbol… con un Mercedes negro.

Siguió sollozando. Él la abrazó y dejó que llorase sobre su hombro.

—Para empezar, no tiene nada de malo ser una buena madre…

—¡Tienes razón! ¡Yo quiero a mi madre! ¡Soy una hija terrible!

Empezó a llorar de nuevo.

Gabe le dio una palmadita en la espalda.

—Eh…, ¿estás…, ya sabes…, en esos días del mes?

—Probablemente —dijo ella.

Al menos había dejado atrás la pubertad. Era un alivio.

—¡No quiero cantar para ti! —chilló.

—No, no, no. —La apartó de su pecho—. No vas a librarte tan fácilmente.

—Pensarás que sueno como un pedo de pavo.

Él contuvo la sonrisa.

—No sonarás como un pedo de pavo. Y, aunque sonaras como un pedo de pavo, no te lo diría. —Se levantó, con ella enredada aún en su cintura. La dejó en el suelo para que pudiera estar de pie. Empezó a revisar sus partituras—. Bien. Aquí está. Der Hölle Rache. —Chasqueó la lengua—. Es un aria bastante difícil. Debes de llevar tiempo con las clases.

Yasmine asintió.

—¿Estás lista para calentar?

—No.

—Vamos.

—No quiero calentar.

—¿Quieres cantarlo en frío?

—Sí.

—¿Quieres cantar un acorde de fa con sexta sin calentar la voz?

—Sí.

—Ahora sí que estás como una cabra. —Ella hizo un mohín. Gabe extendió la partitura sobre el atril del piano—. De acuerdo. —Le dio un acorde de re menor y le hizo un gesto con la cabeza para que empezara.

No ocurrió nada.

Se quedó mirándola.

—¿Y si empiezas cuando estés lista y yo te sigo?

—No quiero cantar.

—Déjalo ya. —Tocó el acorde en trémolo y esperó. Ella cantó las primeras notas y empezó a llorar de nuevo.

—Te vas a reír de mí.

—No, no me reiré de ti. —Suspiró y dejó escapar el aire—. ¿Puedo confesarte un pequeño secreto? —Al ver que Yasmine no contestaba, dijo—: Cuando a un chico le gusta una chica como a mí me gustas tú, nos volvemos… idiotas. Lo único que tenéis que hacer es aparecer y ya somos felices. Así que deja de preocuparte. Cualquier cosa que hagas estará bien. Solo canta con el corazón.

—El corazón en mi pecho pequeño.

—No vas a permitirme olvidar eso —dijo él mirándola con rabia—. Lo siento, ¿de acuerdo?

—No pasa nada —le respondió Yasmine—. Son pequeños. Pero no siempre lo serán.

—Lo sé. He visto a tus hermanas. Solo espero seguir aquí para ver la transformación.

Ella volvió a golpearle.

—Me van a quedar moratones.

—Te lo mereces.

Él volvió a tocar el acorde en re menor.

—¡Vamos, por el amor de Dios!

Ella comenzó al fin. Al principio su voz temblaba, pero, para cuando llegó a la coloratura, ya había encontrado sus cuerdas vocales. Cuando terminó, Gabe no solo estaba sorprendido, sino estupefacto.

—Dios mío. —Dejó escapar una pequeña carcajada—. Sí que tienes voz.

Ella sonrió al instante.

—Solo lo dices para ser amable.

—No soy muy amable en lo que se refiere a la música. Soy muy crítico. Has estado… bien.

—¿De verdad? —preguntó ella con alegría.

—De verdad. —Él negó con la cabeza—. Dios, serás increíble dentro de unos años cuando se te alarguen las cuerdas vocales y se agrande la cavidad pectoral, y por favor no hagas ningún comentario sobre tu pecho pequeño. Lo decía en un sentido positivo.

—Tengo que trabajar el control de la respiración.

—Sí, la verdad es que sí. Pero para eso están los profesores de voz. —Gabe volvió a negar con la cabeza—. Has clavado todas las notas. ¿Tienes oído natural?

Ella asintió.

—Si tú y yo tuviéramos hijos alguna vez, irían por ahí tapándose los oídos con las manos porque todo en la vida les sonaría desafinado. Buen trabajo, Yasmine. Increíble.

Ella estaba resplandeciente.

—¿Algo más?

184

—No, la verdad es que no.

—¿Qué quieres decir con eso? —Yasmine se sentó a su lado—. Soy mayorcita. Puedo asumirlo. —Cuando él no respondió, continuó—. ¿En qué piensas? Si no me lo dices, me pondré nerviosa.

—Bueno…, tienes que decidir qué hacer con las manos.

—Desde luego. Sé que me pongo algo rígida cuando canto.

—Sí. —Gabe se aclaró la garganta—. Si tuviera que hacer una crítica, lo único que diría es que… has cantado las notas, pero no las palabras. Quiero decir que la ópera es teatro. ¿Sabes lo que estabas cantando?

—Conozco la traducción.

—«*Der Hölle Rache kocht in meinem herzen*». La venganza del infierno hierve en mi corazón. La Reina de la noche está tan consumida por el odio hacia su rival, Sarastro, que está dispuesta a sacrificar a su propia hija para satisfacer su sed de venganza. Me imagino a mi padre haciendo una cosa así. Diciendo, «eh, Gabe, pégale una paliza a este tío o te repudio». —Se quedó mirándola—. Tienes que convertirte en una persona así. Tienes que canalizar el odio sin adulterar.

Yasmine asintió.

—Eso no significa que no hayas cantado maravillosamente bien. Así ha sido. Demasiado bien. Cuando oigo la parte del *ha, ha, ha*, a mí siempre me parece una risa maniaca…, no *ha, ha, ha* en plan risa de felicidad.

Ella asintió con fuego en la mirada.

Gabe se quedó mirándola.

—Estás cabreada conmigo.

—No, no lo estoy.

—Sí que lo estás. Yo también lo estaría. Tenemos nuestro ego. A nadie le gustan las críticas.

—No lo estoy. —Se le llenaron los ojos de lágrimas, que después resbalaron por sus mejillas.

«¿En qué estaba pensando?», se preguntó Gabe.

—No debería haber dicho nada.

—Me alegra que lo hayas hecho. —Yasmine estaba haciendo un esfuerzo por no perder los nervios—. Al menos sé que eres sincero.

—Eso sí que lo soy. Siéntate en mi regazo. —Cuando ella se sentó, Gabe le besó las lágrimas—. Quiero que me prometas una cosa, ¿de acuerdo?

—¿Qué?

—Ocurra lo que ocurra, seguirás con tu entrenamiento vocal. Tienes demasiado talento como para no continuar.

—Lo prometo.

—No, Yasmine, lo digo en serio. Tienes que hacer algo más que unas simples clases. Tienes que ser consciente de tu talento, salir ahí fuera, aunque eso signifique molestar a alguien. Sé lo difícil que es desafiar a tus padres. A mí me lo vas a decir. Yo le tengo miedo a mi padre. Y nunca te pediría que lo hicieras…, ni siquiera por mí.

Ella lo miró.

—Afrontémoslo. Los chicos van y vienen, pero una voz así es para siempre. Es un regalo de Dios. Pero lo más importante, no puedes verte la cara. Estás tan feliz cuando cantas. Te sale natural. Es lo que eres.

Yasmine se quedó callada.

—Has de prometerme que continuarás con ello, ¿vale?

Ella se encogió de hombros.

—¿Qué?

—Tú no lo entiendes. Las buenas chicas persas judías no se hacen cantantes de ópera.

—¿Por qué no?

—Porque no. Simplemente es algo que no se hace. Siento que mi hermana dijese algo sobre un CD.

—Yasmine, no tiene nada de malo ser doctora. Mi madre es doctora. Lo sacrificó todo, incluyéndome a mí, para ser doctora. Pero ese era su sueño. Quizá me equivoque, pero no creo que ese sea tu sueño.

—Yo no sé cuál es mi sueño. —Se le humedecieron los ojos—. Solo tengo catorce años. Ahora mismo mi único sueño es estar contigo.

Gabe sonrió.

—¿Sabes qué? Ese también es mi sueño. —Acercó su boca a la suya y la besó. En cuestión de segundos sus lenguas se enredaron. Él empezó a desabrocharle la blusa mientras ella tiraba de su camiseta, hasta que ambos quedaron desnudos de cintura para arriba. Sentir su pecho contra el suyo le provocó escalofríos por la espalda.

Yasmine estaba sentada sobre su erección, cambiando constantemente de posición y eso lo empeoraba. Pensaba que iba a darle un ataque al corazón.

—¿Te duele? —preguntó ella.

Gabe estaba lamiéndole los pechos. Dos perlas oscuras como bombones de chocolate.

—¿Qué?

—Ya sabes. —Volvió a moverse—. ¿Te duele?

Él levantó la cabeza y le dio un beso en la boca.

—No, no me duele. Me gusta. —Deslizó los dedos por su espalda y gimió—. Me dolerá si no hago algo, pero ya me encargaré de eso más tarde.

Se besaron y se besaron.

—¿A qué te refieres? —preguntó ella.

Él hablaba entre besos.

—¿Con qué?

—¿Es que vas a ir a ver a otra chica?

Gabe dejó de besarla y se quedó mirándola a la cara.

—¿De qué estás hablando?

—Ya sabes…, con lo de encargarte de eso.

—¡Dios mío! —Negó con la cabeza—. ¿Hablas en serio? —Al ver que ella no respondía, dijo—: Primero, no hay otra chica. Segundo, aunque hubiera otra chica dispuesta, no la deseo a ella. Solo te deseo a ti. Tercero, me refería a… —Levantó la mano y acarició el aire.

Yasmine contempló el gesto y se llevó la mano a la boca, avergonzada.

—Ah…, lo entiendo.

—Dios, Yasmine, te adoro. De verdad. —Se frotó los cristales de las gafas—. Pero necesitas… hermanos o algo. —Le quitó la mano de la boca—. Bésame.

Se besaron durante algunos minutos más.

—¿Quieres que lo haga yo? —preguntó ella entonces.

—¿Hacer qué?

—Hacerte lo que te ibas a hacer tú más tarde.

Dejó de besarla y se quedó mirándola.

—Oh, eso sería increíblemente fantástico.

—No me refiero al sexo.

—Ya sé que no te refieres al sexo. No espero sexo.

A ella volvieron a humedecérsele los ojos.

—No sé qué estoy haciendo.

—No te preocupes. Estoy tan excitado ahora mismo que no necesitarás mucha mañana.

—¿No pensarás que soy una guarra?

—No.

—¿No te gustaré menos?

—No me gustarás menos si lo haces, no me gustarás más si lo haces. Te adoraré igual de cualquier modo. —La besó—. En serio, haz lo que quieras.

—¿Tenemos tiempo?

Gabe miró el reloj. Eran las doce y veinte.

—Tenemos mucho tiempo. —Presionó su torso desnudo contra su piel—. Dios mío, eres perfecta. Quiero comerte entera. Bésame.

Yasmine le dio un beso húmedo en la boca.

—Vale. Soy toda tuya. Enséñame lo que hay que hacer.

Gabe recogió la ropa del suelo y puso en pie a Yasmine. Salieron del garaje, ambos medio desnudos y ella rodeándole la cintura con las piernas.

—¿Me llevas a tu habitación?

—Sí. —Gabe se detuvo—. ¿Te parece bien?

—Sí. —Apoyó la cabeza sobre su torso desnudo—. Me parece muy bien.

CAPÍTULO 20

El lunes a las ocho de la mañana, Marge entró en el despacho de Decker con dos tazas de café con tapa. Dejó una sobre el escritorio y ocupó el asiento vacío.

—Acabo de tener una conversación inquietante con Wendy Hesse.

—¿A las ocho de la mañana?

—A las siete, de hecho. —Abrió la tapa y su cara quedó envuelta por el vapor—. Alguien se coló en su casa anoche.

—Eso es terrible. —Se pasó los dedos por el pelo—. ¿Lo ha denunciado?

—No. No lo ha hecho. Pero estaba muy disgustada por lo que se han llevado; el ordenador portátil de Gregory.

Decker levantó su café y bebió.

—¿Qué más han robado?

—No parece haber desaparecido nada, salvo el portátil. La única razón por la que Wendy se ha dado cuenta de que no estaba es que lo había puesto en la mesa del comedor la noche anterior. Pensaba traerlo hoy a la comisaría.

—¿Por qué? —preguntó Decker antes de dar otro trago.

—El ordenador contenía algunas imágenes inquietantes que quería que viéramos. Dijo que en algunas imágenes aparecía Gregory jugando con una pistola, apuntando con ella, girándola, apuntándose a la cabeza.

—Dios santo. Debe de haber sido muy doloroso de ver.

—Lloraba por teléfono mientras hablaba. Dado que ella no distingue una pistola de otra, quería que viéramos si era la misma pistola que utilizó para suicidarse.

—¿Por qué ahora? ¿No lleva más de un mes esquivándote?

—Sí. Debí de llamarla tres o cuatro veces hasta que capté la indirecta.

Decker dejó su café y sacó una libreta.

—¿Gregory parecía disgustado, estaba haciendo el tonto o parecía estar representando algún tipo de fantasía extraña?

—No se lo he preguntado, Pete. He supuesto que lo más sensato sería tener una conversación cara a cara.

—¿Y solo te ha hablado de esas fotos?

—Sí. Probablemente sean las que más le han disgustado. Sí que ha dicho que, en las fotos, Greg no parecía él. Parecía drogado.

—¿Cuándo vas a reunirte con ella?

—Esta tarde a las siete y media. Va a venir a la comisaría.

—¿Por qué tan tarde?

—Tengo cosas que hacer y ella también. Era lo más pronto que podíamos. No tienes por qué quedarte. Oliver ha dicho que estaría aquí.

—Asegúrate de preguntarle por la videocámara de Gregory.

—Está lo primero en mi lista —dijo Marge—. Creo que ambos nos estamos preguntando quién sacó las fotografías. No tengo ni idea de si alguien estaba fotografiándole o si Greg tenía una cámara en el ordenador.

—Deberíamos hacernos con el portátil de Myra Gelb —sugirió Decker—. Para ver si hay algo raro en su ordenador.

—Ayer después de la misa llamé a Udonis Gelb. Saltó el contestador y dejé un mensaje expresándole mis condolencias. Le dejé mi número por si necesitaba algo. También llamé a Eric Gelb. Y de nuevo, el contestador. No quiero presionarlos ahora mismo. Llamaré dentro de unos días y organizaré algo.

—Está bien. Pero me sigue preocupando su portátil. No creo que sea demasiado intrusivo llamar y decirles que pongan el ordenador de Myra en un lugar seguro…, por si acaso.

—Puedo hacerlo, pero primero tendrá que encontrarlo. No lo encontramos en su habitación, ¿recuerdas?

—Ah…, cierto.

—Dos portátiles desaparecidos… —Marge lo pensó durante un momento—. Dos muchachos iban a la misma escuela donde los suicidios no son muy frecuentes. Y ambas muertes están relacionadas con pistolas robadas y tal vez portátiles. Es raro.

—¿Qué hay de las amigas de Myra? ¿Has podido hablar con alguna?

—He organizado una entrevista con Heddy Kramer el jueves por la tarde, es la única tarde en la que sus padres no trabajan hasta tarde. Van a venir todos a la comisaría a las seis.

—¿Algo nuevo sobre Dylan Lashay y la mafia del B y W?

—Nada. No tiene antecedentes. Les pregunté a los de Menores, pero no habían oído ese nombre. No hay órdenes judiciales ni nada. Ni siquiera una multa de aparcamiento. Parece estar limpio. Tal vez sea un ciudadano modelo.

—O quizá esté fingiendo —dijo Decker—. O está limpio, o es cuidadoso. Si es lo primero, entonces lo descartaremos. Si es lo segundo, esperaremos a que la cague.

El mensaje original había llegado hacía una hora, a las seis y media. Gabe había apagado el móvil porque había estado todo el día sentado al piano. Había estado toda la semana vagueando, pensando en lo que no debía. Sabía que tendría que hacerlo mejor, sobre todo porque ahora sí que tenía trabajos remunerados en el horizonte. Aquel había sido su primer día de trabajo de verdad, con el cerebro y los dedos trabajando como una unidad. Resultaba agradable. Se recompensó a sí mismo por el trabajo duro permitiéndose leer el mensaje.

La clase genial. He hecho avances.

Gabe sonrió. Tal vez aquel fuera el impulso necesario para que continuara con su voz. Respondió: *Sigues ahí, kbra loca?*

Esperó y el teléfono volvió a pitar poco después.

Hola.

Q ha pasado?

En la clase?

Sí.

Mi profe d voz dic q parecía 1 auténtica cantante d ópera x 1ª vz. Q he kntado cn vrdadera emoción.

Nhorabuena.

Gracias… profe.

D nada, alumna. Xo no me demandes x acoso sexual.

Lol. Kieres sabr cómo lo he hexo?

Claro.

He pnsado n ti cn otra xica.

Eso nunk pasaría, xo usa lo q ncsits.

Será mjor q no ocurra.

Lo mismo digo. N srio, sigue trabajando así. Sabía q podias hacerlo… tiens cosas n ti q speran l momento d salir. X eso ncsitas kntar.

Gracias ☺

Lo digo n srio, yasmine. Tiens q kntar. Si no, t dprimiras.

Me dprimo cuand no stoy cntigo. Sigue n pie lo d mñna?

State allí a ls 6.30.

Xo si abre a las 6.

Xo siempre llgas tard.

T prometo star ahí a las 6… 6.15 cm muxo.

Gabe sonrió. Estaba reduciendo riesgos. *Aun s d noxe a ls 6. T sprare n la squina, asi q no llegs tard!*

Ok.

Si m hacs levantarm tan pronto y llegs tard, pagas tu l desayuno.

Siempre m ofrezco. Nunk m djas pagar.

Claro que no. Solo cuando ers mala.

Ya m conocs, Gabe. Puedo ser muy mala.

Arrg!! M matas.
Piensa n mi sta noxe cuando sts solo.
Siempre pienso n ti. Sobre todo cuando stoy solo.
Mi madre m sta llamando xa ayudar cn la cna. Tngo q irme. Bs.

Bs, respondió Gabe, después se desconectó. Le rugía el estómago. Se dio cuenta de que no había comido nada desde el desayuno.

Parecía que, en efecto, la música era la esencia de la vida.

«Sigue tocando, Gabriel. Sigue tocando».

Wendy Hesse había perdido algunos kilos en un mes, pero lo había hecho demasiado rápido, y el exceso de piel de su cara colgaba como carrillos desinflados. Sus ojos azules estaban claros en vez de rojos, el pelo le había crecido y lo llevaba arreglado, ya no se le veían las raíces blancas. Era buena señal que se ocupara de su aspecto físico. Llevaba un jersey rojo, como la primera vez que fue a la comisaría, y unos pantalones negros. Marge la había sentado en una sala de interrogatorios y le había ofrecido una taza de café. Oliver se les unió un minuto más tarde.

Wendy parecía sentirse incómoda allí.

—¿No es aquí donde interrogan a los delincuentes?

—Utilizamos las salas para todo tipo de entrevistas —explicó Marge.

—Casi todos nosotros tenemos únicamente cubículos —agregó Oliver—. Esto es un poco más íntimo.

—Si lo prefiere, podemos salir y hablar fuera.

—Oh, Dios, no. Necesito intimidad. —Wendy miró los ojos inquisitivos de Marge—. Sé que me ha llamado varias veces y yo nunca le he devuelto la llamada.

—Tendría mucho en lo que pensar.

—Y todo malo. —Buscó en su bolso y sacó varias fotografías, pero no se las mostró y las mantuvo pegadas al pecho—. Después de que ocurriera, rebusqué en los cajones de Gregory con la esperanza de encontrar alguna respuesta.

Las puso sobre la mesa y apartó la mirada. Marge mantuvo una expresión neutra al levantar aquellas instantáneas tan gráficas. Los rasgos de la chica quedaban ocultos por el pelo largo y por un primer plano de un pene erecto metido en su boca. Había algunas más en esa posición y otras dos con una lengua lamiendo unos testículos. Le pasó las fotos a Oliver.

—Obviamente había muchas cosas de mi hijo que yo desconocía —dijo Wendy.

—¿Tiene idea de quién es la chica? —preguntó Marge.

—Ni siquiera sabía que Gregory tuviese novia.

Oliver las examinó varias veces.

—No quiero que me malinterprete, pero ¿está segura de que ese es Gregory? No aparece la cara.

Wendy se volvió hacia él, desconcertada.

—No estoy segura en absoluto. Simplemente… lo he dado por hecho. —Suspiró con fuerza—. Quizá sea uno de sus amigos. Desde luego no parecen obscenidades profesionales.

—No, es *amateur* —confirmó Oliver.

Wendy se mordió la uña del pulgar. La llevaba pintada de rojo y parte de la pintura se había descascarillado.

—Supongo que no sabía nada sobre mi hijo. Me siento como una estúpida.

—No quiero parecer despreocupado, señora Hesse —dijo Oliver—, pero estas cosas son bastante normales para un adolescente.

—Y por favor, no se sienta como una estúpida —agregó Marge—. Casi ningún chico de quince años tiene a su madre como confidente.

—Pero es sorprendente cuando crees que conoces a alguien y entonces… —Levantó las manos.

—Háblenos de las fotos del ordenador —le pidió Oliver.

—Después de encontrar estas, sentí curiosidad por lo que habría en el ordenador de Gregory. Contraté a alguien para que entrara en el portátil, porque pensé que sabía su contraseña, pero la había cambiado. Me daba un poco de vergüenza invadir su intimidad incluso aunque… ya no esté. Pero quería saber más sobre mi hijo, intentar entender por qué hizo eso. En casi todas las fotos aparecían sus amigos y él. —Se le humedecieron los ojos—. Pero entonces vi otras fotos como las que les he traído. No me imagino a Snapfish imprimiéndolas.

—No. Probablemente estas las sacaron con una impresora conectada al ordenador de casa —le dijo Oliver—. ¿Su hijo tenía impresora?

—Yo nunca vi que tuviera. Aunque ya no esté, me disgusta que se sacara esas fotos tan indecentes. ¿Y qué chica en su sano juicio permitiría que la fotografiaran haciendo algo tan obsceno?

—No es tan infrecuente…, los chicos son así —dijo Marge—. Si puede, hable conmigo sobre las fotos de Greg con una pistola.

—Es lo que le dije por teléfono. Tenía fotos de él apuntando con ella… —las lágrimas resbalaron por sus mejillas—… a su cabeza. Me hizo pensar que probablemente lo ocurrido fuera un terrible error.

Marge asintió.

—No entiendo cómo un chico responsable podría hacer cosas tan estúpidas.

La paradoja de la adolescencia.

—Es un milagro que no les ocurran más tragedias —comentó Oliver.

—¿Me dijo que Greg parecía drogado o borracho en las fotos? —preguntó Marge.

—Tenía una expresión extraña…, los párpados caídos, una sonrisa torcida, y la cabeza ladeada. No parecía él. Pero era él. Eso es todo lo que puedo decirle.

Miró intermitentemente a Oliver y a Marge.

—Por eso no le devolvía las llamadas. No quería que… que salieran todas estas cosas a la luz. Pero, cuando vi las fotos de la pistola en el portátil…, no sé. Pensé que debía decírselo…, aunque no sé por qué.

—Hizo bien en hacer caso a su instinto —le dijo Marge—. Sobre todo ahora que el portátil ha sido robado.

—¿Cómo entró en su casa el ladrón? —preguntó Oliver.

Wendy se quedó mirándolo.

—No lo sé.

—¿Había alguna ventana o puerta abierta cuando se ha levantado esta mañana?

—No que yo recuerde. —Se quedó callada—. Es muy extraño. Estaba tan centrada en el portátil que no se me ha ocurrido pensar en cómo han entrado.

—¿Han? —preguntó Marge.

—No sé si eran varios o solo uno.

—¿Y está segura de que no se han llevado nada más? —preguntó Marge.

—Mis joyas seguían en la caja de mi dormitorio. Así que pensé que quizá no habían entrado ahí. Pero mi bolso seguía colgado en el armario. El dinero seguía en la cartera. Y, además, en la misma mesa donde estaba el ordenador tengo un par de candelabros de plata. Ni los tocaron. No he revisado las cosas una por una, pero parece que no falta nada, salvo el portátil.

—¿Ha encontrado por casualidad la cámara de Gregory? —preguntó Marge.

—No… —De pronto palideció—. ¿Cree que en ella podría haber películas de esas? —Cuando ni Marge ni Oliver respondieron a la pregunta, ella negó con la cabeza—. ¡Dios! Me da asco solo pensarlo. —Empezó a llorar en silencio—. Me duele mucho haber sabido tan poco sobre mi hijo. Tal vez si hubiera visto algún tipo de señal de advertencia, esto habría podido evitarse.

—Puede que no haya señales de advertencias evidentes, señora Hesse —comentó Oliver.

—Si le parece bien, nos gustaría registrar su casa —dijo Marge—, incluyendo la habitación de Gregory.

—¿Para qué? —preguntó Wendy.

—Se ha cometido un delito. Queremos saber cómo entró en su casa el ladrón.

—Eso tiene sentido. Pero ¿por qué la habitación de Gregory?

Marge desvió la pregunta.

—Nos ha mostrado esas fotos. Es evidente que quiere saber más sobre Gregory.

—Al principio pensaba que sí —respondió Wendy Hesse con un suspiro.

—Supongo que querrá asegurarse de que el portátil no caiga en las manos equivocadas…, algún tarado que suba cosas desagradables a Internet —comentó Oliver.

—Dios mío, no se me había ocurrido eso —exclamó Wendy—. Sí, por supuesto. Pueden venir cuando quieran. —Miró a los detectives con renovado respeto mientras se secaba las lágrimas con un pañuelo—. Muchas gracias. Haré lo que sea para ayudarles. Siento no haber llamado antes… antes de que ocurriera.

—No lo piense más, señora Hesse —dijo Marge—. ¿Las tres de la tarde de mañana nos viene bien a todos para ir a la casa?

—Yo tengo juicio, pero a las tres debería haber acabado —respondió Oliver.

—A mí me parece bien —dijo Wendy.

—Entonces la veremos allí. Si puede esta noche, busque la videocámara de Greg. —Marge se puso en pie—. Y, si la encuentra, escóndala en un lugar seguro.

CAPÍTULO 21

Yasmine no soportaba que las manecillas de su nuevo reloj de plata con la cara azul indicaran que eran las siete y cuarto. Significaba que tenía que irse a clase.

Era terrible pasar tantas horas sin él. Daba igual que intentara sacárselo de la cabeza, daba igual que intentara volver a como era AG —antes de Gabe—, se sentía sola y perdida sin él. La semana anterior había sido especialmente dolorosa por la fiesta de la Pascua judía. Toda la familia se había trasladado a casa de su tía en Beverly Hills, y no lo había visto en más de una semana. Estaba de mal humor y todos se reían de ella. Lo único que deseaba era estar con Gabe, como si fuese adicta a él.

Se terminó el café y esperó a que saliera del cuarto de baño. Levantó los ojos de su vaso de cartón y le sorprendió ver que una preciosa chica de unos dieciocho años estaba mirándola. Estaba esperando en el mostrador de recogida de pedidos, con la cadera torcida y su bota negra de ante rozando el suelo, moviéndose de un lado a otro.

Entornó de pronto los párpados.

Yasmine devolvió la atención al café, desconcertada. La chica llevaba un jersey negro de cachemir, vaqueros ajustados y, a juzgar por la suela roja, botas de Christian Louboutin. Sus joyas de oro también parecían auténticas. Tenía la piel blanca como la leche, los ojos muy azules y el pelo rubio hasta la mitad de la espalda. Además tenía las tetas grandes.

Dios, ojalá ella tuviera las tetas así.

Levantó la mirada y la otra chica le dirigió una sonrisa.

Tenía los dientes blancos y perfectos. Pero su sonrisa daba miedo…, parecía perversa. Yasmine se preguntó si la habría ofendido de algún modo, si tal vez se hubiera colado delante de ella la semana anterior. O quizá a la chica no le gustaban las persas. Yasmine siempre se sentía un poco incómoda con las chicas blancas y guapas, sobre todo con las que no eran judías. Ojalá Gabe regresara pronto. Él estaba informado de todo y a su lado se sentía segura. En cuanto desaparecía, ella se metía en su caparazón y se sentía diminuta.

Regresó poco después, por suerte.

Se sentó y le pasó el brazo por los hombros.

—Por desgracia ya casi es la hora. —Miró a su alrededor y la besó en la boca—. No quiero que llegues tarde.

—De acuerdo. —Yasmine levantó la mirada. La chica había desaparecido.

Gabe se quedó mirándola.

—¿Estás bien?

—Sí, estoy bien.

—Pareces… disgustada, quizá.

—No, estoy bien. —Se aclaró la garganta—. Siempre es difícil volver a clase después de unas vacaciones. —Intentó olvidarse de la chica y de su sonrisa malévola. No le gustaban las persas. Ese era el problema—. Ni siquiera te he preguntado qué tal ha ido tu Pascua judía.

—¿A mí? —Gabe se rio—. Sí que celebré el Séder de Pésaj con los Decker la primera noche. Después, con todos en casa, era demasiado, así que pasé el resto de la semana con la loca de mi tía, Melissa, que no es mucho mayor que yo. Es despistada y descuidada, pero puede ser la risa. Aun así me alegré de marcharme. Te echaba mucho de menos, Yasmine. Esta semana sin ti ha sido una tortura.

—Yo te he echado muuuuucho de menos. —Todavía se sentía inquieta—. Me alegra que ya haya pasado.

—¿Qué tal tu Pascua? —preguntó él.

—Aburrida. Mi tía había invitado a un millón de personas. A mí me tocó cubrir la mesa con lechuga romana.

—¿Perdón? —preguntó Gabe.

Ella sonrió.

—Los séder persas son diferentes a los séder askenazís. Como cubrir la mesa con maror, la hierba amarga. Después recreamos el éxodo de Egipto.

—¿Y cómo lo hacéis?

—Nos perseguimos alrededor de la mesa y nos golpeamos con cebollas.

Gabe se quedó mirándola.

—¿Y no hace daño?

—No cebollas, cebollas. Cebolletas. Nos fustigamos con cebolletas.

—¡Cómo mola! —respondió él con una sonrisa—. Invítame el año que viene.

Ella le dio una palmadita por debajo de la mesa. Después se puso seria.

—Tengo que irme.

Gabe le dio un beso en la mejilla.

—Yo tengo que tomar el autobús.

De pronto a ella se le aceleró el corazón. Se sentía incómoda.

—¿Te da tiempo a acompañarme?

Gabe sonrió.

—¿Quieres que pasee contigo a plena luz del día?

—Cada uno iremos por un lado de la calle.

—Ajá. Así que sigo siendo tu secreto oscuro.

—Gabe… —Ahora parecía muy disgustada.

Gabe se apiadó de ella. Estaba en un apuro y él no hacía más que empeorarlo.

—Ya sabes lo mucho que me gusta estar contigo. Tú me guías.

Se levantaron de su mesa y abandonaron la cafetería. Caminaron durante un minuto sin hablar. El día era fresco y el cielo estaba despejado. Las calles laterales eran viviendas, el follaje aún estaba verde para los patrones de la costa este, pero los sicomoros de las aceras carecían de hojas y muchos de los jardines se habían vuelto marrones.

—¿En qué piensas, Yasmine?

—En nada.

—Eso no es cierto. ¿Te he molestado con mis ocurrencias? —Al ver que no respondía, dijo—: Entiendo tu postura hacia tus padres. Siento haberte hecho sentir mal.

—No es eso. —Se le nublaron los ojos—. Es que no puedo…

—Cuéntamelo. —Dejó de andar y la agarró por los hombros—. ¿No puedes qué?

Yasmine negó con la cabeza.

—¿Ya no puedes estar conmigo? ¿Es eso? —Se le rompió el corazón, pero intentó ocultarlo—. Dímelo, Yasmine. No pasa nada. Sea lo que sea, podré afrontarlo.

Tenía los ojos humedecidos.

—Siempre estoy intentando ocultarte. Debes de sentirte fatal.

—Preferiría poder salir contigo abiertamente, pero soy mayorcito. Sé que es igual de duro para ti que para mí.

—No entiendo por qué lo soportas —dijo ella—. Con todas esas chicas guapas por ahí, no entiendo por qué te gusto yo.

Gabe esperó a que dijera más, pero no lo hizo.

—¿En eso pensabas? —Ella asintió y él respiró aliviado—. Estás como una cabra.

—Eres muy guapo, Gabe. Eres guapo y con talento y listo y divertido. Eres perfecto. —Se secó las lágrimas—. Podrías tener a cualquier chica que desearas.

—Pero no deseo a cualquier chica, solo te deseo a ti. —No había nadie alrededor, así que la acercó a él y le dio un largo beso—. Si pudieras verte a través de mis ojos, Yasmine. Eres increíblemente exótica…, con esos ojos negros y grandes, esa naricita perfecta… y tus labios… Dios mío, tienes los labios más gruesos y apetecibles que he visto nunca. Y esa melena negra y ondulada en la que quiero perderme. Eres tan *sexy*.

—¿Incluso con mis pechos pequeños?

Gabe sonrió.

—De acuerdo. Ahora sé que ya te encuentras mejor. Me estás tomando el pelo. —Le dio la mano—. Vas a llegar tarde si no nos movemos.

Yasmine empezó a andar, pero no dijo nada.

—Tenemos una química increíble, pero esa no es la única razón por la que me gustas. —Le dio un beso en la mano—. Me gustas porque sientes curiosidad por todo. Afrontas cualquier cosa con inocencia. Dios, muchas chicas se lanzan de cabeza a la vida adulta y en cambio tú disfrutas siendo una niña maravillosa. En ti no hay nada forzado.

Le pasó un brazo por la cintura.

—Y encima te gusta la música.

—Sí que me gusta —respondió Yasmine.

—Eso es muy importante para mí. Es difícil encontrar a alguien de mi edad que sepa hablar de música. —Dejó de andar y acercó su cuerpo al suyo—. Te quiero. Lo sabes, ¿verdad?

A ella se le llenaron los ojos de lágrimas.

—Yo también te quiero.

—Necesito volver a estar a solas contigo. ¿Cuándo?

Ella apoyó la cabeza en su pecho.

—Este sábado nos han invitado al *sabbat*.

—¿Qué tal el domingo?

—Tenemos la boda de una prima.

—¿Cuántos parientes tienes exactamente? —Ella no respondió—. Debes de tener una fiesta cada semana.

—Más o menos. —Yasmine le rodeó el cuello con las manos y enredó los dedos en su pelo antes de besarlo—. Ya se me ocurrirá algo.

Él gimió con deseo.

—Dios, más te vale, de lo contrario haré algo drástico.

—El colegio está a una manzana de distancia. Puedo seguir sola.

—Vale. Y no más tonterías sobre por qué me gustas, ¿de acuerdo? Hace que me sienta mal.

—De acuerdo. —Yasmine sonrió abiertamente—. Te quiero muuuucho.

—Yo también te quiero.

Le dio un beso, se apartó y echó a correr.

Gabe la vio marchar. Era divertido verla correr. Y también contemplar su culo.

La secretaria anunció que había alguien por la línea tres. Decker pulsó la luz parpadeante y se presentó.

—Aquí Romulus Poe.

—¿Qué sucede, sargento Poe?

—Solo quería decirle que hemos tenido unas semanas primaverales…, es precioso; cielos azules y la majestuosidad de las montañas púrpuras. Las cataratas son espectaculares con todo el deshielo.

—Gracias por el diario de viaje.

Poe se rio.

—Si Garth Hammerling ha conseguido sobrevivir al invierno en el bosque nacional, y tengo mis dudas al respecto, deberíamos empezar a buscarlo si podemos atravesar el barro. Tenemos botas de pescador, pero es todo muy resbaladizo.

—Cualquier ayuda que pueda prestarme sería de agradecer.

—Ya le digo que tengo mis dudas. A no ser que el tipo sea todo un superviviente, me temo que ya estará congelado.

—Garth es enfermero, así que conoce técnicas médicas de emergencia.

—Quizá eso le ayude con el frío, pero no con un león de montaña. Y además nuestros osos ya no hibernan como hacían antes. Los bichos hambrientos podrían ver a su presa como un apetitoso entrante de sangre caliente. Pero siempre cabe la esperanza de encontrarlo.

—Mantendré la fe —dijo Decker.

—Puede hacerlo por los dos, teniente. A mí me vendría bien un poco de Dios en la vida.

La escena del suicidio había sido horrible. Desde entonces, habían quitado la cama de Gregory Hesse y las paredes, antes llenas de pósteres y objetos personales, estaban vacías después de limpiarlas, desinfectarlas para eliminar cualquier resto de materia orgánica provocado por el disparo, y pintarlas de blanco. La moqueta original había sido sustituida por algo marrón y liso. La estancia parecía abandonada y siniestra.

—No entro mucho aquí —dijo Wendy Hesse con los ojos húmedos. Se retorcía las manos y tenía la cara pálida. Llevaba una blusa verde y pantalones negros de punto doble—. No queda mucho. —Una declaración aplicable a su propia vida.

Oliver miró a su alrededor. De la habitación original quedaban un par de mesillas de noche, un escritorio y una cómoda sin nada encima, y una librería. La habitación tenía un armario de puerta corredera. Recordaba que quería haber entrado en el armario, pero había tanta gente de la oficina del forense que había resultado imposible.

—Ojalá no hubiera rebuscado en sus cajones —dijo Wendy—. Creo que esperaré en el salón. ¿Quieren agua?

—Yo estoy bien, pero gracias —dijo Marge.

—Yo igual —respondió Oliver con una sonrisa.

Los dos detectives se pusieron los guantes de goma y empezaron a trabajar. Primero peinaron la librería, que contenía más CD y DVD que libros. Había un soporte para un reproductor de MP3 con un iPod. Sacaron todos los libros y los hojearon con la esperanza de encontrar algo significativo entre sus páginas. Abrieron todas las cajas. Revisaron el iPod. Nada parecía ni remotamente siniestro.

Siguieron con los cajones, los vaciaron lentamente y volvieron a meterlos tras revisar el contenido. Todo estaba organizado y doblado:

en el primer cajón, calcetines y ropa interior; en el segundo, pijamas y ropa de gimnasia; en el tercero, camisas y camisetas; en el cuarto, pantalones cortos y más ropa de gimnasia. En los cajones del escritorio no había nada. Tampoco en las mesillas de noche.

En el armario había polos y varias camisas blancas de vestir, pantalones, vaqueros, cazadoras y abrigos. Los zapatos en el suelo estaban cuidadosamente alineados. En las estanterías interiores había jerséis y sudaderas. Revisaron la ropa del armario. No encontraron la videocámara. No encontraron nada.

La estantería superior parecía vacía. Marge acercó la silla del escritorio.

—Asegúrate de que no me rompa el cuello.

—Puedo hacerlo. —Oliver sujetó las patas de la silla mientras Marge se subía y echaba un vistazo—. ¿Ves algo?

—No. —Se bajó de la silla y examinó los zapatos. Eran todos del mismo tamaño, salvo un par de mocasines de cuero más pequeños, algo procedente de un *bar mitzvah* o de una confirmación. Se agachó, metió la mano en los zapatos y sacó una bolsa de plástico. Treinta gramos de marihuana, que volvió a dejar en el zapato.

Se incorporó.

—No era tan inocente como pensaba su madre, pero eso no explica por qué hizo lo que hizo. No creo que tenga sentido contárselo a la madre.

—Estoy de acuerdo contigo —dijo Oliver—. Y la cámara no está.

—No. —Marge lo pensó unos segundos—. Si la madre encontró fotos de desnudos, seguro que él escondía la cámara.

—Pensamos en las videocámaras como aparatos que abultan mucho. Pero hoy en día son muy pequeñas. Fáciles de esconder.

—Espero que no las escondiera debajo del colchón —dijo Marge.

—De ser así, la gente que limpió la habitación las habría encontrado y se las habría entregado a la madre, ¿no te parece? —razonó Oliver.

—Sí, probablemente. —Marge se encogió de hombros—. ¿Quieres hacer otra ronda?

—¿Por qué no?

La siguiente media hora resultó infructuosa.

—A no ser que haya un compartimento secreto en las paredes o en el suelo, la cámara y la videocámara no están aquí —dijo Oliver.

—Kevin Stanger le dijo a Decker que Greg estaba trabajando en algo que pondría a Bell y Wakefield patas arriba —dijo Marge—. Lo primero que me viene a la cabeza es un escándalo sexual, teniendo en cuenta que tenía fotos de mamadas en el ordenador.

—Sí, pero Kevin también dijo que, cuando Greg volvió a hablar con él, ya se mostraba menos entusiasmado con su proyecto secreto.

—Tal vez fuese un escándalo sexual entre profesor y alumno. Pero entonces alguien pagó a Hesse con una mamada.

—Aunque fuera así, ¿tuvo algo que ver con que Gregory Hesse se pegase un tiro? ¿Y acaso es asunto de la policía?

—Lo es si nos encontramos con algo ilegal, como un adulto que tiene sexo con un menor.

—Eso es cierto —admitió Oliver—. ¿Y ahora qué?

—Alguien ha robado el ordenador de Greg —dijo Marge—. Ese es el único delito tangible que tenemos. Pero te diré una cosa. Cuando el teniente y yo estuvimos en casa de Myra el día de su muerte, no encontramos su ordenador. Quizá se nos pasó por alto…, o quizá no.

—Pasaron dos meses entre la muerte de Hesse y el robo —dijo Oliver—. Pero el robo tuvo lugar solo dos semanas después de la muerte de Myra Gelb.

—Sí, podrían estar relacionados —dijo Marge—. Sea como sea, es hora de ir a visitar a Udonis Gelb.

CAPÍTULO 22

A las dos de la mañana del jueves, Gabe estaba despierto, en Facebook, viendo el perfil de Yasmine, por supuesto, pero también mirando otras páginas para demostrarse a sí mismo que en otra época sí que tenía amigos. Le resultaba interesante ver quién se estaba tirando a quién, quién había tomado éxtasis, o metanfetaminas, o *crack*, o incluso heroína. Lo posteaban en clave para que nadie pudiera acusarles de nada, pero, como Gabe conocía las insinuaciones, sabía de qué estaban hablando. Había fotos nuevas, los tipos parecían más viejos y más grandes. Y, aunque Gabe había crecido, seguía siendo delgado. Tenía los brazos y los dedos desproporcionadamente largos en comparación con el torso, debido a años de práctica con el piano. Parecía un mono anoréxico.

Sus amigos lucían ahora montones de *piercings* y de tatuajes. A Gabe no le gustaban los *piercings*, pero no le habría importado hacerse un par de tatus. Lo que de verdad le fastidiaba era que algunos de los mayores ya tenían el carné de conducir. Él, al ser tan joven, tenía que tomar el autobús en una ciudad hecha para los descapotables.

Con el carné de conducir, para los pocos que superaban los diecisiete años llegaban también los coches. Y con los coches llegaban las chicas, por tanto los polvos. Sabía que no volvería a ponerse en contacto con ellos, ni siquiera aunque regresara a la costa este para estudiar en Juilliard. Aquella época había quedado atrás.

Antes solía quejarse de todo el sexo que se estaba perdiendo. Pero ahora que Yasmine formaba parte de su vida, no pensaba demasiado a menudo en las fiestas. No hacían gran cosa, pero, como estaba colgado por ella, lo que hacían le parecía increíble. Por patético que resultara, prefería hacer poca cosa con ella antes que gran cosa con otras. Sabía que estaba obsesionado con ella. Y sabía que nunca la tendría. Estaba condenado al fracaso desde el principio y acabaría estrellándose. Podía afrontar un desengaño, pero se volvía loco pensando en cómo le afectaría a ella. No soportaba la idea de que Yasmine pudiera estar triste.

Vio un mensaje instantáneo en el ordenador.

Hola.

Gabe gimió para sus adentros. Quería a su madre, pero deseaba que dejara de incordiarle. Sus mensajes le desequilibraban.

¿Cómo está mi hermana?

Un poco gruñona. Le está saliendo un diente.

Gabe sonrió ligeramente al pensar en el bebé. No soportaba que su madre le hubiera abandonado, pero sí que le gustaba la idea de tener una hermana.

Dale un abrazo y un beso de mi parte.

Lo haré.

¿Puedes enviarme una foto suya?

Claro. Hubo una pausa. *¿Puedes enviarme una foto tuya?*

Gabe quiso escribir *como si te importara una mierda*, pero en el fondo sabía que su madre le quería y le echaba de menos, y probablemente se sintiera mal por lo que había hecho.

No tengo nada reciente. Si me das tu móvil, podría sacarme una y enviártela.

¿Chris paga tu factura de teléfono?

Sí, así que probablemente no sea buena idea.

¿Tienes cuenta de Skype?

Sí. ¿Quieres que hagamos Skype?

¿Chris tiene acceso a tu ordenador?

En realidad, no; si te pone nerviosa, pasamos del Skype.

Hubo una larga pausa.

¿Cuál es tu nick, Gabe?

Gabe se lo dio. Cinco minutos más tarde su ordenador empezó a sonar. Pulsó el botón para responder con vídeo y, por primera vez en casi un año, vio la cara de su madre. De pronto se sintió furioso, pero intentó mantener la rabia bajo control.

—Hola, guapa —le dijo.

—Hola. —A ella le temblaba la voz y tenía lágrimas en los ojos.

—Tengo que hablar en voz baja —dijo él—. Son las dos de la mañana. Háblame de mi hermana.

—¿Quieres verla? —le preguntó Terry.

—Claro. —Terry se levantó y Gabe la oyó hablar con alguien fuera de la pantalla. Segundos más tarde volvió a sentarse. Él continuó—. Tienes buen aspecto. —Era cierto. Joven y guapa, con una preciosa melena caoba y ojos dorados. Claro, siempre estaba joven y guapa con pelo caoba y ojos dorados. Pero la veía desde otra perspectiva. Su madre era un bombón. Todos sus amigos solían babear cuando andaba cerca, pero no se atrevían a decir nada inapropiado. Era la esposa de Chris—. ¿Estás bien?

Terry asintió y se pasó la mano por los ojos.

—¿Se porta bien contigo? —preguntó Gabe—. ¿Te trata bien?

Terry volvió a asentir.

—Me alegro, mamá. Te lo mereces. —Ahora Terry lloraba abiertamente. ¿Quién era la madre y quién el hijo?—. Por favor, no llores. Yo estoy bien. Tengo un profesor de piano estupendo y un agente. Voy a tocar en festivales veraniegos de música de cámara. Es muy emocionante.

—Eso es maravilloso. —Su madre aún hablaba con voz temblorosa.

—Sí, mola bastante. —Segundos más tarde, un bebé ocupó la pantalla. Tenía la cara redonda y el pelo negro. Estaba babeando. Decker tenía razón. Era imposible que la hiciera pasar por hija de Chris. Gabe sonrió sin poder evitarlo—. Hola, Juleen. Soy Gabe, tu hermano mayor.

Juleen se quedó mirando la pantalla y después soltó un llanto sobrecogedor.

Sí que se le daban bien las chicas.

—¿Te he asustado? Lo siento.

—Está molesta por los dientes. —Terry la movió hasta dejarla sobre su hombro. Le dio palmaditas en la espalda—. En general es muy buena.

—Es un encanto —dijo Gabe—. Disfrútala, mamá. Antes de que te des cuenta, estará dándote problemas igual que tu otro hijo.

—Tú nunca me diste problemas. —Apretó de pronto la cara—. Te echo mucho de menos, Gabriel.

—Yo también. —No.

—Pareces tan… mayor. —Volvía a llorar—. Lo siento, cariño. Lo siento mucho.

—No lo sientas —le dijo él—. Me hiciste un gran favor —dijo con demasiado entusiasmo.

—No hay un solo día que no piense en ti —le dijo Terry.

Él apenas pensaba en ella ya.

—No pasa nada, mamá. Soy feliz. —Sonrió—. ¿Ves? —Fingió un bostezo—. Tengo que levantarme temprano mañana…, o mejor dicho, hoy. —Era cierto. Iba a quedar con Yasmine por la mañana—. Necesito dormir.

Terry asintió e intentó disimular con una sonrisa la derrota. Seguía dándole palmaditas a Juleen en la espalda.

—Me ha alegrado mucho verte, Gabriel. Te quiero mucho.

—Lo mismo digo, mamá. Que pases buena noche… o buen día. —Se despidió y cortó la comunicación. Cerró el ordenador y se metió bajo las sábanas. En el silencio, sus pensamientos pasaron de su madre a Yasmine. Cada vez que no estaba tocando música, pensaba compulsivamente en ella. Normalmente eso bastaba para calmar su angustia. Pero, aquella noche, la tristeza de su madre le quitaba el sueño.

Las dos y cuarto…, las dos y media…, las tres menos cuarto.

Se rindió, se levantó, se puso una camiseta, unos vaqueros y unos mocasines, y se fue a su estudio. Estaba hecho un desastre: ansioso, solo, deprimido, furioso por su abandono, cegado de amor, además de obsesivo compulsivo en sus actos y en sus pensamientos, y siempre cachondo. Pero, por otra parte, era guapo y tenía talento. La gente aceptaba cualquier cosa en una superestrella.

El apartamento parecía más espacioso sin la policía y demás personas de uniforme. El salón había sido ordenado minuciosamente, y el olor a antiséptico llegaba hasta el pasillo. Udonis Gelb llevaba un vestido suelto y zapatillas de andar por casa. Se había tomado el tiempo de ducharse y maquillarse, un poco de colorete y de pintalabios. Tenía el pelo rizado y entrecano, los ojos castaños enrojecidos e hinchados por debajo de las pestañas inferiores. Sujetaba un pedazo de papel, una lista de cosas para hacer que le había dado su hijo, según les explicó.

—Es mi biblia. Me proporciona organización para no tener que pensar.

Marge y Oliver estaban sentados en el sofá tomando un café tibio. Era una fría y oscura mañana de jueves, y el cielo cubierto amenazaba lluvia durante toda la semana.

—¿Qué hay en la lista? —le preguntó Oliver. Cuando ella le entregó el papel, Scott observó la lista. Eran casi todo recados; hacer la compra, ir al banco, la colada, etcétera. Pero había uno que llamaba la atención.

Encontrar el portátil de Myra.

Le devolvió el papel a la mujer.

—La mantendrá ocupada durante un tiempo.

—Quizá. —Se hizo el silencio—. La parte más difícil de mi día es levantarme. —Observó su vestido ancho y sus zapatillas—. Debería haberme puesto algo más presentable.

—Está usted bien —le dijo Marge.

—Teniendo en cuenta las circunstancias, supongo que es verdad. —Udonis se mordisqueó las uñas—. Cuando vuelva a trabajar la semana que viene, tendré que vestirme como una persona normal.

—Me he fijado en el punto número quince —dijo Oliver—. Encontrar el portátil de Myra. ¿Lo ha encontrado?

—No lo he buscado. No he entrado en la habitación.

—¿Ha entrado alguien en la habitación? —preguntó Marge.

—Eric estuvo aquí cuando vinieron los del servicio de limpieza. Yo no estaba en casa. No sé si Eric entró en la habitación, pero se encargó de todo por mí.

—Mi teniente y yo estuvimos en la habitación de Myra el día del incidente —dijo Marge—. ¿Le importaría que el detective Oliver y yo echáramos otro vistazo?

Udonis asintió.

—Adelante. —Oliver le dio las gracias, después ella dijo—: Se llevaron un par de cajas con sus dibujos.

—Sí, así es —confirmó Marge—. Seguimos examinando los dibujos, pero podemos devolvérselos si los quiere ya.

—No, cuando hayan terminado. —Entrelazó las manos—. ¿Para qué los necesitan?

—Nos ayudan a conocer un poco a Myra, nos muestran quién le caía bien en la escuela y quién no.

—No le caía bien mucha gente. Era muy crítica. Casi todos los artistas lo son.

—Si se siente preparada, nos gustaría que nos hablara un poco de Myra.

La madre suspiró.

—Agradezco su interés por mi hija, pero ¿puedo preguntar por qué es un asunto policial? Es Gregory Hesse, ¿verdad?

—Sí —dijo Marge—. Es cierto que queremos asegurarnos de que no hay una relación entre ambos. ¿Había pensado en eso, señora Gelb? ¿Que los dos incidentes pudieran estar relacionados?

—Llámeme Udonis. Y sí que se me pasó por la cabeza. También se le pasó a Wendy Hesse. Me llamó. Hablamos durante una hora. En general, nos lamentamos por pertenecer a un club al que nadie quiere pertenecer.

Se le empañaron los ojos y tardó un minuto en recuperar la voz.

—Hasta donde hemos podido averiguar, los chicos no se conocían. Además, Myra, que Dios bendiga su alma, llevaba tiempo deprimida. —Se secó una lágrima del ojo—. Me sorprendió cuando ocurrió, pero, después de reflexionarlo, quizá debería haber estado más pendiente. Una vez que lo intentan, no creo que se pueda volver a estar seguro.

—¿Había habido más intentos? —preguntó Marge, pese a saber la respuesta gracias a Eric.

—Sí. Hace unos tres años se tomó pastillas. La llevé a terapia y pensaba que eso había quedado atrás. —Le brillaban los ojos por las lágrimas—. Debería haber estado más pendiente.

—¿Parecía especialmente deprimida antes de que ocurriera? —preguntó Oliver.

—Más deprimida no, pero tampoco menos. Era simplemente Myra; tranquila, estudiosa, pensativa.

—Hacía viñetas para el periódico —comentó Oliver tras revisar sus notas—. *Los chismes de B y W.* ¿Sabes si también escribía para el periódico?

—No me sorprendería. Myra era buena escritora.

—¿Alguna vez dio clase de periodismo? —le preguntó Marge.

—Sí, en noveno curso. Ahí fue cuando empezó a dibujar. Le gustaba su profesor, el señor Hinton.

—A Gregory Hesse también le gustaba el señor Hinton —comentó Marge.

—No creo que fueran a clase juntos —dijo Udonis—. Ella era un año mayor. ¿Gregory trabajaba en el periódico?

—No sé exactamente si era muy activo, pero sí que escribió al menos un artículo.

Udonis dio un trago al café y puso una cara.

—¡Esto es asqueroso! No puedo creer que les haya servido esta porquería. —Retiró las tazas y se fue a la cocina. Regresó poco después—. ¿Creen que esto tiene algo que ver con el periódico de la escuela?

—No lo sabemos —respondió Oliver.

—Los amigos de Gregory nos dijeron que estaba trabajando en algo —dijo Marge—. Por desgracia, no sabemos de qué se trataba. Wendy Hesse pensaba que tal vez su portátil podría darnos alguna pista, pero lo robaron el domingo por la noche.

—¿Lo robaron?

—Alguien entró en el apartamento y se lo llevó —explicó Marge.

—Fue lo único que se llevaron —aclaró Oliver.

—Por eso pensamos en el portátil de Myra —agregó Marge—. No sabes dónde está, ¿verdad?

Udonis asintió.

—Cuando estuvimos en la habitación, nos fijamos en el teléfono y en el iPod de Myra. ¿Sabes si esos objetos siguen en su habitación?

—No están ahí —respondió Udonis—. Están en el cajón de la cocina. Eric los guardó para que estuvieran a salvo.

—Eric es muy sabio —comentó Marge.

—Eso es cierto. —Sin decir nada, Udonis se levantó, sacó los objetos y se los entregó a Marge—. Si les sirven de ayuda, llévenselos. Pero, por favor, devuélvanlos.

—Gracias. —Marge los guardó en una bolsa de papel que llevaba en su inmenso bolso—. ¿Tengo permiso para revisar las llamadas y mensajes de tu hija?

—Sí. Creen que el robo del portátil de Gregory Hesse está relacionado con la desaparición del portátil de mi hija, ¿verdad?

—No lo sabemos —respondió Marge—. El teléfono podría sernos de ayuda.

—Udonis, ¿tienes idea de cómo se hizo Myra con una pistola robada?

—No, sargento, no lo sé. —La mujer suspiró—. Sabiendo cómo estaba Myra, jamás habríamos guardado una pistola en casa. ¿De dónde iba a sacar cualquier tipo de pistola, robada o no?

—¿El nombre de Dylan Lashay te resulta familiar? —preguntó Oliver.

—No... —Negó con la cabeza—. ¿Quién es?

—¿Y Jarrod Lovelace, Stance O'Brien, Kyle Kerkin, JJ Little o Nate Asaroff?

—No reconozco ninguno de esos nombres. ¿Quiénes son?

—Alumnos de B y W —respondió Oliver.

Marge cambió de tema antes de hacer demasiadas preguntas sobre la mafia de B y W.

—Preguntaremos por ahí. Quizá alguien de Narcóticos tenga algún indicio. Las pistolas suelen ir de la mano con las drogas.

Oliver se puso en pie.

—Ahora nos gustaría echar un vistazo a su habitación, si no te importa.

—No, no me importa. —La mujer se levantó también—. Yo voy a poner a preparar café para mí. Estará listo en unos minutos.

—Creo que nosotros estamos servidos por ahora. —Oliver le puso una mano en el hombro—. Pero, si no te importa, cuando hayamos acabado, me tomaré una taza.

Udonis asintió. Los ojos empezaron a llenársele de lágrimas y de pronto soltó un sollozo desolador. Agarró la mano de Oliver y la sujetó con tanta fuerza que las puntas de los dedos del detective se volvieron rojas. Era su manera de aferrarse a la cordura, si acaso esa palabra seguía teniendo sentido para ella.

CAPÍTULO 23

En el móvil de Myra aparecían las cincuenta llamadas más recientes: recibidas, enviadas o perdidas. También había salvado cuarenta mensajes. En su mayoría, los mensajes y las llamadas correspondían a seis personas: Udonis Gelb, Eric Gelb, Heddy Kramer, Ramon Stephen, Debra Locks y Madison Blakely. Todas esas personas estaban en su lista de contactos. Hubo seis números que Marge tuvo que marcar para averiguar la fuente: dos eran del servicio pregrabado Movie Phone, otros dos conectaban con el buzón de voz de Saul Hinton, uno era de los grandes almacenes Macy's y el último había sido dado de baja. Esa llamada había sido realizada hacía más de dos meses.

Los mensajes eran más interesantes porque Marge podía leerlos y proporcionaban una especie de cronología de los últimos dos días de Myra. Uno especialmente interesante era de Heddy Kramer, fechado dos días antes de que Myra se pegara un tiro.

Tienes q ser más discreta. La gente comenta.

Myra también había escrito a Saul Hinton para decirle que sus viñetas estaban listas para la última edición mensual de *Los chismes de B y W*: eso fue cuatro días antes del incidente. El resto de los mensajes eran de Myra y de sus amigas hablando de la escuela, de los exámenes, de citas para tomar café, de cosas que en general parecían temas de niños.

Marge descolgó el teléfono. La primera persona a la que llamó fue Udonis Gelb. Respondió al tercer tono.

217

—Hola, Udonis, soy la sargento Marge Dunn.

—Hola, sargento. ¿Qué sucede?

—Estoy revisando las llamadas de Myra. Me preguntaba si podrías ayudarme con un número. Actualmente está dado de baja, pero tal vez tú lo reconozcas. —Le leyó los dígitos.

—No conozco ese número —respondió Udonis.

—Está bien. Eso puedo averiguarlo. Y otra cosa, ¿sabes cuál es el código de Myra para acceder a su buzón de voz?

—Los últimos cuatro dígitos de mi número de móvil.

Marge creyó haber oído mal.

—¿Su teléfono móvil?

—No. Mi número de móvil. —Udonis le dio los dígitos.

—Gracias —respondió Marge—. ¿Te importa que escuche su buzón de voz?

—No pasa nada.

—Muchísimas gracias. Te lo haré saber si encuentro algo. Cuídate. —Tras colgar el teléfono, Marge buscó el número de Wendy Hesse en su pequeña libreta negra. Saltó directamente el buzón de voz—. Hola, Wendy. Soy la sargento Marge Dunn. Me preguntaba cuál era el número de móvil de Gregory. Si no te importa, devuélveme la llamada. Gracias.

Después llamó al buzón de voz de Myra Gelb e introdujo el código. Aguardó con el lápiz pegado al papel. Sin embargo, oyó a la misma mujer decir: «No tiene ningún mensaje nuevo ni mensajes guardados. Para más opciones, pulse 1».

Marge colgó el teléfono, lo dejó sobre su mesa y se cruzó de brazos.

¿Qué probabilidad había de que una chica de dieciséis años con montones de mensajes de texto no tuviera mensajes de voz en el buzón…, ni siquiera un mensaje guardado?

¿Habría borrado los mensajes como último gesto de despedida o los habría borrado otra persona? ¿Y sería posible que alguien averiguara el código de los dígitos de su madre? A no ser que la mujer hubiese dado el número bajo coacción.

Tienes q ser más discreta. La gente comenta.
La coacción siempre era una posibilidad que daba miedo.

El pelo de la chica la precedía. Largos tirabuzones pelirrojos caían sobre los hombros y la espalda de Heddy Kramer, envolviendo su cara diminuta como la capa de un torero. Tenía los rasgos pequeños, los ojos marrones y la barbilla puntiaguda. Su madre, Georgette, era un poco más alta y tenía el pelo corto y rojo. Marge las recibió en el vestíbulo y las acomodó en una de las salas de interrogatorios. Le sirvió a cada una un vaso de agua.

—Puedo traerles café o refresco si lo prefieren.

—El agua está bien —respondió Heddy con voz cantarina.

—Yo preferiría una taza de café —dijo Georgette.

—Enseguida vuelvo. —Marge se marchó y le hizo un gesto a Oliver—. Están en la sala 3. La madre quiere café. ¿Puedes traerme uno, Scotty?

—¿Te he dicho esta mañana que te quiero?

—¿Vas a entrar conmigo?

—Estoy hasta arriba. Deck quiere estar presente. Llama a su puerta. Ya me informarás luego.

Un minuto más tarde, Decker y Marge regresaron con el café.

—Estas son la señora Kramer... —dijo Marge.

—Georgette —aclaró la madre.

—Georgette y su hija, Heddy —concluyó Marge—. El teniente Decker ha pedido estar presente. Gracias por sacar el tiempo para venir hasta aquí.

Decker se sentó.

—Este debe de ser un momento difícil para ti, Heddy. —A la chica se le llenaron los ojos de lágrimas—. ¿Eras buena amiga de Myra?

—Sí.

—Se conocían desde cuarto curso —añadió Georgette.

—Mamá, puedo responder yo sola —dijo Heddy.

219

—Solo digo que… —insistió Georgette, pero decidió beberse el café.

—Desde cuarto curso es mucho tiempo. —Decker sacó su libreta—. Según he sabido, Myra sufría depresión.

Heddy asintió.

—Sobre todo desde que murió su padre. Estaba muy unida a él.

—¿Eso fue hace unos tres años?

—Más o menos.

—He oído que eres editora del periódico —comentó Marge.

—Editora junior. Tienes que estar en último curso para ser editor jefe.

—Ya le han ofrecido ese puesto para el año que viene —intervino Georgette.

—Mamá…

—Creo que lo que la sargento Dunn quiere decir es que estás muy implicada en el periódico de la escuela —dijo Decker.

La muchacha asintió.

—Desde primer año. Hice periodismo en noveno y me enganchó. El profesor, el señor Hinton, hacía que la clase fuese emocionante. Le gustaba mi manera de escribir. Me animó a probar en el periódico.

—¿Él es el asesor?

Heddy asintió.

—Pero es muy bonachón con la edición. Que es justo lo que necesitamos: ayuda, pero no alguien que sea un mandón.

—¿Quién introdujo a Myra en el periódico? —preguntó Marge.

—Esa fui yo —respondió la chica con orgullo—. Era una caricaturista estupenda. Ha dibujado desde que la conozco, me refiero a caricaturas graciosas de los profesores y de todo el mundo. —Su sonrisa era triste—. Sus dibujos te hacían reír.

—En el teléfono de Myra hemos visto que tenía el número del señor Hinton —dijo Marge—. Lo llamó y también le escribió.

—Yo también tengo su número —dijo Heddy—. Eso no es raro.

—No quería insinuar que lo fuera —respondió Marge—. Sus mensajes eran sobre sus dibujos. Lo que quería decir es que parece un tipo accesible.

—Oh, sí que lo es. Es fantástico. El señor Hinton ha sido elegido mejor profesor de Bell y Wakefield durante cinco años seguidos.

—Hemos estado revisando algunas de las cosas de Myra, sobre todo sus dibujos. Sí que hacía muchas caricaturas.

—Era lo que le gustaba hacer.

—Podía ser muy mordaz —comentó Marge.

—Myra podía ser muy sarcástica y divertida. Es lo que me encantaba de ella. —Se le humedecieron de nuevo los ojos—. Tenía un gran sentido del humor y no se andaba con miramientos.

—¿Cómo se lo tomaban los receptores de su humor? Sobre todo los dibujos de algunos de sus compañeros sentados en el retrete.

Heddy suspiró y negó con la cabeza.

—Esos dibujos solo se los enseñaba a las personas cercanas a ella. —Una lágrima resbaló por su mejilla—. La echo mucho de menos.

Georgette se emocionó también.

—Fue un golpe terrible y una pérdida horrorosa.

—¿Parecía especialmente triste antes de que sucediera? —preguntó Decker.

—Parecía… quizá un poco decaída después de que Gregory Hesse se suicidara. Lo saben, ¿verdad?

—Sí, claro.

Apartó la mirada de la cara de Decker durante un milisegundo.

—Espero que no sacara ideas de eso. Me dijo que entendía lo que era estar tan deprimido. —Se mordió el labio—. Yo le pregunté una y otra y otra vez si estaba bien. Ella no paraba de decirme que sí, le quitaba importancia. —Las lágrimas resbalaban por sus mejillas—. Yo debería haber insistido más.

—Ya hemos pasado por esto —dijo Georgette—. Tienes que dejar de culparte…

—¡Claro que me culpo! —Heddy sollozaba.

Marge la rodeó con el brazo.

—No podías haber evitado algo así.

—¡Eso no es cierto! —gritó la chica—. Debería habérselo dicho a su madre.

—Se lo dijiste al señor Hinton —comentó Georgette—. Dependía de él.

—¿Le dijiste al señor Hinton que Myra estaba deprimida? —preguntó Marge.

La muchacha asintió.

—Debería habérselo dicho a su madre. ¡Ella tenía derecho a saberlo!

—Heddy, tu madre tiene razón —intervino Decker—. Se lo hiciste saber a un adulto responsable.

—¡Pero no sirvió de nada! —Se secó las lágrimas.

—A veces nada sirve, cielo, esa es la triste realidad —dijo Marge, aunque tenía la cabeza hecha un lío. ¿Por qué Hinton no había mencionado nada cuando Oliver y ella hablaron con él? ¿Se habría equivocado en algún punto y se sentía culpable? ¿Explicaría eso su hostilidad hacia la policía?—. ¿Puedo hacerte algunas preguntas más?

—¡Por supuesto! Lo que sea.

—Revisé el buzón de voz de Myra. No tenía ningún mensaje, ni pendientes ni guardados, antes de morir.

—Qué raro. Yo la llamé algunas horas antes y le dejé un mensaje.

—¿Y no te devolvió la llamada?

—No —respondió Heddy—. ¿Qué significa eso?

—Tal vez borró todos sus mensajes antes de morir —sugirió Decker—. O alguien los borró por ella.

—¿Que alguien manipuló su teléfono?

—No lo sé —dijo Marge—. Es que nos parece raro porque los mensajes de texto seguían allí. Le enviaste un mensaje diciendo que tuviera más cuidado, que la gente comentaba. ¿De qué iba eso?

—¿Tener cuidado con qué? —preguntó Georgette.

—No es nada, mamá.

—¿Puedes hablarnos de ello? —le pidió Decker.

Heddy volvió a evitar su mirada.

—Ya he dicho que Myra podía ser sarcástica.

—Desde luego no parecía caerle bien Dylan Lashay —dijo Decker.

—¿Por qué dice…? Ah, claro, su dibujo en el retrete. No, no le caía bien Dylan, pero no importa, porque a Dylan le cae tan bien Dylan que no le hace falta nada más.

—¿A ti tampoco te cae bien?

—No está mal. —Heddy se humedeció los labios—. No es lo que piensan. Myra estuvo colgada por él durante años. Ella y un millón de chicas más. Por supuesto, no era correspondida.

—¿Dylan es un chico popular?

—Es un tipo importante. Y la trataba fatal. Puede ser muy cruel.

—¿Cómo? —quiso saber Decker.

—Empezó a llamarla «vaca». Y mugía cada vez que ella pasaba por delante. Entonces todos sus amigos empezaron a hacerlo también. Yo le gritaba cuando lo hacía.

—¿Y él qué hacía?

—Insultarme.

—¿Diciendo qué?

Heddy miró a su madre.

—No nací ayer, Heddy —dijo Georgette—. Díselo al teniente.

—Vale, mamá. Tú lo has querido. Me llamó puta y cerda y me dijo que lo único que se me daba bien era chuparla de pie.

Georgette se quedó con la boca abierta.

—¡Dios mío! ¡Qué asco!

—Y yo le dije que no era su día de suerte porque no me gustan los pepinillos.

—¡Heddy!

—No fue nada, mamá. El caso es que dejó en paz a Myra durante un tiempo. —Hizo una pausa—. Ella debió de enfadarse por fin con él. Empezó a hacer esos dibujos y a enseñarlos por ahí. Fue entonces cuando le dije que tuviera cuidado. Que iba a meterse en un lío. Dylan no solo es popular entre los jóvenes, a los adultos también les cae bien. Puede ser encantador y es muy listo. Pero, bajo la superficie, es espeluznante.

—¿En qué sentido? —preguntó Decker.

—Digámoslo así. Yo no querría estar en una habitación a solas con él.

—Entendido. —Marge lo pensó un momento y dijo—: ¿Es posible que Myra se enfadara tanto con Dylan que lo diera por imposible y se interesara por otra persona?

Heddy negó con la cabeza.

—Si hubiera encontrado a otra persona me lo habría dicho. Éramos muy buenas amigas. Lo compartíamos todo.

—¿Y si encontró a alguien que pensaba que tú no aceptarías? —sugirió Marge—. Quizá alguien más joven que ella. Muchas chicas se avergonzarían de algo así.

—¿Tiene a alguien en mente? —preguntó Heddy—. ¿Está pensando en Gregory Hesse?

—¿Acaso conocía a Gregory Hesse? —preguntó Decker.

Heddy lo pensó durante largo rato.

—Una vez a la semana después de clase celebrábamos una reunión del periódico. Gregory asistió en un par de ocasiones. También Myra. Pero no se hablaron ni nada. Al menos, eso creo.

—Si estaban juntos en secreto —dijo Marge—, eso explicaría por qué se entristeció tanto tras la muerte de Gregory.

—La muerte de Gregory nos afectó a todos —respondió Heddy—. Pero... —Hizo una pausa—. ¿Saben? Fue entonces cuando empezó a hacer esos dibujos asquerosos de Dylan y Stance y JJ y Cam y Darla..., me refiero a asquerosos de verdad. Justo después de la muerte de Gregory.

—¿Es posible que culpara a Dylan de la muerte de Gregory? —preguntó Decker.

—No sé —respondió Heddy—. No me habló de ello. Simplemente empezó a dibujar cosas muy gráficas.

—¿Como qué? —preguntó Decker.

—Tápate los oídos, mamá —empezó a susurrar—. Por ejemplo, Dylan recibiendo por el culo o Cameron haciéndolo con un burro.

—¡Dios! —exclamó Georgette.

—¿Cameron Cole? —preguntó Marge—. La presidenta de las chicas del consejo escolar.

—Sí. Dylan y ella salen juntos y rompen todo el tiempo. Ahora mismo parece que están juntos. Ella es guapa y popular, pero muy mala. No le basta con ser mala contigo, tiene que lograr que las demás también lo sean. Torturaba a Myra porque tenía a Dylan y sabía que Myra estaba colada por él.

—¿Cómo torturaba a Myra? —preguntó Decker.

—Cada vez que Dylan y ella veían a Myra, empezaban a besarse con lengua. Era asqueroso. Es una auténtica zorra.

—¡Heddy!

—Es lo que es, mamá. —Una pausa—. Personalmente yo nunca había tenido problemas con ella. —Heddy se encogió de hombros—. Pero, claro, nunca he tenido nada que ella deseara.

CAPÍTULO 24

Después de que Heddy y Georgette Kramer abandonaran la comisaría, Marge le resumió la entrevista a Oliver.

—Es posible que Gregory y Myra se conocieran —le dijo—, pero no hemos encontrado ninguna conexión real entre ellos.

—Pero me has dicho que Myra se quedó muy deprimida tras la muerte de Gregory —respondió Oliver.

—Sí, eso es cierto, pero ¿quién no estaría triste?

—Creo que podría ser un caso de identificación excesiva.

—¿La imitación de un suicidio? —preguntó Marge—. Sí, podría ser.

—¿De dónde sacó Myra la pistola robada? —preguntó Oliver.

—Quizá del mismo lugar que Gregory. —Ambos detectives guardaron silencio. Después, Marge dijo—: Tenemos que volver a hablar con Saul Hinton. Heddy le habló de la depresión de Myra. A nosotros no nos dijo nada de eso cuando hablamos con él.

—Sí, no nos dijo gran cosa, punto. No creo que le caiga muy bien la policía.

—Desde luego, pero me pregunto si hizo algo con el aviso de Heddy. Y, si no lo hizo, tal vez se sienta culpable. Y, si se siente lo suficientemente culpable, eso podría hacerle hablar. Quiero preguntarle de dónde podrían haber sacado los estudiantes pistolas robadas. ¿Te importa volver conmigo a B y W?

—¿Quieres presentarte sin más?

—No —respondió Marge—, así no iremos a ninguna parte. Llamaré a Hinton e intentaré concertar una cita para la semana que viene.

—Suena bien —dijo Oliver—. No esperes demasiado.

—Nunca lo hago, por eso apenas me decepciono —respondió ella.

Yasmine nunca le llamaba. Su principal forma de comunicación siempre habían sido los mensajes de texto. Así que Gabe estaba nervioso cuando descolgó el teléfono. Le preguntó si estaba bien y ella rompió a llorar. A él le empezó a entrar el pánico.

—¿Estás en apuros?

—No —respondió ella entre sollozos.

—Dime qué pasa.

—No lo sé.

—¿Puedes darme alguna pista? —preguntó él, confuso.

—Estoy resfriada, tengo la regla y parezco un adefesio. —A Yasmine se le quebró la voz—. ¡Y fuera hace un tiempo horrible! —Más lágrimas.

La lluvia golpeaba su ventana; en eso ella tenía razón. La oyó sonarse la nariz.

—Lo siento.

—Y encima estoy sola.

A Gabe le dio un vuelco el corazón.

—¿Durante cuánto tiempo?

—Toda la noche. Mi familia está en la boda de mi prima en Santa Bárbara.

Era domingo, las cuatro de la tarde. Él no tenía nada que hacer, salvo practicar, y ya había hecho eso durante cuatro horas.

—Voy para allá.

—¡Ni se te ocurra! Tengo la nariz roja y un aspecto horrible.

—Ahora nos vemos. —Colgó el teléfono mientras ella seguía protestando, agarró un abrigo y un paraguas y entró en el salón. El fuego estaba encendido y Rina y el teniente estaban leyendo y bebiendo vino tinto. Era la clásica estampa doméstica e idílica.

Rina levantó la mirada. Gabe llevaba una cazadora Bomber y un paraguas. Sabía que normalmente daba largos paseos, pero aquello era ridículo.

—No estarás pensando en salir ahora.

—Me han llamado unos amigos —le dijo Gabe—. He quedado con ellos en el centro comercial.

—Yo te llevo —dijo Decker.

—No, puedo ir andando. —Fuera, una ráfaga de viento lanzó un cubo de lluvia contra el ventanal—. No es para tanto —agregó con una sonrisa.

—Gabriel, eso es absurdo —le dijo Rina.

—¿A qué centro comercial vas? —le preguntó Decker.

Gabe intentó pensar en la zona más cercana a la casa de Yasmine. Sabía que Peter se daba cuenta de que estaba pensando.

—Parthenia.

—Eso está al menos a un kilómetro y medio —dijo el teniente.

—¿Con quién vas a quedar? —Rina se preguntaba a quién conocía el chico. Últimamente había dejado de seguirle la pista a sus idas y venidas.

—Unos chicos del departamento de música de la universidad. Uno de ellos vive por aquí…, o sea, sus padres. —Parecía un idiota—. Vive en el campus, pero está de visita en casa de sus padres el fin de semana. Así que hemos decidido quedar.

Dios, qué mal se le daba mentir.

—¿No puede recogerte él? —preguntó Rina.

—Ya está en el centro comercial —le dijo Gabe.

El teniente parecía escéptico, pero se levantó y dijo:

—Vamos, yo te llevo.

Sacó las llaves y fueron directos al Volvo de Rina. Una vez dentro, Decker puso en marcha la calefacción. Además de llover, hacía frío.

Avanzaron unos minutos en silencio. Gabe miraba al frente, observando los limpiaparabrisas moverse a la vez.

—¿Quién es la chica? —preguntó Decker. Al ver que no respondía, añadió—: Salir en mitad de la lluvia. Y además llevas lentillas.

Gabe notó que se ruborizaba.

—Alguien que conozco de las clases de piano en la universidad.

—¿Va a la universidad?

—Está en primero. Tiene diecisiete años.

—¿Conduce? —preguntó Decker.

—Sí. Puede llevarme ella a casa.

—¿Por qué no podía recogerte? —Gabe no respondió—. Supongo que no es asunto mío.

—Gracias por llevarme.

—De nada.

—Solo vamos a salir, Peter. Probablemente cenemos algo.

—Me alegra que salgas. —Decker se detuvo en un semáforo—. ¿Sabes, Gabe? La verdad es que no sé mucho de ti. Y supongo que tampoco me he esforzado mucho. Lo siento. Espero que no te hayas sentido ignorado, pero, de ser así, me declaro culpable.

—Eres fantástico. —Lo decía en serio—. Ambos os habéis portado de maravilla; estáis ahí y al mismo tiempo no estáis, no sé si me explico. Mi amiga y yo solo salimos. No es para tanto.

—Es la segunda vez que lo dices, lo que me hace pensar que sí es para tanto.

—Me gusta, supongo.

—Espero.

Gabe sonrió, pero fue una sonrisa triste.

—Me resulta difícil acercarme a alguien. Sé que pronto me marcharé.

—Gabe, yo no soy tu padre, pero hemos vivido algunas cosas juntos. Sabes que, si tienes algo en la cabeza, puedes contármelo.

—Te lo agradezco, pero estoy bien. De verdad. No bebo, no me drogo y, si fuera necesario, sé cómo usar los preservativos.

—Miró al teniente—. Por favor, no se lo digas a Rina. Es una cosa de chicos, ¿no?

Decker asintió.

—Intentaré respetar tu intimidad. Y no se lo contaré a Rina. Pero insisto en que, si alguna vez tienes un problema, habla conmigo. No intentes solucionarlo solo. Solo tienes quince años.

—Lo sé. Chris dice lo mismo.

A Decker eso le sorprendió.

—¿Estás en contacto con tu padre de manera regular?

—La semana pasada tuve que llamarle. Para que mi agente me represente, tengo que firmar un contrato. Chris tiene abogados y no quería molestarte a ti. Además, creo que él tiene que firmar por mí.

—Sigue siendo tu padre, así que es verdad. ¿Cómo fue la conversación?

—Bien. Chris fue un padre terrible, pero creo que le caigo mejor ahora que mi madre no está. Además, no vivo con él, así que supongo que no le pongo de los nervios. —Se volvió hacia Decker—. ¿Alguna vez hablas con él?

—Me llama de vez en cuando para saber cómo estás.

—¿Y qué le dices?

—Que te has adaptado bien, que yo sepa. Son conversaciones de dos minutos.

—Me lo imagino.

—Se preocupa por ti en la medida de lo posible.

—Puede ser.

—Y también tu madre.

Gabe lo miró.

—¿Se ha puesto en contacto contigo?

—De vez en cuando me manda un mensaje al ordenador para decirme que cuide de ti. Supongo que también se ha puesto en contacto contigo.

—Hace tres días hablamos por Skype. Vi su cara por primera vez en casi un año.

—¿Qué aspecto tenía?

—Mi madre siempre está fantástica.

—¿Qué tal te sentó?

—Fue raro. Eran como las dos de la mañana. La buena noticia es que pude ver a mi hermana. Es muy mona. Mola tener una hermana.

—¿Le has dicho a Chris que estás en contacto con tu madre?

—No. Ni siquiera creo que le importe. —Decker arqueó una ceja y Gabe se dio cuenta—. Sí, probablemente le importaría. Pero no veo la necesidad de ofrecerle esa información. Si me lo preguntara, no le mentiría. O sea, lo haría si pudiera, pero miento fatal.

—Sí, eso es cierto. Ni siquiera estoy seguro de que exista la chica del piano, pero estoy dispuesto a fiarme de tu palabra.

Gabe se quedó callado, pero, por mucho que lo intentó, no pudo evitar sonreír. Decker decidió no hacer ningún comentario.

—¿Tienes mi móvil en el teléfono? —le preguntó cuando llegaron al centro comercial.

—Tengo el de Rina, pero no el tuyo.

Decker se sintió culpable. Había dejado solo al chico.

—Te lo voy a dar. También quiero el tuyo. Lo tengo escrito en alguna parte, pero debería tenerlo en mi agenda.

—Vale. —Intercambiaron los números—. Gracias, Peter. Lo digo en serio. Me siento bien hablando contigo. Es solo que no tengo mucho de lo que hablar. Mis días son bastante rutinarios y casi todo gira en torno a mis prácticas de piano.

—No sé cómo lo haces —le dijo Decker—. Tu disciplina es increíble.

—Me encanta lo que hago. No siempre, pero sí la mayor parte del tiempo. La entrada principal está al otro lado.

Decker recorrió el aparcamiento, las gotas de lluvia rebotaban en el asfalto como grasa caliente. Se detuvo todo lo cerca que pudo de las puertas y Gabe salió del coche.

Desde dentro del centro comercial, Gabe miró a través de las puertas de cristal y vio alejarse al teniente con el coche. Esperó el tiempo necesario, luego abrió el paraguas y salió a la lluvia.

CAPÍTULO 25

Cuando llamó a la puerta, ella le dijo que se fuera.

—Yasmine, abre la puerta.

—Vete —repitió ella.

Gabe sacudió el paraguas bajo el porche de la casa y lo cerró.

—¡Yasmine, estoy empapado! ¡Por el amor de Dios, abre la maldita puerta!

Ella miró por la mirilla. Estaba goteando agua por todas partes. Le abrió la puerta.

—Entra y quítate la ropa. La echaré a la secadora.

Gabe cruzó el umbral y comenzó a desnudarse.

—Esto ya me está gustando.

Yasmine se alejó con unas zapatillas de conejitos. Tenía los ojos hinchados y la nariz roja. Llevaba un pijama ancho rojo y blanco. Parecía un bastoncito de caramelo. La casa era grande y tardó un minuto en encontrar el cuarto de la lavadora. Ella agarró la ropa, la metió en la secadora y apretó un botón. El tambor empezó a dar vueltas. Yasmine colgó su cazadora empapada encima del fregadero de la habitación y después se apoyó contra la lavadora de espaldas a él. Gabe se acercó por detrás y le dio un beso en la nuca. Estaba desnudo salvo por los calzoncillos.

—Te vas a poner malo —le dijo ella.

Gabe siguió besándole el cuello. Ella olía a hormonas. Algo primario recorrió su cuerpo y en cuestión de segundos estaba excitado.

—No me importa.

Yasmine se apartó y salió de la habitación sin darle ninguna explicación. Él la siguió hasta su dormitorio. Ella se metió bajo las sábanas y se cruzó de brazos. Estaba enfadada porque él estuviese excitado cuando ella se sentía tan mal. Pero entonces se dio cuenta de que estaba temblando. Suspiró, apartó la manta y él se metió en la cama. Se quedaron sentados sin decir nada. «Viene La Sera» sonaba por los altavoces… Los dos estuvieron escuchando el arrebatador dueto de amor de *Madame Butterfly*. Gabe la rodeó con el brazo.

—No deberías estar tan cerca de mí —le dijo ella.

Él apartó el brazo.

—¿Quieres que me marche?

Yasmine lo miró con los ojos húmedos.

—No. —Hizo una pausa—. Siento estar de tan mal humor.

—No pasa nada. Te quiero incluso así. —Yasmine tenía lágrimas en las pestañas inferiores. Él volvió a abrazarla. Esta vez no se resistió.

—Es un catarro horrible, Gabe. No quiero contagiártelo.

—Por ti me acatarraría mil veces.

—¿No un millón?

Gabe se rio.

—Un trillón de millones, ¿vale?

Ella le pasó los dedos por el pelo húmedo.

—¿Qué ha sido de tus gafas?

—Llevo lentillas. La lluvia va muy mal para los cristales.

—Me gusta. —Sonrió astutamente—. Así puedo ver esos ojos tan bonitos que tienes.

—Gracias. Y con mis bonitos ojos veo tu bonita cara. —Empezó a besarle la nuca otra vez. Al ver que ella no se resistía, se deslizó hacia la parte delantera, hacia el hueco de la base del cuello, y fue bajando por su pecho. Comenzó a desabrocharle despacio la camisa del pijama. Cuando la abrió, deslizó la mano por encima de sus protuberancias, que parecían ir creciendo semana a semana. Susurró—: Siento que no te encuentres bien, pero aun así estás *sexy*.

—Me siento horrible. —Gabe apartó la mano. Ella volvió a colocársela encima—. No pasa nada.

Volvió a ponérsele dura. La reclinó con cuidado hasta que quedó tumbada y entonces comenzó a besarle los pechos. Sabía que se resfriaba con facilidad. Sabía que se lo contagiaría. Le daba igual.

—Dios, eres fantástica.

Tumbarse boca arriba le hizo sentir la mucosidad en la garganta. Intentó contener la tos, pero acabó tosiendo y tuvo que incorporarse.

Ambos se rieron.

—Bueno, eso sí que ha sido *sexy* —comentó ella.

—No me importa. —Pero la erección se le había bajado—. Podemos hablar sin más.

—Me siento fatal. Ni siquiera sé cómo puedes soportar estar a mi lado.

—Te quiero. —Comenzó a besarle el hombro—. ¿Esto te molesta?

—No.

—¿Te gusta?

—Sí.

—A mí también. —Le besó el hombro y el cuello, aspiró su aroma almizcleño, saboreó su sudor salado y volvió a excitarse. Tenía el estómago plano y una línea oscura que descendía por el centro de su vientre. La recorrió con las yemas de los dedos hasta llegar a la cinturilla del pantalón del pijama. Dejó ahí la mano durante unos segundos, después metió los dedos por debajo y palpó el vello.

Ella le apartó la mano y se la colocó de nuevo en el pecho. Gabe volvió a besarla en el hombro.

—¿Gabe? —susurró ella.

—¿Qué?

—¿Lo has hecho alguna vez? —Él no respondió y ella insistió—. Vamos. Quiero saberlo. ¿Lo has hecho alguna vez?

La ignoró.

—No. Nunca he besado un hombro tan bonito como el tuyo.

Yasmine se apartó y observó su cara.

—¡Lo has hecho! ¡Sé que lo has hecho! —Se incorporó con los ojos muy abiertos—. ¿Cómo es?

—No fue tan bueno como estar contigo ahora. —Ella seguía mirándolo—. ¿Por qué tenemos que hablar de ello?

—Porque siento curiosidad.

—¿Por qué? Hará que te sientas mal.

—Por favor.

Gabe volvió a perder la erección. Pensar en el pasado era la mejor manera de deprimirle.

—¿De verdad quieres saberlo? —preguntó molesto.

—Sí, de verdad quiero saberlo.

Él apenas controlaba la rabia.

—Muy bien. Allá va. La respuesta es sí, lo he hecho tres veces…, o mejor dicho con tres chicas. La primera vez fue como una iniciación al instituto. Una chica de un curso superior te lleva a su coche y se lo monta contigo. Pim pam pum, gracias, hasta luego. Yo había adelantado un curso en el colegio, así que tenía trece años. Fue raro. La segunda vez fue en una fiesta. Me movía con gente muy precoz y, aunque yo era más pequeño, mis amigos me aceptaban porque era alto, era el hijo de Chris Donatti y tocaba el piano y la guitarra, así que era entretenido y un imán para las tías. Siempre había muchas fiestas con mucho alcohol, drogas y sexo. Todos bebían o se colocaban. Había mucho tonteo. Algunos follaban, pero en general las chicas hacían mamadas.

—¿Mamadas?

—Sexo oral —le dijo abiertamente—. Eso es lo que hacen las chicas cuando quieren hacer algo, pero quieren seguir siendo vírgenes. Hacían mamadas. Y a mí me hicieron muchas, ¿vale?

Se quedó callado.

—¿Y las otras dos veces? —preguntó Yasmine.

Él la miró cabreado, pero ella no pareció achantarse.

—La segunda vez fue en una fiesta con la hermana mayor de un amigo. Ella tenía dieciséis años y estaba pedo. Fue un milagro que no me vomitara encima después. La tercera vez fue aún más rara. Fue la cuñada de mi amigo. Su marido —el hermano de mi amigo— estaba en Irak o Afganistán. Se supone que yo había quedado con mi amigo en casa de su hermano, aunque no recuerdo por qué, pero se quedó colgado y no pudo llegar. Era verano y hacía mucho calor. Su cuñada me ofreció una cerveza antes de marcharme. Así que allí estaba yo, sentado en el sofá, bebiendo una cerveza, y de pronto empieza a masajearme la pierna, a inclinarse hacia delante y a mostrarme el escote. Acabamos haciéndolo en el sofá con la ropa puesta.

La rabia había desaparecido. De pronto se sentía más desanimado que otra cosa.

—También fue raro porque no era una chica. Era una mujer y le gustó.

Se quedó mirando a Yasmine a la cara, con su nariz roja y su mirada inquisitiva.

—Sabrás que a la mayoría de las chicas no les gusta la primera vez. Solo lo hacen para complacer a sus novios.

Yasmine se quedó muy callada.

—Me lo has preguntado y ahora ya lo sabes. ¿Contenta?

—¿Lo hiciste con una mujer casada?

Gabe se encogió de hombros.

—Me sentí mal, pero no demasiado. Era una comunidad extraña. Las madres de mis amigas siempre intentaban flirtear conmigo. Con ellas era como un juego.

—¿Lo hacías con las madres de tus amigos?

—¡Cuenta con los dedos, Yasmine! La primera vez fue en un coche, la segunda en una fiesta y la tercera con la cuñada de mi amigo. ¡Uno, dos y tres! ¡Tres! ¡Tres!

—Estás enfadado conmigo.

—No, no lo estoy. —Pero sus ojos echaban humo.

—Siento haberte hecho hablar de ello. No era asunto mío.

—No estoy enfadado. —Estaba cabreado—. Es que no fue...
—Estaba de mal humor—. Después de hacerlo la tercera vez, la cuñada me preguntó qué edad tenía. Debería haberle dicho que quince, porque esa era la edad de mi amigo. Pero me pilló con la guardia baja y le dije que tenía catorce. Y me dijo: «¿Catorce? Entonces tú no cuentas». Y sé que lo dijo para sentirse menos culpable. Pero aun así me hizo sentir muy pequeño. Y en ese momento me dije: «Gabe, tú no eres tu padre. Tienes que elevar el listón».

Miró a Yasmine.

—Y entonces, pocas semanas más tarde, mi padre le dio una paliza a mi madre y acabamos en California. Y, seis semanas más tarde, mi madre me abandonó y se fue a la India a tener un bebé. Se quedó embarazada por accidente, que en ella parece una constante. Esta vez fue de un médico indio rico y viejo, así que se mudaron a Uttar Pradesh. Entonces mi padre se trasladó de manera permanente a Nevada. Y yo acabé viviendo con unos completos desconocidos. Así que esa es la sórdida historia de mi vida. ¿Contenta?

Ella le tocó el hombro. Tenía los músculos en tensión.

—Lo siento. —Le dio un beso en el hombro y Gabe notó una lágrima sobre su piel—. Por favor, no te enfades conmigo —le dijo con voz lastimera.

—No estoy enfadado. —Seguía cabreado, pero intentó ignorarlo—. Fue solo sexo, Yasmine. No hubo emociones. —Se volvió hacia ella—. No es como si lo hiciéramos nosotros. Y no estoy diciendo que deberíamos hacerlo. Pero digo que, si lo hiciéramos, sería diferente.

—Diferente, pero no especial porque tú ya lo has hecho antes.

—¡Claro que sería especial! —Intentó ocultar su irritación—. Sería la cosa más especial que me ha ocurrido nunca.

—Pero lo has hecho antes.

—Pero no con alguien a quien quiero. ¿Sabes lo que fue el sexo, Yasmine? Fue como comer algo malo cuando tienes hambre. El deseo está ahí y sabes que vas a hacerlo. Pero te sientes fatal después.

—Es que… —No terminó la frase.

—¡Qué! —exclamó él.

—Es que, si lo hiciéramos, querría que fuese algo que nunca has hecho.

De pronto una idea surgió en su cabeza, pero la expulsó de inmediato.

—¿Qué? —preguntó ella.

—¿Qué? —preguntó él.

—¿En qué estabas pensando?

—En nada.

—Eso no es cierto.

Gabe no respondió.

—Gabriel, cualquiera que sea tu segundo nombre, Whitman, estás mintiendo. ¿En qué estabas pensando?

—Mi segundo nombres es Matthew.

—El mío es Tamar.

—¿Tamar?

—Significa dátil en hebreo.

Gabe empezó a besarle el hombro de nuevo.

—Ya lo veo. Eres marrón, dulce y quiero comerte entera.

—Gabriel, ¿en qué estabas pensando?

—No tiene importancia.

—Para mí sí.

Gabe estaba cada vez más exasperado. Había sido mala idea ir a su casa.

—Yasmine, hay cosas que le dices a alguien a quien quieres porque le quieres. Y hay cosas que no le dices a alguien a quien quieres porque le quieres.

Ella aguardó tamborileando con los dedos.

—Por ejemplo…, y es una hipótesis, si yo viera a una chica guapa, no me volvería hacia ti y te diría: «Me gustaría tirármela». Eso heriría tus sentimientos. Así que me lo guardaría.

—¿Era eso lo que estabas pensando hace un minuto? ¿Quieres tirarte a otra?

—He dicho que era una hipótesis, ¿vale? ¿Sabes lo que significa eso?

—¡Sí, sé lo que significa eso! —Le acarició la mejilla—. Por favor, dímelo. ¿En qué estabas pensando?

—Tú misma te lo estás buscando. —Al ver que ella no decía nada, Gabe negó con la cabeza—. Ya sabes lo que dicen: algunas chicas son unas perras, pero todos los chicos son unos perros. Bueno, pues es cierto.

—Mi padre no es un perro.

—He visto a tu madre. Es un perro.

Yasmine le golpeó.

—Todos somos perros, pero no es que no se nos pueda amaestrar. —Hizo una pausa—. Hay un pequeño porcentaje como mi padre que no tiene arreglo. Si mi padre fuese un perro, sería un pitbull rabioso y habría que sacrificarlo. Y luego hay otro pequeño porcentaje como los perros antidrogas de los aeropuertos. Les pones un filete en la cara y, pase lo que pase, resistirán. Y luego están todos los demás. Si el amo está vigilándonos, ignoramos el filete. Pero, si nos dejan solos, empezaremos a olfatear la zona, luego el filete, y finalmente, cuando nadie nos vea, daremos un bocado.

—Pero ¿por qué hacer eso si de verdad amas a la chica? —Sonaba herida.

Gabe le acarició la cara.

—Yo nunca te haría daño. Pero ¿hasta qué punto vamos en serio si nos vemos a escondidas? Ni siquiera puedes contárselo a tus padres.

—¿Quieres que se lo diga a mis padres?

—No. Porque te prohibirían verme. De este modo al menos podemos fingir que todo está bien. Además somos jóvenes. Quiero decir que tal vez esto dure para siempre, pero ambos sabemos que tenemos muchas cosas en nuestra contra. Y por eso, aunque sería algo muy especial para mí, no creo que sea lo más sensato.

Una lágrima resbaló por la mejilla de Yasmine.

—Lo haces con otras chicas que no te gustan, pero ¿no quieres hacerlo conmigo?

—Claro que quiero hacerlo contigo. Me muero por hacerlo contigo. Estoy intentando ser… considerado con tu situación. ¿No entiendes lo que digo?

—Sí. No soy estúpida.

—No digo que seas estúpida. —Dejó escapar el aire con un soplido—. Tal vez debería irme.

A ella se le humedecieron los ojos.

—Lo único que digo es que yo lo haría por ti, porque te quiero.

—Lo sé. Y yo te quiero por ello.

—Aunque no fuera tu primera vez.

—¿Qué es lo que deseas, Yasmine? Si hubiera podido ver el futuro, habría preservado mi virginidad sin dudarlo. Tres chicas tampoco me convierten en un semental.

Yasmine se volvió hacia él.

—Creo que eres el mayor semental del mundo.

Gabe se rio.

—¡Y tú eres una cabra loca!

—¿Qué estabas pensando antes que no querías contarme? Por favor, quiero saberlo.

Gabe suspiró.

—Esto es un error. —Ella esperó—. Cuando has dicho que no sería mi primera vez, lo primero que he pensado ha sido que no sería mi primera vez, pero sí la tuya, y eso me resultaría excitante. —Le dirigió una sonrisa tensa—. ¿Contenta?

Ella apoyó la cabeza en su hombro.

—¿Y eso sería especial para ti?

—Yasmine, sería especial aunque no fueras virgen, ¿vale? Te quiero.

—Pero eso sería especial…, que fuese mi primera vez.

—Debo admitir que la idea era excitante, la de ser el primer chico con el que te acuestas. Y siempre me recordarías por eso.

—¿Así que de verdad quieres hacerlo conmigo?

—¡Dios mío! —Gabe se golpeó la cabeza con la mano—. Sí, quiero hacerlo contigo. Pero es un gran paso, Yasmine. Una vez que lo hagas, no puedes volver atrás.

Ella se quedó callada.

—No vamos a hacerlo esta noche —continuó él—. Estás enferma, tienes la regla y de todos modos no he venido preparado. —Le dio un beso en la mejilla—. No llevo protección. Así que olvidémonos de ello, ¿de acuerdo?

—De acuerdo.

Gabe soltó una pequeña carcajada.

—Creo que… acabo de pegarme un tiro en el pie.

—Quizá —respondió ella con una sonrisa.

—¿Ves lo mucho que te quiero? Vengo aquí sin esperar nada salvo tu compañía y acabo rechazando el sexo. ¿Puedes desear un novio mejor?

—Me encanta cómo suena eso…, que seas mi novio.

—Espero ser tu novio. Nunca he tenido novia. ¿Quieres ser mi novia?

—Sí, seré tu novia. —Se sonó la nariz—. Te quiero, Gabriel. Te quiero y haría cualquier cosa por ti.

—Yo también te quiero. —Lo decía en serio y apenas lo entendía. Racionalmente sabía que había gente que se preocupaba por él, pero saber eso no aliviaba su sensación de soledad. Hasta que Yasmine entró en su vida, había estado dejándose llevar por una espiral de pensamientos oscuros, bordeando un abismo negro de vacío. La miró a los ojos—. Haría cualquier cosa por ti, Yasmine. Incluso moriría por ti.

Ella escudriñó su cara en busca de pistas que le ayudaran a entender su estado anímico. A veces era difícil saber lo que sentía. Sabía que no le gustaba hablar de su pasado y le parecía mal insistir.

—Gabe, ¿qué te ha llevado a pensar eso?

Gabe le tomó la mano.

—Es que… significas mucho para mí. Quiero que sepas que no es solo sexo. —Le dirigió una sonrisa—. Aunque no diría que no si tuvieras un abrumador deseo de…

Ella le golpeó el hombro y después le dio un beso en la mejilla.

—¿Sabes? Prefiero morir yo a que te mueras tú. Pero no hablemos de eso. Es un poco morboso.

—Bueno... —Le sonrió—. ¿Y de qué deberíamos hablar, novia?

—No sé... —Yasmine se encogió de hombros—. La música siempre es un tema seguro.

—De acuerdo. ¿Qué estás cantando últimamente además de «Der Hölle Rache»?

Ella empezó a hablar de sus clases. Incluso resfriada, su voz sonaba rítmica y musical. Fue elevando el tono a medida que hablaba del tema y su entusiasmo resultaba contagioso y encantador. Pasados unos minutos de soliloquio, se sonó la nariz y lo miró.

—Dios, cómo te quiero. No puedo hablar de mis clases de canto con nadie salvo contigo.

Gabe le dio un beso en la coronilla.

—Encajamos muy bien.

Yasmine le alisó el pelo, todavía húmedo de la lluvia.

—Bueno..., ya que estás en ropa interior, ¿quieres que haga algo?

Él le dirigió una sonrisa boba.

—¿Te sientes preparada?

—Eso creo. —Se sentó en su regazo y lo besó en los labios—. Aunque, si sigues besándome, te pegaré el resfriado.

Él le rodeó la cintura con los brazos y le mordió el labio inferior con suavidad.

—Mmm..., creo... —Restregó los labios contra los suyos—... que la emoción de besarte... —Sus lenguas se rozaron—... merece correr el riesgo de pillar unos simples microbios.

CAPÍTULO 26

Los Ángeles tenía un clima subtropical, con temperaturas suaves, inviernos húmedos y veranos secos. Durante casi una semana seguida había estado lloviendo sobre la ciudad, encharcándolo todo. Marge estaba repasando las tareas del día con el teniente. Estaban sentados en el despacho de Decker. Eran las diez de la mañana de un jueves de mediados de abril y el cielo estaba cubierto de nubes grises y amenazantes.

—Esta semana ha habido un descenso generalizado de los delitos. Ni siquiera a los delincuentes les gusta mojarse. Los robos han bajado… ¿Qué más? —Marge continuó revisando sus notas—. De acuerdo…, esto tiene que ver con los suicidios de Gregory Hesse y Myra Gelb. ¿Recuerdas que hace un par de semanas estuvimos revisando las llamadas telefónicas de Myra Gelb y había algunos números desconocidos? Uno de ellos había sido dado de baja.

—Me resulta familiar.

—Por fin hemos localizado a Wendy Hesse. Estaba fuera de la ciudad visitando a su hermana. El número era el móvil de Gregory Hesse. —Cerró su libreta—. Así que es evidente que Greg y Myra sí que se conocían.

Decker se incorporó en su silla.

—¿Cuántas veces le llamó Myra?

—Solo aparece una en las llamadas recientes. Fue unos días antes de que Greg se suicidara. Le pedimos a Udonis una copia

243

del historial telefónico de Myra. No tenía nada a mano. Tras la muerte de Myra, dio de baja la línea. Sí que accedió a ponerse en contacto con la compañía telefónica para conseguir el historial de Myra.

—Genial. Para ella será más fácil que para nosotros.

—Hablé con ella el... martes. —Releyó sus notas—. La llamaré para ver si lo ha hecho ya. Si es así, tardaremos un par de semanas en recibir los historiales. E incluso aunque se llamaran alguna vez y se conocieran, eso no significa que los suicidios estuvieran relacionados.

—Entiendo que Myra se suicidara después de la muerte de Greg si hubiera algo entre ellos —dijo Decker—. Pero ¿por qué lo hizo Greg?

—Solo Dios lo sabe, pero esto podría ser una pista. Wendy Hesse vio fotos de Greg en su ordenador jugando con una pistola. Los adolescentes hacen estupideces. Tal vez Gregory se disparó accidentalmente. —Lo pensó por un momento—. ¿Wendy Hesse se sentiría mejor si el forense declarase la muerte como accidental?

Decker se encogió de hombros.

—Quizá un poco.

—Quizá podamos hacer que el forense reconsidere lo de la muerte accidental. —Miró al teniente—. Y tal vez debamos dejar de considerar las muertes como juego sucio. Sin pruebas, no podemos sacar ninguna conclusión. Estamos intentando buscarle tres pies al gato.

—Eso es cierto. Y estoy dispuesto a dejarlo correr en cuanto sepa de dónde sacaron los chicos las pistolas.

—Sí, ese es un tema delicado —admitió Marge—. Gregory era demasiado joven para robarle la pistola a Olivia Garden. La pistola de Myra era del robo de Lisbeth Holly. Eso fue hace solo un año.

—Y en ese robo se llevaron más cosas además de la pistola.

—Sí. Algunas joyas de la hija, su móvil y su iPod y algunos CD.

—Cosas de críos.

—Exacto. —Marge lo pensó durante unos segundos—. Uno de los anillos robados llevaba inscrito el nombre de la chica: Sydney. Si encontramos el anillo, sabremos a quién pertenece.

—Y no se llevaron ninguna de las joyas de la madre, ¿verdad?

—Correcto…, por eso Lisbeth Holly pensaba que fue robado por unos críos. Así que es teóricamente posible que Myra Gelb pudiera haber robado la pistola. Pero en su habitación no encontramos nada más que perteneciera a Sydney Holly.

Decker se pasó las manos por la cara cansada.

—¿La videocámara de Gregory Hesse sigue sin aparecer?

—Sí. Y también los portátiles de Myra y de Greg.

—Margie, ambos sabemos que hay algo que se nos escapa ahí fuera. Pero no sabemos qué es. —Decker tamborileó con los dedos sobre la mesa—. De acuerdo. Tenemos que resolver dos cosas. Los robos y el lugar donde consiguieron los chicos las pistolas. Yo apuntaría a Dylan Lashay para ambas cosas. Sabemos que a su grupo y a él les gustan las pistolas. Y parece que Dylan disfrutaba torturando a Myra. Me lo imagino vendiéndole una pistola.

—¿Te das cuenta de que no tenemos pruebas, Pete?

—No me cae bien.

—Ni siquiera lo conoces.

—No confío en nadie que se inventa una mafia y se autodenomina jefe.

—Sí, es un quiero y no puedo. Pero supongo que tampoco te cae bien porque es guapo, rico, popular y listo.

—No. No me gusta porque es un abusón.

Marge lo miró de arriba abajo.

—¿Tú nunca fuiste un abusón en el instituto?

—Cuando tienes mi altura y mi peso a los dieciséis años, no te hace falta ser un abusón. La gente te deja espacio de manera natural. —Eso no era del todo cierto. Decker sí que imponía su peso, así de estúpido era—. Aunque Lashay no fuera el de la pistola, sería culpable por asociación.

—La semana pasada llamé a Saul Hinton para pedirle que volviese a reunirse con nosotros.

—¿El tipo con el que habló Heddy Kramer?

—Así es, pero no me ha devuelto la llamada. Pensaba utilizar su sentimiento de culpa para preguntarle por el mercado negro de pistolas y los traficantes de la escuela. Quizá él pueda darnos alguna indicación.

—¿De qué sentimiento de culpa estás hablando?

—Por no impedir el suicidio de Myra.

—¿Cómo iba a impedirlo?

—Bueno, podría haber hablado con ella, o con su madre, o haber avisado a los profesionales en salud mental…, pero quizá Heddy se lo dijo y él se olvidó del tema —dijo Marge—. Quizá se culpe a sí mismo por la muerte de Myra. Y, ahora que sabemos que hubo una llamada de teléfono entre Myra y Greg, también puedo preguntarle por la relación entre ellos.

—Adelante.

—¿Sabes, teniente? —dijo Marge—, podría hablar también con algunos de los amigos de Greg. Joey Reinhart me dio algunos nombres. Íbamos a interrogarlos, pero entonces Wendy Hesse dejó de devolverme las llamadas y, dado que era su hijo el que había muerto, lo dejamos correr. Pero ahora parece que vuelve a cooperar con nosotros.

—Oliver y tú podríais repasar la lista de amigos de Greg y ver qué encontráis —dijo Decker.

—Genial. Hablaré con Saul Hinton y con los amigos de Greg. ¿Algo más?

—Un par de analgésicos estarían bien.

—Vaya, le he puesto dolor de cabeza al teniente.

Decker la despidió con la mano.

—Puedes irte, listilla.

Marge metió la mano en el bolso y sacó dos aspirinas. Luego agarró la taza de café de Decker.

—Parece que necesitas más.

—Necesito un cerebro nuevo.

—Con eso no puedo ayudarte, grandullón. Pero, si quieres un buen capuchino, yo soy la bomba.

Lo que tenían en común los chicos era su incomodidad. Los tres: Michael Martinetto, Harold Beezel Frasier y Joey Reinhart. Ni pavoneos, ni suficiencia, ni arrogancia; los tres adolescentes parecían intimidados y avergonzados cuando Marge los acompañó hasta la sala de interrogatorios. Quizá por fin empezaban a asimilar la pérdida de uno de los suyos.

Reinhart era alto y delgado, mientras que Harold Beezel Frasier era bajito y rechoncho. Beezel tenía la cara redonda, los ojos oscuros y el pelo cortado a tazón, con un flequillo que disimulaba su frente cubierta de acné. Mikey Martinetto medía en torno al metro setenta y cinco y tenía los hombros anchos. Tenía el pelo rubio y revuelto, los ojos marrones claros y todavía llevaba aparato. Eran chicos que se alegrarían cuando por fin llegaran a la edad adulta.

Oliver entró en la habitación y Marge hizo las presentaciones. El detective entregó a cada muchacho una botella de agua.

—A veces la del grifo sabe un poco mal después de tanta lluvia.

Los chicos asintieron y abrieron sus botellas.

—¿Está lloviendo ahora? —preguntó Scott.

—Lloviznando —respondió Beezel.

—Se supone que mañana será peor —dijo Joey—. Odio conducir bajo la lluvia.

—Por no hablar de cómo huele el colegio —dijo Mikey.

—¿B y W tiene goteras? —preguntó Marge.

—Sí. B y W tiene algunos problemas con el tejado —respondió Mikey—. La clase del señor Hinton apesta.

—A moho —agregó Beezel—. Tengo las alergias disparadas.

—El auditorio Fisher es como un colador —dijo Joey—. Uno pensaría que, con la matrícula que pagan nuestros padres, la escuela cuidaría mejor sus instalaciones.

—Me sorprende mucho —comentó Marge—. Pensaba que B y W era… como un club de campo en forma de escuela preparatoria.

Los chicos sonrieron sin ilusión.

—No es un club de campo al que yo pertenecería —dijo Beezel—. No paro de decirles a mis padres que les están timando.

—B y W tiene una gran reputación —comentó Oliver.

—Una reputación muy extendida, pero poco profunda —respondió Joey.

—Acepta a chicos listos, así que cumple su función de colocarlos en la universidad. Pero a los chicos listos les iría bien en cualquier parte.

—¿Y por qué estáis allí? —preguntó Marge.

—Las escuelas públicas de mi distrito son de coña —explicó Mikey—. Además, los orientadores de B y W tienen contactos con las mejores universidades. Y es ahí donde tienen la reputación. En llevar a sus estudiantes a las universidades de élite.

—Sí, eso lo hacen muy bien —añadió Joey—. Los orientadores saben cómo adornar las solicitudes para hacernos quedar bien. Pero es una estupidez. Porque todas las solicitudes de escuelas privadas están adornadas de manera prácticamente idéntica.

—¿Y qué hacéis para destacar? —preguntó Marge.

—Es difícil —contestó Beezel—. Ni siquiera las notas de los exámenes oficiales sirven para algo.

—O eres el presidente de todo, o tienes una habilidad particular que nadie más tiene —explicó Mikey—. Como por ejemplo haber tenido tu propia fábrica de queso artesano desde que tenías nueve años.

—O haber hecho una investigación contra el cáncer —dijo Joey.

—Y haber publicado un artículo al respecto —añadió Mikey.

—¿Y cómo entra en Yale un tipo como Dylan Lashay? —preguntó Marge. Los tres muchachos la miraron y de pronto se quedaron callados. Pasaron los segundos en silencio—. ¿Qué ocurre?

Los chicos se miraron.

—¿Qué tiene Dylan que ver con Greg? —preguntó Joey.

—No estamos dando por hecho que tenga algo que ver con Greg —dijo Oliver.

—¿Y por qué lo mencionan? —preguntó Beezel.

—Estamos hablando de cómo los estudiantes entran en las mejores universidades —dijo Marge—. Y sabemos que Dylan Lashay ha sido aceptado en Yale. Me preguntaba si sería fabricante de queso artesano o el presidente de todo.

—El presidente de todo —respondió Mikey con una sonrisa.

—Y además tiene tradición académica —dijo Beezel—. Su padrastro.

—Y encima es un chico listo —concluyó Mikey.

—No tan listo, si necesitaba que Greg le hiciera los trabajos de clase —dijo Marge. Joey abrió mucho los ojos—. ¿No es eso lo que le contaste al teniente Decker? —le preguntó Marge.

—No exactamente —contestó Joey con vacilación.

Beezel acudió al rescate.

—Greg era un escritor excepcional. Hacía trabajos para mucha gente.

—Eso es verdad —confirmó Mikey—. Con eso conseguía mucha... benevolencia.

—Dylan y compañía le dejaban en paz —adivinó Oliver.

Mikey se encogió de hombros.

—¿Se mete con vosotros? —le preguntó Marge.

—Nos hemos hecho expertos en no cruzarnos en su camino —respondió Beezel.

—Disculpe —dijo Mikey—, pero ¿qué tiene esto que ver con el suicidio de Greg?

—¿Sabéis lo que voy a hacer? —preguntó Oliver—. Voy a deciros exactamente por qué os hemos llamado y así nos dejamos de adivinanzas. Nos gustaría cerrar el informe de Gregory Hesse.

—¿Por qué tiene Greg informe policial? —preguntó Joey.

—Toda muerte no natural tiene un informe policial —explicó Marge—. Habríamos cerrado el informe de Greg hace mucho tiempo, pero hemos tenido algunos imprevistos. Para empezar, la pistola robada que Greg utilizó para suicidarse. No parecía de los que se colaban en una casa para robar armas, así que ¿de dónde sacó la pistola?

—¿Hay alguna faceta de Greg que nos estamos perdiendo? —preguntó Oliver—. ¿Era un cleptómano encubierto?

—No lo creo —dijo Mikey.

—Así que te sorprendería si hubiera robado la pistola.

—Sí, me sorprendería. Pero también me sorprendió que se suicidara. Así que supongo que no lo conocía tan bien como pensaba.

—Amén a eso —dijo Joey.

—Greg tuvo que sacar la pistola de alguna parte —insistió Oliver.

—Por eso hemos mencionado a Dylan Lashay —explicó Marge—. Kevin Stanger dijo que Dylan o uno de sus amigos una vez le había apuntado con una pistola. Así que, si Stanger dice la verdad, sabemos que ese grupo ha tenido acceso a armas en el pasado.

—Nos preguntábamos si el caso de Kevin Stanger fue algo aislado o si el señorito Yale tiene predilección por las armas de fuego —comentó Oliver.

—Ya se lo dije al teniente —dijo Joey—. No tengo ni idea de dónde sacó la pistola Greg.

—Yo tampoco lo sé —añadió Beezel.

La conversación murió durante unos segundos.

Mikey negó entonces con la cabeza.

—Vamos, chicos, ¿a qué viene esto? Todo el mundo en la escuela sabe que a Dylan le gustan las pistolas. —Beezel y Joey se quedaron mirándolo con odio—. ¿Es que es un secreto? Pero si hizo un trabajo de clase sobre la historia de las armas de fuego.

—¿Trafica con armas de fuego? —preguntó Oliver.

El chico se encogió de hombros.

—No puedo decir que sí, pero hay rumores.

—Sin confirmar por el momento —dijo Beezel.

—Salvo por Kevin Stanger —le recordó Marge.

—Que podría estar exagerando —respondió Beezel.

—¿Qué clase de rumores? —le preguntó Marge a Mikey.

—Esto es hipotético y desde luego no de primera mano, pero…
—comenzó el muchacho—… si yo quisiera conseguir una pistola,
hay algunas personas en el colegio a quienes podría preguntar. Porque esas mismas personas tienen reputación de vender muchas
cosas.

—Y esas personas serían… —dijo Marge.

—No pienso dar nombres porque, como digo, no es algo que
sepa de primera mano —explicó Mikey.

—¿Uno de ellos podría ser Dylan Lashay? —preguntó Oliver.

—Ya he dicho lo que tenía que decir —respondió Mikey con
una sonrisa—. Lo demás serían especulaciones basadas en mis propias especulaciones.

—¿Y sus amigos? —Oliver sacó una lista—. Jarrod Lovelace,
Stance O'Brien, Nate Asaroff o JJ Little. ¿Ellos venden cosas?

Los tres adolescentes se encogieron de hombros.

—De acuerdo —dijo Marge—. Luego abordaremos el tema
de las pistolas. Volvamos al suicidio de Gregory Hesse. ¿Ninguno
de vosotros vio señales de que eso pudiera ser una posibilidad?

—Nada —respondió Mikey—. Pero Joey lo conocía mejor
que nadie.

—Yo ya le dije al teniente que la muerte se produjo sin previo
aviso —explicó Joey.

—También le dijiste al teniente que pensabas que podría haber
una chica en su vida antes de su muerte —comentó Marge.

—Dije que quizá —aclaró el joven.

Mikey levantó un dedo.

—¿Saben? A mí nunca se me había ocurrido eso, pero digamos
que tiene sentido.

—¿Por qué? —preguntó Oliver.

—Empezó a cuidarse más.

—Eso fue justo lo que le dije al teniente —coincidió Joey—.
Que empezó a ducharse.

—Pero no tenéis idea de quién era la chica —supuso Oliver.

—Ni siquiera sé si había una chica —insistió Joey—. Desde luego no puedo darle un nombre.

—¿Qué hay de Myra Gelb? —preguntó Marge. Continuó al ver que los tres se quedaban mirándola—. Se conocían. Se llamaban con frecuencia. —Aquello era mentira por el momento, pero, cuando recibieran los historiales telefónicos, tal vez se convirtiese en verdad. Esperó a que alguno de ellos hablara.

—Eso es nuevo para mí —contestó Beezel.

—Greg nunca dijo nada de que conociera a Myra —contestó Joey—. ¿Por qué? ¿Creen que los dos suicidios están relacionados?

—¿Me estás diciendo que nunca se te había ocurrido eso? —preguntó Oliver.

—No, en absoluto —respondió el muchacho—. ¿Por qué se me iba a ocurrir? No salían juntos ni nada de eso.

—Ambos trabajaban en el periódico —dijo Mikey. Oliver y Marge se volvieron hacia él y esperaron a que se explicase mejor—. Quiero decir que yo también estoy en el periódico. Y unos cien alumnos más. Es una de esas estrellas plateadas que pones en la solicitud de la universidad.

—Kevin Stanger nos dijo que Greg estaba trabajando en algo grande antes de morir —dijo Marge.

—Eso no lo sabía —contestó Joey.

Marge se volvió hacia Mikey, que parecía el más dispuesto a cooperar.

—¿Crees que podría haber tenido algo que ver con el periódico? ¿Greg te dijo alguna vez que estaba trabajando en algo *top secret*?

Mikey pareció reflexionar sobre el tema.

—No. Me acordaría si me hubiera dicho algo así.

—A mí nunca me habló de ningún proyecto secreto —intervino Beezel—. Pero sí le diré esto. A Greg le encantaba su videocámara y parecía grabar todo lo que se cruzaba en su camino. Quizá encontró por accidente algo que consideró que podía ser un bombazo.

—Es lo que le dije al teniente —dijo Joey.

—Se volvió un poco molesto con eso —continuó Beezel—. Era difícil mantener una conversación real porque siempre lo grababa todo para la posteridad o algo así.

—Era un auténtico coñazo —confirmó Mikey—. Yo le decía que se la iba a estampar en la cabeza si no me la quitaba de delante. —Miró al techo y se le humedecieron los ojos—. No sabía que…

La habitación quedó en silencio.

—Mikey, ¿alguna vez viste a Myra y a Greg trabajar juntos? —preguntó Oliver.

El chico se recostó en su silla.

—Myra no escribía para *Los chismes*. Sí que hacía algunas viñetas. Greg escribió algunos artículos, al menos se publicó uno. —Levantó las manos—. Nunca los vi juntos, pero tampoco prestaba atención.

—Ya os he dicho que tenemos algunas cosas que resolver antes de cerrar el caso —dijo Oliver—. El primer tema era lo de la pistola robada, pero también nos preocupan otras cosas. La videocámara de Greg ha desaparecido.

—¿Ha sido robada? —Joey estaba desconcertado.

—Eso parece —respondió Marge.

—¿Quién iba a querer la videocámara de Greg?

—Quizá es lo que dice Beezel —sugirió Marge—. Tal vez dio con algo escandaloso por accidente.

—De ser así, a mí nunca me lo enseñó —dijo Joey—. Lo único que veíamos eran vídeos de nosotros haciendo el imbécil. Nada escandaloso, desde luego.

—La señora Hesse encontró algunas cosas en el ordenador de Greg —dijo Oliver.

—¿Porno? —preguntó Mikey. Los chicos se miraron y sonrieron—. Y eso es raro porque…

—No sería raro en absoluto si fuera porno convencional. Pero encontró porno *amateur* en el portátil de Greg: una chica practicando sexo oral.

—¿Sexo oral con Greg? —Beezel parecía incrédulo.

—No estamos seguros —respondió Oliver—. No hay caras que asociar a los genitales.

—Si fue Greg, a mí nunca me dijo que hubiera anotado un tanto —dijo Joey.

—¿Por qué iba a decir algo así? —preguntó Oliver.

—Bueno. —Joey soltó una risita—. ¿Quién no lo haría?

—A lo mejor le importaba la chica y no quería avergonzarla —sugirió Marge.

—Si le importaba la chica, ¿por qué iba a grabarla? —preguntó Mikey.

—Quizá las imágenes fueran solo para sus ojos —comentó Oliver.

—Eso es lo que les dicen los tíos a las tías. Y al final acaban enseñándoselo a todo el mundo —dijo Joey—. Tienen derecho a fanfarronear.

—Pero él no os enseñó nada, ¿verdad? —preguntó Oliver.
Silencio.

—Eh…, no digo esto para parecer un raro —dijo Beezel—, pero, si nos enseñaran las imágenes, tal vez podríamos identificar a alguien.

—Ya os he dicho que no se ven caras. ¿De qué serviría? —Oliver levantó la mirada de su libreta—. No solo ha desaparecido la videocámara, sino que el ordenador ha sido robado.

Los tres muchachos pusieron cara de sorpresa.

—¿Están seguros? —preguntó Mikey.

—Segurísimos —contestó Marge—. Hace unas tres semanas, la señora Hesse lo dejó en la mesa del comedor antes de irse a la cama y ya no estaba por la mañana.

—Iba a traerlo a la comisaría no por lo del sexo oral, sino porque aparecía Greg jugando con una pistola. Quería que viésemos si se trataba de la misma pistola que utilizó para suicidarse.

—¡Mierda! —exclamó Joey—. Eso sí que es raro.

—¡Es siniestro! —agregó Mikey.

—¿Qué quiere decir con que estaba jugando con una pistola? —preguntó Beezel

—Ella nos dijo que aparecía girándola, apuntando con ella a la cámara —respondió Marge—. También dijo que Greg tenía los párpados caídos, como si estuviera drogado o borracho.

—Joder, tío —dijo Mikey—. Esto es cada vez más raro.

—Desde luego no es el Gregory Hesse que nosotros conocíamos —comentó Joey.

—No pretendo decirles cómo hacer su trabajo —dijo Beezel—, pero ¿es posible que la señora Hesse cambiara de opinión con respecto al ordenador y les dijera que había sido robado para evitar…, no sé…, más bochornos sobre su hijo?

—La señora Hesse había dejado de devolvernos las llamadas —explicó Marge—. Cuando el ordenador de Greg fue robado, le asustó que alguien hubiera entrado en su casa para llevárselo. Por eso nos llamó. Así que sí, creo que el ordenador fue robado.

—Quizá la chica anónima del sexo oral robara el ordenador —sugirió Joey—. Quizá no quería que la policía revelara su identidad.

—¿Cómo iba a saber la chica, o cualquier otra persona, que la señora Hesse iba a enseñárselo a la policía? —preguntó Oliver.

—¿Y cómo iba a saber la chica que la señora Hesse había descubierto las imágenes pornográficas en el ordenador de su hijo? —agregó Marge.

—Tal vez la chica tuviera acceso remoto a su ordenador —sugirió Beezel.

—¿Acceso remoto? —preguntó Oliver.

—Bien pensado —intervino Joey—. Significa que tal vez podía controlar su ordenador desde otra ubicación.

—No es raro —explicó Mikey—. Compras un programa que permite a determinadas personas acceder a tu ordenador desde otro lugar.

—¿Para qué diablos serviría eso? —preguntó Marge.

—De ese modo, si tu ordenador se rompe —dijo Joey—, tu técnico puede acceder a él a distancia, lo que significa que puede diagnosticar el problema y arreglarlo sin que tengas que dejárselo físicamente. Ahorra mucho tiempo.

—Se hace a menudo —agregó Mikey—. El caso es que, para que el técnico tenga acceso al ordenador, el usuario tiene que darle al técnico una clave. Pero vamos, si sabes un poco de ordenadores, probablemente puedas saltarte el permiso del usuario y acceder al ordenador cuando quieras.

—Eso sería ilegal, claro —comentó Oliver.

—Claro —contestó Mikey—. Pero, vamos… Si tienes una motivación para hacer algo, lo harás, sea legal o no.

CAPÍTULO 27

Sentado en su despacho con Marge y Oliver, Decker se pasó las manos por el pelo y dio un trago al café frío. Eran las tres y media de la tarde. En un par de horas, Cindy, Koby y los gemelos llegarían a casa para celebrar la cena del *sabbat*. Ya notaba que su mente empezaba a dejar de estar de servicio. Para evitar desconectar por completo, revisó sus notas.

—¿Qué hay de lo del acceso por control remoto al ordenador? ¿Qué tiene eso que ver con el ordenador robado de Greg?

Marge estaba quitándole la pelusa a su jersey.

—Quizá alguien se dio cuenta de que el ordenador de Greg estaba activo y de que estaban viendo sus cosas personales. Alguien tuvo miedo de que las cosas salieran a la luz.

—Sobre todo la chica que le hizo la mamada a Greg —dijo Oliver—. No estaría preparada para protagonizar una película porno.

Decker se mostró escéptico.

—¿De verdad creéis que una chica se coló en casa de los Hesse y se llevó el ordenador antes de que Wendy pudiera entregárselo a la policía?

—O quizá lo robó un futuro estudiante de Yale junto con su banda apodada la Mafia de B y W —sugirió Marge—. Quizá uno de los chicos se dio cuenta de que en el ordenador había imágenes de Greg jugando con una pistola robada.

—La misma pistola robada que el futuro estudiante de Yale le vendió a Greg. Estudiante que ahora estaría preocupado ante la posibilidad de verse implicado en algo más serio que las armas robadas —conjeturó Oliver—. Algo como un homicidio involuntario, cosa que no queda bien en ningún expediente académico.

—El problema es que, hasta no tener nombres, no tenemos nada —dijo Marge.

Decker no estaba dispuesto a rendirse.

—¿Qué pasa con Saul Hinton? ¿Podéis sacar algo de él?

—Ese era nuestro siguiente paso —respondió Oliver mientras se estiraba su corbata plateada—. Lo llamamos esta mañana para pedirle que se reuniera con nosotros la próxima semana, pero no nos ha devuelto la llamada.

—Volved a llamarlo —dijo Decker—. Decidle que queréis hablar sobre Myra Gelb. Si no hizo nada al respecto cuando Heddy le habló de la depresión de Myra, eso hará que se ponga nervioso. Quizá suelte algo sobre Dylan.

Oliver miró el reloj.

—Las clases terminan más o menos a esta hora —comentó antes de volverse hacia su compañera—. ¿Y si utilizamos lo de «nos pillaba de camino a casa»?

—No hay garantía de que hable con nosotros, pero… —Marge se colgó el bolso al hombro—. He quedado con Willy en Ventura a las ocho. Tengo tiempo.

—Vamos —dijo Oliver mientras se ponía en pie.

—Te lo haremos saber si descubrimos algo —le dijo Marge a Decker antes de salir del despacho junto con su compañero—. ¿Tienes planes para esta noche, Scott?

—De hecho voy a cenar con mi hijo y mi cuñada.

—Qué bonito.

—Sí, será divertido. —Sonrió y ella le preguntó qué era lo divertido—. Es divertido sobre todo para ellos. Siempre pago yo.

*　*　*

Nada más ver la placa, el guardia de seguridad de la entrada de B y W les dejó pasar sin rechistar. Dejaron atrás el edificio de Administración y enseguida se perdieron mientras buscaban el aula de Saul Hinton. Le preguntaron a un tipo fornido que llevaba una cazadora con letra impresa dónde encontrar la clase 26, y el chico los condujo hasta el aula correcta. Hinton estaba borrando la pizarra de espaldas a la puerta cuando entraron. Marge se aclaró la garganta, el hombre se dio la vuelta y frunció el ceño de inmediato al reconocerlos. Pero habló con educación.

—Recibí su mensaje, detectives. —Continuó borrando la pizarra—. No he tenido un solo momento para devolverles la llamada.

—Lo sé, señor Hinton —respondió Marge—. Sentimos molestarle a estas horas. Íbamos de camino a casa.

—¿Dónde vive? —preguntó Hinton.

—Más o menos a un kilómetro de aquí —respondió ella.

—Así que vive en el mismo distrito donde trabaja.

—Así es. Y también el detective Oliver.

—Supongo que eso es admirable. —Hinton dejó el borrador—. ¿Qué puedo hacer por ustedes?

—¿Le importa que nos sentemos? —preguntó Oliver.

—¿De modo que vamos a tardar un rato?

Oliver se encogió de hombros.

—Es que estoy viejo y cansado.

Hinton se sonrojó.

—Por supuesto. Siéntense donde quieran. No es necesario preguntar.

—¿Se encuentra bien, señor Hinton? —le preguntó Marge.

—Estoy bien. —Hinton eligió la silla de uno de los pupitres—. ¿Qué desean preguntarme?

—La pistola que Myra Gelb empleó para suicidarse… era robada.

—Ya había oído algo al respecto.

—Fue robada de una vivienda hace un año junto con unos CD y un iPod. Pensamos que fue cosas de niños. —Marge aguardó una reacción y la obtuvo; un profundo rubor—. Corren rumores sobre ciertos estudiantes de último curso a los que les gustan las pistolas. Y esos mismos estudiantes eran gente que a Myra no le caía bien.

—Hacía caricaturas de ellos —explicó Oliver—. La única razón por la que no mencionamos nombres es que queremos ver si usted los menciona primero.

—Si conoce a alguien en la escuela que podría estar traficando con armas robadas, ahora es el momento de decírnoslo. Por favor, recuerde que dos pistolas robadas fueron utilizadas en dos suicidios diferentes.

El hombre, delgado y con brazos largos, pareció replegarse sobre sí mismo.

—Probablemente estemos pensando en las mismas personas. No daré nombres porque cualquier cosa que dijera serían especulaciones y yo no especulo.

—¿Ni siquiera aunque pudiera salvar la vida de otro adolescente deprimido?

Hinton apartó la mirada.

—No puedo ayudarles. Hablen con administración. Ellos son los únicos que pueden abrir las taquillas, y no lo harán sin pruebas suficientes o sin una orden judicial.

—¿Así que tenemos que esperar a que otro estudiante se suicide para lograr lo que necesitamos?

—Los derechos de la Primera Enmienda sustituyen a la posibilidad incierta de algo que podría ocurrir en el futuro. —Hinton habló sin mucho énfasis.

—Los derechos de la Primera Enmienda no se aplican a los jóvenes de esta escuela —respondió Marge—. Sé que los padres y los hijos firman contratos que permiten a la administración revisar las taquillas de la escuela sin pedir permiso.

—Con pruebas suficientes.

—Si insinúa que cierta persona podría estar traficando, eso sería prueba suficiente —dijo Oliver—. Piense en Gregory Hesse o en Myra Gelb. Si hubiera podido hacer algo para evitar sus suicidios, lo habría hecho, ¿verdad?

Hinton se puso muy pálido y Marge se preocupó. Quizá lo habían acusado demasiado deprisa.

—Se ha puesto usted blanco, señor Hinton. ¿Se encuentra bien?

Él dejó caer la cabeza entre las rodillas.

—Me siento un poco mareado.

—Le traeré un poco de agua —anunció Oliver mientras se levantaba.

—Hay una botella de zumo de naranja en mi mochila —le dijo Hinton—. Creo que es una bajada de azúcar.

Marge sacó la botella y se la entregó al profesor. Este bebió con ansia. Un minuto más tarde logró incorporarse, aunque seguía pálido.

—Si les doy nombres y la administración abre las taquillas basándose en mis acusaciones y resulta que es un error, podrían despedirme. Peor aún, podrían demandarme. Probablemente lo perdería todo y no podría volver a enseñar. Hay ciertos estudiantes en B y W que son hijos de unos padres muy litigantes.

Los detectives asintieron.

—Dicho todo eso, si yo conociera a alguien que traficara con armas con toda certeza, se lo habría dicho a la administración hace mucho tiempo. Sería moralmente reprobable no decir nada. —Se le humedecieron los ojos—. Si hubiera podido evitar esas muertes, lo habría hecho. Siento no poder hacer más.

—Su sinceridad es evidente —dijo Marge con suavidad—. Espero que no hable por experiencia personal.

Hinton se quedó callado.

—Han hablado con Heddy Kramer, ¿verdad?

—Así es.

—Y se lo ha dicho.

—Nos lo ha dicho.

Los tres quedaron en silencio.

—Sí que hablé con Myra —dijo Hinton al fin—. Me contó que estaba triste, pero que personalmente estaba bien. Hablamos durante unos veinte minutos. Parecía enfadada más que cualquier otra cosa.

—¿Dijo con quién estaba enfadada? —preguntó Oliver.

—No dio nombres. A mí me pareció que estaba enfadada con la vida. Así que, cuando se marchó, llamé a su madre…, le dejé un mensaje para que me devolviera la llamada, le dije que estaba preocupado por Myra. —Se humedeció los labios—. Nunca me llamó. Y después me olvidé del tema. Ahora creo que tal vez Myra interceptó el mensaje y lo borró. Debería haber vuelto a llamar. —Hizo una pausa—. La fastidié.

Era el momento de darle algo de aliento.

—Sabe que, si alguien está decidido a suicidarse… —comentó Marge.

—Sí, lo sé —la interrumpió Hinton—. Pero eso no alivia el dolor ni la culpa. Me está devorando por dentro. Tendré que encontrar mi propia expiación. De lo contrario… —Agitó las manos en el aire. Se terminó el zumo. Había recuperado el color en las mejillas—. Les diré una cosa. Mantendré los oídos bien abiertos. Si descubro algo concreto, serán los primeros en saberlo. Les prometo que les llamaré…, aunque eso viole todos los códigos morales que me he marcado.

—¿Decirle a la policía que hay un chico traficando con armas robadas? —dijo Oliver.

—Tengo cincuenta y nueve años, detective.

Marge se quedó perpleja.

—Parece mucho más joven.

—En cualquier caso son los que tengo —le dijo Hinton—. Crecí en los sesenta. Las viejas costumbres *hippies* no se van con facilidad.

Los bebés llevaban pulseras, la única manera en que Decker podía distinguirlos. Aaron, el mayor por cuatro minutos, era más tranquilo que Akiva, pero ninguno era muy nervioso. Eran enormes: por encima de la media en peso y altura. Comían a todas horas; Cindy decía que eran máquinas orgánicas de ordeñar. Además de amamantarlos, había llevado media docena de biberones de cuarto litro con leche materna. Al finalizar la cena, los niños habían acabado con todo.

—Gracias por darme de cenar, y por extensión a tus nietos —dijo Cindy—. Y, como siempre, hemos cenado increíblemente bien.

—El cordero al *curry* estaba delicioso —comentó Koby—. Creo que me he comido yo solo una oveja entera. Todo estaba riquísimo, así que he comido demasiado.

—Tú y yo, hijo —dijo Decker—. Uno pensaría que, a estas alturas, ya habría aprendido.

—¿Queréis llevaros restos, chicos? —preguntó Rina.

—Debería decir que no, pero no lo haré —respondió Koby.

Cindy se rio.

—La comida casera en nuestra nevera ha escaseado desde que nacieron los bebés.

—Te prepararé unos táperes —dijo Rina con una sonrisa—. No necesitamos todas las sobras.

Cindy miró a Gabe, que estaba recogiendo la mesa. Le señaló con un pulgar.

—Puedes prepararle al señor pianista un poco de comida también, ya que estás.

—Sí que como —respondió Gabe, dejando una fuente sucia sobre la mesa—. Estoy en esa fase afortunada en la que no me engorda nada.

Cindy se acercó a él y le pasó el brazo por los hombros.

—Si te paso la mano por la tripa, ¿se me pegará tu ausencia de grasa?

Gabe le dio un beso en la mejilla.

—Estás genial. Tus hijos son afortunados de tener una madre tan maravillosa.

—Gracias, eres un encanto. —Gabe sonrió y Cindy tomó en brazos a Aaron, que estaba con Rina. Después le dio una palmadita en el vientre plano a Koby—. Algunas personas afortunadas tienen una buena constitución.

Decker tomó en brazos a Akiva y se dio una palmadita en la barriga.

—Otros nacen con buena constitución, pero recurren a la glotonería. —Se volvió hacia su nieto—. ¿Qué pasa contigo, colega? ¿Toda esa leche te va a alimentar bien?

El bebé respondió escupiéndole a Decker en la camisa.

—Lo siento, papá —dijo Cindy riéndose.

Decker se dirigió al bebé.

—Eso me enseñará a no tenerte en brazos sin una gasa —le dijo.

Koby tomó a Akiva de los brazos de su abuelo.

—Muchas gracias por la cena. Creo que estamos desgastando el felpudo con tanto venir.

Rina regresó con una bolsa de la compra llena de contenedores de plástico con comida. Le dio un beso a Cindy y después a Aaron.

—Cuida de tu madre, pequeñín. Es una buena mujer.

Koby, con Akiva en brazos, dijo:

—Gracias por todo, Rina.

Rina le dio un beso en la mejilla y después besó a Akiva.

—Sé bueno con tus padres. Son buena gente.

—Hazle caso —bromeó Koby con su hijo.

—Venid cuando queráis, lo digo en serio. —Pero, en cuanto se cerró la puerta detrás de la familia Kutiel, Rina suspiró aliviada—. Dios mío, me estoy haciendo vieja.

—¿Necesitas ayuda? —preguntó Decker con voz quejumbrosa.

—Por favor, no me vengas con esa voz de «ten piedad de mí» —respondió ella riéndose—. No pasa nada, Peter. Estoy bien. Vete a leer el periódico.

—No. No quiero dejarte a ti todo el trabajo.

—¿Por qué no os relajáis los dos? —preguntó Gabe—. Yo terminaré de recoger. No he hecho nada en todo el día.

—Por cierto, ¿qué has hecho en todo el día? —le preguntó Decker.

—¡Peter! —exclamó Rina.

—Buena pregunta —respondió Gabe entre risas.

—Lo digo en serio —insistió Decker—. Quiero asegurarme de que no te aburras.

—No, no me aburro. —Aunque sí se sentía solo. Les respondió con sinceridad—. Practico muchísimo. Me lo tomo mucho más en serio ahora que toco por dinero. O lo haré este verano. Cuando no practico, escucho la música que practico. Es casi tan importante como practicar. Además he empezado a componer. Cuando no estoy haciendo música, leo…, doy largos paseos. —Se encogió de hombros—. Me mantengo ocupado. Ya estaré ocupado el año que viene, así que disfruto del tiempo libre ahora.

—¿Mantienes el contacto con alguno de tus viejos amigos?

—No. —Hizo una pausa—. Esa parte de mi vida acabó.

Decker advirtió la nota de rabia en su voz.

—¿Has hablado con tu madre últimamente?

Gabe volvió a encogerse de hombros.

—Estoy bien, chicos. Si hubiera algún problema, os lo diría, pero no lo hay. Así que, en serio, id a descansar. Ya llega el servicio de cocina. —Se puso los cascos del iPod, se fue a la cocina y cerró la puerta. Segundos más tarde oyeron el grifo.

—Es un chico muy serio —dijo Decker mientras se sentaba en el sofá—. Espero que en algún momento deje hueco para la diversión.

—Creo que es posible que esté saliendo con alguien —comentó Rina.

—¿Te lo ha dicho él? —preguntó Decker.

—No, pero se va de casa muy temprano por las mañanas. Creo que se ve con alguien antes de que ella se vaya a clase.

—Bien pensado. —Decker meditó durante unos segundos—. No puede ser una relación muy seria si lo único que hacen es verse antes del instituto.

Rina le dio una palmadita en la mejilla.

—Por eso Dios inventó los fines de semana.

—Eso es cierto. En realidad no sabemos lo que hace cuando nos vamos de casa —dijo Decker—. ¿Deberíamos preocuparnos?

—Eso mismo pensaba yo —dijo Rina cruzándose de brazos—, pero nunca nos ha dado razones para preocuparnos.

Decker alcanzó el periódico y se acomodó en el sofá.

—Si tú no estás preocupada, yo no estoy preocupado. En otoño se irá. ¿En cuántos líos puede meterse en seis meses?

—Si quisiera, podría meterse en muchos líos —respondió Rina.

—Bueno, yo prefiero ser optimista. Ya sabes lo que dicen. Espera lo mejor y después aprende a esquivar la mierda cuando llegue al ventilador.

CAPÍTULO 28

Llamaron a la puerta muy suavemente. Cuando Gabe abrió, encontró a Yasmine sin aliento.

—No puedo quedarme más de una hora. Le he prometido a mi familia que iría a la sinagoga.

Llevaba un vestido negro ajustado y una chaqueta de piel falsa, además de las medias, el maquillaje y las joyas. Iba perfectamente peinada. Era evidente que, aquel día, Gabe no tendría suerte.

—Pues entra y quédate el tiempo que puedas —le dijo él—. ¿Quieres café? Estás preciosa, por cierto.

—Gracias. —Entró en el salón de los Decker—. Siempre sabes qué decir. ¿Cómo puede ser tan encantador un chico? ¿Practicas delante del espejo?

—Todos los días, con el piano. A veces lo combino tocando el piano delante del espejo.

Yasmine estaba muy seria, pero logró sonreír.

—En serio, acabo de preparar café. Los Decker no usan la cafetera los sábados. Beben café instantáneo. Es asqueroso.

—No, gracias. —Yasmine se sentó al borde del sofá con la espalda muy recta.

—Ponte cómoda. —Gabe se levantó y se fue a la cocina.

Ella elevó la voz para que la oyera.

—De verdad, tengo que irme pronto, Gabe. Tardaré veinte minutos en llegar a la sinagoga.

—Sí, sí. —Gabe regresó con dos tazas—. Dos azucarillos y una gotita de leche desnatada, ¿verdad?

—¿Qué voy a hacer contigo? —preguntó Yasmine con un suspiro—. Eres perfecto.

—Gracias. ¿Quieres tontear? —Al ver que se quedaba en blanco, añadió—: Lo digo en broma. —Aunque no del todo—. Hablaremos sin más. Mejor dicho, habla tú y yo admiraré tu belleza.

Yasmine se sonrojó. Aceptó la taza de café y dio un trago. Seguía con la chaqueta puesta. Tenía gotas de sudor en la cara.

—¿Por qué no te quitas la chaqueta? —le preguntó él.

—Porque no puedo quedarme mucho.

—Ya lo sé, Yasmine. No significa que tengas que estar incómoda mientras estás aquí.

Ella dejó la taza. Gabe la ayudó a quitarse la chaqueta, después la arrastró de nuevo hacia el sofá y la abrazó con fuerza.

—Relájate, ¿quieres? No voy a saltar encima de ti.

—Estoy relajada.

—No, no lo estás. —Le dio un beso en los labios y recibió a cambio una generosa dosis de pintalabios rojo—. Sé lo que es estar relajado, y tú no lo estás. ¿Qué sucede, mi amor?

—Creo que mi madre empieza a sospechar un poco.

—No me sorprende, teniendo en cuenta que sales de casa cada día a las seis de la mañana sin explicación alguna.

—Te lo tomas a broma. —Estaba disgustada—. Si lo descubre, se lo dirá a mi padre. Me matará.

—No te matará a ti, me matará a mí, lo cual está bien. Prefiero morir a estar sin ti. —Volvió a besarla—. ¿Podemos enrollarnos? Ya te he echado a perder el pintalabios.

—¿Es que no sabes parar?

—No cuando tú estás cerca. —Gabe se incorporó y suspiró—. De acuerdo. Te dejaré beber el café en paz. —Le devolvió la taza—. Ah, ¿sabes qué? Tengo algo para ti. Bueno, no es exactamente para ti. Es para los dos. Cierra los ojos.

Ella lo miró con desconfianza.

—No. No es lo que piensas. Cierra los ojos.

Ella obedeció con reticencia.

—Será mejor que no se trate de una broma. Espero que no estés desnudo cuando abra los ojos.

—Es buena idea.

Yasmine abrió los ojos.

—Ga... abe.

—Cierra los ojos, Yasmine. Coopera, ¿quieres?

Ella dejó escapar un suspiro fingido e hizo lo que le pedía. Gabe se quitó la camiseta.

—Vale. Abre los ojos.

Ella vio su torso desnudo y se enfadó.

—Gabe, no tengo tiempo... —Dejó de hablar y abrió los ojos más aún. Se llevó las manos a la boca.

Gabe sonrió.

—¿Te gusta?

Sin decir nada, Yasmine tocó la tinta azul que tenía en el brazo derecho por debajo del hombro. Se había tatuado dos brazaletes: el primero era de flores entrelazadas que enmarcaban el nombre de ella; el segundo consistía en notas escritas en clave de sol. Yasmine se quedó sin palabras.

—¿Te has dado cuenta de que es un jazminero? —le dijo Gabe—. Un poco literal, pero creo que ha quedado bien. —Ella seguía sin hablar—. ¿Te gusta la cinta de debajo?

Ella no decía nada.

—Lee las notas, cabra loca.

Lo hizo. Era la coloratura de «Der Hölle Rache». Se le humedecieron los ojos.

—¿Por qué... lo has hecho?

—¿Por qué? —Gabe volvió a ponerse la camiseta—. Porque te quiero, por eso. —Ella empezó a llorar—. No hagas eso. Se te va a correr el maquillaje.

Yasmine se secó las lágrimas con los dedos y después apoyó la cabeza en su hombro.

—No puedo creerme que lo hayas hecho.

—Ahora ya sabes que, pase lo que pase entre nosotros, nunca me olvidaré de ti —le dijo él—. Irás siempre grabada en mí.

—No soporto la idea de no volver a verte. —Yasmine rompió a llorar de nuevo—. Nunca, jamás, querré a nadie tanto como te quiero a ti.

—Y yo nunca querré a nadie como te quiero a ti. —Gabe sintió el peso en su corazón. Siempre que estaban juntos, se sentía feliz. Cuando ella se marchaba, la depresión invadía su alma. El último había sido un año de soledad insoportable. Sus vínculos habían ido desapareciendo uno a uno. Yasmine había sido el único punto luminoso en su vida. Al final, sus padres descubrirían lo suyo y la apartarían de él. Intentaba no pensar en eso, con la esperanza de poder aprovechar el máximo tiempo posible con ella antes de quedar a la deriva en un mar de desolación.

Yasmine le levantó la manga de la camiseta, le tocó el tatuaje azul y le besó el brazo.

—¿No tienes que ser mayor de dieciocho para hacerte un tatuaje?

—¿Has visto alguna vez esos lugares? —Gabe se rio—. Me preguntaron si tenía dieciocho años y dije que sí. Sin más.

—¿Te dolió?

—No tanto como el dolor físico. —Le levantó la cara y la besó en los labios—. No quiero que te metas en un lío. Ve a arreglarte el maquillaje y largo.

Ella se abrazó a su brazo.

—Sabes que no quiero irme, ¿verdad?

Se tumbó en el sofá y lo tumbó a él encima. Poco después estaban besándose apasionadamente. Él estaba mareado por el deseo.

—Creo que es mejor que te vayas o algo va a ocurrir.

Yasmine le rodeó la cara con las manos.

—Has hecho algo especial por mí. Yo quiero hacer algo especial por ti.

—Ya lo has hecho siendo como eres.

—No es suficiente. —Se quedó mirando sus ojos verde esmeralda—. Quiero hacerlo, Gabriel.

A Gabe le dio un vuelco el corazón.

—Sabes que no es *quid pro quo*, ¿verdad? Me he hecho el tatuaje porque quería hacérmelo. No para obtener algo a cambio.

—Ya lo sé. —Yasmine le dio un beso en la punta de la nariz—. Y por eso quiero entregarme a ti.

—¿Cuándo? —preguntó él tras tragar saliva.

—Ahora.

—¿Ahora? —Gabe se incorporó y tiró de ella hacia él—. Creí que tenías que irte.

Ella suspiró.

—Ambos sabemos que mis padres lo van a descubrir. Tenemos el presente. Puede que no tengamos el mañana.

—Yo… —Estaba nervioso—… no quiero que hagas algo de lo que luego te arrepientas.

—Es mi decisión y no me arrepentiré. Y, si alguna vez lo hago, ¿quién no ha hecho algo de lo que se haya arrepentido? —Le rodeó el cuello con los brazos—. Ayúdame a levantarme.

Gabe tiró de ella hasta que estuvieron los dos de pie. Ya estaba excitado.

—Ayúdame a desabrocharme el vestido.

Gabe se colocó detrás, le desabrochó el vestido y dejó al descubierto sus hombros suaves y oscuros. Le encantaban sus hombros. Podría besarlos durante horas. Yasmine se quitó el vestido y él le desabrochó el sujetador. La rodeó con los brazos, palpó sus pechos pequeños, aunque definidos, y un escalofrío recorrió todo su cuerpo.

Yasmine se dio la vuelta y, medio desnuda con solo las medias negras y los tacones, se quedó mirándolo con descaro. Cuando Gabe la levantó, ella le rodeó la cintura con las piernas. La llevó al dormitorio, la dejó sobre el colchón, le quitó los zapatos, las medias y las bragas. Contempló su desnudez, embelesado con cada centímetro de su piel.

Se desnudó él también, se tumbó encima de ella y apoyó el peso sobre los codos, con su pene a escasos milímetros.

—¿Estás segura? —susurró.

—Segurísima. —De nuevo le rodeó la cintura con las piernas—. Hazlo.

Él cerró los ojos y se dejó llevar por la alegría mientras entraba en otro universo. Su piel a su alrededor; caliente, húmeda, tensa. Intentó saborear el momento, disfrutarlo, pero se le escapaba, cada vez más y más rápido, hasta que supo que todo acabaría demasiado pronto. Con una gran fuerza de voluntad, se obligó a apartarse y eyaculó sobre su vientre, con la sangre de ella mezclada con su semen. Fue entonces cuando se fijó en ella y vio la angustia en su cara sin lágrimas.

Se incorporó, se lavó y regresó con un paño caliente y húmedo para limpiarla. Después los tapó a ambos con las sábanas y la estrechó entre sus brazos. Ella permanecía rígida, sin ceder a sus caricias.

Gabe estaba nervioso. No quería que le odiase.

—¿Estás bien?

Yasmine se encogió de hombros y una lágrima resbaló por su mejilla.

Él se la besó.

—No tenemos que volver a hacerlo, Yasmine.

—Un poco tarde para eso.

Se quedó callado. Ella no paraba de llorar.

—Te quiero, Yasmine —le susurró—. Haría lo que fuera por ti. ¿Qué puedo hacer por ti ahora?

—Solo abrázame.

—Por supuesto. —La envolvió entre sus brazos hasta que notó que su cuerpo se fundía pegado al suyo. Su pene empezó a ponerse duro y ella intentó apartarse, pero la mantuvo abrazada—. Es solo un reflejo, Yasmine. No voy a hacer nada.

—¡Me ha dolido!

—Lo siento…

—¡Mucho!

—Siento que te haya dolido, pero no siento haberlo hecho.

—No quiero volver a hacerlo nunca más.

—Está bien. Te querré de todas formas.

Yasmine se quedó callada unos minutos más, sentía un gran consuelo entre sus brazos. Después se apartó y se incorporó.

—O sea, ¿tú quieres volver a hacerlo?

—¿Yo? —Gabe se incorporó también y se fijó en sus pechos desnudos—. Soy un tío. Claro que quiero volver a hacerlo. Una y otra y otra vez. No me importaría hacerlo hasta que se me cayera a trozos.

Ella le dirigió una media sonrisa.

—¿A ti no te ha dolido?

—Tenía la mente en otro universo. No recuerdo nada, salvo un placer absoluto.

—Te he manchado de sangre las sábanas. ¿Los Decker no sospecharán algo?

—Las cambiaré y las lavaré cuando te vayas. Hago siempre mi colada.

Ella resopló.

—Mis padres me van a matar.

—No se enterarán a no ser que tú se lo cuentes.

—No es eso. Claro que no se lo voy a decir. Se enfadarán porque llego tarde a la sinagoga.

—Te ayudaré a vestirte.

Pero ella no se movió.

—¿Crees que me dolerá igual la segunda vez?

A Gabe se le aceleró el corazón.

—Supongo que no lo sabremos a no ser que lo intentemos.

—Debería marcharme —insistió ella.

Él le besó el hombro.

—Haz lo que desees.

—Deja de ser tan comprensivo.

—Vaya, por fin empiezas a pillar mis trucos.

Yasmine se dejó caer sobre la cama y abrió las piernas. Tenía la cara tensa.

—¡Vale, hazlo!

—¿Estás…?

—¡Hazlo! —le ordenó.

Él se colocó entre sus piernas, esta vez con los ojos abiertos, y vio como tensaba el gesto mientras la penetraba. Con cada movimiento, ella apretaba más la cara. De pronto él se incorporó, con las piernas extendidas y el pene apuntando hacia arriba.

—Tengo una idea. —Se dio una palmada en el regazo—. Ponte encima.

Ella miró su pene con desconfianza. Pero, como era una buena chica, se sentó a horcajadas sobre su regazo y lo guio para que la penetrara. A medio camino puso cara de dolor.

—¿Te duele? —preguntó él.

—Sí.

Gabe le colocó las manos en las caderas.

—Respira hondo. —Ella obedeció, él empujó sus caderas hacia abajo y levantó las suyas. Yasmine dejó escapar un gritito de dolor. No era de extrañar. Estaba seca y apretada—. ¿Estás bien?

—En realidad no. —Resopló—. Es tolerable siempre que no te muevas.

—No me moveré. —Estaba completamente dentro de ella—. Rodéame la cintura con las piernas y bésame.

—¿No te moverás?

—No, no me moveré. Te lo prometo. Bésame.

Ella lo besó con recelo y el cuerpo tenso. Como le había prometido, Gabe no se movió y, transcurridos unos pocos minutos, adquirieron un ritmo familiar, con sus miembros enredados y sus bocas unidas. Él deslizó las yemas de los dedos por su espalda mientras ella enredaba los suyos en su pelo. Le quitó las gafas y las lanzó sobre la cama.

Y, cuando su cuerpo comenzó a relajarse, él notó que iba estando más húmeda y caliente. La suavidad de su piel hizo que se excitara más. Ella se retorcía sobre su regazo mientras lo besaba. Estaba haciendo todo el trabajo.

Gabe abrió los ojos y vio que lo miraba. Sonrió y ella hizo lo mismo.

—Te quiero —susurró en voz baja. Ella lo imitó.

Y así fue como siempre había soñado que sería: mirando a los ojos a la chica a la que adoraba, cara a cara, pecho con pecho, su cuerpo pegado al de ella, fundiéndose en uno solo. Cuanto más se besaban, más se movía ella. Gabe notó que se le aceleraba la respiración y supo que no duraría mucho más.

—¡Tienes que quitarte! —le susurró.

—Me tiene que venir la regla mañana —respondió ella—. Probablemente no pase nada.

—Yasmine…

—Te quiero, Gabriel. No pasa nada.

—Oh, Dios… —Su cuerpo se convulsionó con el éxtasis, la rodeó con los brazos y se aferró a sus hombros hasta quedarse seco. Después, agotado y sin aliento, le acarició la cabeza mientras ella besaba sus tatuajes, la mantuvo abrazada y los ojos se le llenaron de lágrimas de placer y de tristeza. Porque supo entonces que, por mucho que le esperase en la vida, por muchos encuentros amorosos que le deparase el futuro, nunca tendría un coito tan perfecto como el que acababa de experimentar.

CAPÍTULO 29

El martes por la mañana, el teléfono de Gabe vibró a las 5.22, ocho minutos antes de que sonara la alarma. Buscó sus gafas, encendió la luz de la mesilla y leyó el mensaje.

Yasmine había escrito: *un insomnio terrible.*

Él respondió: *Q sucede?*

Anoxe me vino la regla. M siento fatal.

Yasmine no estaba hablando por hablar. Aunque no hubiesen hablado de ello, ambos sabían que, hasta que no le bajara la regla, cabía la posibilidad, por remota que fuera, de tener un accidente. Por supuesto, lo primero que sintió fue alivio. La sorpresa fue que también experimentó cierta decepción.

Lo siento. Puedo hacer algo x ti?

No. Siempre s así.

Mjórate. T quiero. Sueña cnmigo cuando vuelvas a dormirt.

Hubo una larga pausa. Pensó que se habría desconectado. Pero entonces vibró el teléfono.

Gabe, q vamos a hacer?

Él respondió: *A q t refiers?*

Stoy obsesionada cntigo. No s normal.

Yo tb stoy obsesionado cntigo. S lo q pasa cuando stas enamorado.

Y q vams a hacer?

Gabe escribió: *q kieres hacer?*

No sé.

Y x q hacer algo?

Otra larga pausa.

Yasmine respondió: *ahora s diferent.*

Otro mensaje suyo: *ya sabs lo q kiero dcir.*

Gabe entendía perfectamente lo que quería decir. *T arrepients?*

Sí y no.

Yasmine le envió otro mensaje: *No kiero q ls cosas sean diferents. Kiero q todavía m kieras.*

Sus palabras le rompieron el corazón. Podía imaginarse las lágrimas en sus ojos. *Claro q t kiero, yasmine, siempre t qrre. Xa mí no ha cambiado nada, salvo q t kiero más, si eso s posible.*

Una pausa. *Y si no kiero volvr a hacerlo?*

Gabe suspiró de nuevo. Él sí que quería hacerlo de nuevo. En los dos últimos días era lo único en lo que pensaba. La deseaba físicamente; por dentro y por fuera, de arriba abajo. Pero sabía que el sexo no sería sostenible. Yasmine era demasiado buena chica y demasiado joven. Sabía que podía insistir, pero no era propio de él.

Daba igual. La aceptaría con cualquier condición que ella le pusiera.

Lo q kieras, yasmine. Con o sin eso, yo t qrre siempre. Una pausa. Después añadió: *aún moriría x ti.*

Dja d dcir eso. Me da mal rollo.

Solo kiero djarlo claro.

T kiero muuuuuxo.

Gabe se imaginaba su sonrisa. *Yo t kiero todavía cn más uuuuuuuuuuuu.*

☺

T ncuentras mjor?, escribió Gabe.

Muxo mjor!

Le envió otro mensaje.

Ahora solo tngo q preocuparm x q mi madre lo descubra.

Un tercer mensaje.

Quizá debamos saltarnos lo de hoy. Xa no ser evidents.

Gabe escribió: *Ahora sí q stoy dprimido!*

Luego añadió: *no podms nrollarnos electronicamnt?*
Cm hacemos eso?
No sé. X ejemplo ♥♥♥♥♥♥♥
Lol.
Vuelve a dormir, yasmine. Mjorate. T kiero.
Yo tb t kiero. Siempre t qrre… x siempre jamás.
X siempre jamás, respondió Gabe antes de apagar el teléfono.

Apagó la luz también y se quedó tumbado en la habitación oscura, mirando a la nada. Con las gafas puestas, distinguía formas y sombras. Una parte de él se alegraba de tener una hora extra de sueño. La otra parte la echaba de menos terriblemente. Se sentía agradecido de haberlo hecho, incluso aunque no volvieran a hacerlo más. Al menos tendría el recuerdo, la sensación de sus cuerpos fundiéndose. La imagen aún le provocaba escalofríos por la espalda. Por no hablar de lo que le provocaba por debajo de la cintura.

La claridad duraría un tiempo, pero sabía que al final se haría borrosa, como el amor de su madre. No era que su madre no le quisiera; Gabe sabía que sí le quería. Pero, sin su presencia física y todo lo que ello implicaba, el amor era abstracto y, por tanto, insignificante para él. No le proporcionaba luz cuando estaba a oscuras y decaído.

Yasmine era su faro, pero ¿cuánto tiempo más duraría eso?

Para siempre jamás.

Hasta que su madre lo descubriera.

Tras colgar el teléfono, Marge se levantó y llamó a la puerta abierta de Decker.

Este levantó la mirada.

—Adelante.

—He llamado a Kevin Stanger. —Marge hablaba apoyada en el marco de la puerta—. Esperaba que me diera algunos nombres con respecto a la pistola. Pero no quiere hablar con nosotros. Es más, su madre no nos permite hablar con él.

Decker le hizo un gesto con un dedo para que se acercara.

—¿Puedes venir? Me va a dar un calambre en el cuello.

Ella se sentó al otro lado del escritorio.

—No puedo sacarles nada más a estos chicos. Sin nombres, no podemos hacer nada. Estoy abierta a sugerencias.

—Una pena, porque me he quedado sin ellas —respondió Decker—. Por mucho que deteste admitirlo, puede que sea el momento de cerrar el caso de Gregory Hesse y Myra Gelb.

—No exageremos —dijo Marge—. Todavía nos queda el ordenador robado de Gregory Hesse como caso abierto. Si encontramos pruebas contra Dylan o cualquiera de su grupo, podremos reabrir los suicidios. Entonces podrás decir «te lo dije».

—Me horroriza que pienses que busco venganza —dijo Decker.

—Ya sabes lo que dicen —respondió Marge—. La venganza es un plato que se sirve frío.

—Mmm… —murmuró Decker—. Tengo la impresión de que, si me comiera la venganza fría, acabaría con un reflujo severo.

Con su caminar desenvuelto y la carpeta bajo el brazo, Gabe se sentía elegante con su chaqueta de pana marrón con bolsillo de parche, su camisa blanca, sus vaqueros negros y unas botas de piel de serpiente de siete centímetros. Le gustaba especialmente la altura añadida, que le situaba en el metro ochenta y siete; tan solo tres centímetros menos que su padre en calcetines. Iba bien vestido, elegante pero informal. Levantó la mano para recolocarse las gafas.

Entonces se dio cuenta: no debería llevar gafas.

La prueba de aquel día era importante —eran gente de una prestigiosa casa discográfica de Nueva York— y Nick le había dicho que se arreglase. Cambió de dirección y corrió de vuelta hacia casa mientras amanecía. Yasmine ya debía de estar levantada, pero probablemente no habría salido de casa. Pensó en escribirle, pero luego pensó que, como siempre llegaba tarde, esperaría a que ella le escribiera a él.

Por una vez sería él quien llegaría tarde. Sabía que ella se metería con él. Eso le hizo sonreír.

No se habían visto en dos días y la expectación de verla le volvía loco de emoción. Aunque habían estado escribiéndose palabras de amor y de pasión, no era nada en comparación con una persona de carne y hueso: tocarle la mejilla, acariciarle el pelo, besarla, sentir su lengua, meterle la mano por debajo de la falda.

Mierda, se estaba excitando otra vez.

Así resultaba difícil correr.

El desvío y el cambio de gafas a lentillas le supusieron quince minutos. Cuando estaba de nuevo en camino, le escribió un mensaje.

Llego un poco tard. No digas nada o t daré un azot.

Esperó a que su teléfono vibrara. Pasó un minuto y ella no respondió, así que volvió a escribirle.

Stas ahí?

Pasó otro minuto.

Qué raro.

Quizá se le hubiese estropeado el teléfono. Curioso, porque la noche anterior funcionaba.

Empezó a acelerársele el corazón. Como de costumbre, probablemente estaría exagerando, como hacía con todo. Se dijo a sí mismo que daba igual. Estaba solo a pocos minutos de su punto de encuentro, también conocido como Coffee Bean.

Quizá incluso hubiese llegado antes que ella, pese a llevar un retraso de veinte minutos.

Y, por supuesto, cuando llegó ella no estaba. El local acababa de abrir y él era el único cliente. Aún era temprano. Pero, pasados cinco minutos sin que ella apareciera, empezó a tener una extraña sensación; incluso revisó los baños y se sintió como un pervertido.

Nada.

Su instinto le decía que algo no iba bien.

—Hola, Gabe.

Se dio la vuelta. Aquel día en el mostrador se encontraba Joe. Yasmine y él iban allí tan a menudo que el personal ya conocía su nombre.

—Hola, Joe. ¿Has visto a Yasmine esta mañana?

—No.

—¿Estás seguro?

—Segurísimo.

Eran casi las seis y media. Algunos clientes habían entrado y salido ya. A esa hora, Yasmine solía dignarse a hacer su aparición.

Salió a la calle y miró hacia ambos lados.

Sentía el nerviosismo en el pecho. En el fondo de su corazón sabía lo que había ocurrido. Su madre habría descubierto lo suyo. Le habría quitado el teléfono.

¡Mierda!

Al principio sintió pena de sí mismo, pero luego pensó en Yasmine.

Le echarían una buena bronca.

Era el momento de ser un hombre.

Tenía que llamar a sus padres, decirles que todo era culpa suya. Le había mentido, la había engañado, la había seducido, se había propasado con ella…

Tal vez eso fuera demasiado. Tampoco quería que pensaran que era un violador.

Sabía que probablemente no llegara tan lejos. Sin duda, su madre le colgaría el teléfono en cuanto se presentara.

Aun así debía hacer el esfuerzo. Recibir el golpe por el equipo.

Entonces se dio cuenta de que no sabía cuál era su número de casa.

Lo más inteligente sería acercarse hasta allí.

Su madre le cerraría la puerta en las narices, pero al menos daría el valiente paso de comportarse con nobleza. Pero, antes de hacer su última aparición, decidió llamarla una última vez.

Última aparición. La idea era más que deprimente. De pronto, toda la vitalidad abandonó su cuerpo. Marcó su número con manos temblorosas.

Oyó que el teléfono daba señal y empezó a sonar.

El sonido parecía proceder de debajo de sus pies.

Miró hacia abajo.

¿Estaba sonando uno de los arbustos?

Eso sí que era raro.

Cuando saltó el buzón de voz, el teléfono dejó de sonar.

Advirtió un destello plateado.

Se agachó.

Era un teléfono.

Era el teléfono de Yasmine.

No solo su reloj, sino también el reloj de plata que le había regalado él.

Confuso y asustado, recogió ambos objetos y se los guardó en el bolsillo.

¿Su madre la habría pillado justo antes de entrar? ¿Se la habría llevado a rastras? ¿Yasmine habría perdido el teléfono en el proceso?

Podía entender que hubiera dejado caer el teléfono en mitad de la pelea, pero ¿por qué perder el reloj?

De pie en la acera, comenzó a buscar cualquier indicio de lo que podía haber ocurrido mientras el sol comenzaba a salir por el horizonte.

«Yasmine, ¿dónde coño estás?».

Tal vez debiera ir a su casa y…

¿Por qué el reloj?

«Piensa con lógica, idiota», se dijo a sí mismo.

Pensó durante unos segundos y llegaba siempre a la misma conclusión. Yasmine le había dejado el teléfono y el reloj como señal…, con la esperanza de que él los encontrara. Sobre todo el reloj, algo tan preciado de lo que nunca se separaría voluntariamente.

Estaba en apuros.

Pero ¿cómo podía meterse en apuros una chica como Yasmine?

¿Un atracador?

¿Un pervertido?

¿Un secuestrador?

La cabeza le iba a mil por hora y el corazón le latía desbocado en el pecho.

Y entonces su cerebro recordó algo, el motivo que le había llevado al Coffee Bean en primer lugar.

El gilipollas de Dylan y su grupo de seguidores… Él actuaba como si fuera el dueño de Starbucks, y Gabe se había enfrentado a él.

Pero, sin duda, Yasmine no haría nada para ofender a Dylan. No se enfrentaría a él.

Sin embargo no podía quitárselos de la cabeza…, sobre todo a la rubia pirada con la que estaba Dylan… Esa mirada que tenía el día que se encontraron en la parada del autobús…, la marihuana en su bolso…, la rabia en sus ojos cuando rechazó irse con ella a colocarse en su casa.

¿Cómo se llamaba?

Cam… Cameron. No le dijo su apellido. Estaba loca, la clase de chica que buscaría venganza…

De pronto se le cerró la garganta… ¿Y sí…?

¡Mierda!

«¡Piensa, imbécil! ¡Piensa!».

Con el corazón en la boca, dejó caer la carpeta con las partituras y se dejó llevar por su instinto. Echó a correr con unas botas que no estaban hechas para eso.

No importaba. Corrió a toda velocidad hacia la parada del autobús.

CAPÍTULO 30

El grupo se encontraba a una manzana de la parada del autobús, recorriendo Greendale Park y sus arboledas. Debían de ser unos cinco, más o menos: Gabe todavía no podía pensar con claridad. Dio un último acelerón, se lanzó contra el grupo y rodeó con los brazos a Dylan y otro tío con pelo largo y acné, ambos más bajos que él, sobre todo cuando llevaba puestas unas botas con tacones de siete centímetros. Los demás se quedaron perplejos.

—Eh, ¿qué pasa aquí? —preguntó Gabe.

Dylan se recuperó deprisa, puso distancia entre ellos y tiró de la pequeña figura que llevaba a rastras. Gabe aún estaba confuso, pero se dio cuenta de que Yasmine tenía un revólver apuntando a su espalda.

—Esto es lo que pasa. —Dylan tiró a Yasmine del pelo y le giró la cabeza para que Gabe pudiera ver su expresión de horror. Se miraron a los ojos, los de ella estaban llorosos, rogándole con la mirada que hiciera algo. Entonces notó algo duro en la nuca.

Oyó aquel clic delator.

Y, cuando eso ocurrió, una calma siniestra se apoderó súbitamente de su cuerpo, como cuando atacó a aquel atracador un año atrás… o como cuando su padre le disparaba para que se acostumbrara al zumbido de las balas. Su cerebro se trasladó al instante a una zona que apenas visitaba; la del hijo de su padre. Sus latidos se tranquilizaron y contempló la situación con otra claridad.

Dylan había echado la cabeza de Yasmine hacia delante para que Gabe no pudiese verle la cara.

—Tú te lo pasaste bien con mi chica —le dijo—. Ahora ha llegado el momento de devolvértela. —Le clavó la pistola en la espalda a Yasmine con más fuerza. Ella soltó un grito de dolor—. Tú también puedes participar si quieres. —Sonrió con malicia—. Puedes sujetarle los brazos mientras nos la follamos.

Gabe se encogió de hombros para quitarle importancia, su mente trabajaba más deprisa que su boca. Pensando antes de hablar, escuchando la voz de su padre en la cabeza.

«Tengo muchos enemigos, Gabe. Tienes que tener cuidado. Si alguna vez te ves en un apuro y no puedes localizarme, empieza a pensar en un plan. Y, cuando tengas un plan, nunca, jamás, pienses en las consecuencias. Simplemente actúa».

Aceleró el paso y obligó al tío que le apuntaba a la cabeza a caminar más deprisa. Los demás los siguieron.

—En serio, Dylan, no sé de qué estás hablando. Yo no he hecho nada con tu chica. —Gabe repasó al grupo con la mirada. Eran seis en vez de cinco. Cuatro tíos y dos tías: Cameron y una morena—. Ni siquiera sé cuál es tu chica.

—Qué mentiroso —murmuró Cameron.

—¿La rubia? —Gabe caminaba cada vez más deprisa—. ¿La que te llamó gilipollas?

Dylan se estremeció un instante.

—Mira —continuó Gabe—, yo no sabía que fuese tuya. Y desde luego no me la tiré. He visto a tu piba dos veces. Primero cuando te conocí y después en la parada del autobús. —Gabe señaló hacia delante—. Esa parada de autobús, de hecho.

Y el autobús no pasaría hasta dentro de veinte minutos.

«Piensa en un plan y actúa».

—Eran como las seis y media de la mañana. —Gabe intentó que no le temblara la voz—. Yo estaba esperando al autobús. Ella había comprado algo de mierda y me invitó a su casa a fumar. Al parecer, sus padres se marchan muy pronto a trabajar.

«¿A quién atacas primero? ¿Al que está apuntando a Yasmine con una pistola o al que te está apuntando a ti a la cabeza?».

—Dijo que la drogaste y la violaste —respondió Dylan.

—Dame un respiro, tío, ¿te parezco un tío que tenga que violar para echar un polvo?

—Es un puto mentiroso, Dylan —gritó Cameron—. Tú mismo viste las marcas.

—¿Qué marcas?

—Cuando me ataste…

—¿Te crees esa mierda, Dylan? —preguntó Gabe riéndose—. Vamos, eres un tío listo. No fui a su casa, no porque quisiera faltarle al respeto ni nada. No fui porque tenía una prueba a las ocho de la mañana con un agente de una importante casa discográfica…

—¡Me violaste, gilipollas!

—… era la oportunidad de mi vida, tío…

—Me ataste y me violaste…

—… y no dejaría pasar una oportunidad así ni por el mejor coñito del mundo. —Gabe se daba cuenta de que Dylan estaba digiriendo aquella información contradictoria—. Puedes creer lo que quieras, tío, pero nunca la he tocado. Yo me gano los coñitos de forma legal, tío. Violar es de perdedores.

Dylan dudaba con la mirada. Gabe prácticamente iba corriendo.

—Además, cualquier cosa que necesite, mi padre me la da gratis. ¿Por qué iba a violar a alguien si puedo tener todos los coñitos que quiera y cuando quiera?

—Sí, se me olvidaba —dijo Dylan con desdén. Quizá no fuera buena idea sacar a relucir a su padre—. Eres tú el que tiene un padre proxeneta.

Gabe se encogió de hombros.

—Es cierto. Se llama Christopher Donatti. Alguno de tus amigos tendrá Internet en el móvil. Buscadlo.

«Lo mejor será ir a por el que te apunta a la cabeza. A estas alturas ya se le habrá cansado el brazo de tenerlo en alto tanto tiempo».

Además, no podría ayudar a Yasmine si estaba muerto.

—Hablo en serio —insistió Gabe—. Búscalo en Internet. —Deletreó el apellido. El sol estaba cada vez más alto y eran casi las siete, la hora a la que llegaría el autobús. El parque seguía desierto, pero no tardaría en aparecer la gente para pasear a sus perros y cosas así. Dylan debía de darse cuenta de eso también, de modo que Gabe sabía que tenía muy poco tiempo. Caminaban por un laberinto de árboles, todavía medio escondidos.

Uno de los chicos, de pelo corto y puntiagudo y con la barbilla hundida, había sacado un iPhone.

—Christopher Whitman Donatti —anunció en voz alta.

—Ese es.

—Hijo adoptivo del mafioso Joey Donatti, líder del grupo Charino en Nueva York y Chicago…

—Adivina quién ocupó su lugar cuando Joey murió —dijo Gabe.

Al tipo de la barbilla hundida le tembló la voz un momento antes de continuar.

—Cumplió seis meses de condena en la penitenciaría de Piedmont por el asesinato de Cheryl Diggs cuando tenía dieciocho años, fue puesto en libertad seis meses después cuando salieron a la luz nuevos datos.

—Eso es cierto.

—Arrestado dos veces en relación con las muertes de Leon Graciano y Paul Lorelli. Fue absuelto de la primera acusación, la segunda terminó con un juicio nulo debido a la muerte de un testigo y a la falta de pruebas.

«Gracias, papá, por ser un psicópata».

Dylan miraba de un lado a otro. Obviamente estaba tramando algo, pero aun así comprendía la importancia de lo que su amigo le decía. Gabe vio que Dylan vacilaba, receloso de atacar al hijo de un mafioso de verdad.

—En la actualidad, Donatti tiene casas editoriales y numerosas propiedades inmobiliarias en Nueva York y Nevada. —El de la barbilla hundida tragó saliva—. Aquí no dice nada de prostíbulos.

Gabe suspiró con exasperación.

—¿Eres gilipollas o solo te lo haces? Mi padre es un puto criminal, tío. No puede tener cosas así. Todos sus casinos y prostíbulos están a nombre de mi madre. Teresa McLaughlin Donatti. También saldrá por ahí, en alguna parte, ¿verdad?

El chico no respondió.

—¿Y sabéis qué? No me llamo Chris. Me llamo Gabriel. Gabriel Matthew Whitman. Y sé que yo también salgo ahí, porque he buscado en Google el nombre de mi padre millones de veces. ¿Alguna pregunta más que pueda responder sobre mi familia?

Nadie dijo nada. Entonces llegó su momento.

Frenó en seco y se agachó, lo que hizo que el tío que llevaba detrás tropezara. La pistola que llevaba en la mano quedó situada por encima de la cabeza de Gabe. Con un movimiento rápido y fluido, Gabe le agarró la mano, se la retorció y le arrebató la Luger 9 mm semiautomática. Levantó la mirada a tiempo de ver como Dylan le apuntaba a él al pecho con su pistola. Oyó un grito y pensó que podía ser el suyo. Yasmine, que se había dado la vuelta cuando Dylan dejó de apuntarle a la espalda, le dio a este un codazo en la mano una milésima de segundo antes de que la pistola disparase.

La bala pasó rozando su cuerpo.

Lo cual no le desconcertó mucho, pese al intenso zumbido.

El ruido y el retroceso hicieron que Dylan diera un salto hacia atrás y le concediera a Gabe margen suficiente. En un instante se colocó detrás de Dylan y le apuntó a la nuca con la semiautomática, clavándosela en la piel, orientada hacia el cráneo. Con las botas, Gabe era diez centímetros más alto que Dylan.

—Si te mueves, tío, eres hombre muerto.

Antes de que Dylan pudiera decir nada, Gabe le quitó la pistola de 5,6 mm con la mano izquierda, después intercambió las pistolas; se sentía más cómodo apuntando a Dylan con la 5,6 mm y sujetando la 9 mm con la izquierda. Tenía más disparos, por si acaso debía usarla. Por el rabillo del ojo vio que el tipo de pelo largo y acné se metía la mano en el bolsillo. Gabe le disparó con la mano izquierda y estuvo a punto de darle en el brazo. Con la 5,6 mm de la mano derecha seguía apuntando a Dylan al cuello.

—¿Te he dado permiso para moverte? —le preguntó al del pelo largo.

El tío temblaba y se había llevado la mano al brazo.

Tal vez le hubiese rozado el brazo con la bala. Mejor.

—¡Respóndeme, hijo de puta! —le gritó Gabe. Disparó otra vez cerca de su cabeza. Su voz sonó más suave esa vez—. ¿Te he dado permiso para moverte?

—No —susurró el otro.

Gabe estaba tranquilo.

—Si alguien se mueve, se convertirá en abono para las plantas. —Miró a Cameron—. Y eso incluye a las damas. ¿Nos entendemos?

Nadie habló. De pronto Gabe fue consciente de que le dolía el costado derecho. Alguien debía de haberle golpeado en las costillas. Fue mirándolos uno a uno y apuntándolos al mismo tiempo con la pistola de la mano izquierda, sin dejar de moverse para no perder a nadie de vista. Entonces recordó la razón que le había llevado hasta allí.

—Lárgate —le dijo a Yasmine.

Ella no se movió; o se negaba a abandonarlo, o estaba paralizada por el miedo.

—¡Vete, Yasmine! ¡Corre!

En su lugar, Yasmine negó con la cabeza y se quedó clavada al suelo.

¡Maldita lunática! Era cierto que estaba como una cabra, tan loca como él, y no entendía bien lo que supondría caer junto a él. Gabe siguió apuntando a Dylan con la mano derecha sin dejar de mover la izquierda de una persona a otra.

Si Yasmine no se marchaba, al menos trabajaría con ella.

—¿Qué hora es, Yasmine?

—No tengo reloj.

—Cierto. Sácame el móvil del bolsillo. —Movía la pistola de una persona a otra.

Yasmine obedeció con rapidez.

—Las siete menos doce minutos.

Quedaban diez minutos. Menos mal que se había puesto las lentillas. De lo contrario, lo único que tendrían que hacer sería quitarle las gafas y dejaría de ver.

—Yasmine, quítales el bolso a las chicas.

—¿Vais a robarnos? —preguntó el tío de pelo corto y barbilla hundida.

Gabe disparó una bala en su dirección.

—Si vuelvo a oír tu voz, será lo último que oigas tú en tu vida. ¿Entendido?

No hubo respuesta.

—Quítales el bolso —le insistió a Yasmine. Al oír su voz, la chica se puso en marcha. Cuando tuvo los bolsos, él le dijo—: Vale, tira sus cosas en los arbustos…, espárcelo todo. Tíralo, lánza-lo. Lo que sea.

Yasmine hizo lo que le ordenaba.

Cuando terminó, Gabe le preguntó:

—¿Qué hora es?

—Menos ocho —respondió ella.

—Vale. Ahora registra las mochilas de los tíos y esparce sus cosas por todas partes, igual que con los bolsos. ¿Entendido?

—Entendido.

Yasmine era perfecta. Actuar primero, preguntar después. Tiró tres iPhones y una BlackBerry, cuatro carteras, dos pipas de *crack*, varios librillos de papel de fumar, varias bolsitas de hierba, un par de bolsas de cristal, una bolsa de *crack* y varias bolsas de éxtasis, cocaína y pastillas que Gabe no identificó al verlas, además de li-bros y cosas de clase. Yasmine sacó el dinero y las tarjetas de crédi-to de las carteras y las esparció por ahí, hasta que Gabe vio el auto-bús acercarse por la carretera.

Agarró a Yasmine del brazo con la mano izquierda y ambos salieron corriendo hacia atrás. Él no dejaba de apuntar al grupo con la derecha.

—Disfrutad con la búsqueda del tesoro —murmuró.

Entonces se dieron la vuelta, se guardó las pistolas en la chaqueta y ambos corrieron como el viento hasta llegar a la acera. Gabe golpeó las puertas del autobús hasta que se abrieron y Yasmine y él se montaron. En cuanto estuvieron a salvo, Gabe notó los latidos de su corazón y sintió que la adrenalina recorría su cuerpo. Temblaba con más fuerza que Yasmine, que se encargó de pagar los billetes.

Se dirigieron hacia la parte de atrás del autobús y encontraron dos asientos vacíos. Sin decir nada, ella le entregó su teléfono. Gabe temblaba tanto que estuvo a punto de caérsele mientras marcaba los números.

La primera vez saltó el buzón de voz.

Apretó el botón verde y volvió a intentarlo.

«Por favor, contesta. Por favor, contesta. Por favor, contesta».

Y, cuando contestaron, a Gabe le costó pronunciar las palabras.

—Peter… —Estaba sin aliento—. Peter, estoy en apuros.

Decker tardó unos instantes en reconocer aquella voz sin aliento.

—¿Gabe?

—Sí, perdona. Soy Gabe.

Decker se puso alerta, pero mantuvo la voz firme.

—¿Dónde estás?

—Estoy en… —Gabe respiraba con dificultad—. Estoy en el autobús… Dios, ni siquiera sé dónde estoy. Espera…, deja que lea el nombre de la calle. —Le dio a Decker el nombre de la calle y la dirección—. ¿Puedes venir a buscarnos?

«¿Buscarnos?».

—Voy para allá. —Decker acababa de meter el coche en el aparcamiento de la comisaría. Dio marcha atrás y salió de allí—. ¿Corres peligro físico ahora mismo?

—Quizá.

Decker colocó la luz roja en el techo del coche y encendió la sirena.

—¿Inminente?

—No lo sé. Creo que ahora estamos bien. —Oyó la sirena de fondo. Jamás un sol sostenido había sonado tan bien—. ¿Dónde nos encontramos?

—Quedaos en el autobús y yo os alcanzaré. Estoy a cinco minutos. Mantente al teléfono, ¿de acuerdo?

—Sí. Aquí sigo.

Decker oía la conversación amortiguada: palabras entrecortadas y muchos jadeos. Incluso con la sirena y las luces, tardó un poco más en alcanzar al autobús debido al tráfico de la mañana.

—Estoy justo detrás de ti —dijo antes de apagar la sirena—. Bájate en la próxima parada.

—De acuerdo.

Aquel mastodonte avanzó varias manzanas más hasta detenerse en una parada llena de trabajadores. Decker salió del coche, se quedó junto a la puerta del copiloto y esperó. Poco después bajaron del autobús dos figuras agarradas de la mano.

Gabe era mucho más alto que ella.

Cuando la chica y él se acercaron, Decker vio que ella tenía los ojos rojos e hinchados y que parecía menor de diecisiete años, como había asegurado Gabe.

Además le resultaba familiar.

Y entonces la ubicó: la chica persa de la tienda, no la que flirteaba con Gabe, sino la pequeña que parecía tener diez años y cantaba ópera. Y de pronto todo encajó. Abrió la puerta de atrás y los jóvenes entraron. Ella temblaba y se echó a llorar nada más ponerse el cinturón. Gabe temblaba también. Estaba pálido.

—¿Qué ha ocurrido? —preguntó Decker.

El chico y la chica comenzaron a hablar al mismo tiempo. Gabe estaba sin aliento. La chica hablaba entre sollozos.

—Creo que un grupo de matones la había secuestrado... —decía él.

—Decían que... que iban a... violarme... —contaba ella entre llantos.

—Encontré su teléfono y su reloj en el suelo y supe que pasaba algo...

—Y a matarme...

—Los alcancé y estaban apuntándola con una pistola. Entonces un cabrón me apuntó a mí.

—Me amenazaron con... con cosas horribles. —Lloraba tanto que resultaba difícil de entender—. Y las chicas... ¡eran peores que los chicos!

—Le quité la pistola al tío y... y acabé con dos pistolas... Es todo un poco confuso.

—Gabe me ha salvado la vida...

—¿Cómo he acabado con dos pistolas? —se preguntó Gabe.

—Un momento, un momento —dijo Decker—. Vamos por partes. ¿Sabéis quiénes son esas personas?

—¡No! —exclamó Yasmine—. ¡No los había visto en mi vida!

—El líder es un tío llamado Dylan —explicó Gabe.

—¿Dylan? —repitió Decker. El corazón le dio un vuelco.

—Sí, Dylan. Lo vi una vez hace unos cuatro meses. Es un gilipollas y le encantan las pistolas.

—¿De qué lo conoces? —preguntó Decker.

—No lo conozco, solo lo vi una vez. Es una larga historia.

Yasmine abrió mucho los ojos.

—Creo que yo había visto una vez a la rubia.

—¿De verdad? —le preguntó Gabe.

—Sí, en el Coffee Bean. Estaba... mirándome.

—¿Cuándo fue eso? —le preguntó Gabe.

—Hará unos dos meses. Llevaba unas botas de Christian Louboutin.

—¿Por qué no me lo habías dicho?

—¿Decirte que una chica me estaba mirando con mala cara?

—Dios —gruñó Gabe—. ¡Probablemente nos vio juntos!

—Recuerdo que pensé, «¿por qué me odia?».

—¡Es todo culpa mía! —exclamó Gabe.

—Pensé que a lo mejor no le gustaban los persas.

—Esperad, chicos. De uno en uno. —A Decker le latía el corazón a toda velocidad—. ¿Sabéis el apellido de Dylan?

—No —respondió Gabe—. Podría describirlo. Y una de las chicas se llama Cameron. La rubia. Es una tarada. Decía que yo la había violado. Te juro, Yasmine, que jamás la he tocado.

—No la creía —respondió ella abrazándose a su brazo—. Sabía que era mentira.

Decker intentaba que no perdieran el hilo.

—¿Dónde ocurrió todo eso?

—En el Coffee Bean —respondió Yasmine.

—¿Te secuestraron en el Coffee Bean? —preguntó Decker.

—Justo en la puerta —le dijo Yasmine antes de volverse hacia Gabe—. Salí a buscarte porque llegabas tarde y me parecía extraño.

—Se me olvidó ponerme las lentillas para la prue… ¡Mierda! ¡Tengo una prueba dentro de una hora!

—Tú no vas a ninguna parte —le dijo Decker.

—Me dejé las partituras en el Coffee Bean. ¡Mi agente me matará si no aparezco!

—Gabriel, no vas a ninguna parte —insistió Decker.

—No, tú no lo entiendes —protestó Gabe—. Jeff me matará.

—Yo aguantaré el chaparrón —le dijo Decker. Era evidente que el muchacho no pensaba con claridad—. ¿Y todo eso ocurrió frente al Coffee Bean?

—No sé de dónde se la llevaron. —Gabe respiraba ahora con dificultad—. Los alcancé en Greendale Park. —Cada bocanada de aire era un esfuerzo—. Peter, puede que aún sigan allí, porque hemos tirado todas sus cosas por ahí y probablemente sigan buscándolas. Pensé que, si esparcíamos su mierda, eso les mantendría ocupados mientras escapábamos.

Decker llamó a Marge de inmediato.

—¿Qué sucede? —preguntó ella.

—Situación de emergencia. Te quiero a ti y a todas las unidades disponibles en Greendale Park. Detén a todos los que te encuentres y mantenlos allí hasta que yo llegue.

—¿A todos?

—A todos. Ya haré criba después. Ten especial cuidado con cualquier adolescente que encuentres. Podrían tener armas.

—Probablemente pueda arrestarlos, teniente —dijo Yasmine—. Llevaban todos drogas.

Decker se dirigió a Marge.

—Si encuentras a alguien en posesión de armas, drogas o contrabando ilegal, arréstalo de inmediato. Pero, repito, ten especial cuidado. Van armados.

—Yo tengo sus armas —dijo Gabe—. Pero puede que tengan más.

«La Mafia de B y W», pensó Decker.

—¿Dónde están esas pistolas que tienes?

—¿Dónde? —Se palpó la chaqueta—. En el bolsillo. —Le dio a Yasmine su teléfono y su reloj—. Buena idea dejarlo en el suelo para que lo encontrara. Eres muy lista.

—Tenía que hacer algo —respondió ella.

—Eres brillante.

Decker todavía estaba intentando que mantuvieran el hilo.

—¿Cuántas armas tienes, Gabe?

—Dos. Recuerdo que un tío ha intentado sacarme una pistola. Tenía el pelo largo y granos. Le he disparado, pero podría tener una pistola.

Decker le dio la información a Marge.

—Estoy a pocos segundos —dijo ella antes de colgar.

—¿Quieres que te las entregue? —preguntó Gabe—. Las armas.

—Sí, las quiero, pero no quiero que me las entregues en un coche en movimiento. Me las darás cuando lleguemos a la comisaría. —Hubo una pausa—. ¿Sabes acaso si están cargadas?

—Están cargadas —respondió Gabe—. Dylan me ha disparado.

Decker volvió a marcar el número de Marge. Tardó un minuto, pero al final logró contactar con ella.

—No dejes que ninguno de los chicos se lave las manos hasta haber buscado restos de pólvora. Sobre todo con un chico llamado Dylan.

—¿Dylan? —repitió Marge.

—Sí, Dylan —confirmó Decker.

—Entendido —dijo ella—. Estoy aparcando. —Colgó el teléfono.

A Decker le iba la cabeza tan deprisa que resultaba difícil mantener un hilo de pensamiento. Condujeron en silencio durante un minuto.

—Gabe, ¿has disparado alguna de las pistolas?

—Sí. La Luger 9 mm semiautomática al menos dos veces, pero no recuerdo si he disparado la 5,6 mm.

A Decker le dio un vuelco el corazón.

—¿Has herido a alguien?

—No…, al menos eso creo.

—¿Estás seguro?

—No estoy seguro de nada.

Pasaron los minutos. Marge le llamó.

—Hemos encontrado a seis adolescentes recogiendo sus pertenencias. Es todo un caos. Te llamo más tarde.

—¿Hay alguien herido? —preguntó Decker, pero Marge ya había colgado—. Han detenido a seis chicos —les informó a los muchachos.

—Son todos —dijo Gabe.

—¿Y estás seguro de que no has herido a nadie?

—No he matado a nadie —le dijo Gabe. Después se volvió hacia Yasmine—. Estaban todos de pie cuando nos hemos ido, ¿verdad?

—Sí —respondió ella—. Estaban todos de pie. No ha herido a nadie.

—¿Estás seguro?

—Casi seguro.

—Quizá pida una ambulancia por si acaso —dijo Decker.

Gabe se recostó en el asiento.

—Quizá debas pedir una para mí. Siento como si me fuera a desmayar.

—¿En serio? —preguntó Decker.

—No, no…, estoy bien. Uno de esos cabrones me ha dado un puñetazo en las costillas. Puede que me haya roto algo. —Se abrió la chaqueta y se llevó la mano a ese punto. Tenía la camisa caliente, húmeda y pegajosa. Apartó la mano y vio que estaba manchada de sangre—. Debo de haberme cortado —dijo confuso.

—¡Dios mío! —gritó Yasmine llevándose las manos a la cara—. ¡Gabe, te han disparado!

Decker volvió a poner la sirena encima del coche. Dio media vuelta y se dirigió hacia el hospital.

CAPÍTULO 31

Llamar a Rina primero no resultó fácil, pero fue pan comido comparado con la siguiente llamada.

—Será mejor que sea importante —ladró Donatti a través de la línea—. Me has interrumpido en un momento muy inoportuno.

—Se trata de Gabe —dijo Decker—. Está bien, pero le han disparado. Tienes que venir a Los Ángeles de inmediato.

El silencio al otro lado de la línea fue agónico.

—¿Es grave?

—Cuando lo metieron en Urgencias podía contestar a sus preguntas. No había perdido el conocimiento. Ahora está en rayos…

—¿Algo vital?

—No lo sé.

—¿La bala sigue dentro o ha salido por el otro lado?

—Eso tampoco lo sé.

Otro silencio interminable.

—¿Qué ha sucedido?

—No conozco los detalles, pero te diré lo que me ha dicho a mí —dijo Decker—. Me llamó hace cosa de media hora y me dijo que estaba en apuros. Al parecer su novia había sido secuestrada por un grupo de matones adolescentes… ¿Sabías que tenía novia?

—Sí, una chica llamada Yasmine.

Incluso en la distancia, Chris sabía más de Gabe que él.

—Por lo que he podido entender, alcanzó al grupo y consiguió salvarla, pero le dispararon entretanto...

—¿Quién le disparó? —La voz que le interrumpió sonaba tranquila.

—No lo sé. Es la verdad —respondió Decker—. Hemos detenido a algunos chicos, pero ni siquiera sé si son los que atacaron a Gabe. Yasmine está conmigo. Nos iremos a la comisaría cuando Rina llegue al hospital. No quiero dejar solo a Gabe hasta que Rina... Espera, está saliendo el médico. Te lo pondré al teléfono. —Decker le pasó el teléfono a un médico con ropa quirúrgica—. Estoy hablando con el padre de Gabriel Whitman. Se llama Christopher Donatti.

—Gracias. —El médico se puso al teléfono—. Señor Donatti, soy el doctor Morland. Lo primero de todo, su hijo se va a poner bien. Habla y responde con normalidad. Tiene una herida de bala, pero no le ha alcanzado ningún órgano vital. Sí que recomiendo operarlo de inmediato. En la placa aparece una bala alojada en las costillas. El hueso está roto y, cuanto antes se la saquemos, más fácil le resultará curarse.

Silencio.

—¿Hola? —dijo el doctor Morland.

—Sí, sigo aquí —respondió Donatti—. ¿Está bien?

—Sí, se pondrá bien. No le ha alcanzado nada vital.

—¿Tiene la bala en las costillas?

—En la novena costilla, para ser exactos.

—¿Era de 5,6?

—¿Perdón?

—La bala —aclaró Donatti—. Algo de mayor diámetro le habría destrozado el hueso y habría atravesado su cuerpo.

—Probablemente. —Morland hizo una pausa—. ¿Tengo su permiso para operarle?

—Sí, puede operar.

—¿Podría enviarme un fax diciendo que da su permiso al hospital para hacer lo que sea necesario por el bienestar de su hijo?

—Sí, puedo hacerlo.

—¿Le gustaría hablar con él antes de la operación?

—¿Por qué? ¿Cree que podría morir?

El doctor Morland pareció desconcertado.

—No hay razón para ello, señor Donatti.

—Entonces hablaré con él cuando salga. Póngame otra vez con el teniente Decker.

El cirujano pareció desconcertado, pero le pasó el teléfono a Decker.

—No quiere hablar con su hijo. Quiere hablar con usted.

Decker asintió.

—¿Qué necesitas, Chris?

—El médico dice que está bien. No parece que tenga que ir ahora mismo. Intentaré ir esta noche. Si no puedo, lo veré mañana.

«Frío», pensó Decker.

—Lo que te venga mejor, Chris.

—¿Y Rina se quedará con él? No quiero que se quede solo.

—Se quedará con él hasta que llegues. Incluso por la noche. —Decker le dio toda la información necesaria; el nombre y la dirección del hospital, su móvil y el de Rina.

—Necesito el número de fax del hospital para darles permiso para operar.

—Te lo conseguiré. —Decker hizo una pausa—. Lo siento, Chris.

—¿El qué? No le has disparado tú.

—Gabe estaba bajo mi cuidado. Me siento responsable.

—Su madre y yo te lo encasquetamos. Además, no puedes vigilarlo las veinticuatro horas del día. Es la edad. Los chicos que juegan a ser adultos con pistolas. ¿Yo era así de estúpido cuando me conociste?

—Tú eras listo, pero también eras estúpido.

—Sí, me gustaría pensar que era diferente, pero probablemente era un imbécil. La única diferencia es que, si yo hubiera disparado a alguien, ese alguien habría muerto.

* * *

Cuando Decker entró con Yasmine en la comisaría, ella iba aferrada a su brazo. No había parado de llorar, amenazando con suicidarse si Gabe no sobrevivía. La sala de la brigada estaba abarrotada de gente, un caos apenas controlado lleno de adolescentes, detectives, agentes de policía y montañas de papeleo. Normalmente las cosas eran bastante civilizadas. Aquel día parecía un auténtico decorado de televisión. La detective Wynona Pratt, recién llegada a Homicidios, estaba sentada en medio de la sala hablando con una joven de pelo largo y oscuro. En cuanto Yasmine se fijó en la adolescente, comenzó a temblar sin control. La morena temblaba de igual forma y se dirigió a Yasmine.

—Lo siento, lo siento, lo siento, lo siento.

—Llévala a una sala de interrogatorios inmediatamente —le dijo Decker a Wynona.

—Están todas ocupadas, teniente —respondió la detective.

—Entonces utiliza mi despacho.

—Entendido.

Yasmine seguía agarrada del brazo de Decker, sollozando. Él miró a su alrededor en busca de ayuda. Wanda Bontemps acudió al rescate.

—¿Qué necesita, teniente?

—¿Hay alguna otra sala disponible?

—No. Podemos usar el lavabo de señoras.

—De acuerdo, llévala allí. Pero, antes de preguntarle nada, tengo que llamar a sus padres…

—Noooo —gritó Yasmine.

—Yasmine, hay que informar a tus padres —contestó Decker con firmeza—. Debería haberlo hecho cuando estábamos en el hospital, pero no he tenido tiempo.

—Mi madre me matará.

—Te garantizo que, cuando se entere de las circunstancias, se alegrará de que aún respires. —Decker se volvió hacia Wanda—.

Esta es la detective Bontemps. Ella cuidará de ti hasta que llegue tu madre.

—Creo que voy a vomitar —contestó Yasmine con una arcada.

—Te llevaré al baño —dijo la detective antes de girarse hacia Decker—. Yo llamaré a su madre.

—Mejor aún —le dijo Decker. Cuando Bontemps se llevó a Yasmine, vio a Lee Wang y le hizo gestos para que se acercara—. ¿Tienes un minuto?

—Estoy con uno de los chicos.

—¿Con cuál?

—Jerome John Little, más conocido como JJ.

—¿Dónde está JJ ahora?

—En la sala cuatro. Willy está con él. —Willy era William Brubeck, con más de treinta años de servicio—. Tiene diecisiete años. ¿Quiere que avise a sus padres?

—Si está hablando, dejad que hable. Si pregunta por sus padres, no tenemos elección. Dile a Willy que adelante. Yo tengo otro encargo para ti. —Le hizo un gesto a Marge con la mano mientras hablaba con Lee. Le entregó una bolsa de pruebas—. Busca estas pistolas en el sistema. Hay dos; una Luger 9 mm semiautomática y una Smith and Wesson de 5,6 mm. Averigua si están registradas, quiénes son sus dueños y si alguna de ellas ha sido robada.

—No hay problema.

Marge resopló.

—Dijiste que arrestáramos a todos los que pudiéramos y eso hemos hecho. Uno de ellos, Kyle Kerkin, de pelo largo, llevaba un arma de fuego. Una Glock 7,65 mm. Dylan llevaba cristal en el bolsillo de atrás. Al arrestarlo por posesión, se ha venido abajo. Entonces le hemos preguntado si podíamos examinarle las manos para buscar residuos de pólvora. Estaba tan nervioso que ha dicho que sí. Y ha dado positivo.

—¡Fantástico! ¿Cuántos años tiene Dylan?

—Dieciocho.

Decker sonrió de oreja a oreja.

—¡Mejor aún!

—La mala noticia es que ahora que ha tenido tiempo para pensar, quiere un abogado.

—Eso no significa que las pruebas no valgan, sobre todo siendo adulto.

—Desde luego. Además, no va a poder librarse de los cargos por posesión.

—Ahora mismo Dylan tiene cosas peores a las que enfrentarse…, como el intento de asesinato.

Marge asintió.

—Tenemos muchos cargos con los que trabajar, Pete. Dos de los chicos llevaban cocaína y cristal, uno llevaba una pipa y una bolsa que probablemente sea éxtasis. Las chicas tenían hierba y pastillas, y la rubia además tenía cristal. La morena, Darla Holbein, tiene diecisiete años. Dos de los chicos, JJ Little y Nate Asaroff, también tienen diecisiete. Cameron Cole y Kyle Kerkin, junto con Dylan Lashay, tienen más de dieciocho.

—¿Y Kerkin era el que llevaba la Glock?

—Sí. Llevaba una Glock y tiene más de dieciocho.

—¿Dónde está la pistola?

—Drew Messing está buscándola en el sistema. Ya debería haber terminado.

—¿Alguna pistola más aparte de la Glock?

—No.

—Gabe no está seguro de quién le disparó.

—Dylan es el único que tenía residuos en las manos.

—¿Estás segura?

—Sí. Los hemos examinado a todos.

—¿Has hablado con alguno de los chicos para saber su versión de la historia?

—Por supuesto. Dicen que solo estaban paseando cuando Gabe y la chica los atracaron.

—¿Y Gabe se disparó a sí mismo?

—Ni siquiera sé si saben que Gabe resultó herido. Desde luego nosotros no les hemos dicho nada. Todos se ciñen a su historia del robo.

—No hemos encontrado nada en Gabe ni en la chica, que se llama Yasmine Nourmand.

—Dicen que a Gabe y a la chica los asustó un buen samaritano. Salieron corriendo y tiraron en los arbustos todo lo que llevaban. Incluso dicen que las drogas eran de Gabe y de la chica y que ellos las llevaban como pruebas para mostrárselas a la policía. Hay que reconocérselo. Tenían sus coartadas preparadas incluso antes de que los detuviéramos.

—¿Alguno de ellos llamó a la policía y denunció el robo?

—No que yo sepa.

—¿Alguien del grupo llamó al 911?

—No lo sé. Todas las unidades con las que me encontré en el parque habían respondido a mi llamada.

—Gabe me llamó de inmediato. No significa nada…, solo que pidió ayuda… Alguien podría decir que yo le di instrucciones…, cosa que no hice. Aun así… —Decker lo pensó durante unos segundos—. Tú mandas. Yo no puedo implicarme demasiado con esto.

—No hay problema. Ya me lo imaginaba.

—Gabe dice que dejó sus partituras en el Coffee Bean antes de salir corriendo a buscar al grupo. Envía a alguien para fotografiarlas y guardarlas como prueba. Eso le dará credibilidad a su declaración.

—No hay problema.

—¿Quién crees que es el vínculo más débil en la Mafia de B y W? —preguntó Decker.

—Han resultado ser mucho peores de lo que pensaba —confesó Marge.

—Lo mismo digo.

—¿El vínculo más débil? —Marge hizo una pausa—. Yo diría que la morena de diecisiete años, Darla Holbein. Se ha derrumbado enseguida.

—Sí, cuando he entrado con Yasmine, no paraba de disculparse con ella. —Decker sacó su libreta y anotó algunas cosas—. Lo que significa que, si Gabe y Yasmine atracaron al grupo, ¿por qué iba Darla a disculparse con ella?

—Se lo mencionaré al fiscal del distrito.

—¿Quién es el siguiente vínculo más débil? —preguntó Decker.

—Empate entre JJ Little, que no ha parado de llorar, y Kyle Kerkin, que se meó encima cuando encontramos la pistola.

—Kyle Kerkin tiene más de dieciocho, ¿verdad?

—Sí.

—Perfecto. Darla está con Wynona.

—Ha preguntado por sus padres. Ya han sido notificados y vienen de camino —explicó Marge—. ¿Qué hacemos con Dylan, que está pidiendo un abogado?

—Dadle un abogado. Él será el último con el que hablemos. Cuando logremos que todos los demás lo delaten.

Yasmine entró corriendo al baño. Ni siquiera le dio tiempo a cerrar la puerta. Tardó algunos minutos en salir, limpiándose la boca con papel del váter. Temblaba sin control.

—No puedo dejar de temblar.

—Es por la adrenalina. —Wanda la ayudó a sentarse en el sofá del lavabo—. Voy a traerte un zumo de naranja.

—Sigo teniendo náuseas. —De pronto le entró el pánico—. Quiero volver al hospital.

—¿Estás herida?

—Quiero ver a Gabe. —Empezó a llorar—. Necesito verlo. Si le ocurre algo, ¡me suicido!

Wanda contó hasta tres.

—Cariño, primero vamos a llamar a tus padres…

—Oh, por favor, no llame a mi madre. —Se rodeó a sí misma con los brazos para intentar dejar de temblar—. ¡Me matará! Mi padre me repudiará. ¡Usted no lo… entiende!

—Pues empecemos con tu madre. Tiene que saber lo que está pasando.

—¿No puedo ver al teniente?

—Ahora mismo está ocupado.

—¡Por favor, déjeme verlo!

Wanda sintió pena por ella.

—Sí, puedes verlo, pero primero tengo que llamar a tu madre.

Yasmine le dio el número a regañadientes.

La llamada no resultó fácil. La mujer pasaba de la sorpresa al grito y exigía hablar con su hija, que se negaba a ponerse al teléfono. Después de la conversación, Wanda se dio cuenta de que le dolía la cabeza.

Yasmine seguía temblando.

—¿Puedo hablar ya con el teniente?

—Veré si lo encuen…

—Por favor, no me deje sola.

—De acuerdo, salgamos juntas.

Wanda la ayudó a levantarse y logró parar a Decker.

—Quiere hablar con usted, teniente.

—Está bien, pero llévala de vuelta al lavabo. No quiero que vea a ningún otro de los que hemos detenido. —Empezó a sonar su móvil—. Es Rina. Tengo que contestar.

Yasmine se echó a llorar.

—¡Quiero ver a Gabe!

—¿Qué sucede? —le preguntó Decker a Rina.

—Creo que me voy a desmayar —gritó Yasmine.

Wanda la sentó en una silla.

—¡Necesito zumo ya!

Decker corrió al frigorífico sin soltar el teléfono.

—Lo siento, no oigo bien. Esto es un caos. ¿Puedes gritar?

—Gabe está estabilizado —dijo Rina—. Está bien. Entrará a quirófano dentro de una hora. No para de preguntar por Yasmine. Quiere hablar con ella. ¿Puede llamar a tu número y que se ponga ella?

Decker miró a su alrededor, pero Yasmine se había ido.

—Creo que ha vuelto a entrar al baño. Le diré que llame a Gabe cuando la vea.

—No puede usar su móvil en un hospital —le dijo Rina—. Por eso he preguntado si puede llamarla antes de entrar a quirófano. No para de llamarla al móvil, pero no contesta.

Decker sacó el cartón de zumo de naranja del frigorífico. Scott Oliver estaba llamándole con la mano. Decker levantó un dedo para que esperase, entonces vio a Yasmine sentada con la cabeza entre las piernas.

—Espera un segundo, Rina, ya la he encontrado. —Le entregó el cartón y un vaso de papel a Wanda—. ¿Llevas tu móvil encima, Yasmine?

Ella levantó la cabeza lentamente y se revisó los bolsillos.

—Aquí está —dijo mientras lo sacaba.

—Bebe —le dijo Wanda—. Traga despacio.

Yasmine obedeció.

—Gabe te va a llamar. Tienes que volver con la detective Bontemps al lavabo de señoras. Yo iré lo antes que pueda.

—¿Cuándo podré ver a Gabe? —preguntó ella.

—No lo sé —respondió Decker.

—Vamos, cariño —le dijo Wanda ayudándola a levantarse.

—¡Quiero ver a Gabe!

—Va a entrar a quirófano, Yasmine. Vete al lavabo con la detective Bontemps y él te llamará, ¿de acuerdo?

La chica asintió con lágrimas en las mejillas.

—Gracias por su ayuda —murmuró.

—De nada, cielo. Siento no poder hacer nada más ahora mismo. —Le hizo un gesto a Wanda, que volvió a llevársela. Habló entonces al teléfono—. Yasmine tiene su teléfono —le dijo a Rina—. Dile a Gabe que puede llamarla.

—Gracias, Peter.

—Es un placer ayudar. Tengo que dejarte. —Colgó el teléfono y se acercó a Oliver—. ¿A quién estás interrogando tú?

307

—A Kyle Kerkin.

—Perfecto. Es el mayor de dieciocho con la Glock, ¿verdad?

—Eso es. La Glock pertenece a su padre, pero aquí está lo gracioso. Su padre denunció su robo hace ocho meses. Así que tenemos cargos por armas robadas además de posesión de drogas. Kyle está con el agua al cuello.

—Intenta que se ahogue del todo. Veamos a quién culpa cuando se derrumbe.

—Kyle quiere hablar contigo —le dijo Oliver—, y está dispuesto a hacerlo sin un abogado.

—¿Conmigo?

—Sí, ha preguntado por el teniente al cargo. Está a punto de confesar. No podemos echar a perder esta oportunidad.

—Yo no puedo interrogar a nadie, Scott. Tengo una implicación personal en el caso.

—Sabe que Gabe vive contigo.

—¿Lo sabe? —Decker estaba desconcertado—. ¿Cómo?

—Porque Gabe le dijo que vivía con un teniente de policía.

—¿De verdad? ¿Cuándo?

—No sé cuándo, pero sabe que Gabe tiene un padre de acogida que es poli.

—Hay algo que me he perdido —dijo Decker—. De acuerdo, vamos a hacerlo. Tú haces las preguntas, tú obtienes la declaración y yo estaré sentado allí.

—Perfecto.

—Voy en unos minutos.

—Cuanto antes mejor.

Decker se acercó al escritorio de Marge. Ella acababa de colgar el teléfono.

—Era la madre de Darla Holbein. Está furiosa, pero no con nosotros. Darla tendrá que dar explicaciones.

—Marge, necesito a alguien que elabore una tabla con fotos de los adolescentes para que Yasmine y Gabe los identifiquen. ¿Quién está libre?

—Puede que Drew Messing esté libre —contestó Marge—. Acaba de terminar con la Glock. Se la robaron al padre de Kyle Kerkin hace ocho meses.

—Sí. Me lo ha dicho Oliver.

—Messing está escribiendo el informe.

—Cuando haya terminado con eso, dile que empiece con las fotos, ¿de acuerdo?

—De acuerdo. ¿Y si empezamos con Dylan, Kyle y Cameron, ya que tienen más de dieciocho?

—Buena idea —dijo Decker—. ¿Tienes fotos recientes de ellos que podamos usar? Quizá en el anuario.

—Probablemente pueda sacarlas de Facebook. Si no, haré una búsqueda.

—Bien. Ya nos preocuparemos luego por los demás. ¿Cómo se apellida Dylan?

—Lashay —respondió Marge con una sonrisa.

Decker habría sonreído si no hubiera estado tan ocupado.

—De acuerdo. Muéstrales a Yasmine y a Gabe la tanda de fotos con la foto de Lashay antes de que Gabe entre a quirófano.

—¿Cuándo será eso?

—Dentro de una hora.

—Iremos justos de tiempo. —Hizo una pausa—. ¿No debería interrogarlo alguien?

—Mierda, tienes razón.

—Lo haré yo cuando haya preparado las fotos —dijo Marge—. Si Gabe y la chica lo identifican, prepararé una orden para registrar la casa de Lashay y su taquilla en el colegio. Le diré a Drew que se encargue de los otros.

En ese momento una mujer preciosa y muy delgada, con el pelo negro y recogido, entró en la sala de la brigada haciendo un fuerte ruido con los tacones sobre el suelo. El rostro perfectamente maquillado de Sohala Nourmand era una mezcla de furia y pánico.

—Ella está bien, señora Nour... —comenzó a decir Decker.

—¡Quiero ver a mi hija ahora mismo!

—La llevaré con ella…

Sohala señaló a Decker con un dedo.

—Voy a llamar a mi marido. Vamos a llamar a nuestro abogado. ¡Pronto tendrá noticias nuestras! Ahora, ¿dónde está mi hija
para poder llevármela a casa?

Decker trató de mantener la calma.

—Ni usted ni su hija van a ninguna parte.

La mujer estaba furiosa.

—¡Nos vamos ahora mismo!

—Señora Nourmand, su hija podría estar en grave peligro y,
por muy asustada o enfadada que esté usted, ¡no va a poner en riesgo su seguridad! Creo que ambos estamos de acuerdo en eso.

La mujer se quedó horrorizada.

—¿En grave peligro?

—No sé qué sabe usted, pero, por lo que he oído, ha sido secuestrada a punta de pistola. —Decker hablaba todo lo rápido que
podía—. Mi hijo de acogida, que estaba con su hija en ese momento, ha conseguido salvarla, pero le han disparado. Gabriel va a ser
operado. Tenemos detenidas a varias personas que podían ser res-
ponsables de intento de asesinato, pero cabe la posibilidad de que
algunos de ellos salgan en libertad bajo fianza y quiero asegurarme
de que su hija está protegida en caso de que eso ocurriese. De modo
que debemos elaborar una estrategia antes de que se la lleve de aquí
y la exponga a este mundo tan cruel.

Sohala se había quedado con la boca abierta. De pronto puso
los ojos en blanco y comenzó a tambalearse. Le fallaron las rodillas.

Decker y Marge la agarraron antes de que cayera al suelo.

CAPÍTULO 32

—¿Pido una ambulancia? —preguntó Marge.

—No, no, no —susurró Sohala.

—Tráele un poco de agua. —Decker le tomó el pulso. Era lento pero firme—. ¿Quiere que llame a su marido?

—¡No! —exclamó Sohala—. Sufre del corazón. —Le brillaban los ojos por las lágrimas—. ¿Mi hija ha sido...?

—No —le aseguró Decker—. No ha sufrido ningún daño físico.

—¿Está seguro? —susurró ella.

Marge regresó con el agua.

—Voy a ponerme con las fotos antes de que perdamos a nuestros testigos por la operación y por la madre.

—Buena idea —le dijo Decker.

Sohala se incorporó y bebió agua. Tardó algunos minutos en recuperar la voz.

—¿Yasmine está bien?

—Está bien. Podrá ir a verla enseguida, pero primero escúcheme...

—Esto es un mal sueño. Una pesadilla... ¿Dice que han disparado a alguien?

—A mi hijo de acogida, sí.

—Santo Dios... —Miró a Decker—. ¿Quién es?

—Se llama Gabriel Whitman —respondió él—. Es el chico que tocó el piano en la graduación de Hannah. Lo conoció en la tienda hace como tres meses.

—¿El chico alto que va a Harvard?

—Ha sido aceptado en Harvard. Vive con nosotros hasta que se vaya a la universidad.

—¿Es judío?

—No.

—¿No? Entonces, ¿qué hacía con mi hija?

Decker se quedó mirándola. Ella se recostó en la silla y murmuró algo en persa. Le apuntó a él con un dedo.

—Sabía que a esa chica le pasaba algo raro. Le gusta escaquearse, ¡pero esto ya es demasiado! —De pronto estaba horrorizada—. ¿Y su chico está bien?

—Se pondrá bien, pero le dolerá durante un tiempo.

—Lo siento mucho. —Tenía lágrimas en los ojos—. Creo que estoy muy confusa.

—Es mucho para asimilarlo —le dijo Decker.

—Se supone que he quedado con mi hija dentro de una hora en la modista. Se va a casar.

—Con Aaron, el médico.

—Sí. Tengo que llamarla. ¿Qué le digo? ¡Creo que tengo ganas de vomitar!

—Tómese su tiempo…

—Esto es demasiado. No puedo hacerlo todo. —Estaba llorando—. Solo soy una persona.

—Entiendo cómo se siente. —Decker estaba intentando no mirar el reloj.

—¿Qué ha descubierto sobre mi hija?

—¿Perdón?

—¿Qué le ha ocurrido esta mañana? —parecía exasperada.

—Sigo intentando encajar las piezas de este caso y me necesitan con urgencia en una sala de interrogatorios. ¿Podemos hablar un momento de la seguridad de su hija?

—¡Dios mío, tengo miedo!

—No tenga miedo, debemos mantener la calma, ¿de acuerdo?

—De acuerdo. —Se abanicó la cara con la mano—. Pero aun así tengo miedo.

—Señora Nourmand, me gustaría que Yasmine estuviese lejos de la zona hasta hacerme una idea de lo que sucede. ¿Tiene algún pariente que viva cerca con quien pueda quedarse?

La mujer palideció.

—¿Tan grave es la situación?

—No lo sé —respondió Decker—. Ahora mismo solo quiero tomar precauciones.

—Mi hermana vive en Beverly Hills.

—¿Puede quedarse con su hermana durante un tiempo?

—¿Cuánto tiempo?

—No lo sé. Cuando me haga una idea de la situación, se lo haré saber.

—Puede quedarse con mi hermana, pero ¿qué le digo a mi marido? Es absurdo que Yasmine se traslade sin ningún motivo.

—Entonces quizá deba contarle lo que sucede.

—Pero es que yo no sé lo que sucede. Para empezar, necesito saberlo. Dice usted que fue secuestrada con una pistola; eso es muy serio. Me está entrando el pánico.

—Por eso me gustaría que su hija se quedara con su hermana.

—Eso no es problema. Pero no sé qué decirle a mi marido. No puedo decirle la verdad de inmediato. Se enfadará con ella y tendrá miedo. No tiene el corazón para sustos.

—Estoy seguro de que podrá usted explicárselo de manera delicada, señora.

Sohala dejó escapar el aire.

—Así que su chico y mi hija han estado...

—Creo que llevan un tiempo saliendo juntos.

—¿Es grave?

—¿Cómo que si es grave?

—Ya sabe... ¿qué es lo que hacen?

—No lo sé. —Decker se encogió de hombros—. ¿Hasta qué punto pueden ir en serio dos adolescentes?

—Puede que no sea serio, pero sí grave. —Se quedó callada—. Mi hija es muy ingenua. Espero que no se aproveche de ella.

Decker intentó no ofenderse.

—Gabriel es un buen chico.

—Puede ser buen chico, pero aun así es un chico. —Negó con la cabeza—. Esto es terrible. De acuerdo, ya lo tengo. Le digo a mi marido que Yasmine quiere probar el instituto YULA. El año pasado quiso ir allí, pero yo dije que no. Está demasiado lejos de casa. Ahora me maldigo por no haberle hecho caso. Allí son todo chicas. Después de lo que ha ocurrido, quizá sea buena idea.

Marge se acercó a Decker y le entregó dos tandas de fotos; en una aparecía Dylan Lashay en el puesto número cuatro, en la otra estaba Cameron Cole en el puesto número tres.

—¿Así vale?

—Perfecto.

—Le daré una a Wanda para que se las enseñe a Yasmine. Después me iré al hospital. Acabo de hablar con Rina. Han pospuesto la operación de Gabe otras dos horas porque están intentando encontrar a un cirujano específico que pueda quitarle la bala sin cortar demasiado músculo. Todavía no lo han sedado, así que quiero hablar con él cuanto antes.

—Vete.

Marge se volvió hacia la señora Nourmand.

—Me alegro de que todo haya ido bien con su hija.

—Gracias —respondió la mujer.

—La llevaré a ver a Yasmine —le dijo Decker cuando Marge se marchó.

—Siento mucho lo del chico. —Se le llenaron los ojos de lágrimas—. Es terrible.

—De padre a madre, agradezco sus palabras.

—¿Qué pasa con el chico? Cuando salga del hospital, ¿se quedará aquí?

—¿Se refiere a si vivirá conmigo? —Decker arqueó las cejas—. Yo también estoy preocupado por él. Cuando Gabe se recupere, probablemente lo envíe con su padre.

—¿Dónde vive su padre?

—En Nevada.

—Eso está bien. —Se quedó mirando a Decker—. No tengo nada en contra de Gabe, pero esto no puede continuar. —Suspiró—. ¿Hasta dónde ha llegado ya? Esa es la pregunta.

—Yo ni siquiera sabía que Gabe estuviese saliendo con su hija hasta que los recogí esta mañana.

—¿Los recogió esta mañana?

—Gabe me llamó y me dijo que estaban en apuros. Yo fui a buscarlos.

—Entonces le doy las gracias. —Los ojos volvieron a llenársele de lágrimas, pero intentó disimularlo—. Quiero verla..., quiero ver a mi hija.

—Buena idea, señora Nourmand —respondió Decker—. Ella sabe lo que ha ocurrido mucho mejor que yo.

Yasmine señaló con un dedo tembloroso la foto número cuatro. Se le humedecieron los ojos.

—Este.

—¿Estás segura? —le preguntó Wanda.

Yasmine asintió mientras las lágrimas comenzaban a resbalar por sus mejillas.

—Segurísima —contestó con un hilo de voz.

—¿Puedes rodear la foto escogida con este bolígrafo? —le pidió Marge.

Yasmine obedeció y realizó un círculo irregular porque le temblaban demasiado las manos. Marge sacó la segunda tanda de fotos.

—¿Qué me dices de este grupo de chicas? ¿Alguna de ellas te resulta familiar?

Yasmine soltó un grito ahogado y señaló a Cameron Cole.

—¡Esta! ¡Era horrible!

—Lo siento mucho, cielo. ¿Puedes rodear también esa foto?

—No paraba de decirme que… iba a morir —contestó Yasmine.

Marge le puso el bolígrafo en la mano y la chica logró realizar otro círculo en torno a la cara de Cameron Cole. En ese momento, Decker y Sohala Nourmand entraron por la puerta. Yasmine corrió al instante a los brazos de su madre y la abrazó con tal fuerza que se le pusieron las manos rojas. Sus sollozos eran profundos y desoladores. Sohala empezó a llorar también.

—¿Estás bien? —le preguntó a su hija.

Yasmine asintió sin levantar la cabeza del pecho de su madre.

—Mamá, lo siento mucho. Lo siento mucho.

—Los ha identificado a los dos —le dijo Marge a Decker—. Le diré a Lee que consiga órdenes para la casa y la escuela. Ahora me voy al hospital. Hazme un favor y dile a Oliver lo que pasa.

—Hecho. Recuerda decirle al cirujano que guarde la bala para el forense. —Decker miró a Wanda—. ¿Necesitas algo?

—¿Quiere que lleve a cabo el interrogatorio aquí?

—Todas las salas están ocupadas.

—No hay videocámara.

—Te traeré una grabadora —respondió Decker antes de salir del lavabo.

—¡Quiero irme a casa! —gritó Yasmine entre sollozos.

—Cariño, tenemos que hacerte unas preguntas —le dijo Wanda.

—¡Por favor, mamá! No quiero hablar con nadie. Lo siento mucho. Solo quiero irme a casa.

Para sorpresa de Wanda, Sohala se apartó de ella.

—Yasmine, tienes que contarle a la policía lo que ha ocurrido.

—Ha sido horrible…

—Pues cuéntaselo.

Decker regresó con la grabadora. Se alegró de dejarle la histeria a Wanda, que se dispuso a preparar el equipo. Sohala intentó calmar a su hija y la agarró por los hombros.

—Yasmine, el chico al que han disparado…

—¡Dios! —gritó la muchacha—. Mi pobre Gabriel está herido. ¡Y es todo culpa mía!

—Yasmine, estoy preocupada por ti. El detective Decker cree que corres peligro.

Yasmine la miró con los ojos muy abiertos y llenos de lágrimas.

—Voy a enviarte a vivir con tu tía Sofi. Terminarás las clases en YULA.

—¿Por qué?

—Porque el detective Decker cree que estás en peligro. ¿Me oyes?

—Pero… ¿qué pasa con Gabe? —La voz de Yasmine apenas se oía.

—Eso no es asunto mío ni tuyo, Yasmine. Pero… te lo diré de todos modos porque soy una blanda. El detective Decker va a enviarlo a vivir a Nevada con su padre.

Wanda vio que a la adolescente se le contraía la cara. Resultaba patético.

Sohala movió un dedo frente a los ojos de su hija.

—¡Deja ya de llorar y cuéntale a la policía lo que ha ocurrido! Después hablaremos… ¡mucho!

La rabia en la voz de su madre devolvió a Yasmine a la realidad. Se secó las lágrimas con la manga de la camisa.

—¿Qué quieres saber? —preguntó.

—¡Quiero saberlo todo! —exclamó Sohala.

—Lo siento, mamá —susurró Yasmine.

La furia de su madre se convirtió en compasión.

—¿Estás bien?

La chica asintió.

—¿No te ha tocado nadie?

—No. Estoy bien.

—Eso es lo que importa. Habla con la policía. Luego pensaremos juntas en qué mentiras contarle a tu padre para que no se muera.

—¿Se lo vas a decir a papá?

—Tengo que decirle algo. ¿Por qué si no ibas a irte a vivir con tu tía Sofi? Pero de momento no. ¿Quieres que le dé un infarto?

—No —respondió Yasmine con voz aguda mirando al suelo—. Gracias, mamá.

—Lo hago por papá, no lo hago por ti. —Hizo una pausa—. Bueno, quizá un poco por ti sí. —Se le humedecieron los ojos—. Ahora habla con la detective.

Cuando Yasmine asintió, Wanda encendió la grabadora.

Mientras veía a Oliver hablando con Kyle Kerkin por el monitor, Decker se fijó en que el adolescente era muy delgado, tenía el pecho desarrollado y los brazos muy finos. Tenía la nariz grande, los labios delgados, acné y el pelo castaño enmarcando su cara. Decker no advirtió provocación en su actitud. Estaba erguido, con las manos cruzadas sobre la mesa. Su voz sonaba suave y nasal. Llevaba una chaqueta de cuadros, que descansaba sobre una silla, camiseta negra, Levi's y deportivas. Levantó la mirada cuando Decker entró en la sala de interrogatorios. Se cruzó de brazos, se recostó en la silla y empezó a mover la pierna derecha arriba y abajo.

Decker se sentó a su lado y se presentó.

—Usted es el padre de acogida de Chris, ¿verdad?

—¿De Chris? —preguntó Decker, confuso.

—Sí..., bueno. El chico de hoy. Dijo que se llamaba Chris. Pero hoy ha dicho otra cosa. No lo recuerdo.

Decker no le aclaró nada.

—Según me han dicho, querías hablar conmigo. —El chico siguió moviendo la pierna nerviosamente—. El detective Oliver hablará contigo. Yo solo he venido a escuchar.

—No soy idiota, ¿sabe? —dijo Kyle—. Sé que estoy corriendo un gran riesgo. No he llamado aún a mis padres, aunque pronto lo sabrán. Y sé que es una estupidez hablar con ustedes sin un abogado.

El caso es que me estoy exponiendo. Necesito hacer esto para que pare.

Nadie habló.

—Me refiero a que no parará a no ser que ustedes lo detengan —continuó.

Se mantuvo el silencio.

Miró a Decker.

—Mire, señor, haré lo que quieran. Responderé a todas sus preguntas. Se lo contaré todo y me refiero a todo, siempre y cuando me dejen al margen. O sea, sé que tendré que ser testigo o algo así, porque estaba allí. Pero les juro por Dios que yo no hice nada. O sea, sí, tomé prestada la pistola de mi padre y se la di a Dylan, pero no tuve nada que ver con lo de esta mañana. Nada en absoluto. Cuando aparecí, ya estaba decidido.

Cuando el chico dejó de hablar, Decker se volvió hacia Oliver.

—¿Le has leído sus derechos al señor Kerkin?

—Así es —respondió Oliver—. Tengo la tarjeta con la firma.

—Estamos abiertos a escuchar cualquier cosa que quieras contarnos —dijo Decker.

—Como ya te he dicho, Kyle —dijo Oliver—, esta es tu única oportunidad para contarnos tu versión de la historia.

—Miren. —Kyle se inclinó hacia delante—. Veo *Las primeras 48 horas*. Ya sé cómo va esto. Quieren una confesión. No he venido aquí para hacer una confesión. Yo no he hecho nada. Pero, sí, estaba allí. Eso lo diré porque no tiene sentido negar lo evidente. Sé que estoy hasta el cuello. Lo que les digo es que haré cualquier cosa que quieran. Diré lo que quieran. Solo quiero quedarme al margen.

—¿Por qué no empiezas por el principio? —sugirió Oliver—. ¿Qué ha ocurrido esta mañana?

—Primero necesito alguna garantía. Me han aceptado en Wharton. —Se le llenaron los ojos de lágrimas—. No voy a dejar que un jodido imbécil me arruine la vida.

«Demasiado tarde», pensó Decker.

—¿Quién es el jodido imbécil? —preguntó.

Kyle rechinaba los dientes y movía la mandíbula sin parar.

—Dylan Lashay. Es un auténtico psicópata, y no uso el término a la ligera. —Hizo una breve pausa—. Supongo que se estarán preguntando por qué salgo con él.

—Siento curiosidad —contestó Oliver.

Kyle se secó los ojos con la manga.

—¡Qué puto desastre! Esperaba que no saliera hasta que me hubiera ido de casa. —Miró a Decker y después a Oliver. Entonces se cruzó de brazos—. Soy gay.

—Y tus padres no lo saben —supuso Decker.

—No. No lo saben. —El muchacho miró al techo—. Es como si hubieran puesto sobre mis hombros todas sus esperanzas y aspiraciones. Ya es bastante malo que no vaya a darles nietos. Si voy a prisión, mi madre se suicidará. No es una mujer estable.

—Todavía no has dicho por qué sales con Dylan —le recordó Oliver.

Kyle miró hacia abajo.

—Tuvimos algo en undécimo curso. Él lo grabó. Nos pareció divertido, ya saben. —Se golpeó la cabeza—. ¡Dios, fui un idiota!

Más silencio. Kyle siguió apretando los dientes. Decker oía el esmalte rechinar; como uñas en una pizarra.

—Cuando amenazó con contarlo, le pregunté qué quería —continuó el chico—. Me dijo que pistolas. Mi padre colecciona pistolas. Así que le di una, una sola. Sé que fue una estupidez, pero no quería que me sacara del armario.

Oliver asintió.

—Es evidente que a Dylan no le daba miedo quedar expuesto.

—No sé —respondió Kyle—. Nunca me atreví a ponerle a prueba. Los dos nos acostamos con tías. No sé si le gustan las chicas o si batea hacia ambos lados o si utiliza la polla como arma. La verdad, no pensaba analizarlo. Solo intentaba protegerme a mí mismo. Así que capitulé con aquella única pistola y le dije que, si se volvía codicioso, yo podría joderle tanto como él a mí.

—¿Y eso? —preguntó Oliver.

—Hace tiempo que formo parte de la Maf… de su grupo. Sé cosas. —Decker le hizo un gesto con la cabeza para que continuara—. Así que teníamos un acuerdo tácito. La gente daba por hecho que éramos buenos amigos y no importaba. Dylan es un hombre importante. En B y W era conveniente asociarse con él. —Los miró con actitud suplicante—. ¿Van a ayudarme?

—Y así, sin más, ¿Dylan y tú rompisteis? —preguntó Oliver.

—De cara al mundo, teníamos una especie de relación platónica, pero ya no era sexual. Cuando le di la pistola, se acabó.

El cerebro de Decker de pronto empezó a echar chispas.

—No, no te creo.

Kyle se puso a la defensiva.

—Le juro que es cierto.

—Cuando Dylan y tú tuvisteis vuestra aventura, fue un punto de inflexión, Kyle. Cuando un tío es sexualmente activo, ya no hay marcha atrás —dijo Decker.

—Se equivoca —contestó Kyle—. Se acabó.

—Se acabó entre Dylan y tú, pero no dejaste el sexo. Encontraste a otra persona que ocupara el lugar de Dylan.

Kyle apartó la mirada y no respondió, sin dejar de mover la pierna arriba y abajo. Decker le susurró a Oliver el nombre de Gregory Hesse cuando el chico no miraba.

Scott arqueó una ceja y miró al teniente con admiración.

—Sabes que vamos a presentar órdenes de registro, ¿verdad, Kyle? —dijo con voz firme—. ¿Cuánto tiempo crees que tardaremos en encontrar el ordenador de Gregory Hesse o su videocámara?

El chico se puso blanco. Echó la cabeza hacia atrás y soltó un gemido.

—Fue un accidente.

Oliver le puso una mano en la rodilla.

—Los accidentes ocurren. Cuéntanoslo.

—No sé, tío. —Kyle tenía lágrimas en los ojos—. Estábamos como… colocados.

—Cuéntanos lo que recuerdes. Estamos aquí para escuchar, no para juzgar.

—Él nos dijo que la pistola estaba descargada —explicó Kyle—. No tenía que pasar eso.

—Sí, es lo que tienen los accidentes, tío. Todos lo sabemos. —Oliver se inclinó más hacia él—. ¿Quién os dijo que la pistola estaba descargada?

—¡Dylan! —gritó el muchacho—. Estaba grabándolo con la cámara de Greg. —Empezó a llorar sin control—. Solo estábamos jugando. Tienen que creerme.

—Te creo —dijo Oliver—. Te creo, sin duda.

—No debía pasar eso. Cuando la pistola se disparó, yo me quedé en *shock*…, estaba petrificado. ¡Fue horrible!

—Estoy seguro de que lo fue —comentó Oliver.

Kyle miró entonces a Decker.

—¿Sabe qué hizo Dylan cuando ocurrió?

—¿Qué hizo? —preguntó Decker.

—¡Se rio! —Kyle negó con la cabeza—. Los sesos y todo… esparcidos por ahí y Dylan… ¡riéndose!

CAPÍTULO 33

Cuando Marge entró en la habitación del hospital, Gabe estaba dormido con un libro abierto sobre su regazo. Rina estaba leyendo en la silla situada junto a la cama. Saludó a Marge con la mano.

—Está dormido.

—¿Sedado?

—No. De puro cansancio.

—No soporto tener que hacerle esto. —Marge levantó las dos muestras de fotos—. Ya sabes cómo son estas cosas. El tiempo es crucial.

Rina asintió y le sacudió el hombro con suavidad. Gabriel se retorció, tomó aire y frunció el ceño.

—Estoy despierto, estoy despierto. —Abrió los ojos—. ¿Qué sucede?

—Siento despertarte, cielo. —Rina le cedió a Marge su silla—. Esta es la sargento Dunn.

—Hola. —Gabe se incorporó y puso cara de dolor—. Creo que ya nos conocemos.

—Probablemente de la boda de Sammy.

—Sí, estuve allí... junto con otras quinientas personas.

—Invitamos a todo el mundo a la boda de mi hijo —explicó Rina—. No sale rentable crearse enemigos.

—Si alguna vez necesitas enemigos, yo puedo prestarte unos pocos. —Gabe se volvió hacia Marge—. ¿Qué sucede?

323

—Me gustaría mostrarte unas fotos. —Marge le entregó la primera tanda de fotos con Dylan Lashay—. ¿Alguien te resulta fam…?

—Este. —Señaló la foto número cuatro—. Este es Dylan.

—¿Estás seguro?

—El tío me ha disparado. No podría estar más seguro.

—¿Puedes rodearlo con un círculo y firmar?

—Claro. —Cuando terminó, le devolvió la hoja de papel—. ¿Qué más? —Marge le enseñó la hoja con las fotos de las chicas—. Esta es Cameron. —Agarró el bolígrafo, rodeó la foto y firmó—. ¿Qué más?

—Si te apetece hablar de ello, me gustaría saber qué ocurrió.

—¿Puedo volver a llamar a Yasmine? —preguntó Gabe de pronto.

—Está hablando con los detectives, Gabe.

—¿Su madre está con ella?

—Sí.

—¿Me odia? Su madre, digo.

—Claro que no te odia —respondió Rina—. Le has salvado la vida a su hija.

—De hecho estaba preocupada por ti —dijo Marge.

—Así que, pensándolo mejor, quizá sea bueno que hayan disparado. Tengo de mi lado el factor de la pena.

—No necesitas el factor de la pena para que te aprecien —le dijo Rina—. Creo que la sargento Dunn tiene que hacerte unas preguntas.

—¿Te apetece hablar de ello? —le preguntó Marge.

—Claro —respondió él—. Algo que me distraiga antes de que me claven el bisturí. O el láser. —Miró a Rina—. ¿Han encontrado ya al cirujano?

—Sí. Viene enseguida… —Rina miró el reloj—. En cuarenta minutos. —Se levantó—. Voy a tomar el aire. ¿Necesitas algo?

—No puedo comer hasta después de la operación, así que supongo que no. —Puso cara de enfado—. Estoy herido y tengo hambre. Qué mierda.

—Tienes razón.

—Rina, ¿puedes traerme las gafas? Me escuecen mucho los ojos.

—Claro.

—Gracias. ¿Y estarás aquí cuando venga el cirujano?

—Por supuesto.

—Gracias por quedarte conmigo. Quiero decir que en realidad no soy tu responsabilidad.

—Gabriel, claro que eres mi responsabilidad. —Le dio un beso en el pelo—. Y me encanta que lo seas. No permitiría que fuese de otro modo.

—¿Puedes adoptarme? —preguntó él.

—Me encantaría, pero tus padres no me dejarían.

—Ellos no están aquí para oponerse.

—Tu padre llegará enseguida.

—Sí, cuando encuentre un momento —murmuró Gabe—. Pero, oye, no me quejo.

Rina volvió a besarlo.

—Te traeré las gafas.

—Gracias. Y la medicación para el acné.

—Claro.

—¿Has llamado a Nick?

—Sí, he llamado a Nick. Quería venir, pero le dije que esperase hasta después de la operación.

—¿Qué ha dicho?

—Estaba horrorizado.

—¿Y qué pasa con Jeff Robinson?

—No he hablado con él. Seguro que está horrorizado también. —Rina se detuvo en la puerta—. Volveré en veinte minutos.

Gabe se volvió hacia Marge.

—¿Qué necesita saber?

Marge sacó su libreta.

—Me pregunto si podré usar una grabadora en un hospital…, no sé si interferirá con algo.

—A mí no me importa.

—Sí, supongo que, si alguien se queja, siempre puedo apagarla. —Colocó la máquina en una bandeja junto a la cama—. ¿Por qué no empiezas por el principio?

—Es una larga historia.

—Bien. Dame todos los detalles que puedas.

Gabe se secó las manos en la bata del hospital.

—¿Hasta dónde retrocedo? ¿Hasta el día en que conocí a Dylan?

—Sí, por ejemplo —respondió Marge—. Háblame de la primera vez que lo viste.

—Hasta hoy solo lo había visto una vez. Estaba en Starbucks, sin meterme con nadie…, creo que leyendo. Su grupo entra por la puerta y yo los veo por el rabillo del ojo.

—¿Cuándo fue eso?

—Hace cuatro o cinco meses.

—Vale. ¿Por la mañana, por la tarde o por la noche?

—Serían las cuatro de la tarde. —Gabe se mordió el labio inferior—. Supe desde el principio que me traerían problemas. Tenían esa pinta, como si buscaran bronca. El caso es que se me acercan y yo sé que me van a acorralar. Sabe lo que es eso, ¿no?

—Más o menos.

—Cuando un grupo te rodea por completo…, normalmente no te hacen daño, pero el objetivo es demostrar quién tiene el control.

—Amenazar —dijo Marge.

—Exacto. Así que me rodean y entonces Dylan se me acerca y me dice que estoy en su silla. Como si fuera su *makom hakavua* o algo así.

—¿Perdón?

—Ya sabe…, su asiento designado. —Gabe la miró—. Así es como Rina llama a la butaca reclinable de Peter.

—No hablo hebreo.

—Yo tampoco, pero he aprendido algunas cosas. El caso es que el tío quería mi asiento.

Marge asintió.

—¿Y estabais en Starbucks?

—Sí. ¡El local estaba vacío! El muy imbécil estaba jugando conmigo. Así que me dice que me aparte y yo finjo que no le oigo. Me lo repite y, la segunda vez, me enseña que va armado.

—¿Te muestra una pistola?

—Desde luego. Y entonces sé que, si cedo de inmediato y vuelvo a ver a ese tío, estoy jodido. Soy un objetivo. Pero no pienso enfrentarme a su banda. Eran tres tíos.

—¿Eran tres en total?

—Y también dos chicas, una rubia, Cameron, y una morena, las mismas chicas de esta mañana. El caso es que no van a hacerme nada dentro de un lugar público, pero sé que se me van a echar encima en cuanto salga si no hago algo inteligente. Así que, en vez de achantarme, le abro la chaqueta al tío para echar un vistazo a la pistola. Era una Beretta 92FS.

—¿Sabes de armas, Gabriel?

—Sé algo de armas y resulta que conocía esa pistola. Así que empiezo a darle mi opinión sobre el arma que lleva y empezamos a hablar de pistolas. Él sigue de pie y yo sigo sentado, pero al final me levanto y le ofrezco mi sitio. Pero lo hago con mis condiciones.

—De acuerdo.

—Así que el tío me invita a sentarme con él y con sus amigos. No quiero crear conflicto, así que me siento. Es entonces cuando descubro que se llama Dylan. Entonces empieza a preguntarme por qué sé tanto de armas.

—¿Y qué le dices tú?

—La verdad. Le hablé de mi padre y le conté que vivía con un teniente de la policía. Lo hice porque tanto Chris como Peter son tipos impresionantes y quería asustarle un poco.

—Continúa.

—Entonces Dylan me pregunta si quiero salir con ellos. Como si ellos molaran. Yo le digo que gracias, pero no. Y eso fue todo. Dejé de ir a Starbucks porque no quería volver a encontrármelos.

Así que comencé a ir al Coffee Bean que hay cerca del colegio de Rina. Ahí conocí a Yasmine. Ella se me acercó.

Gabe miró hacia el techo. Suavizó la voz.

—Tenía entradas para la ópera. Le encanta la ópera. —Puso cara de dolor—. Se suponía que iba a ir con su hermana, pero su hermana se rajó. Me las ofreció a mí. Yo acepté una de ellas, pero vi que ella se quedaba decepcionada. Así que le pregunté si quería venir conmigo. —Sonrió a Marge—. Creo que al principio quería a alguien que la llevase. Pero entonces le dije que no conduzco, así que fuimos en taxi. Ni siquiera fue una cita ni nada. Solo estaba haciéndole un favor.

Se detuvo.

—Fue un día maravilloso. —Su mirada parecía lejana—. Quiero decir que Rina y Peter son las personas más amables del mundo, pero tienen sus propias vidas y eso está bien. No necesito otros padres. Pero paso muchas horas al día solo.

—Debes de aburrirte mucho.

—Tiene sus cosas buenas. Practico a todas horas. Como resultado he mejorado bastante. He multiplicado por diez mi repertorio. Soy mucho mejor de lo que debería.

—Me alegra que hayas sacado algo positivo de la situación.

—Lo único positivo hasta que apareció Yasmine. Fue una extraña confluencia de acontecimientos la que la trajo hasta mí. Mis padres me abandonaron y yo ya no tenía amigos. No quería salir con esos idiotas del Starbucks. Supongo que no me daba cuenta de lo solo que estaba hasta que apareció ella. —Hizo una pausa—. Es una monada. Cada vez que la veo, algo en mí… se derrite. —Dejó de hablar y se le humedecieron los ojos—. Estoy divagando. Perdón.

—No te disculpes. —Marge aguardó unos segundos y después continuó—. Así que estás sentado a la mesa con Dylan y sus amigos en Starbucks.

—Sí.

—¿Te dijo cómo se apellidaba?

—No. Solo dijo que era Dylan.

—Y después le hablaste de pistolas y de tu padre y del teniente.

—Exacto.

—¿Cómo conseguiste marcharte?

—Les dije que tenía que irme a casa. A veces Rina se preocupa si no sabe nada de mí. Es agradable que alguien se preocupe por ti lo suficiente como para saber si estás vivo o muerto. —Sus pensamientos estaban lejos—. Me encontré con la chica, Cameron, uno o dos meses más tarde. Recuerdo que era martes porque ese día hice la prueba para Jeff Robinson. Es mi agente. Podría conseguirle la fecha exacta si lo desea.

—Sí, sería de mucha ayuda.

—Pues eran como las seis y media de la mañana y yo estaba esperando en la parada del autobús para ir a la universidad. Y aparece esta rubia imponente y me dice: «Chris, Chris…». —Miró a Marge—. Le dije a Dylan que me llamaba Chris. En su momento me pareció conveniente.

—Chico listo.

Él se encogió de hombros para restarle importancia al cumplido.

—Así que la chica va y me dice: «¿Sabes quién soy?». Y yo no lo sabía, pero me había llamado Chris. Y entonces lo recordé. Y le dije: «Sí, estabas con Dylan». Y empezamos a hablar. Yo estaba medio dormido. No quería contarle nada de mí, porque me daba mala espina. Así que le pregunté qué hacía levantada tan temprano. Y me enseñó la hierba que acababa de comprar.

Marge asintió.

—Y entonces va y me dice: «Ven a mi casa y fumaremos juntos». Luego me dijo que sus padres no estaban. Y empezó como… como a flirtear conmigo…, me frotaba el cuello…, me decía que tenía que relajarme. Es muy guapa, ¿sabe? En otra realidad, habría resultado muy excitante. En su lugar, la chica me daba escalofríos. Yo salía con gente así en Nueva York, así que los conozco bien. Es una adicta y un polvo fácil, pero además es mala. Ya he tenido suficiente gente loca en mi vida. No me la habría tirado ni aunque Yasmine no hubiera existido. Pero no puedes decirle eso a una chica mala, y menos si sale con un tío al que le gustan las pistolas.

—Entiendo lo que quieres decir.

—Sí. Así que intenté zafarme de ella sin cabrearla. Y le dije que tenía una prueba con mi grupo, que en parte era cierto. Y grabé su número en mi móvil para que no se sintiera rechazada.

—¿Tienes su número?

—No. Lo borré en cuanto me subí al autobús. Y además le di mi número. Pero mezclé los dígitos. Me preguntó el apellido y le dije Donatti porque, si lo buscaba en Google, vería con sus propios ojos lo malo que es mi padre.

—¿Y ella te dijo su nombre?

—Cam…, abreviatura de Cameron. No le pregunté el apellido.

—De acuerdo. Continúa.

—No tengo nada más que decir. Me olvidé de ella… hasta hoy.

—Háblame de lo que ha ocurrido hoy.

—Se suponía que había quedado con Yasmine en el Coffee Bean. Es nuestro lugar habitual. Nos vemos todas las mañanas antes de clase desde hace tiempo. Puede que no todas las mañanas, pero sí casi todas. —Se quedó callado—. Yo vivía por esas mañanas. Despertarme pasaba de ser una tarea a ser algo que deseaba hacer. Esta mañana en concreto iba a reunirme con unos peces gordos de una casa discográfica de Nueva York. Mi agente había tardado un mes en organizarlo. Dios sabe qué estará pensando Jeff ahora mismo.

—Estoy segura de que te desea lo mejor.

—No, eso no es propio de Jeff. Y dudo que Nick esté horrorizado.

—Estoy segura de que está preocupado por ti.

—Eso es cierto. Ni Jeff ni él quieren un caballo perdedor. Lo sé, lo sé. Soy demasiado joven para ser tan cínico.

Marge le dio una palmadita en el hombro.

—Háblame de esta mañana.

—Me olvidé de ponerme las lentillas al salir de casa, así que regresé, lo que me hizo llegar tarde a mi cita con Yasmine. Le he escrito para decirle que llegaba tarde, pero no contestaba. Y es raro porque normalmente me contesta. Así que llego al Coffee Bean y no está. Yasmine siempre llega tarde, pero no tan tarde. Y sigo sin poder localizarla, así que me empiezo a poner nervioso. Y la llamo, cosa que normalmente no hago porque nos escribimos. Pero no me contesta y entonces me pongo aún más nervioso. En el fondo pienso que sus padres han descubierto lo nuestro y está en apuros. Y me siento fatal y muy nervioso. Así que salgo del Coffee Bean y vuelvo a llamarla. Y el puto suelo empieza a sonar. Miro hacia abajo y ahí está su teléfono. Y el reloj que le regalé. Y creo que ella quería que supiera que algo iba mal. ¿Por qué si no iba a dejar esas cosas allí tiradas? Y me entra el pánico.

Marge asintió.

—Y pienso que tal vez sus padres la hayan sacado a rastras del establecimiento, o que la han atracado o algo. Recojo su teléfono y su reloj. Y decido volver a su casa para ver cómo está. Solo quiero asegurarme de que esté bien.

Se llevó una mano a la boca.

—Me dan náuseas solo de pensarlo.

—¿Quieres parar un momento?

—No, acabemos con esto. Así que me pregunto: «¿Vuelvo a su casa o la busco?». Todo en cuestión de un minuto. Y entonces recuerdo a Dylan y a Cameron. Ha sido la sensación más nauseabunda del mundo. Empiezo a correr hacia la parada del autobús porque Cameron me dijo que vivía por allí cerca. Y a lo lejos veo a un grupo de chicos caminando juntos. Y veo la melena rubia de Cameron. ¡Y pienso «joder»! Empiezo a correr a toda velocidad. Ya sabe, pura adrenalina. Los alcanzo y me meto entre medias. Y entonces veo a Yasmine. Y también veo que Dylan la está apuntando con una pistola. Una Smith y Wesson de 5,6 mm.

Gabe parpadeó varias veces.

—El cabrón me mira y me dice que he violado a Cameron, así que va a violar a Yasmine. Lo cual es absurdo. Yo no he tocado a esa zorra. Y entonces oigo un clic y siento la pistola en la cabeza.

Volvió a llevarse la mano a la boca.

—¿La pistola de Dylan?

—No, no. Otro tío de pelo largo. Dylan sigue apuntando a Yasmine con su pistola. —Tragó saliva y se volvió hacia Marge—. Si me muestra otra tanda de fotos como la de Dylan, podría identificarlos a todos. Les vi bien la cara.

—Está bien —respondió Marge—. ¿Qué ha pasado después de que alguien te apuntara a la cabeza?

—Ha sido raro. —Gabe se quedó mirando al vacío—. Me he quedado muy tranquilo. No es que mi vida estuviera pasando ante mis ojos, pero el pánico se ha evaporado. Solo pensaba en cómo librarnos Yasmine y yo de aquello.

—¿Y qué has hecho?

—Primero he intentado ganar tiempo… haciéndome el tranquilo mientras me acusaba de violar a esa perra. —Hizo una pausa y levantó un dedo—. Recuerdo que le he dicho que no me fui a casa con Cameron porque tenía una prueba para una casa discográfica. Dylan se lo ha creído. En el fondo, todos los tíos quieren ser estrellas de *rock*. Y ella me llama mentiroso y yo la ignoro como ignoran los tíos a las tías que son malas con ellos. Y Dylan se da cuenta de que me da igual lo que él piense, aunque por dentro estoy temblando. No paraba de pensar en desembarazarme de la pistola que tenía en la cabeza.

—¿Y cómo lo has hecho?

—He frenado en seco, me he agachado y le he hecho perder el equilibrio. En cuanto se ha tambaleado hacia delante, le he agarrado de la muñeca, se la he retorcido y le he quitado la pistola. Mi padre me enseñó a hacer eso. Es fácil. Y, con toda la adrenalina, no me ha resultado difícil. Esa pistola era una Luger 9 mm semiautomática.

Dejó de hablar.

—Ahora se vuelve todo un poco borroso. Creo que Dylan me ha disparado, pero estaba tan alterado que no he sentido nada. He logrado ponerme detrás de él. Soy más alto. Y le he apuntado a la cabeza con una pistola. Debo de haberle quitado su pistola. —Miró a Marge—. He acabado con la Luger en la mano izquierda y la 5,6 mm en la derecha, que apuntaba a la cabeza de Dylan.

—¿Eres zurdo?

—No, diestro, pero casi ambidiestro. Ah, ya me acuerdo. Quería tener la 9 mm en la mano izquierda porque tenía más munición y mantenía al grupo a raya con una única pistola. No paraba de apuntarles y decirles que no se movieran.

Decker le había examinado las manos a Gabe, que tenía residuos de pólvora en la mano izquierda. Era hora de comprobar si decía la verdad.

—¿Has disparado alguna de las armas, Gabe?

—La Luger. Uno de los tíos se metió la mano en el bolsillo. He disparado una bala o dos para asustarlo... cerca de su brazo. Puede que le haya rozado. Recuerdo pensar que nadie se moviera para poder organizar mis ideas. —Respiraba con dificultad—. Eso es lo que quería. Que se estuvieran quietos y con las manos visibles mientras yo pensaba en cómo escapar. No quería disparar a nadie, pero tenían que saber que hablaba en serio.

—¿Cuántas veces has disparado el arma? —preguntó Marge.

—No lo recuerdo, sargento. Diré dos, pero no estoy seguro.

—De acuerdo. Así que apuntabas a Dylan a la cabeza con la 5,6 mm.

—Sí... —Gabe abrió los ojos, pero mentalmente estaba reviviendo la escena—. Apuntaba a Dylan con la 5,6 mm y amenazaba a los demás con la segunda pistola. Y pensaba en cómo salir de aquello. Y entonces me acuerdo de Yasmine. —Miró a Marge—. Le dije que huyera, pero se había quedado como petrificada. No se movía.

—Eso es cosa del miedo.

—Es cosa del miedo, sí —respondió él con una sonrisa—. Y tal vez no quería abandonarme. Porque, cuando he necesitado ayuda, sí que se ha movido.

—¿Cómo te ha ayudado?

—Yo pensaba en el autobús. Pasa alrededor de las siete de la mañana y pensaba que, si lográbamos subirnos al bus…

Hizo una pausa.

—Ahora que lo pienso, podríamos habernos marchado o haber llamado al 911. Yo tenía las pistolas. Quizá no nos habrían perseguido. Pero no lo sabía. He tomado las decisiones sin pensar.

—Lo entiendo.

—Pensaba que teníamos que estar en un lugar público. Así que le he preguntado a Yasmine la hora. Faltaban quince minutos para que pasara el autobús y he pensado que tenía que entretenerlos hasta entonces.

—De acuerdo. ¿Así que eran las siete menos cuarto?

—Más o menos. Le he dicho a Yasmine que tirase sus cosas por ahí…, los bolsos, las mochilas, las carteras… Quería algo que los mantuviera ocupados para que no pudieran seguirnos.

—¿Y Yasmine ha hecho lo que le pedías?

Gabe chasqueó los dedos.

—Así, sin más. Se ha puesto en marcha. Ha sido increíble.

Marge asintió.

—Al final ha aparecido el autobús y estábamos como a media manzana. He agarrado a Yasmine y hemos salido corriendo. Casi lo perdemos. Y entonces he llamado a Peter…, al teniente. —En ese momento se le disparó la presión sanguínea.

Marge apretó el botón para llamar a las enfermeras.

Gabe estaba temblando.

—Estoy bien…, en serio. Es que he pensado en la suerte que hemos tenido y me he puesto nervioso.

Rina entró en la habitación y vio a Gabe temblando.

—Voy a buscar a una enfermera.

—Estoy bien, estoy bien —insistió Gabe—. Pero quédate aquí, ¿vale?

Marge apagó la grabadora y se puso en pie.

—Creo que ya tengo lo que necesito por ahora. Siéntate, Rina.

Rina se sentó y le dio la mano a Gabe. En cuanto el chico notó su mano, se le calmaron los latidos.

—Dígale a la enfermera que ha sido un error. Por favor. No quiero que me seden. Odio perder el control.

—Se lo diré —contestó Marge mientras terminaba de recoger—. Seguro que tendré más preguntas, pero por ahora está bien. Gracias, Gabriel.

—No hay de qué.

—Ponte bueno pronto.

—Claro. —Se volvió hacia Rina—. ¿Tienes mis gafas?

Rina las sacó del bolso. Gabe se quitó las lentillas, las envolvió en un pañuelo y se las dio. Después se puso las gafas.

—Vaya. Ya me siento mejor. ¿Crees que podré llamar ahora a Yasmine?

—Puedes intentarlo.

Gabe utilizó el teléfono del hospital para llamarla. El teléfono sonó y sonó hasta que saltó el buzón de voz.

—Hola, soy yo —dijo—. Llámame. Te quiero. —Segundos más tarde volvió a llamar y le dejó el número de la habitación. Después suspiró—. No va a llamarme. Su madre le quitará el teléfono.

—Estoy segura de que su madre le permitirá visitarte antes de enviarla con su tía.

—¿Qué? —preguntó Gabe incorporándose de golpe.

Rina se dio cuenta de que había hablado de más.

—Creo que a Peter le preocupa su seguridad. Va a vivir con su tía durante un tiempo.

—¿Dónde vive su tía? —preguntó él con pánico en la voz.

—En la ciudad.

Gabe echó la cabeza hacia atrás.

—Dios, entonces no volveré a verla nunca. —Se quedó callado, pero sus ojos eran ventanas a su mente—. Quizá cuando termine mis clases en la universidad…

—Gabriel, sabes que no puedes hacer eso.

—No puedo evitarlo.

—Te meterás en un lío. No querrás hacer eso.

—Pues que me metan en la cárcel por acosarla. No me importa. La quiero. Y ella me quiere. —Intentó cruzarse de brazos, pero tenía enganchada una vía—. Tampoco es que sea un delincuente o un perdedor. Muchas madres me querrían como novio para sus hijas.

—Eres maravilloso…

—Dios, he puesto mi vida en peligro por ella. ¿Es que eso no vale nada?

—Nadie duda de tu heroísmo.

—Entonces, ¿qué pasa?

Rina no se molestó en discutir.

—Crees que soy un adolescente idiota, pero no lo soy. Puedo sentir cosas muy profundas, ¿sabes?

—Gabriel, sé que tus sentimientos son reales. Y sus sentimientos son reales también. Nadie te llama idiota.

—Salvo mi padre.

Rina no dijo nada y se obligó a sonreír.

Gabe la miró a la cara.

—¿Qué sucede, Rina?

—¿Perdona?

—Algo pasa. ¡Por favor, dímelo!

Rina suspiró.

—Si Peter cree que Yasmine es vulnerable, también cree que tú lo eres. Creo que quiere quitarte de en medio durante un tiempo.

—Ah…, vale. —Hizo una pausa—. Si es un tema de seguridad, dejaré en paz a Yasmine. Prefiero sufrir a permitir que le suceda algo a ella. La quiero de verdad.

Rina asintió.

—Rina, tienes una mirada extraña. ¿Qué es lo que no me estás contando?

—Peter está muy preocupado por tu seguridad. Cuando salgas del hospital, va a enviarte a vivir con tu padre a Nevada hasta que las cosas se calmen y sepa qué sucede.

Gabe se quedó con la boca abierta.

—¡Estás de coña! —Rina guardó silencio—. ¿Mi padre está de acuerdo con eso?

Rina asintió.

—¡Dios! —Gabe dejó caer la cabeza sobre la almohada—. ¡Cuando pensaba que esto no podía ser peor!

—Seguro que será muy poco tiempo antes de empezar la universidad.

—Para eso quedan como cuatro meses. Preferiría enfrentarme a cuatrocientos Dylan antes que pasar cuatro meses con mi padre.

—Si la cosa no funciona, házmelo saber. Podemos hacer otras cosas.

—¿Como qué?

—Cuando todo se calme, puedes volver a vivir con nosotros. Si las cosas siguen revueltas, siempre queda tu tía. Y seguro que Cindy estaría encantada de dejarte vivir con ella. Te tiene mucho cariño.

—Sí, mudarme con alguien que está cuidando de dos gemelos recién nacidos. Seguro que me toma mucho cariño.

—Te queremos, Gabe. Haremos lo que sea que necesites. Pero ahora mismo, tanto Peter como tu padre consideran que es buena idea que te vayas a Nevada.

—¡Perfecto, maravilloso!

A Rina se le humedecieron los ojos.

—Lo siento, cielo. Te visitaré siempre que quieras.

Gabe suavizó el tono y le dio la mano.

—No pasa nada…, estaré bien.

—Gabriel, no es para siempre. Siempre tendrás un hogar con Peter y conmigo.

—Gracias, pero eso no me ayudará ahora. —Gabe soltó una carcajada triste. Incluso eso bastó para que le doliese el costado—. Hazme un favor. Después de la operación, dile al anestesista que no se moleste en despertarme.

CAPÍTULO 34

Decker alcanzó a Marge cuando esta llegó a la comisaría.

—¿Gabe ha podido identificarlos?

—Estaba tan seguro que creo que podría haberlo hecho con los ojos cerrados. —Hizo una pausa—. Eso no tiene sentido.

El teniente sonrió.

—¿Cuándo le operan?

Ella miró el reloj.

—Dentro de una hora. Quizá un poco menos.

—Bien. Lee Wang va de camino al hospital con las otras cuatro tandas de fotos. Yasmine ha identificado a dos más; Darla Holbein y Kyle Kerkin. No estaba segura con JJ Little y Nate Asaroff. Quizá Gabe pueda identificarlos.

—Esperemos —respondió Marge.

—Esto es lo que hay. —Decker miró a su alrededor para asegurarse de que no había ningún adolescente cerca—. Oliver y yo acabamos de terminar con Kyle Kerkin. Al final ha pedido un abogado, pero no antes de su diarrea verbal. La buena noticia es que tenemos una relación entre Dylan Lashay, Kyle Kerkin y Gregory Hesse, pero no es exactamente lo que pensaba.

—Te escucho —dijo Marge sacando su libreta.

—La respuesta breve es que Kyle Kerkin es gay. Estaba en el armario cuando Dylan Lashay y él tuvieron una aventura. Dylan cortó con él y amenazó con sacarlo del armario a no ser que Kyle le diese pistolas de la colección de su padre. Así que Kyle le dio a Dylan una única pistola y eso pareció tranquilizarlo, y Kyle siguió en el armario. No estoy seguro, pero creo que Kyle Kerkin y Gregory Hesse se conocieron gracias a Dylan. A cambio de sus servicios, Gregory Hesse probablemente le hacía todos los trabajos a Dylan, y Kyle le dio una pistola. Un buen trato para todos.

—¿Así que Gregory Hesse era gay? —Marge parecía escéptica.

—Según Kyle, sí.

—¿Y qué hay de las fotos de la chica haciéndole una felación a Greg?

—No se le ve la cara, ¿verdad?

—Cierto.

—Kyle Kerkin tiene el pelo oscuro a la altura de los hombros.

—Ajá. Vale, ahora lo entiendo.

—Ahora viene la parte sórdida. Según Kyle, Gregory Hesse se disparó delante de Kyle y de Dylan Lashay, que estaba grabando a Greg mientras este jugaba con su pistola.

—¡Dios! ¡Eso es enfermizo!

—Asqueroso. —Decker se estremeció—. Kyle dice que fue un accidente. Que la pistola no debía estar cargada. Kerkin podría estar diciendo la verdad o podría ser todo mentira.

—¿Quién le dio la pistola a Gregory Hesse? —preguntó Marge.

—Kerkin dice que fue Dylan. Puede ser que Kyle esté usando a Dylan como escapatoria.

—Aun así, si eso ocurrió, gracias a Dios que la señora Hesse no encontró la cámara. —Miró a Decker—. ¿Tiene Kyle la cámara?

—Kyle dice que Dylan se la llevó cuando salieron de casa de Greg.

—Eso es muy raro —dijo Marge—. No encontramos huellas con sangre ni nada que sugiriera que había más personas presentes cuando Greg se disparó.

—Quizá estaban lejos y no se mancharon. O quizá sea todo mentira. Kyle solo ha hablado con nosotros porque le daba la impresión de que podría librarse de los cargos. Cuando nos ha preguntado si seguía arrestado y le hemos dicho que sí, ha pedido un abogado.

—¿De verdad pensaba que ibais a dejarle marchar?

—Estos chicos en particular han aprendido a usar la lengua. Saben cómo comportarse delante de los adultos. Y, desde que cumplió los dieciocho, Kyle es oficialmente un adulto.

—Kyle iba armado cuando lo detuvimos —dijo Marge—. Está hasta el cuello.

—Sí, parece que tenemos suficientes pruebas contra todos ellos, empezando por el secuestro e intento de asesinato, pasando por los cargos por posesión de armas y de drogas. Sería genial que localizáramos la videocámara de Gregory Hesse.

—Pediré órdenes de registro —dijo Marge—. Si la cámara está por ahí, la encontraré.

—Oliver ya ha llamado a Cruz Romero para las órdenes de Dylan Lashay, Cameron Cole, Kyle Kerkin y Darla Holbein: tanto para la escuela como para sus casas. Si Gabe logra identificar a JJ Little y Nate Asaroff, pediremos órdenes para ellos también. Por mucho que me gustaría estar allí para registrar las casas, no puedo. Tendrás que hacerlo tú.

—Yo me encargo —dijo Marge—. Cuando consiga las órdenes de registro, iré primero a Bell y Wakefield: abriré todas las taquillas. Enviaré a Willy a casa de Dylan, a Drew donde Kyle, a Wanda donde Cameron. Cuando termine en el colegio, iré a las casas y supervisaré al resto.

—Perfecto —dijo Decker—. Buscamos pistolas, drogas y cualquier objeto robado; sobre todo cosas relacionadas con Gregory Hesse.

—¿Has encontrado alguna relación entre Myra Gelb y la Mafia de B y W?

—Todavía no ha surgido, pero no hemos hecho más que empezar.

—¿Y cuál crees que era la gran exclusiva de Gregory Hesse? Si es que existía.

—Ni idea. —Decker oyó su nombre y se dio la vuelta. Wynona Pratt los llamó con la mano. Llevaba un jersey verde bajo una chaqueta de cuadros verde, con pantalones marrones y botas. Parecía a punto de irse de caza y, en cierto modo, eso era justo lo que iba a hacer—. Darla Holbein está con sus padres en su despacho. Quieren verle cuanto antes.

—¿Han preguntado por mí en concreto?

—Están en su despacho y han supuesto que usted manda. ¿Qué quiere que les diga? ¿Les hablo de Gabriel o...?

—Iré yo, me presentaré y les explicaré la situación. Después, si aun así quieren hablar conmigo, es cosa suya.

—¿Ahora mismo? —preguntó Wynona—. Los Holbein son muy religiosos. No paran de decirle a su hija que tiene que decir la verdad, que es lo cristiano y moralmente correcto.

—¿Y no han pedido un abogado?

—Teniente, tienen con ellos un abogado; un hombre de su iglesia. Ha hablado con Darla y al parecer no le importa que Darla hable con nosotros. Sus padres no paran de decir que es su última oportunidad de sincerarse ante Dios. El abogado no para decir que Darla tiene suerte porque aún es menor. Creo que todos esperan que el fiscal del distrito no sea muy duro con ella.

—A su edad, no creo que reciba una sentencia muy dura. Todo depende de lo que tenga que decir. Enseguida voy.

Oliver se sumó a la conversación.

—Acabo de hablar por teléfono con el padrastro de Dylan; Roy Lashay. Su esposa y él vienen de camino a ver a Dylan con un abogado.

—¿Dónde está Lashay? —preguntó Marge.

—Lo han enviado a Van Nuys hace una hora —explicó Oliver—. He llamado a la oficina del fiscal del distrito para ponerles en antecedentes. Pero uno de nosotros tendrá que estar presente antes de que lo procesen.

—Son muchos cargos y muy poco tiempo —comentó Decker.

—¿Cuándo será eso? —preguntó Marge.

—Dentro de un par de horas como poco —contestó Oliver.

—¿Y qué pasa con las órdenes de registro? —preguntó Decker.

—Me voy a ver al juez —dijo Oliver.

—Cuando las tengas, ¿quieres ir a Bell y Wakefield a registrar taquillas? —preguntó Marge.

—Sí, claro. —Oliver miró a Decker—. Una advertencia, rabino. Roy Lashay está que echa chispas. Dice que Dylan fue atacado por la chica y por Gabe, a quien no para de llamar Chris.

Marge miró a Decker.

—Ya te dije que cuando los arrestamos se habían puesto de acuerdo sobre la historia del robo.

—Parece que no todos se ciñen al guion —respondió Decker.

—Lashay se ha mostrado muy agresivo. Ha dicho que su abogado lo va a destapar todo porque ni tú ni ninguno de los que trabajan para ti sois imparciales. También ha llamado al padre biológico de Dylan, que es un abogado civil. Lashay también ha prometido que nos demandaría a todos por lo civil y por lo criminal y que, cuando terminara, no nos quedaría ni un centavo.

Decker arqueó una ceja.

—Obviamente es un plan de ataque al que no le falta mérito. Yo soy vulnerable.

—¿Quién es el abogado defensor de Dylan? —preguntó Marge.

—Sandford Book —respondió Oliver.

—Es de los buenos —comentó Decker.

—¿Y quién es el padre biológico/abogado de Lashay? —preguntó Marge.

Oliver revisó sus notas.

—Maurice Garden. No sé nada sobre él, pero no conozco a muchos abogados civiles.

—¿Y por qué creo que lo conozco? —preguntó Marge.

—Búscalo en Google —sugirió Decker—. Y, ya que estás, quizá podamos descubrir por qué Dylan se puso el apellido de su padrastro. Tiene que haber una razón.

—Maurice Garden... —Marge introdujo su nombre en el buscador del móvil—. ¡Dios mío! —Agarró a Oliver del hombro—. ¡Scott! La doctora a la que vimos. ¡Olivia Garden!

Oliver se golpeó la frente y se volvió hacia Decker.

—La pistola que utilizó Gregory Hesse para dispararse fue robada de la oficina de Olivia Garden hace cosa de seis años.

A Decker se le aceleró el corazón.

—¿Maurice y ella son parientes?

Marge continuó su búsqueda en Google.

—Es abogado civil..., divorciado hace seis años, casado de nuevo..., con cuatro hijos. Su esposa actual se llama Lily. No dice nada de los padres de Maurice.

—Busca el nombre de Olivia Garden —le pidió Decker.

—Vale, aquí está... Doctora Olivia Garden... fue a la Escuela de medicina de UCLA... casada... ¡Ajá! Tiene dos hijos, Maurice y Jonas, ambos abogados. —Marge sonrió—. Creo que tenemos la relación, chicos.

—Tanto el divorcio como el robo fueron hace unos seis años —dijo Decker.

—Quizá el pequeño Dylan acudió a la abuela en busca de ayuda —dijo Oliver.

—Y de pistolas —agregó Marge.

—Por entonces tendría doce años —respondió Decker.

—En plena pubertad —advirtió Marge—. Cuando se dispara la testosterona y el cachorro más inofensivo se convierte en un pitbull rabioso.

La larga melena de Darla le tapaba casi toda la cara, pero la parte que Decker veía estaba llena de manchas y de lágrimas. Tenía los ojos rojos e hinchados. Se parecía a su padre, Dominick, con su cara redondeada y sus ojos azules. Marie, su madre, tenía los ojos oscuros, los pómulos marcados y el pelo corto y gris. No llevaba joyas ni maquillaje. El padre iba vestido con un traje negro, una camisa blanca y una corbata azul, casi igual que Cecil Quiller, el representante legal de Darla.

Tras presentarse y explicar la situación, Decker imaginó que el abogado se centraría en el tema de la imparcialidad para sacar a su clienta del apuro. Pero fue Marie Holbein la que habló.

—¿El chico que ha sido atacado es su hijo de acogida?

—Técnicamente no —respondió Decker—. No recibo dinero del estado. El chico necesitaba un lugar donde vivir y mi esposa y yo decidimos darle un hogar hasta que pudiera independizarse.

—Así que es además un sirviente de Dios —dijo Marie.

Eso sí que era buena señal.

—Simplemente le estoy haciendo un favor al chico.

—Pero sí que tiene una relación personal con el muchacho —comentó el abogado.

—Desde luego —respondió Decker.

—Y probablemente se sienta más inclinado a creer su versión por encima de la de los demás.

—Yo me he retirado de la parte activa de la investigación —explicó Decker—. Por eso están con la detective Pratt y no conmigo.

—¿Qué quiere decir con «la parte activa»? —preguntó Quiller.

Entonces intervino Wynona.

—Él actúa como policía de tráfico. Meted a este en la sala uno, haced una tanda de fotos de reconocimiento, pedid una orden de registro. Cosas así.

—Yo no he interrogado de manera activa a ninguno de los adolescentes, a no ser que alguien pidiera hablar conmigo en concreto.

—¿Y eso ha sucedido?

—Sí, ha sucedido.

Marie levantó la mano.

—No hemos venido aquí para absolver a Darla en función de un tecnicismo, teniente. Puede que eso funcione con otros padres..., creen que están protegiendo a sus hijos. De hecho, están empeorando la situación porque lo que hacen está moralmente mal. Dominick y yo no defendemos a nuestros hijos a toda costa. Si lo hacemos, no ayudamos a Darla.

—Y yo estoy totalmente de acuerdo con mi esposa —intervino Dominick.

Aquella pareja era la fantasía de cualquier policía… y la peor pesadilla de Darla.

Marie se volvió hacia su hija con un brillo fervoroso en la mirada.

—Darla, si quieres llevar una vida moral, debes limpiar tu conciencia ante Dios.

Entonces habló el abogado.

—Estoy de acuerdo contigo, Marie, desde el punto de vista de un cristiano practicante. Pero sí que creo que debo actuar como abogado y hacer todo lo que pueda por Darla en el terreno legal. —Quiller se volvió hacia Decker—. Ella es menor. Quiero que borren sus antecedentes. Nada de cárcel, ni siquiera en un centro de menores. Ni libertad condicional, ni servicios a la comunidad. La iglesia se asegurará de que pague por sus pecados. Pero no puede verse afectada por este desafortunado incidente.

—¿Quiere que yo actúe como policía aunque tengo relación con Gabe y el muchacho vive conmigo? —preguntó Decker.

—Si tiene la capacidad de ayudar a Darla —respondió Quiller—, estaré encantado de trabajar con usted.

—Los cargos son muy serios —dijo Decker mientras se sentaba—. Depende de lo que tenga que decir ella.

—Yo sé lo que tiene que decir, porque ya ha hablado conmigo. Darla nunca se ha metido en líos.

—Cuando la han arrestado, llevaba encima cristal.

—Darla tiene un problema con el abuso de drogas, cosa que ahora sabemos —dijo Quiller—. Como parte del acuerdo para que admita su responsabilidad, le garantizo que irá a rehabilitación. Queremos que realice trabajos comunitarios dentro de la iglesia. Tenemos un programa en África. Será perfecto para una chica tan brillante como ella.

—La oficina del fiscal del distrito es la encargada de aceptar los acuerdos de ese tipo.

—Pero usted puede hacer recomendaciones. Eso es lo que pretendo. Además, después de oír lo ocurrido, quedará satisfecho con su decisión. Darla puede decirle muchas cosas que serían de gran utilidad.

Decker miró la grabadora que había sobre la mesa.

—¿Esto funciona? —le preguntó a Wynona.

—Sí. La he probado varias veces.

—Bien —respondió Decker—. Si quieren que me involucre, soy todo oídos.

Todos se fijaron en la adolescente. Ella se colocó el pelo detrás de las orejas y se mordió el labio inferior. Cuando al fin habló, lo hizo con un hilo de voz.

CAPÍTULO 35

—¿Gabe los ha identificado?… ¿Sí?… ¿Y está seguro?… ¡Fantástico! Espera, Lee. —Marge se volvió hacia Oliver. Iban de camino a Bell y Wakefield tras recoger las órdenes de registro para Dylan Lashay, Kyle Kerkin y Cameron Cole—. Gabe acaba de identificar a Kyle Kerkin, JJ Little, Darla Holbein y Nate Asaroff.

Oliver, que iba conduciendo, dio un puñetazo al volante.

—Adelante —dijo Marge—. Que Willy les diga a los dos abogados que han identificado a sus clientes.

—¿Qué sucede? —preguntó Oliver mientras Marge escuchaba al teléfono.

—Espera, Lee —dijo Marge—, voy a ponerte en altavoz para que Oliver pueda oírnos. —Apretó un botón y subió el volumen.

—Acabo de hablar por teléfono con Willy, que está con JJ Little —anunció Wang—. El chico se aferra a la historia del robo, dice que él fue la víctima y Gabe el agresor. Su abogado ha descubierto que hay relación entre Gabe y el teniente y defiende el argumento de la parcialidad. Así que Willy está siguiendo el protocolo paso a paso. Va a preparar una tanda de seis fotos con una foto de Gabe.

—Buena idea por dos motivos —dijo Marge—. Que JJ Little identifique a Gabe, sobre todo porque Yasmine no logró identificarlo a él. De ese modo, JJ no podrá echarse atrás después y decir que no estaba allí.

—Eso es lo que pretendemos hacer. Situar a todas las partes agraviadas en la escena del delito y después que las pruebas lo aclaren todo. Ni JJ ni su abogado saben que Gabe ha resultado herido. Cuando lo descubran, puede que cambien de estrategia.

—Mira, Lee, para no parecer parciales, quiero que alguien vaya a casa de los Decker y registre la habitación de Gabe. Que el teniente te dé permiso para el registro y que el abogado de JJ también vaya.

—De acuerdo, eso haré. ¿Qué pasa con la chica?

—Primero nos encargamos de Gabe. Si sale limpio, es probable que la chica no sea necesaria. Ya ha pasado por suficientes cosas. No quiero traumatizarla más.

—¿Gabe consume drogas?

—No tengo ni idea, pero al menos seremos congruentes. ¿Qué hay de Nate Asaroff?

—Su abogado quiere pactar.

—¿Asaroff es menor de edad?

—Sí. Y, que yo sepa, estaba allí sin más.

—¿Qué llevaba encima cuando lo arrestamos?

—Unos cuantos gramos de marihuana y un par de pastillas. Él podría cantar, dependiendo de lo que tenga que decirnos.

—¿Quién está con Nate ahora?

—Drew Messing.

—Llamaré a Drew en cuanto te cuelgue —dijo Marge.

—¿Qué hacéis ahora? —preguntó Wang.

—Tenemos órdenes de registro para Lashay, Cole y Kerkin —anunció Oliver—. Vamos hacia Bell y Wakefield para registrar sus taquillas.

—¿Queréis que os ayude? —preguntó Wang.

—Me gustaría que nos viéramos allí —contestó Marge—. Puedes recoger la orden de registro de la casa de Dylan Lashay y empezar con eso.

—No hay problema. ¿Cuál es la dirección del colegio?

Marge se la dio antes de colgar. Acto seguido llamó a la comisaría. Un minuto después Andrew Messing se puso al teléfono.

—Gabe Whitman acaba de identificar a Nate Asaroff —le explicó Marge—. Según creo, su abogado quiere pactar.

—Cree bien, sargento —contestó Messing—. El teniente ha llamado a alguien de la oficina del fiscal del distrito para que venga a hablar con los padres. Los chicos están cambiando sus versiones.

—¿Qué quiere el abogado de Asaroff?

—Que retiren todos los cargos contra él a cambio de su versión. También ha señalado que Nate es menor. Le quedan dos meses para cumplir los dieciocho.

—Podríamos juzgarlo como adulto. En cuanto a los cargos, depende de lo que tenga que decir y de lo que opine el fiscal del distrito. Vuelve a llamarme cuando tengamos su grabación.

—Así lo haré.

Marge colgó el teléfono justo cuando Oliver entraba en el aparcamiento de visitantes. Buscó un hueco.

—Allá vamos. —Metió el coche en un hueco y apagó el motor—. Creo que a Martin Punsche no le hará mucha gracia nuestra visita inesperada.

—Puede que se cabree.

—Me pregunto cómo les explicará este giro de acontecimientos a los padres que pagan las matrículas de B y W.

Se quedaron en silencio durante unos segundos.

—Ya lo tengo —anunció Marge.

—Cuéntamelo.

—Lo que han hecho los muchachos no ha sido un intento de secuestro —explicó con una sonrisa—. Ha sido una representación para un proyecto de arte.

—Perfecto. —Oliver abrió la puerta del coche—. Una pena que Dylan no tuviera videocámara. Apuesto a que muchos museos habrían pagado por tener ese vídeo.

Antes de llegar a Homicidios, Decker había llevado muchos casos como detective, concretamente seis años en el Departamento de

Menores y Crímenes Sexuales junto a Marge Dunn. Había interrogado a cientos de delincuentes adolescentes cuyo estado emocional iba desde la chulería hasta la ingenuidad fingida. Pero, en todos esos años, Decker no había conocido a una chica tan arrepentida como Darla Holbein. Comenzó el interrogatorio con la siguiente declaración:

—Merezco arder en el infierno.

Marie Holbein, su madre, no se inmutó.

—Si no te comportas, Darla, eso es justo lo que ocurrirá. Déjate de dramas y cuéntale al teniente lo que ha ocurrido esta mañana.

La chica masculló algo y su padre le dijo que hablara más alto.

Darla se secó los ojos.

—Solo quiero decir que lo siento mucho. Si la chica quiere verme y gritarme o pegarme o…, estoy dispuesta. También me alegraría de hacer servicios comunitarios en la organización benéfica que ella elija. Y, si quiere que vaya a la cárcel, también puedo hacer eso. No le tengo miedo a la cárcel, porque puedo hacer mi penitencia allí. Le tengo miedo a Dios.

—Amén —dijo Marie.

—Amén —repitió Dominick, el padre.

—Acepto la responsabilidad de todos mis actos. —Las lágrimas brotaban de sus ojos sin cesar—. Agradezco mucho que Jesús me haya dado la oportunidad de arrepentirme y de redimirme. Nuestro Señor murió en la cruz por nuestros pecados. Solo quiero que todos lo sepan.

Marie se mordió el labio y se le humedecieron los ojos.

—Jesús te perdonará si de verdad haces tu penitencia. Así que empieza por contarles lo ocurrido a los detectives.

Ahora madre e hija lloraban en silencio.

—Dormí en casa de Cam —dijo Darla—. Tenemos un proyecto de clase de Ciudadanía en el que trabajábamos juntas. Teníamos que entregarlo hoy. Por eso dormí en su casa. —Miró a Wynona y después a Decker—. Cuando tenemos encargos de grupo, siempre trabajamos juntas, aunque yo hago casi todo el trabajo. No me quejo, solo digo las cosas como son.

—¿Cameron es buena amiga tuya? —le preguntó Wynona.

Darla miró a su madre.

—Nos conocemos desde hace mucho tiempo. Nos conocimos de niñas en la iglesia. Íbamos juntas a todos los eventos. Es muy divertida. Además es preciosa y llama la atención de los chicos.

—Ser demasiado guapa es obra del diablo —murmuró Marie—. Mira los problemas que le ha traído.

—Es popular, sí, pero no solo por su aspecto, mamá. Es carismática. Todo el mundo se acerca a ella. Puede ser divertido ser su amiga.

Se retorció las manos.

—Hace unos seis años, sus padres dejaron de ir a la iglesia. —Miró a su madre para que se lo confirmara—. Unos seis años, ¿verdad?

—Sí. Más o menos.

—Primero sus padres dejaron la iglesia. Después, pocos meses más tarde, se separaron. Fue muy duro para Cameron. Entonces su madre se echó un novio más joven, y su padre, una novia mucho más joven. A sus padres se les fue la cabeza. Cameron decía que empezaron a beber mucho... delante de ella.

—Mi hija no me lo había contado —dijo Marie—. De lo contrario, habría llamado a los servicios sociales.

«Precisamente por eso no te lo dijo», pensó Decker.

—¿Así que Cameron tenía unos doce años cuando ocurrió eso?

—Sí —respondió Darla—. Estábamos en séptimo. En un momento dado, todos vivían juntos en la casa; sus padres y el novio y la novia. Fue muy duro para Cam. Creo que fue entonces cuando empezó a fumar hierba. Yo le dije que parase, que las drogas eran obra del diablo, pero no me hizo caso. Se refugiaba en la hierba.

—Deberías habérnoslo dicho de inmediato —le dijo Marie—. Podríamos haberla ayudado.

—Aunque la ley no interviniese —agregó Dominick—, la iglesia podría haber ayudado.

—Ahora me doy cuenta, papá, pero yo era una niña pequeña.

—Sigues siendo una niña —señaló Quiller—. Si dices la verdad, estoy seguro de que la ley lo tendrá en consideración.

—Estoy diciendo la verdad —aseguró Darla—. Mentir no solo es pecado, sino además difícil. —Se frotó los ojos—. Supuse que lo mejor que podía hacer por Cameron era ser su amiga e intentar que volviese a la iglesia.

—De acuerdo —dijo Decker.

—La situación en su casa duró en torno a un año y medio. Entonces, en mitad de octavo curso, los padres de Cam decidieron volver a estar juntos.

Darla se llevó la mano a la boca.

—Pero ocurrió algo importante. Cameron no me lo dijo, pero estoy segura de que tuvo que ver con el novio de su madre. Pasó de odiarlo a caerle bien. Se hicieron muy… íntimos. Habría que ser idiota para no darse cuenta de lo que pasaba.

Las lágrimas empezaron a brotar.

—Cambió. Cameron siempre había sido buena estudiante si se aplicaba. Pero dejó de aplicarse. Es lista, pero no tanto como para sacar buenas notas y drogarse al mismo tiempo. Empezó a flirtear con los chicos listos para que la ayudaran. Así fue como conoció a Dylan. Pese a lo que puedan pensar de Dylan, es muy listo.

—No me cabe duda —comentó Decker.

—Era un poco empollón cuando ella lo conoció. Estaba colado por ella. A lo largo de noveno curso la seguía como un perrito. Ella le inició en el sexo y las drogas. Pero, en algún momento de décimo curso, las cosas cambiaron. Dylan empezó a hacer ejercicio. Se hizo más alto. Y se puso muy musculoso.

—¿Esteroides? —preguntó Wynona.

—Sí. Esteroides también. Dylan se hizo popular entre los chicos y entre las chicas. Empezó a cultivar su imagen de chico malo. Atraía a un leal grupo de seguidores. Las drogas formaban parte del conjunto. Dylan tenía dinero. Compraba drogas y empezó a repartirlas gratis. Después empezó a cobrar por ellas, no demasiado al principio, solo para cubrir gastos. Decía que no estaba ganando dinero. Pero más adelante comenzó a cobrar más dinero, sobre todo por el cristal. —Apartó la mirada—. Cuando estás enganchado al cristal, es difícil darle la espalda.

Se le humedecieron los ojos.

—Cameron sabía que yo no tenía suficiente dinero para… conseguir lo que necesitaba. Me prestó algo, pero me dijo que había otras maneras de ganar dinero. —Miró hacia abajo—. Así que yo hacía lo que me dijera que hiciese. Lo necesitaba de verdad. —Apretó los labios con una mueca de dolor—. Era muy humillante.

Comenzó a sollozar. Su madre le puso una mano en la cabeza y se inclinó para darle un beso en la mejilla.

—Dios te querrá si te arrepientes de verdad.

—Me arrepiento, mamá, me arrepiento de verdad. Pero necesito algo de ayuda.

—Ya ve que la chica necesita rehabilitación, no cárcel —intervino Quiller.

—Jesús nos quiere a todos, Darla, santos y pecadores —le dijo su padre.

Darla se secó los ojos y dijo:

—Amén.

—Debes confesar tus pecados.

—Lo haré, papá, te prometo que lo haré.

—Si te arrepientes de verdad, Dios te perdonará —insistió Marie—. Pero parte de la redención consiste en admitir tus pecados. Debes contarles a los detectives qué ocurrió esta mañana.

«Amén a eso», pensó Decker.

—Hemos llegado a la parte en la que te quedaste a dormir en casa de Cameron porque teníais que trabajar juntas en un proyecto —dijo.

Darla asintió y volvió a secarse los ojos.

—Cameron estaba de mal humor esta mañana. Había conocido a este chico… —Miró a Decker—. Se llamaba Chris, pero esta mañana dijo que se llamaba Gabriel y que su padre era un mafioso de verdad. —Miró a Decker para que lo confirmara, pero este no dijo nada.

—Continúa —dijo Wynona.

—A Cameron le gustaba mucho. Era mono y alto..., más alto que Dylan. Eso le gustaba. Dylan tiene buena constitución, pero es bajito. Pero la verdadera razón por la que a Cameron le gustaba es que se enfrentó a Dylan. Sabía mucho más de pistolas que Dylan. Dylan cree que es un experto en armas. —Se volvió hacia Decker—. ¿Cómo es que su hijo de acogida sabe tanto sobre pistolas?

—Eso no es asunto tuyo, Darla —le dijo su madre—. Sigamos con esto para poder solucionar tu futuro.

Darla suspiró.

—El caso es que a ella le gustaba, pero no hizo nada al respecto. Entonces un día se lo encontró en una parada de autobús. Lo interpretó como una señal de que debía ser así. No sé lo que significa eso, pero fue lo que me contó. Me dijo que tocaba en un grupo de *rock* y que algún día sería famoso. Lo había invitado a su casa para colocarse, pero él la rechazó y dijo que tenía una prueba importante. A mí me dio que era una bola, pero no dije nada. —Miró a Decker—. ¿Toca en un grupo de *rock*?

—Darla, deja de hacer preguntas y cuéntales a los detectives lo ocurrido —le dijo su padre.

La chica se sonrojó.

—El caso es que no se fue a su casa, pero le pidió el número de teléfono. Ella también le pidió el suyo. Esperaba que la llamase, pero nunca lo hizo. Ella le escribió, pero el número estaba mal. Cam se deprimió mucho. Pensó que estaba rechazándola y no está acostumbrada a eso. Entonces..., Dios..., lo vio con otra chica; una morenita fea y estúpida, así fue como la describió Cam. Los vio besarse. Estaba claro que eran pareja. Estaba furiosa porque le hubiese mentido. Más que eso, le fastidiaba que prefiriese a la morenita antes que a ella. Fue odio al instante.

Wynona asintió y la animó a continuar.

—Yo le decía que se olvidara del asunto. Que obviamente el chico era un idiota, pero Cam insistía. Entonces se le ocurrió una idea «brillante». Le dijo a Dylan que Chris la había violado y que quería que vengara su honor o una estupidez semejante. Dylan es muchas cosas, pero no es idiota. No la creyó. Se rio de ella. Pero Cam insistió. Me violó, me violó, me violó. Hasta que un día…, yo estaba allí…, Dylan se volvió hacia ella y le dijo… —Miró a su madre y a su padre—. Será mejor que os tapéis los oídos.

—Darla, conocemos las palabras malsonantes —le dijo Marie—. Pero elegimos no usarlas. Adelante.

—Vale. —Tomó aliento antes de seguir—. Dylan le dijo a Cameron: «¿Qué pasa, zorra? Te lo follaste y ahora quieres que me ponga celoso». Y entonces agitó las manos y se rio. Como si no le importase en absoluto. Y tal vez fuese así. Así que Cam le dijo: «Sí, me lo follé y la tiene mucho más grande que tú». —Se giró hacia Decker—. Eso enfureció a Dylan. Así que al final se puso como ella quería. El grupo decidió acorralar a la chica. Solo para asustarla. Así que Cam llamó a Dylan esta mañana y le dijo que hoy era el día. No sé por qué eligió el día de hoy, pero así fue. Probablemente porque estaba de mal humor.

Regresaron las lágrimas.

—De modo que hemos quedado pronto frente al lugar donde Cam vio a Chris con la chica. Y la hemos visto entrar por la puerta. Ha sacado su teléfono y, antes de que pudiera llamar, Dylan se le ha acercado por detrás y le ha puesto una pistola en la espalda. Cam le ha quitado el teléfono y lo ha lanzado entre los arbustos. Luego la hemos rodeado y le hemos dicho estupideces.

—¿Qué clase de estupideces? —preguntó Wynona.

Darla hablaba entre sollozos.

—Era todo una broma para asustarla. Íbamos a dejarla marchar.

—¿Qué clase de estupideces?

—Dylan le ha dicho que la iba a…, ya saben. —Silencio—. Que se la iba a llevar y a… —Apartó la mirada—. Que iba a…, y entonces Cam ha dicho algo de…, algo como… violación en grupo…

Su madre soltó un grito ahogado.

—No iba a hacerlo de verdad —insistió Darla—. Era solo para asustarla.

—¿Para asustarla con una pistola? —preguntó Wynona.

—¡No estaba cargada! —insistió Darla.

—¿Ha amenazado con dispararle?

—No recuerdo lo que ha dicho. —Más lágrimas—. Cameron y Dylan estaban diciéndole todo tipo de cosas. Y la idea de sacar la pistola ha sido de Dylan. Le encantan las pistolas.

—¿Y a ti te ha parecido que estaba bien amenazarla con una pistola? —preguntó Wynona.

—No, no está bien. ¡Es terrible! —Comenzó a llorar—. Ha estado mal, pero yo sabía que no estaba cargada, así que no es que tuviese miedo por ella.

—¿No estaba cargada?

—Después hemos descubierto que sí que lo estaba cuando Chris ha disparado. Pero juro que no sabía nada hasta ese momento. Nunca habría… —Miró a sus padres—. Juro que no lo sabía.

—Pero has visto a Dylan sacar una pistola.

—Sí.

—¿Qué ha hecho con ella?

—Se la ha puesto en la espalda para asustarla. Pero juro que yo no sabía que estuviese cargada.

—De acuerdo —dijo Wynona—. Así que habéis acorralado a la chica y Dylan le ha puesto una pistola en la espalda. ¿Qué ha ocurrido después?

—Hemos empezado a caminar.

—¿Dónde ibais?

—A casa de Cameron. Sus padres se van a trabajar muy temprano.

—¿Qué pensabais hacerle a la chica en casa de Cameron?

—Solo asustarla un poco.

—¿Cómo?

—Ya sabe…

—No, no sé. Cuéntamelo.

—Diciéndole cosas.

—¿Cosas sobre violarla entre todos?

—Nadie iba a hacerle daño de verdad. Yo no habría participado en algo así.

—Así que estabais acorralando a la chica, Dylan le ha puesto una pistola en la espalda y os habéis ido a casa de Cameron —resumió Wynona.

Darla asintió.

—De acuerdo. ¿Y después qué?

—Todo ha ocurrido muy deprisa —respondió la chica—. Hemos llegado a Greendale Park y Chris ha salido de la nada. —Reaparecieron las lágrimas—. Chris y Dylan han empezado a hablar… y Cam le ha dicho a Dylan que Chris la violó.

—Y tú sabes que eso es mentira.

—Sí, claro que es mentira.

—Continúa.

—Así que Chris le ha dicho a Dylan que nunca la había tocado. Y Dylan y él empiezan a discutir…, vuelan las acusaciones… y entonces se dispara el arma y… de pronto Chris me está apuntando a la cara con una pistola, amenazando con dispararnos a todos. Les diré una cosa con sinceridad. Chris daba mucho más miedo que Dylan porque él sí que ha disparado la pistola. Me he quedado de piedra. —Miró a Wynona y después a su abogado—. El único que ha disparado un arma ha sido Chris.

—Y estás segura de eso.

—¡Segurísima!

—¿Y ha sido entonces cuando te has dado cuenta de que la pistola de Dylan estaba cargada?

—Exacto.

—Darla, sabrás que, si ocurre algo y la pistola se dispara y alguien resulta herido, eres responsable del tiroteo aunque pensaras que la pistola no estaba cargada.

Darla asintió con solemnidad.

—Nadie ha resultado herido.

—¿Estás segura?

—Segurísima. Como ya digo, el único que ha disparado el arma ha sido Chris. Y ninguno de nosotros ha resultado herido, así que…

—Chris se llama Gabriel —explicó Wynona.

—Gabriel… Chris…, qué más da.

Wynona miró a Decker y este asintió.

—¿Sabes que Gabriel está en el hospital? —preguntó la detective.

La madre de Darla se puso blanca.

—¿Qué ha pasado?

—Le han disparado.

—¡No! —exclamó Darla. Su madre se quedó con la boca abierta. Su padre parecía perplejo—. Eso es imposible. ¡Cuando se ha marchado estaba bien!

Quiller levantó las manos para que se callara.

—¿Es grave?

—Es una herida de bala —respondió Wynona.

—¿Es posible que el chico se disparase a sí mismo?

—Es bastante improbable —intervino Decker—. Por los residuos de pólvora de la herida, le han disparado desde una distancia de unos setenta centímetros.

—¡No puede ser! —Darla estaba temblando—. Es imposible.

—¿Vivirá? —preguntó Marie.

—Está en quirófano —respondió Decker.

—¡Dios mío! —Se volvió hacia su marido—. Tenemos que rezar por él.

—Más tarde. —Quiller se giró hacia Wynona—. ¿Quién le ha disparado?

—Eso es lo que estamos intentando averiguar —respondió ella.

—¿Qué les han dicho?

—¿Hasta dónde está dispuesta a cooperar su clienta? —preguntó Wynona.

—Si coopera, ¿qué pueden hacer por ella? —preguntó Quiller.

—Siempre y cuando no sea ella la que ha disparado…

—¡Yo no he disparado una pistola en mi vida! —exclamó Darla—. Ya me han examinado las manos.

—No han encontrado nada —explicó Quiller.

—Quizá se lavara las manos —sugirió Wynona.

—Juro que yo no he disparado a nadie. —La chica rozaba la histeria.

—Si coopera y no es la responsable, ¿qué pueden hacer por ella? —insistió Quiller.

Wynona miró a Decker y este asintió.

—¿Qué tiene usted en mente?

—Ya saben que es menor.

—Tiene diecisiete años. Podríamos juzgarla como adulta por secuestro e intento de ases…

—¿Qué? —gritó Darla.

—¡Cálmate, Darla! —le dijo Quiller—. ¿Qué pueden recomendarle al fiscal del distrito?

—¿Qué quiere usted?

—Antes de que haga nada, tiene que ir a rehabilitación por el abuso de sustancias —respondió Quiller—. Tiempo en una clínica de rehabilitación en vez de en un centro de menores.

—No sé si puedo hacer eso.

—Bueno, eso es un prerrequisito para que coopere. Además, si accede a declarar como testigo, quiero que retiren todos los cargos. Como he dicho, irá a rehabilitación de inmediato por el abuso de sustancias y después la iglesia le impondrá quinientas horas de servicios a la comunidad.

—Yo pensaba más bien en una libertad condicional y dos mil horas de servicios comunitarios —dijo Wynona.

—Sin libertad condicional. No quiero que tenga antecedentes. Han de retirar todos los cargos.

—No sé si puedo hacer eso —insistió Wynona—. Los cargos son graves.

—¿Qué tal cinco mil horas de servicios a la comunidad? Ordenadas por la iglesia.

—No puedo responder por el fiscal del distrito. Además, el tribunal ha de tener pruebas de que está cumpliendo con sus obligaciones comunitarias.

—¿Cuánto son cinco mil horas en días? —preguntó Marie.

—Son entre tres y cuatro años trabajando a jornada completa —le dijo Wynona.

—Eso estaría bien —respondió Marie—. La iglesia está involucrada en varios programas benéficos en África. La enviaré allí de inmediato después de la rehabilitación.

—¿Y qué pasa con el viaje de fin de curso y la graduación? —preguntó Darla.

—¿Me tomas el pelo? —respondió su madre con ironía.

—Me gustaría asistir a la ceremonia de graduación. Despedirme de todos.

—¿Te has vuelto loca? No puedes poner un pie en ese lugar. ¡Tendrás suerte si Bell y Wakefield accede a graduarte! ¡Cuando esto se sepa, correrán rumores sobre ti!

—Si se convierte en testigo del estado —dijo Wynona—, el fiscal del distrito querrá saber dónde está en cada momento. Además tendrá que regresar de África si alguna de las partes implicadas va a juicio.

—De acuerdo. —Quiller miró a Wynona—. Y por nuestra parte no hay nada garantizado hasta que esté por escrito.

—Creo que estamos de acuerdo en eso —intervino Decker con una sonrisa—. Pero sabrá que una garantía por escrito funciona en ambas direcciones.

CAPÍTULO 36

Esto es lo que no había en la taquilla de Dylan Lashay: porno, trabajos arrugados, lápices o bolígrafos, reglas rotas, viejos transportadores, trozos de papel, envoltorios de comida basura o fruta podrida, calcetines de gimnasia sudados o camisetas viejas.

Esto es lo que sí había en la taquilla: libros de texto y cuadernos, dos revólveres, dos semiautomáticas incluyendo una vieja Raven MP-25, conocida comúnmente como Especial del Sábado Noche, y una pistola eléctrica. También había varias piedras de cristal, dos pipas de *crack* usadas, cuatro cajas de munición, dos cajas de preservativos, un rollo de cinta de embalar, hilo de pescar, dos pasamontañas negros, una caja de guantes de látex y una caja de bolsas de basura azules.

Marge había llevado consigo una videocámara para grabar todo lo que encontraran. Fue una buena decisión. Fue grabando y narrando mientras Martin Punsche cortaba el candado. Fue grabando y narrando mientras Martin Punsche abría la puerta de la taquilla. Y fue grabando y narrando mientras Oliver iba sacando uno por uno los objetos del interior de la taquilla. Cuando Scott terminó, había un arsenal colocado sobre una serie de toallas blancas. Después ambos comenzaron el arduo proceso de embolsar las pruebas.

—Los alumnos de Yale no saben la suerte que tienen —dijo Marge.

Martin Punsche se había mareado durante el proceso, sudaba mientras sacaban un arma tras otra, murmurando de vez en cuando.

—No... no sé qué decir.

—No hace falta que diga nada. —Marge agarró la Especial del Sábado Noche y la descargó.

—Esto da miedo —comentó Oliver.

Habían acordonado el pasillo. Pese a los esfuerzos del claustro por mantener alejados a los estudiantes, había una multitud de mirones.

El vicedirector se apretó la corbata.

—Estoy... perplejo.

—¿Cuándo volverá el director? —preguntó Marge.

—Está en Europa.

—Debería avisarle de inmediato —le dijo Oliver—. Querrá saberlo.

—Lo haré en cuanto hayamos acabado aquí —respondió Punsche.

—Esto nos llevará un tiempo —le explicó Oliver.

—Me doy cuenta de ello, pero tengo que supervisar el procedimiento para asegurarme de que no pongan nada que no estaba allí. —Al sentir el odio en la mirada de Oliver, Punsche añadió—: Sin ánimo de ofender.

—No me ofende —dijo Marge—. Queremos que todo se haga de manera correcta. Vamos a grabar todos los objetos mientras los embolsamos. Y el detective Oliver está en lo cierto cuando dice que nos llevará un tiempo.

Tanto tiempo que Marge llamó a Decker y le explicó lo que habían requisado.

—Ya sé que no puedes hacer nada que te implique de manera directa, pero no veo por qué no puedes llamar al juzgado y que te digan a qué hora será la lectura de cargos de Dylan Lashay.

—Lo haré.

—¿Quién es el fiscal del distrito del caso de Lashay?

—Nurit Lake.

—Es un hueso duro de roer —dijo Marge—. Justo lo que necesitamos. Debería venir aquí y ver todas las pruebas que tenemos antes de presentar los cargos. Viendo lo que ha amasado este chico, yo también debería estar presente.

—Creo que Nurit va de camino a B y W ahora mismo. Llamaré al juzgado. Me alegro de poder hacer algo.

—¿Lee ha hablado contigo sobre el registro de tu casa?

—Sí. Le he dado mi permiso por escrito. El abogado de JJ Little va a ir con él.

—¿Gabe consume drogas?

—Que yo sepa no.

—Dile a Lee que me llame cuando haya terminado con el registro.

—Lo haré. ¿Qué más?

—Necesito que algunos detectives vengan aquí para grabar y embolsar las pruebas que hemos sacado de la taquilla de Lashay. No puedo dejar todo esto a medias mientras registramos las demás taquillas y, si tenemos que embolsar y etiquetar nosotros mismos todas las pruebas, tardaremos una eternidad.

—Espera. Déjame echar un vistazo para ver quién está disponible. —Regresó poco después—. Voy a enviar a Whittiger, Katzenbach y Marin, del Departamento de Robos.

—Gracias. Sería perfecto.

Veinte minutos después, aparecieron los tres detectives de Robos, que permitieron a Oliver y a Marge concentrarse en las taquillas pertenecientes a Cameron Cole y Kyle Kerkin.

—Vamos primero con la de Kyle —dijo Marge.

Oliver fue el encargado de grabar en esa ocasión. Cuando abrieron la taquilla, Marge echó un vistazo antes de tocar nada. Había un extraño olor procedente de allí. No había armas a primera vista. Había varias bolsas de marihuana a juzgar por el aspecto y el olor. En general, el contenido tenía que ver con las clases o con la comida basura.

—Bien, allá vamos.

Oliver comenzó a narrar mientras Marge iba sacando los objetos. Había libros, trabajos y mucha basura; antiguos trabajos de clase, comida podrida y una camiseta arrugada que tapaba una docena de revistas de porno gay. Tardaron otra hora en terminar con la taquilla de Kyle. Volvieron a colocarlo todo sobre toallas a la espera de que el trío de Robos acabara con Lashay y pasara a la próxima tarea. Al menos la taquilla de Kyle no contenía nada mortal.

Vibró el teléfono de Marge.

—Dunn.

—La lectura de cargos de Lashay será en torno a las seis de la tarde —le informó Decker—. Pero es una estimación. Puede que sea más tarde.

Marge miró el reloj. Eran ya las tres y media.

—Gracias.

—Seguiré llamando. Te avisaré si hay algún cambio.

—¿Lee Wang y el abogado de Little han registrado ya la habitación de Gabe?

—Rina acaba de llamarme. Están terminando. El chico se lo ha puesto fácil porque es muy ordenado. Lo más difícil ha sido revisar toda la basura que habían dejado atrás mis hijos.

—¿Algo dañino?

—No. Pero se han llevado el ordenador de Gabe.

—Es lo normal. Nosotros acabamos de revisar la taquilla de Kyle Kerkin. Drogas y porno gay, pero nada de armas. Vamos ahora con Cameron Cole. Sé que Lee ha vuelto a la comisaría con las órdenes de registro para las casas. ¿Quién se encarga de qué?

—Brubeck está con Lashay, Wanda se encarga de Cameron Cole y Messing de Kyle Kerkin. Holbein y Asaroff están detenidos en la prisión de menores. Sus abogados están dispuestos a pactar, así que estamos esperando a que el fiscal del distrito lo suscriba. Por cierto, hace más o menos una hora, el abogado de Little ha descubierto que han disparado a Gabriel. Exige saber quién le ha disparado.

Creo que ha deducido que Dylan era el único con residuos de pólvora en las manos. Solo quiere oírnoslo decir.

—Cuando Wanda recupere la bala, sabremos con seguridad que se trata del calibre 5,6 mm y entonces Dylan será culpable —dijo Marge—. Pero no es eso lo que voy a decirle al abogado de Kerkin, porque siempre cabe la posibilidad de que la Luger de Kerkin o la Glock se dispararan por accidente. El chico llevaba dos armas de fuego.

—No me extraña que Kerkin quiera pactar.

—Se merece una condena —dijo Marge.

—Y la tendrá. Tenemos muchas cosas contra Kerkin. Su abogado agradecerá cualquier pacto que le ofrezcamos.

—¿En qué estás pensando?

—Podríamos probar con cualquier cosa, desde asalto y secuestro hasta posesión ilegal de armas de fuego, a cambio de su testimonio y de un tiempo de prisión limitado. Dylan es más complicado. Si la bala es de 5,6 mm y lo combinamos con el residuo en la mano de Dylan, podemos acusarlo de intento de asesinato. Y si a eso sumamos lo que Oliver y tú habéis encontrado en su taquilla, podéis acabar con él.

—Muy bien.

—Una cosa a favor de Kyle Kerkin es lo que nos ha contado sobre el suicidio de Gregory Hesse. ¿Habéis encontrado la videocámara?

—Aún no.

—Estaría bien que Kyle no mintiera.

—Un chico en posesión de dos armas de fuego ilegales podría tener un problema de veracidad —dijo Marge—. ¿No fue él quien apuntó a Gabe a la cabeza?

—Sí, y eso es grave. Tenemos que ver qué está dispuesto a darnos Kyle y hasta dónde quiere llegar Chris Donatti.

—No quedará satisfecho con algo que no sea la pena capital —dijo Marge.

Decker no respondió. Chris tenía una manera propia de encargarse de los asuntos. En aquel momento, el lugar más seguro para Kyle Kerkin y Dylan Lashay era la cárcel.

—Te avisaré si hay cambios en la hora de la lectura de cargos —dijo Decker.

—Gracias. Ahora vamos a registrar la taquilla de Cameron. Te diré lo que encontramos.

—Muy bien. ¿Necesitas algo más, sargento?

—Me gusta mucho todo el poder y la deferencia que me concedes —contestó Marge.

—Soy un hombre mayor. Algún día me jubilaré.

—Cuando tú te vayas, viejo, yo me voy contigo.

La espera, desde que entró en quirófano hasta que regresó a la habitación tras pasar por reanimación, fue de tres horas y media. Gabe estaba somnoliento cuando lo pasaron a su cama y se quedó dormido de inmediato. La primera vez que se movió eran las seis de la tarde. Su cara registró el dolor cuando se movió y Rina llamó a la enfermera.

—Vamos a ver si podemos ponerte más cómodo —le dijo.

Él intentó fijarse en la cara de Rina. Todo estaba borroso. En su interior sentía sacudidas eléctricas y palpitaciones.

—¿Rina? —susurró.

—Sí, soy yo.

—¿Puedo irme a casa?

—Creo que quieren dejarte aquí esta noche.

—Qué mierda. —Le costaba demasiado trabajo mirar a su alrededor. Cerró los ojos—. ¡Odio mi vida!

—Lo siento, Gabriel. —Rina le estrechó la mano y él no se resistió—. Te prometo que las cosas mejorarán.

Pocos minutos más tarde entró una enfermera negra de cuarenta y tantos años leyendo el historial de Gabriel.

—Muy bien, jovencito, veamos qué podemos hacer por ti.

—Pegarme un tiro.

La enfermera lo ignoró y colocó una botellita en su vía.

—Pronto empezarás a sentirte mejor.

Gabe no respondió. Le costaba demasiado esfuerzo hablar.

Rina se sentó con él y el muchacho se quedó medio dormido. Diez minutos más tarde entró Wynona Pratt.

—¿Va todo bien?

—La operación ha ido bien —le informó Rina.

—He oído que lo han hecho con fibra óptica o...

—El cirujano ha utilizado la trayectoria de la bala para extraerla.

Wynona levantó una bolsa de pruebas.

—La tengo.

Gabe abrió los ojos y dijo:

—¿De qué calibre?

—¿Perdón? —le preguntó Wynona.

—La bala.

—5,6 mm.

—La pistola de Dylan —murmuró—. Dígaselo al teniente.

—Lo haré —respondió Wynona—. Tú concéntrate en recuperarte.

—Desde esta posición privilegiada solo puedo ir a mejor —dijo Gabe.

—Tienes un sentido del humor muy retorcido, hijo —comentó Rina con una sonrisa.

Gabe ni siquiera podía sonreír. Empezó a quedarse dormido y volvió a despertarse, esta vez a causa de una voz de varón. Abrió los ojos. No distinguía los rasgos de la cara, pero el tipo era demasiado bajo para ser su padre. No sabía si se encontraba físicamente mejor, pero sí mucho más feliz.

—¿Nick? —murmuró—. ¿Eres tú?

—Sí, soy yo. —El profesor de piano, con su pelo recogido en una coleta, tenía cincuenta y tantos años. Se acercó a la cama de Gabe—. ¿Cómo estás?

La pregunta pareció desconcertarle.

—No lo sé. —Hizo una pausa—. Me siento un poco... colocado.

—Colocado está bien. Mejórate —le dijo Nick—. La llamada de esta mañana me ha quitado diez años de vida.

—A los dos —agregó Rina—. Ha sido… un gran susto.

Gabe quiso alcanzar sus gafas, pero puso cara de dolor. Rina se las puso.

El chico sonrió a su profesor.

—Nick, Nick, Nick. —Se rio—. La he jodido bien, ¿verdad?

—Estás en una nube, chico —respondió Nick.

—Eso creo, amigo. Eso creo.

—Demerol —dijo Rina.

—Siento haberla jodido. —Gabe soltó otra risita—. ¡Jeff debe de estar muy cabreado!

—Jeff, al igual que yo, está preocupado por tu bienestar, Gabriel.

—Entonces todo bien. —Gabe levantó las manos y movió los dedos—. ¿Ves? No hay daño colateral.

Nick le dio un beso en la frente.

—Mejórate.

—Arrg… —murmuró el chico—. Te importo.

Nick sonrió.

—Claro que me importas. Puede que sea un profesor severo, pero tengo corazón.

—¡Qué tío! —exclamó Gabe con una sonrisa bobalicona—. Rina me echa de casa. ¿Puedo vivir contigo?

—Eso no es cierto ni justo —dijo ella antes de darle un beso en la mano—. No, no puedes vivir con Nick. Ya hemos hablado con tu padre.

—¿Necesitas algo, Gabriel? —le preguntó Nick.

Gabe se dispuso a decir algo, pero sus ojos detuvieron a su boca. Yasmine había entrado por la puerta con su madre. Todavía llevaba el uniforme de esa mañana. Su madre llevaba puestos unos *leggings* debajo de una túnica brillante y zapatos de tacón. La madre parecía cabreada. Sonrió a Yasmine.

—Hola.

—Hola. —La muchacha tenía lágrimas en los ojos—. ¿Cómo te encuentras?

Él dejó escapar una risita.

—Es tolerable siempre y cuando no me mueva. —Ella se sonrojó. «Oh, oh», pensó él. «No debería haber dicho eso». Pero no podía controlar lo que decía—. ¡A que es preciosa! —le dijo a nadie en particular—. ¡A que es *sexy*!

Nick le ofreció la mano a la madre de Yasmine.

—Soy Nicholas Mark, el profesor de piano de Gabriel.

—Sohala Nourmand —dijo ella con una sonrisa tensa. A Rina solo le dijo «hola».

—Gabe, esta es mi madre —murmuró Yasmine en voz baja—. Ya la conocías.

—Hola, madre —dijo Gabe con una sonrisa torcida—. ¡Tiene usted una hija preciosa!

—Muchas gracias por ayudarla —respondió Sohala—. Nunca olvidaré tu valentía y tu amabilidad.

Gabe siguió mirando a Yasmine.

—¡Es tan guapa! ¡Tan *sexy*! —Miró a Sohala—. ¡La amo!

—Espero que te mejores muy pronto —se limitó a decir Sohala.

Gabe volvió a mirar a Yasmine.

—Te quiero. —Sonrió—. Te quiero… mucho. —Pero, en vez de alegrarse, Yasmine comenzó a llorar. Gabe notó que a él también se le humedecían los ojos—. Oh, no llores, cabra loca. ¡Todo va genial!

—Por favor, recupérate, Gabriel —dijo Sohala. Sujetaba la mano de su hija con mucha fuerza—. Siento mucho tu dolor. Ha sido un día muy largo. Debemos irnos.

—¿Tan pronto? —preguntó Gabe con voz apagada.

—Un minuto más, mamá —le rogó Yasmine—. ¡Por favor!

—Lo siento, pero mi familia está esperando y tenemos mucho que explicar —anunció Sohala—. Volveremos en otro momento.

Pero Gabe sabía que no habría otro momento.

—¡Mamá, por favor! —suplicó Yasmine.

Pero Sohala estaba decidida y no le soltó la mano a su hija.

—¡Despídete, Yasmine! ¡Ahora!

Yasmine se tragó las lágrimas.

—Te quiero, Gabriel.

Gabe se puso serio.

—Yo también te quiero, Yasmine. —Sohala se la llevó a rastras—. Adiós —dijo él hacia la puerta vacía. Las lágrimas resbalaron por sus mejillas—. Menuda mierda.

—Lo siento —dijo Rina.

—No tanto como yo.

Se hizo el silencio hasta que habló Nick.

—Iré a visitarte cuando salgas del hospital.

Gabe estaba mirando al vacío.

—Me voy a Nevada, ¿recuerdas?

Nick se volvió hacia Rina.

—Siendo realistas, ¿cuánto tiempo será?

—No lo sé, Nick. Depende del teniente y del padre de Gabe.

Nick asintió.

—Si es necesario, Gabriel, volaré hasta allí cada dos semanas para darte clase.

—Eso sería fantástico —dijo Rina.

—Si sigo vivo —murmuró Gabe.

—Deja de decir eso —le dijo Nick—. Siento mucho lo que ha ocurrido, pero no olvidemos lo importante. Estás vivo, tus manos han salido ilesas y sigues teniendo un enorme talento.

—Qué afortunado.

Nick le acarició la cabeza.

—Te veré antes de que te vayas a Nevada. Cuídate, Romeo.

—Sí, no te preocupes por mí. Estaré bien —dijo Gabe cuando Nick salió de la habitación. Después miró a Rina—. ¿Cuánto puedo pagarte para que me hagas un Kevorkian?

Ella le besó la frente. La tenía caliente y sudorosa. Probablemente tendría fiebre.

—Pareces un poco cansado. ¿Por qué no intentas dormir?

—¿Sabes cuándo vendrá mi padre?

—No, lo siento, no lo sé. Llamaré si quieres.

—No. —Le ardían los ojos—. No te molestes. Vendrá cuando venga. —Dejó escapar el aire y puso cara de dolor. Le apretó la mano—. Una siesta no suena mal. ¿Esperarás aquí mientras duermo?

—Por supuesto.

—Eres la mejor persona del mundo.

—Pregúntales por mí a mis hijos cuando eran pequeños. Seguro que te dan otra imagen. Pero gracias por el cumplido. —Volvió a besarle la frente—. Descansa un poco, ¿vale?

Gabe ya había cerrado los ojos cuando asintió. Solo en su cabeza, había muchas cosas en las que pensar. Por suerte, las medicinas no le dieron la opción de mantenerse despierto.

CAPÍTULO 37

Según la lista de los casos, la lectura de los cargos, programada en un principio para las seis, había sido trasladada a las ocho. Marge estaba sentada a una mesa en un rincón de la cafetería, comiendo una ensalada griega sin mucho entusiasmo. Veinte minutos más tarde se unió a ella Nurit Lake con un café en la mano. Nurit medía un metro setenta y ocho y era delgada como una cigüeña. Llevaba puesto su color favorito, el rosa chillón, con una chaqueta y pantalones negros. Sus accesorios eran grandes y ruidosos. Tenía el pelo rojo, los ojos oscuros y llevaba los labios pintados de rojo.

—¿De dónde has sacado eso? —preguntó refiriéndose a la ensalada de Marge.

—Creo que aún les quedan un par, pero yo ya no quiero más, si quieres.

—¿Estás segura?

—Sí. —Marge le entregó el envase de plástico a la abogada—. Sírvete. Voy a por café. ¿Quieres más?

—Gracias. Te lo agradezco.

Cuando Marge regresó, Nurit estaba devorando los últimos trozos de lechuga mustia.

—No he comido en todo el día.

—¿Quieres algo más?

—No, con esto basta. —Aceptó la taza de café—. Gracias por el ofrecimiento.

Marge se sentó y bebió. El café sabía a quemado.

—¿Quieres que revisemos todos los cargos para estar en el mismo punto?

—Suena bien.

—Los tres chicos de diecisiete años... Un momento. —Nurit comenzó a rebuscar en su maletín—. JJ Little, Darla Holbein y Nate Asaroff..., sabes que podríamos haberlos juzgado como adultos.

—Todos deberían cumplir condena, pero tenemos un pez más grande que atrapar.

—Entendido. Solo lo decía... —Nurit revisó sus notas—. Acabo de hablar con Jack Leandro. Sus padres han llegado a un acuerdo. La chica, Darla Holbein, tendrá que hacer tres mil horas de servicio comunitario para su iglesia en África más otras mil horas en Estados Unidos tras pasar por rehabilitación a cambio de testificar contra Cameron Cole. Darla puede declarar que fue idea de Cameron iniciar el secuestro. Cuando haya cumplido su parte, cerraremos su caso y quedará en libertad.

Marge asintió.

—Para los otros dos menores, voy a pedir tiempo de prisión en un centro de menores y después tres años de libertad condicional.

—¿Cuánto tiempo en prisión?

—Sesenta días. Tienen que terminar el instituto de todos modos.

—¿Bell y Wakefield les va a dar el diploma?

—Esa es parte del trato: los tres recibirán sus diplomas en cuanto aprueben los exámenes finales a cambio de un secreto de sumario. A ninguno se le permite hablar de nada. La escuela quiere librarse de ellos con la mínima repercusión posible.

—¿Y los abogados han accedido al tiempo en prisión?

—A los sesenta días no. Estoy dispuesta a reducir la condena a la mitad. Eso lo aceptarán. Pero voy a insistir en la libertad condicional y en cinco mil horas de servicio comunitario. Tras declarar para el estado en los juicios de los otros tres, en caso de que fuera necesario un juicio, y tras cumplir con sus respectivas sentencias, sus antecedentes criminales quedarán borrados y podrán fingir que esto nunca ocurrió.

Marge asintió.

—Demasiado fácil, si quieres mi opinión. Sobre todo para Darla. Puede que ella no iniciara el secuestro, pero tampoco intentó disuadir a Cameron.

—Lo sé. Pero será una testigo creíble contra Cameron.

—Como ya he dicho, la necesitamos. No necesitamos tantos testimonios contra Lashay y Kerkin. Con tal cantidad de armas y de drogas, están jodidos.

—¿De qué se les va a acusar?

—De todo, desde posesión ilícita de drogas y armas de fuego hasta secuestro e intento de asesinato.

—¡Eh, Margie! —Era Oliver, que tenía una expresión tensa. Sujetaba una bolsa de pruebas. Agarró una silla y se sentó junto a las dos mujeres—. Me alegro de encontraros.

—¿Cómo va?

Oliver tomó aire y lo dejó escapar.

—Bien desde el punto de vista policial. Como persona, estoy destrozado. Hemos registrado el dormitorio de Cameron Cole. En uno de los cajones de la ropa hemos encontrado un puñado de joyas, incluyendo un anillo de aguamarina con el nombre de Sydney.

Marge se incorporó.

—¡Dios mío! Habéis encontrado el anillo de Sydney Holly.

—¿Qué? —preguntó Nurit.

—Myra Gelb se suicidó con una pistola que habían robado de casa de Sydney Holly —explicó Oliver—. La pistola pertenecía a su madre, pero el anillo era suyo.

—Ahora podemos relacionar ese robo con Cameron Cole —dijo Marge.

—Que dijo que Dylan Lashay le regaló el anillo.

—Eso podría ser cierto.

—Y, si lo es, probablemente sea la única verdad que haya salido de su boca —dijo Oliver.

Nurit sacó una libreta.

—Voy a escribirlo todo.

—Esa no es la gran noticia —continuó Oliver—. Hemos encontrado el ordenador y la videocámara de Gregory Hesse.

—¿Dónde? —preguntó Marge con tensión.

—Los encontró Brubeck, junto con más armas de fuego, en un pequeño armario que había en el vestidor de Dylan Lashay. El ordenador tiene contenido sexual, pero lo asqueroso está en la videocámara. La tengo en la bolsa. Necesitamos un lugar privado porque tiene audio. Mi coche está aparcado al otro lado de la calle.

—El mío está abajo —dijo Nurit.

Los tres bajaron al aparcamiento subterráneo. Oliver ocupó el asiento delantero y las dos mujeres se sentaron detrás. Él se puso un guante de látex y sacó la videocámara de la bolsa de pruebas.

—Han buscado huellas dactilares. —Le entregó a Marge unos guantes y después la cámara—. No hay manera de prepararte para esto. Dale al *play* cuando estés lista.

—¿Cuál es?

Oliver se dio la vuelta y pulsó el botón. Marge y Nurit se quedaron mirando la pantallita. Incluso en pequeño, las imágenes eran muy nítidas y precisas. Gregory Hesse aparecía recostado sobre su cama con una melena de pelo largo y castaño tapándole la entrepierna. Cuando la cámara se acercó, se vio un primer plano del pene de Hesse entrando y saliendo de una boca. Se veía barba incipiente y acné en la barbilla.

La voz en *off* dijo:

—Sí…, hazlo, hazlo, hazlo.

—¿Quién es ese? —preguntó Nurit.

—Un momento —respondió Oliver.

Treinta segundos más de felación hasta que Gregory llegó al clímax. La figura de pelo largo desapareció de plano y Gregory Hesse se subió los pantalones. Tenía los ojos vidriosos y los párpados medio

cerrados. Parecía colocado, por mucho que dijese el informe toxicológico.

—Tú eres el hombre —dijo la voz en *off*.

—Soy el hombre —contestó Gregory Hesse con dificultad.

—¿De verdad quieres ser el hombre? —preguntó la voz en *off*.

—Sí…, soy el hombre —repitió Hesse.

—No, tienes que ser el hombre, tío —insistió la voz en *off*.
Gregory Hesse pareció confuso—. Esto significa ser un hombre.

Se oyó un clic en la grabación. Hay muchas cosas que hacen
clic, pero Marge creía saber de dónde procedía aquel. Le dio un
vuelco el estómago.

—Tu turno —dijo la voz en *off*.

—¿Hablas en serio? —preguntó una segunda voz.

—Vamos, KK —respondió la voz en *off*—, no me seas nenaza.

—¡Estás loco! —exclamó KK.

—Estoy loco, pero soy el hombre. Ya lo he demostrado. Es tu
turno.

Una larga pausa. La cámara pasó de enfocar a Gregory Hesse
a Kyle Kerkin, que sujetaba una 5,6 mm.

—¿Está cargada? —preguntó Kyle.

—¿A ti qué te parece? —preguntó la voz en *off*.

—No sé, imbécil, por eso te lo pregunto.

—Vamos, KK. Muestra tus cojones cuando no te los están
chupando.

Kyle se llevó la pistola a la sien. Estaba sudando. Apretó el gatillo.
Clic.

Se oyó un suspiro. Kyle le entregó la pistola a Gregory.

—Tu turno.

El chico parecía completamente confundido al agarrar el revólver con la mano. No paraba de mirar a la cámara.

—Si quieres ser un hombre de verdad, tienes que demostrarlo,
tío —decía la voz en *off*.

—¿Está cargada? —preguntó Hesse.

—Ya lo averiguarás.

—Vamos, Dylan —intervino Kyle—. No seas capullo.

—¿A ti qué te parece? —preguntó la voz en *off*/Dylan.

Hubo una pausa.

—Claro que no está cargada —aclaró Dylan.

—No estoy seguro —murmuró Gregory.

—Vamos, tío —insistió Dylan—. No va a pasar nada. Quedará genial en cámara.

—¿No está cargada? —preguntó Gregory.

—¡No, no está cargada! —exclamó Dylan—. ¿De verdad crees que te iba a dar una pistola cargada?

Silencio.

—Vamos, Greg —continuó Dylan—. Quedará superbién.

Gregory se apuntó a la cabeza con la pistola.

Aunque ambas mujeres sabían lo que vendría después, el ruido del disparo les hizo dar un respingo. La pantalla quedó salpicada por una nube de sangre, sesos y hueso mientras una figura sin vida y con los ojos muy abiertos caía hacia atrás sobre la cama.

—¡Mierda! —gritó alguien—. ¡Mierda! ¡Mierda! ¡Mierda!

De fondo alguien se reía con fuerza.

Dylan reía sin parar.

—Ups —murmuró entre risas.

Fundido a negro.

La figura estaba en la silla junto a él, inclinada hacia delante y con las manos cruzadas entre las rodillas. Los ojos normalmente eran los de un tiburón, fríos y sin emoción. Aquel día rozaban la neutralidad. Por la minúscula ventana del hospital solo se veía oscuridad, en contraste con el interior, que gozaba de una intensa iluminación.

—Hola, compañero de habitación, ¿qué pasa? —dijo Gabe, pero su padre no respondió—. ¿Me das las gafas?

Donatti recogió las gafas y se las puso a su hijo.

Gabe se incorporó ligeramente y notó el dolor por todo el cuerpo. Chris iba vestido con un polo amarillo y una chaqueta de gamuza marrón. Tenía treinta y cinco años y parecía que tuviera entre veinte y sesenta, dependiendo de lo mucho que bebiera. Aquel día parecía más joven.

Gabe se fijó en la mesilla de noche, concretamente en la bandeja con la comida.

—¿Qué es eso?

—Creo que tu cena —respondió Donatti mientras inspeccionaba el contenido—. Tienes compota de manzana, zumo de arándanos, gelatina y un par de rebanadas de pan blanco.

Gabe le interrumpió con un quejido.

—Me han dado en las costillas, no en el estómago.

Donatti metió la mano en su bolsa y sacó una hamburguesa.

—Come despacio.

Gabe dio un bocado, que cayó en su estómago como una bola de plomo. La dejó sobre la mesilla.

—¿Cuándo podré largarme de aquí?

—Cuando hayas meado y cagado.

—Hablo en serio.

—Yo también. Eso es lo que ha dicho el médico. Puede irse cuando haya meado y cagado. —Hizo una pausa—. En realidad ha dicho después de que orinaras y desalojaras los intestinos, pero yo creo en la brevedad de las palabras.

—¿Cómo voy a cagar si no he comido en todo el día?

—Pues come, joder.

—Dame la compota. —Donatti puso los ojos en blanco y Gabe se dio cuenta. Iba a ser una estancia muy larga en Nevada. Cuando Chris le pasó la compota, él dijo—: Gracias.

—De nada.

—¿Cuándo has llegado?

—Hace una hora.

—¿Qué hora es?

—No haces más que preguntar. —Chris miró el reloj—. Casi las once.

—Siento haberte molestado.

—No ha sido una molestia —respondió Donatti—. Terminé lo que tenía que hacer antes de venir.

—Puedes volver si quieres. Puedo volar yo solo a Elko si es necesario.

—Gabriel, no seas imbécil. Estoy aquí porque quiero estar aquí. Si no quisiera, no habría venido. Deja de intentar provocarme para que pierda los nervios y puedas odiarme. No funcionará.

—No te odio.

—Sí, sí. Por cierto, le he enviado un correo a tu madre y le he dicho que te habían disparado.

—¿De verdad? —Gabe lo miró con los ojos muy abiertos—. ¿Por qué?

—Pensé que debería saberlo.

—¿Le has dicho que me pondré bien?

—No.

Estaba usando su sufrimiento para devolvérsela a su madre. Debería haberle sorprendido, pero no fue así.

—¿Puedes volver a escribirle y decirle que estoy bien?

—Hazlo tú mismo.

—No tengo el ordenador.

—Entonces supongo que tendrá que esperar.

—¡Eres un cabrón!

—Dime algo que no sepa.

Gabe miró a su padre a la cara y después agachó la cabeza. Estaba demasiado dolorido hasta para ponerse nervioso.

—Deja que te pregunte una cosa, Chris. ¿Y si la bala me hubiera atravesado la mano y me la hubiera destrozado? —Miró a su padre a los ojos—. ¿Qué habrías hecho?

—No es lo que habría hecho yo, Gabe, es lo que habrías hecho tú.

—¿Seguirías dejando que viviese contigo?

Donatti lo miró con severidad.

—¿De qué coño estás hablando?

—Quiero decir que ya no podría ser pianista.

—Y…

—Y sé lo importante que es para ti… mi carrera.

—¿Crees que eso es importante para mí? ¿Que te conviertas en pianista?

—Siempre me has presionado.

—Sí, te he presionado. Porque querías que te presionara. Pero, si quieres dejarlo, es decisión tuya. No quieres ir a Juilliard, pues vete a Harvard. No quieres ir a la universidad, pues vete a Nevada y te enseñaré a regentar burdeles. Quieres andar por ahí follándote a todo lo que se mueva y ser un despojo, pues te apoyaré. Haz lo que te apetezca hacer, y si no sabes qué hacer, tampoco pasa nada.

Los dos se quedaron callados durante un minuto. Gabe seguía mirándose el regazo.

—Sí que lo deseo. La música es mi vida.

—Tienes talento para llegar a la cima, Gabriel. Ahora es cuestión de fortaleza.

Gabe suspiró y eso le provocó dolor. Le pesaba demasiado el corazón.

—Ni siquiera he podido despedirme de ella —murmuró.

—¿Qué?

—De Yasmine. No he podido despedirme de ella. Su madre se la ha llevado. —Su padre se quedó mirándolo con expresión impávida—. Olvídalo.

—¿Qué quieres que diga?

—Por ejemplo, «menuda mierda».

Donatti se encogió de hombros.

—Te disparan y pierdes a tu novia el mismo día. Eso sí que es una mierda.

Curiosamente las palabras de su padre hicieron que se sintiera mejor.

—Sé que piensas que soy un crío estúpido, pero me gusta de verdad.

—Te creo —dijo Donatti—. Ojalá pudiera hacerte sentir mejor. Si no fueras menor de edad, te dejaría a mis putas. Pero no puedo arriesgarme. Cuando cumplas dieciocho, te conseguiré a cualquier chica que desees; cualquier tipo de cuerpo, color de pelo, de ojos, cualquier raza, cualquier etnia, lo que quieras. Coñitos a medida. Mientras tanto, eres un tío guapo. No deberías tener problemas en encontrar un coño. Cuando vayas a la universidad, se te pasará.

Gabe se quedó mirando a su padre, pero no dijo nada.

Donatti se encogió de hombros.

—No me mires así. Ya deberías conocerme. No puedo identificarme con algo que no pueda tirarme. No es que no tenga sentimientos. Los tengo. Pero están entrelazados con el sexo y así es como funciono. Sí, es una mierda que hayas perdido a tu novia. Pero mi enfoque sería: estoy jodido porque ya no puedo acostarme con ella. Entonces, si no puedo acostarme con ella, me busco a otra. Te hablo como me gustaría que me hablaran a mí si estuviera en tu situación. Sería así: «Chris, no puedes tener a A, así que aquí está B».

Gabe miró a su padre.

—¿Puedes pasarme la hamburguesa? —le preguntó.

—Claro.

—Gracias. —Comió en silencio. Entonces se dio cuenta de que se moría de hambre y se comió la gelatina y el pan—. ¿Seguro que no te importa que viva contigo?

—Ya sabes que podrías haberte ido a vivir conmigo cuando tu madre se fue. Pensé que estarías mejor con los Decker. Pero ahora no lo estás. Si Decker dice que te saque de la ciudad, me lo tomo en serio. Fin de la historia. Vigila tus modales y apártate de mi camino cuando no esté de humor. Así no habrá problemas.

—No puede decirse que no seas sincero.

—Ni siquiera soy sincero. Soy un mentiroso patológico.

—Sí que lo eres —respondió Gabe entre risas.

—Cuidado. Yo puedo decirlo. Tú no. Y, ya que nos confesamos, deja que te diga una cosa. En el futuro, si alguna vez pones tu vida en peligro cuando no es necesario, te mataré yo mismo. No quiero volver a recibir ese tipo de llamada de teléfono. Si tienes que elegir entre tú y ella, elígete a ti. No vale la pena morir por un coño. ¿Queda claro?

—Lo habría vuelto a hacer sin dudarlo.

—Entonces es que eres idiota. —Hizo una pausa—. Por otra parte, está bien que sepas gestionar situaciones difíciles. Ningún padre quiere un hijo blandengue. —Donatti le acercó a Gabe el zumo de arándano—. Bebe. Si tienes que mear para salir de aquí, hazlo cuanto antes.

—Creo que podría hacer pis ahora.

—Adelante. Tienes que hacerlo en un vaso.

—¿Qué? ¿Por qué?

—No sé por qué, Gabe. Eso es lo que me ha dicho la enfermera. Cuando mee, tendrá que hacerlo en un vaso. Quizá tengas algo muy importante en el pis que deban analizar. Quizá el médico sea un pervertido. Tú hazlo en el vaso y se lo llevaré a la enfermera.

—¡Dios! —Estaba tan asqueado que no tenía palabras para describirlo. Se levantó despacio. La cabeza le daba vueltas, así que tardó unos segundos en asegurarse de poder caminar sin desmayarse. El pecho vendado le limitaba la movilidad, pero podía mover los brazos. Llevó la vía con él hasta el cuarto de baño, con la bata del hospital abierta por detrás, dejando su culo al viento. Su padre se quedó mirándolo, sin molestarse en ofrecerle ayuda. Regresó varios minutos más tarde con un vaso lleno de orina—. Esto es degradante.

La enfermera entró en la habitación y recogió el vaso.

—Buen chico.

—¿Y dónde está mi puñetera piruleta? —murmuró él.

La enfermera se quedó mirándolo. Donatti sonrió y dijo:

—Muchas gracias.

—De nada. —La enfermera agarró a Gabe del brazo y lo ayudó a meterse en la cama—. ¿Cómo te encuentras?

—Me duele.

—Veré qué quiere darte el doctor. —Miró la bandeja de la cena vacía—. Has comido. Muy bien. ¿Quieres algo más?

«¿Qué tal un tiro en la sien?», pensó.

—Estoy bien por ahora, gracias. —Cuando la enfermera se marchó, Gabe dijo—: Chris, sácame de aquí.

—Ya has meado. Ahora caga.

—Esto es degradante.

—Sí, los hospitales dan asco. ¿Qué te has hecho en el brazo? Gabe se remangó la manga de la bata.

—Un par de tatuajes. —Donatti sonrió y negó con la cabeza—. Lo sé, soy un idiota.

—Qué ingenuo.

—Quería hacer algo por ella y ahora se ha ido.

—Y te has quedado con su nombre tatuado en el brazo —dijo Donatti.

—Bueno, aun así me gusta. —Suspiró—. Es lo único que me queda de ella.

—Vuelve a remangarte. ¿Qué son esas notas que tienes debajo de su nombre?

—«Der Hölle Rache».

—¿Te has tatuado ópera en el brazo? —Donatti se quedó mirándolo—. ¿Quién eres?

—Soy tú si fueras un empollón.

Donatti se rio espontáneamente.

—Me estás superando, ¿lo sabías?

—Si cago, ¿me prometes que puedo marcharme?

—Haré lo posible, pero yo no mando.

—Se te da bien ganarte a la gente.

—Se llama sonrisa deslumbrante y arma de fuego —respondió Donatti—. Probablemente no te dejen salir hasta mañana, así que intenta relajarte.

—Es muy fácil para ti decirlo —le dijo Gabe—. Tú no estás enganchado a una vía, vendado como una momia y con una bata que deja al descubierto el culo.

Donatti se encogió de hombros.

—Te han disparado, tío. Podrás vivir con el culo al aire.

—¿Tienes algo más en la bolsa?

—Tengo uvas, una manzana y un sándwich de ensalada de huevo. Come lo que quieras.

—Tomaré unas uvas.

Donatti sacó una caja de plástico con uvas verdes sin pepita. La enfermera regresó y le tomó las constantes vitales a Gabe. Después inyectó algo en la vía.

—Esto te ayudará a dormir.

—Gracias. —Gabe se metió una uva en la boca—. Siento haber contestado mal antes.

La enfermera sonrió y se volvió hacia Donatti.

—Lo ha educado bien.

—Gracias —respondió él. En cuanto la enfermera se marchó, padre e hijo se echaron a reír.

—¡Dios, me duele! —Gabe se llevó la mano al costado.

—¿Cuándo me nominan a Padre del Año? —Chris seguía sonriendo—. Dime, ¿en qué estabas trabajando antes de que te disparasen?

Gabe empezó a hablar de música: el tema por defecto entre su padre y él. Habló de sus clases, de sus ejercicios de composición, de sus inminentes bolos, de las piezas que estaba practicando. Antes de darse cuenta se había comido todas las uvas y había pasado una hora. Chris siempre escuchaba como si realmente le interesara lo que le estaban contando. El tipo desprendía magnetismo y carisma. Las chicas se le acercaban no solo porque era encantador, sino además guapo como una estrella de cine. Los tíos también se disputaban la atención de Chris, todos querían ser su mejor amigo. Chris no tenía ningún mejor amigo. No tenía amigos, punto. Tenía esclavos. Gabe notó que iba perdiendo la energía.

—Pareces cansado —le dijo Donatti.

—Quizá un poco. —Sentía que le pesaban los párpados—. Debe de ser la medicación. ¿Dónde vas a pasar la noche?

—Aquí.

—No es necesario.

—Es medianoche. —Donatti bostezó, se quitó los zapatos y apoyó los pies sobre la cama del hospital—. Aunque tuviera reserva en alguna parte, soy demasiado vago para moverme. Es tarde y estoy cansado. Duérmete.

Gabe se quedó callado. Luego dijo:

—Puede que intente ir al baño.

Donatti echó la cabeza hacia atrás y cerró los ojos.

—Adelante.

—¿Tengo que hacerlo también en un vaso?

—Nadie ha dicho nada de tu mierda. Pero no te preocupes por eso, hijo. Aunque tires de la cisterna, la vida te la repondrá.

CAPÍTULO 38

Pese a las protestas de la fiscal del distrito Nurit Lake, el juez estableció una fianza de cinco millones de dólares para Dylan Lashay y le ordenó renunciar a su pasaporte. En cuestión de tres días, el joven quedó libre y celebró su libertad con un Audi nuevo.

El abogado de Kyle Kerkin llegó a un acuerdo con la oficina del fiscal. El chico testificaría contra Dylan Lashay por el asesinato de Gregory Hesse a cambio de la reducción de los cargos por homicidio involuntario, secuestro y posesión de armas. El acuerdo incluía una sentencia de dieciocho meses de prisión en la cárcel de San Luis Obispo (nivel II) con la posibilidad de una reducción de condena dependiendo de su comportamiento.

Cameron Cole no estuvo implicada en el asesinato de Gregory Hesse, pero fue acusada de intento de asesinato y secuestro junto con posesión de mercancía robada. También llegó a un acuerdo de un año de prisión en la cárcel de mujeres de Chowchilla.

Pese a los esfuerzos de Decker, no logró encontrar una relación entre Dylan Lashay y el suicidio de Myra Gelb. Para Decker estaba claro que Dylan había robado la pistola de casa de los Holly. (Cargo desestimado). Decker también estaba convencido de que Dylan le vendió el arma a Myra Gelb. (Cargo desestimado también). Pero, dado que el botín que se llevaron de casa de los Holly fue hallado en casa de Cameron, no de Dylan, la mercancía robada fue objeto del clásico debate «él dijo, ella dijo». Y, como ambos parecían hábiles mentirosos además de psicópatas, el juez consideró que sería más fácil seguir el camino de la menor resistencia. A Lashay se le acusó de muchas cosas, pero el robo y la muerte de Myra Gelb no estaban entre ellas.

No se encontró ninguna relación personal entre Gregory Hesse y Myra Gelb, salvo las pocas llamadas telefónicas mientras trabajaban en el periódico del colegio. Tal vez a Myra se le ocurrió la idea del suicidio tras la muerte de Gregory. Sabía dónde encontrar una pistola igual que todos en B y W. Myra había tenido problemas antes y era posible que la muerte de un compañero le hubiera hecho perder la razón. Aun así, Decker no podía quitarse de la cabeza la idea de que, si se hubiera esforzado más, si hubiera cavado un poco más profundo, habría podido encontrar algo: la maldición del detective. Pero siempre quedaba el futuro. Ningún caso queda cerrado del todo.

Lo que realmente le preocupaba más que nada era la libertad de Dylan mientras esperaba el juicio. Le contó sus preocupaciones a Marge un caluroso día de agosto, tres meses y medio después de que disparasen a Gabe. El aire acondicionado de la comisaría era un desastre y ambos estaban sentados en su despacho abanicándose con hojas de papel, aunque Decker tenía un ventilador eléctrico de escritorio que movía el aire caliente.

—Dylan lleva meses en libertad —dijo Marge—. ¿Por qué sigues dándole vueltas?

—Porque sí.

—No puedes permitirlo, Pete. Si lo haces, él gana. —Marge se secó la cara con un pañuelo. Pese a llevar ropa de lino y algodón, estaba sudando. El calor y la humedad del valle de San Fernando en esa época del año eran agobiantes—. ¿Sigues preocupado por los chicos?

—Sinceramente creo que están bien. Sin embargo, me sentiré mejor cuando Lashay esté entre rejas —respondió Decker—. Gabe está bien. Chris cuidará de él. Ni siquiera me preocupa Yasmine, porque su familia se ha mudado a la ciudad.

—¿Se trata entonces de Wendy Hesse? Sé que de vez en cuando viene a la comisaría a traerte galletas. ¿Te sientes responsable de ella?

—Ella fue quien lo inició todo y sí, quiero que se haga justicia. Se quedaron callados.

—Pero es más que eso —añadió Marge.

—He visto a Lashay por ahí. Conduce ese Audi rojo R8. Está acusado de asesinato, de intento de asesinato y de secuestro, por no hablar de posesión de armas y de drogas, y ni siquiera se molesta en pasar desapercibido. ¿Qué les pasa a sus padres?

—Seguro que los ha engañado como ha engañado a todo el mundo.

—Una cosa es la negación y otra la estupidez —dijo Decker.

—Lo sé. Pero ¿por qué piensas en eso ahora? —preguntó Marge.

—Nurit Lake me llamó ayer. Sandford Book, el abogado de Dylan, quiere verla la semana que viene.

—Ah. Crees que van a llegar a un acuerdo para que Dylan admita su culpabilidad.

—¿Por qué si no iba Book a llamar a Nurit? —preguntó Decker—. Apuesto a que quiere cambiar el asesinato premeditado por el homicidio involuntario.

—Eso no va a ocurrir. No con Dylan riéndose de ese modo en el vídeo.

—Sí, pero en la cámara ni siquiera se le veía la cara. —Decker parecía atormentado—. Estoy preocupado.

—En el vídeo, Kyle llama «Dylan» a la persona que no aparece en cámara.

—Sí, pero, sin verlo, podría sacarse una conclusión diferente.

—¿Como cuál?

—Algo estúpido. Podrían decir que Dylan estaba en *shock* y por eso se reía. O que en realidad no era Dylan el de la cámara. O que Kyle estaba intentando implicar a Dylan para joderle por alguna razón… porque Dylan le rompió el corazón.

—Eso sería demasiado rebuscado.

—Eso es lo que hacen los abogados de la defensa. Dan la vuelta a la verdad.

—Nurit es una gran abogada —dijo Marge—. No le asusta arriesgarse.

—Eso es lo que me preocupa. Supón que se arriesga y perdemos.

—No con esos cargos.

—Espero que tengas razón. —Decker se encogió de hombros—. Olvidarme de ello, claro. No depende de mí.

—Exacto. Que los abogados luchen por ello. Incluso aunque declarasen el primer asesinato como homicidio imprudente, con los otros cargos por intento de asesinato, secuestro y posesión de armas robadas y drogas, yo diría que Dylan pasará mucho tiempo a la sombra.

—Yo suelo ser optimista —murmuró Decker—. Pero con esto tengo un mal presentimiento.

Marge se quedó callada unos segundos.

—Tus vacaciones son dentro de poco, ¿verdad?

—En dos semanas.

—Genial. ¿Dónde os vais?

—A la fantástica isla tropical de Manhattan. Vamos a Nueva York a ayudar a Hannah a instalarse en Barnard y a Gabe en Juilliard. Luego iremos a visitar a mis padres a Orlando.

—Florida es agradable —contestó Marge.

—En verano no —se quejó Decker—. Un día de estos, Rina y yo nos iremos de vacaciones de verdad. Y, cuando lo hagamos, es posible que no regrese nunca.

Cuando Decker descubrió que le llamaba el detective Romulus Poe de la policía de Nuevo México, pensó que al menos recibiría una buena noticia.

Se equivocó.

—No hay señal de Garth Hammerling —le informó Poe—, pero tenemos a una chica muerta.

A Decker se le revolvió el estómago mientras Poe le describía la escena de aquel asesinato psicosexual.

—¿Están seguros de que es Hammerling?

—No, no estamos seguros. Pero la chica tiene ADN y ustedes tienen ADN. Y pensaba que si nuestro ADN concuerda con su ADN, sabré a quién estoy buscando.

—Le enviaré el perfil que tenemos.

Poe se quedó callado durante unos segundos.

—Estoy muy cabreado con esto —dijo entonces—. Siento que me dieron a este tipo en bandeja de plata y yo la he jodido.

—No la ha jodido, pero sé cómo se siente.

—Estaba en mi radar. No sé cómo se me pudo escapar.

—No se martirice —le dijo Decker—. Se escapó de California, se escapó de Nevada. Si las pruebas de ADN concuerdan, tendrá orden de busca y captura en otro estado más. —Hizo una pausa—. Parece que se dirige hacia el este. Si sigue así, su próxima parada será Texas.

—Ojalá Hammerling sea detenido allí —dijo Poe—. Allí tienen la pena capital y no les da miedo usarla.

La fiscal del distrito Nurit Luke se presentó en la comisaría sin avisar con una cazadora de algodón rosa chillón y unos pantalones de lino negros. Llevaba el pelo bien arreglado, pero su maquillaje necesitaba algún retoque. No parecía muy contenta. Cuando Decker se le acercó por detrás y le dio una palmadita en el hombro, ella dio un respingo.

—Perdón —dijo él—. ¿Me estaba buscando?

—No es necesario que se disculpe. Estoy desconcertada. Y sí, le buscaba a usted.

—La reunión no ha ido bien —supuso Decker.

—¿Podemos hablar en algún lugar privado?

—¿Tan grave es?

Ella le dirigió una sonrisa forzada. La acompañó hasta su despacho y cerró la puerta.

—¿Qué sucede?

—Dylan no ha aparecido.

Decker se inclinó hacia delante en su silla.

—¿Se suponía que iba a estar allí?

—Sí, debía estar allí —dijo Nurit—. Book quería llegar a un acuerdo para que le redujeran la condena. Book estaba allí, su secretaria estaba allí y los padres de Dylan estaban allí. Después de media hora de espera, le han llamado por teléfono. No responde y nadie parece saber dónde se ha metido.

—¿Y su coche?

—Sigue en el garaje. —Nurit retorcía nerviosa las correas de su bolso.

—De acuerdo —dijo Decker—. ¿Cuándo fue la última vez que alguien lo vio?

—Su madre dice que lo vio pocas horas antes de la reunión.

—Enviaré una orden de busca y captura. Haré que mis agentes llamen a las aerolíneas, las líneas de autobuses y a los servicios de taxi y de alquiler de coches. No habrá podido llegar muy lejos si se ha marchado pocas horas antes de la reunión.

Nurit siguió retorciendo las correas de su bolso.

—No cree a la madre, ¿verdad?

—No.

—¿Aunque la familia se arriesga a perder cinco millones?

—No la creo en absoluto.

—Así que piensa que Dylan se fue hace tiempo.

—Sí. Creo que se marchó en cuanto Book quiso pactar; señal de que Dylan tendría problemas con el jurado del juicio. Que su coche esté en el garaje significa que no fue una huida impulsiva, sino algo planeado.

—Así que Dylan podría estar en cualquier parte.

—Sí.

—Dios mío… —Primero Hammerling y ahora Lashay. Suficiente para que alguien se tomase la justicia por su mano—. De acuerdo. Abriremos una investigación. Lo primero que hay que hacer es intentar desandar sus pasos.

—Dios, qué enfadada estoy.

—Yo también. Me voy de vacaciones este viernes. Marge se encargará de esto. De todas formas lleva al frente desde el principio.

—De hecho la he llamado a ella antes de venir aquí. No contesta.

—Es verdad. Está en el juzgado. Saldrá en un par de horas. —Descolgó el teléfono—. Si me disculpa, tengo que hacer un par de llamadas.

—¿Va a llamar a los familiares?

—Sí, eso voy a hacer. Tengo que decírselo.

—Dios, no le envidio en absoluto.

Decker la miró con pesar y marcó el código de Nevada. Eligió a Donatti primero porque se sabía su número de memoria.

La visita a la consulta de Olivia Garden fue sin avisar y, como la doctora no esperaba la visita de la policía, los detectives tuvieron que esperar hasta que tuviera un hueco entre pacientes. Diez minutos más tarde, la secretaria de la doctora los condujo hasta su despacho. Y otros diez minutos más tarde, la doctora entró con su bata blanca y cerró la puerta. Se sentó detrás de su mesa y se frotó la cara con las manos. Tenía una actitud profesional.

—¿Qué puedo hacer por ustedes?

—Se trata de su nieto, Dylan Lashay —le explicó Marge.

—Como si no lo supiera. —Su mirada se volvió muy triste—. Estoy asqueada por todo esto. ¡Asqueada!

—Doctora Garden, entiendo el amor entre un nieto y su abuela —dijo Oliver—. Es una relación muy profunda basada en la devoción. Yo tengo nietos y creo que es la única razón para tener hijos. Pero debo decirle una cosa. Si está escondiendo a Dylan, está escondiendo a un fugitivo. Está infringiendo la ley. Usted tiene su vida hecha. No lo ponga en peligro por un hombre acusado de asesinato, de intento de asesinato y de secuestro.

—¡Dios santo! —exclamó la doctora—. Ojalá pudiera ayudarles, detective. Pero hace años que no veo a Dylan. Cuando su padrastro lo adoptó, Dylan nos echó de su vida por insistencia de su madre.

—¿Qué opinaba su hijo al respecto?

—Es complicado —respondió la mujer.

—Cuando vinimos a visitarla la primera vez, ¿sospechaba que Dylan había robado la pistola? —preguntó Marge.

—No. ¡No sospechaba nada! —Olivia se mostraba firme—. Cuando todo salió a la luz, até cabos. ¡Me puso enferma!

—¿Dylan tenía acceso a su pistola?

—Supongo que debía de tenerlo. —Suspiró con fuerza—. Mi hijo en realidad no es el padre de Dylan. Yo me enteré de eso después. Cuando se divorció de Cresta, la madre de Dylan, Maurice pensó que a Dylan le vendría bien pasar tiempo en la consulta. Pensaba que estar cerca de mí sería un paliativo para los nervios de Dylan. Siempre estuvimos unidos y, cuando anunciaron el divorcio, Dylan parecía muy vulnerable.

—¿Cree que estaba fingiendo?

—No, no creo que estuviera fingiendo en absoluto. Dylan era un chico tranquilo, con su madre siempre gritando por una cosa o por otra, así que ¿quién iba a decir nada?

—¿Qué quiere decir con que su hijo no era el padre de Dylan?

—Cresta tenía problemas de infidelidad.

—¿Quién es el padre biológico? —preguntó Oliver.

—Según la ley, es Maurice porque estaba casado con Cresta cuando se quedó embarazada. Según la prueba de paternidad, era el cirujano plástico de Cresta.

—¿Cómo lo descubrió su hijo? —preguntó Oliver.

—Maurice empezó a sospechar cuando descubrió las numerosas aventuras de Cresta. La cosa llegó a su máximo apogeo cuando Cresta se quedó embarazada del hijo de Roy, que ahora tiene seis años. El trato era que Roy adoptaría a Dylan y Maurice no diría que no era el padre biológico de Dylan. Roy también se ofreció a encargarse de la manutención del niño. Al principio Maurice se negó. Dylan era su hijo, aunque no hubiera un vínculo biológico.

Pero Cresta hizo que continuar con la relación fuese muy difícil. Pasado un año, Dylan ya no mostraba interés en Maurice, sobre todo después de que mi hijo volviera a casarse. Fue una de esas situaciones que simplemente evolucionan. Cuando Roy volvió a ofrecerse a adoptar al niño, algo que tanto Dylan como la nueva esposa de Maurice deseaban, Maurice aceptó.

—¿Cómo se sintió usted al respecto? —preguntó Marge.

—Destrozada. Era mi primer nieto. —Se secó una lágrima del ojo—. Mi pequeño era cariñoso, divertido y muy listo. Pensé que estudiaría medicina. Si hubo señales de advertencia, yo no las vi. No era cruel con los animales, no encendía fuegos…, sí que mojó la cama hasta los seis años, pero eso no es raro en los niños. A mí me parecía un niño maravilloso y brillante.

—Sigue siendo brillante —dijo Marge. «Probablemente le iría genial en prisión», pensó. «Si alguna vez lo encuentran».

—¿Tiene idea de dónde podría estar escondido?

A la doctora se le humedecieron de nuevo los ojos.

—La verdad es que no sé dónde está. Como ya les he dicho, hace años que no hablo con él. Pero la otra verdad es que, aunque supiera dónde está, no sé si se lo diría.

Marge miró a la doctora y decidió que la creía, que verdaderamente no sabía dónde estaba Dylan. Lo que Marge sentía iba más allá de la pena. Olivia Garden estaba sufriendo algo que ella no podía ni imaginar.

—Gracias por hablar con nosotros. —Oliver le entregó su tarjeta—. Si la llama…, ya sabe lo que tiene que hacer.

—Lo sé.

Pero ni Marge ni Oliver esperaban volver a saber nada de ella. Marge podría haber añadido algo en plan policía; que era su deber comunicárselo si descubría alguna información. Al fin y al cabo, Dylan había provocado la muerte de un joven con una pistola que él había robado de su escritorio. Pero ¿de qué habría servido la reiteración?

De modo que Marge no dijo nada.

Una cosa era echar sal sobre la herida. Otra cosa era ser cruel.

CAPÍTULO 39

Gabe había aparcado a dos manzanas de distancia del colegio para chicas de aquel vecindario de pequeñas casas rancheras y jardines bien cuidados. Aunque eran las ocho de la mañana, había gente por la calle: algunas mujeres mayores con gorro que arrastraban carritos de la compra, madres jóvenes de nariz rosa que empujaban carritos de bebé, adolescentes negros lanzando a canasta en una parcela de asfalto que en otro tiempo debió de ser un parque. Había llevado consigo una pila de libros y su iPod para entretenerse mientras esperaba.

Todo aquel asunto podría quedarse en nada, porque no había vuelto a tener noticias de Ariella. Ella era la supuesta mensajera entre Yasmine y él, la razón por la que estaba atrapado en su coche durante Dios sabe cuánto tiempo en un frío y nublado día de enero.

No había sabido nada de Yasmine en los últimos ocho meses. Que él supiera, podía haber desaparecido de la faz de la tierra. No había número de teléfono, ni dirección de correo electrónico a la que enviar mensajes, y su Facebook había sido dado de baja. De manera que Gabe había empleado el método tradicional para ponerse en contacto con ella. Le escribió cartas, todas ellas sin respuesta. Ariella era su último recurso para intentar ponerse en contacto con ella.

Ya no la veo, Gabe, le había dicho ella. *Sus padres se mudaron y vive en la ciudad. Va a otra escuela y hemos perdido el contacto.*

Por favor, por favor, inténtalo por mí, le había rogado él. *Solo dile que estaré frente a su escuela todo el día.* Le dio la dirección del sitio donde estaría aparcado y la descripción y la matrícula de su coche; su segunda posesión más preciada después de su Steinway.

No sé si podré localizarla, había dicho Ariella.

Inténtalo. Dile que estaré allí. Si viene, viene. Si no…, bueno, entonces lo sabré.

Se pasó la mañana entera. A media tarde empezó a deprimirse. A las cuatro estuvo a punto de decidirse a salir del coche e ir a buscarla. Pero eso echaría por tierra su propósito.

Si viene, viene. Si no…, bueno, entonces lo sabré.

A las cinco de la tarde le dolía el estómago. No había comido nada, salvo una manzana, en todo el día. En realidad no era para tanto. El ayuno no era algo nuevo para él. Había perdido diez kilos en los últimos ocho meses.

¿Cómo está?, le había preguntado a Ariella.

Ya te he dicho que perdimos el contacto. Una pausa a través del teléfono. *No muy bien.*

«Ya somos dos», pensó él.

Ya casi había oscurecido. Sentía que un pozo sin fondo de tristeza se abría en su pecho. Esperaría media hora más. Para entonces…, bueno, entonces ya lo sabría con seguridad.

Se recostó en el asiento de su Beemer, escuchando a Brahms con el iPod, y cerró los ojos. Parecía que hubieran pasado solo unos minutos, pero debió de quedarse dormido porque los golpecitos le despertaron. La vio a través de la ventanilla y el corazón se le disparó. Abrió la puerta, ella se sentó en el asiento del copiloto y cerró la puerta.

—Solo tengo diez minutos. —No lo miró cuando habló, tenía la mirada fija en su regazo. Llevaba el pelo recogido con una coleta y dejaba al descubierto el submaxilar marcado. Estaba extremadamente delgada pese a llevar una sudadera ancha y la larga falda de cuadros del uniforme.

—Gracias por venir. —No hubo respuesta—. ¿Cómo estás?

Ella se encogió de hombros.

—¿Qué tal las clases?

—Bien. —Volvió a encogerse de hombros—. No están mal. No hay chicos.

—¿No te gustan los chicos?

—Odio a los chicos.

Gabe se frotó los ojos por debajo de las gafas y se colocó el pelo detrás de las orejas. Se lo había dejado largo hasta rozarle los hombros. Se había convertido en su seña de identidad en clase.

—Espero que no odies a todos los chicos. Espero que no odies a este chico. Porque este chico sigue queriéndote mucho.

No hubo respuesta. Ni siquiera una lágrima.

Gabe suspiró.

—Yasmine, mírame y dime que se acabó. Dímelo. Dime, «Gabe, se acabó». Si se acabó, se acabó. Me quedaré destrozado, pero al menos podré intentar seguir hacia delante. —Hizo una pausa—. Cualquier cosa es mejor que estar en el limbo.

Ella lo miró a la cara.

—Pareces un fantasma.

Él apretó los puños y después se cruzó de brazos.

—Muchas gracias, Yasmine, yo también me alegro de verte.

Silencio.

—No sé por qué he dicho eso —susurró ella entonces—. Lo siento.

Él no respondió.

Yasmine tragó saliva antes de hablar.

—Me alegro de verte.

—Sí que parezco un fantasma.

—No, no es verdad.

—Sí lo es. Mi apodo en clase es Espectro. Mido uno ochenta y cinco y pesó cincuenta y ocho kilos. Llamarme saco de huesos sería un cumplido.

—Estás genial.

—Estoy horrible. Es lo que ocurre cuando te pasas seis horas al día encerrado en una sala de ensayo después de un día entero de clases. En vez del sol de California, en Nueva York tenemos lluvia y nieve. Así que acabas blancuzco, con granos en la frente y ojeras. Y eso en los mejores días.

—Gabe, por favor. Lo siento.

—No es necesario que te disculpes. Es verdad. Deberías verme en clase, levitando por el pasillo con el pelo grasiento, la mirada intensa… como un fantasma drogado. Creo que mis compañeros esperan que empiece a ver visiones a final de año.

—Por favor, para. —A Yasmine se le humedecieron los ojos—. Lo siento de verdad.

—Creo que me ven como a un Glenn Gould moderno. No soy ni la mitad de bueno que Glenn Gould, claro. Pero mis compañeros de piano creen que soy bueno; un poco raro, pero tengo talento para compensarlo. Y de hecho no está mal. Que en Juilliard consideren que tienes talento es mucho más difícil de lo que pensaba que sería.

Ella lo miró y después volvió a mirarse el regazo.

—Estoy segura de que eres el mejor.

—Es como si… —Gabe descruzó los brazos y volvió a cruzarlos—. Toda tu vida te han dicho que eres un genio, que eres el mejor. Y luego, cuando cumples cinco años y empiezas a competir, te das cuenta de que de verdad eres el mejor. Y luego cumples diez y sigues siendo el mejor, pero hay otros que no van muy por detrás de ti. Y, para cuando cumples dieciséis, los demás competidores mediocres han quedado atrás, los que eran buenos, pero no lo suficiente, los que eran suficientemente buenos, pero tocaban solo porque sus padres insistían. A esto no se te puede obligar. Tienes que desearlo.

Ella asintió sin dejar de mirarse el regazo.

—Y entonces llegas a Juilliard —le dijo Gabe—. Y de pronto te das cuenta de que tus compañeros también lo desean. Así que tienes que desearlo más. Y de ahí las prácticas de seis horas al día… Lo cual no está mal, en serio, porque quiero asegurarme de quedar agotado. De ese modo, cuando caigo en la cama por la noche, me quedo dormido al instante y no tengo tiempo para pensar.

Yasmine se negaba a mirarlo.

—No es demasiado bueno pensar, ¿sabes?

Ella no dijo nada. Miró el reloj, su Movado de oro, y Gabe se dio cuenta.

—Si tienes que irte, Yasmine, entonces vete. No quiero que te metas en un lío. Y desde luego no quiero que estés aquí si no deseas estar aquí.

Pero no se fue. En su lugar, habló. Su voz sonó monótona.

—Cuando te fuiste a Nevada, mi madre y yo hablamos mucho. Me dijo que eras un chico admirable, que eras guapo, listo y con talento. Probablemente llegarías muy muy lejos. Y que entendía que me hubiera enamorado de ti. Y también dijo que entendía que yo te gustara. Porque cuando yo llegué, tú estabas muy solo. Y era mona y simpática y sentía pasión por la música, como tú. Así que entendía lo que había ocurrido.

Por fin una lágrima brotó de su ojo.

—Pero entonces me dijo que ahora estás en la universidad. Y que no estás tan solo. Y que estás conociendo a otros chicos que son como tú..., a los que les gusta la música como a ti. Y, como eres tan guapo y tan listo y tienes tanto talento, gustarás a muchas chicas. Y ellas te gustarán a ti. Y no es culpa tuya. Eres un adolescente. Y eso es lo que hacen los adolescentes. Les gustan las chicas.

Se secó los ojos.

—También me dijo que los adolescentes son demasiado jóvenes para amar a las chicas. Que creen que las aman, pero que lo que en realidad les gusta es el sexo con las chicas. Y no es culpa tuya si tienes sexo con chicas. Porque eso es lo que hacen los adolescentes. Tienen sexo con chicas. Y, cuando yo le dije que no, que tú me amabas de verdad, ella me dijo que, si me amaras, te habrías puesto en contacto conmigo. Y me dijo que me olvidara de ti, que debería deshacerme de cualquier cosa que me recordara a ti. Y, para ayudarme, me quitó el teléfono. Así que ya no tenía nuestros mensajes ni todas las fotos que te hice con mi móvil. Y también me quitó el ordenador y borró todos mis correos, para que no tuviera los correos que nos enviábamos. Y luego canceló mi cuenta de Facebook para que ni siquiera pudiera conectarme y ver tus fotos o tus actualizaciones. No debía quedar nada personal entre nosotros. Ella quería que todo lo que me recordara a ti desapareciera…, que fuese destruido.

Volvió a llorar.

—Pero seguía teniendo mi reloj; mi precioso reloj de plata con la cara azul que tanto me gustaba. Así que todas las noches lo agarraba y lloraba hasta quedarme dormida, pensando en lo mucho que te quería. Pero un día que yo no estaba, ella entró en mi habitación y se lo llevó. Así que ahora no tengo nada.

Sus llantos se volvieron audibles.

—Así que ahora, cuando lloro hasta quedarme dormida, no solo mi corazón está vacío, sino también mis manos. No me queda nada a lo que aferrarme. Y lo único en lo que pienso antes de dormirme es en ti… teniendo sexo… con otras chicas.

Yasmine se tapó la cara con las manos y sollozó.

Gabe estiró el brazo y le apartó los dedos de la cara.

—Mírame.

Ella no quería.

—Yasmine, no estoy acostándome con otras chicas… ni con otros chicos, ya que estamos. —Su broma le pareció fuera de lugar—. Por las mañanas me cuesta levantarme de la cama.

—¡Estás mintiendo! —gritó ella.

—¡No estoy mintiendo! —Intentó hacer que le mirase, pero ella se negaba—. Nunca te he mentido, jamás. ¡Retíralo! —Nada—. Hablo en serio. Retíralo.

Ella siguió sollozando.

—No soy un imberbe —le dijo Gabe—. El asunto fue muy traumático. Sigo teniendo terribles pesadillas. Y, por lo que acabas de decirme, parece que a ti te pasa lo mismo.

Yasmine seguía llorando.

—Es… ¡horrible! —Se frotó los ojos—. Lo retiro…, lo de mentir.

Gabe sonrió y negó con la cabeza.

—¿Estás viendo a alguien que te pueda ayudar?

—Lo intenté durante un tiempo. —Se secó los ojos y se sonó la nariz con la sudadera—. Pero lo dejé. No me gustaba.

—Dios, yo no podría vivir sin mi terapeuta —respondió Gabe—. Tú eres más fuerte que yo.

—A mí no me dispararon.

—A mí no me secuestraron.

Silencio.

—Yasmine, no quiero que estés enfadada con tu madre, ¿de acuerdo? Solo te digo esto para que sepas la verdad. Te escribí al menos seis cartas. De hecho, te escribí como cincuenta, pero las rompí casi todas. Tu madre debió de sacarlas del correo antes de que las vieras.

Ella seguía sin mirarlo, pero de pronto se puso furiosa.

—No te enfades con ella —insistió Gabe—. Solo está siendo una madre. Sé que no puedes preguntárselo, porque entonces tendrás que explicarle que has estado conmigo. Pero te juro que es la verdad. La última vez que te vi fue después de la operación y estaba medio drogado. Ni siquiera recuerdo de lo que hablamos, solo que dije algunas cosas lascivas que hicieron que te sonrojaras.

Ella no dijo nada, pero al menos ya no lloraba.

—Estaba hecho polvo. —Se encogió de hombros—. Siento haberte avergonzado.

—Creo que aquel fue el peor día de mi vida. —Yasmine lo miró; era un comienzo—. ¿Alguna vez tienes miedo?

—¿Te refieres a los nervios? Siempre.

—No. Me refiero a miedo… Que si tienes miedo. Miedo de que él vuelva.

—¿Te refieres a Dylan?

Ella se estremeció solo con oír su nombre.

—Sí. ¿No te da miedo?

—No, no me da miedo. Me cabrea, pero no me da miedo. —Hizo una pausa para intentar organizar sus pensamientos—.

Viví con mi padre durante cuatro meses antes de mudarme a Nueva York. De hecho fueron tres meses, porque en julio estuve de gira. El caso es que mi padre es un auténtico lunático. Me mantuve apartado de su camino y todo fue bien. —Se mordió el labio—. Mi padre hizo tres cosas importantes por mí mientras viví con él. Me compró un piano, me compró un coche cuando me saqué el carné y me dijo que me protegería. Me preocupo por muchas cosas, pero Dylan Lashay no es una de ellas. Mi padre está atento, Yasmine. Te garantizo que sabe exactamente dónde está Lashay en cada momento.

—¿Te lo ha dicho él?

—No hace falta. Conozco a mi padre. No te preocupes por Dylan Lashay. Te prometo que no volverá a molestarnos.

—Entonces, si no te preocupas por Dylan, ¿de qué van tus pesadillas?

—Mi pesadilla no va de que me hagan daño, sino de no encontrarte hasta que sea demasiado tarde. —La miró, pero ella miraba hacia otra parte—. ¿De qué tratan tus pesadillas?

—De que no me encuentras hasta que es demasiado tarde.

—Parece que por las noches ocupamos la misma mente —le dijo él.

Ella sonrió ligeramente, pero siguió sin levantar la mirada.

—A veces es tan vívido —continuó Gabe— que me despierto con sudores fríos. El alivio que siento al darme cuenta de que es un sueño resulta abrumador. Dios, estoy hecho un desastre.

Al fin Yasmine reunió el valor necesario para mirarlo.

—Bueno —dijo en voz baja—, eres el desastre más guapo que jamás he visto.

—Gracias por decir eso. —Gabe sintió que se le cerraba la garganta—. ¿Sabes, Yasmine? No siempre serás así de joven. —Tragó saliva—. Si me prometes que, cuando cumplas dieciocho, vendrás a buscarme a Nueva York y podremos estar juntos y darnos una oportunidad, entonces juro que te esperaré. ¿Y sabes una cosa? Ni siquiera será difícil. Igual que Jacob trabajó por Raquel, los años parecerán días porque la recompensa al final es perfecta.

Le acarició la mejilla a Yasmine.

—Prométeme que vendrás. No quiero seguir así. Ambos estamos en una mala situación ahora mismo. Hagámoslo juntos.

Yasmine tardó un rato en hablar.

—Te lo prometo, Gabriel —dijo al fin—. Cuando cumpla dieciocho años, iré a Nueva York para estar contigo.

—¿Lo juras?

—Lo juro. —Le pasó los dedos por el pelo—. ¿Y me esperarás?

—Te juro que te esperaré. —Gabe le agarró la mano y se la cubrió de besos—. Sigo amándote locamente. Cuanto más alejado estoy de ti, más me doy cuenta.

—Yo también te quiero —respondió ella con una sonrisa amarga.

Gabe respiró aliviado.

—De todas formas está bien ir a clase en Nueva York. Hay montones de universidades.

—Mis padres nunca pagarán para que vaya a la universidad en Nueva York.

—Tú consigue la beca que puedas y yo pagaré el resto. Tengo dinero.

—No aceptaré tu dinero.

—¿Por qué no nos preocupamos por eso dentro de tres años?

Yasmine lo pensó por un momento.

—Quizá pagarían para que fuera a Barnard. Es una escuela de chicas.

—Barnard sería genial. —Gabe la miró—. ¿Sabías que tienen un programa de música con Juilliard y la Escuela de Música de Manhattan? Podrías estudiar canto. —Hizo una pausa—. ¿Aún cantas?

Ella negó con la cabeza.

—Eso sí que es un delito. Tienes que venir, Yasmine. Hannah va a Barnard. Le encanta.

—¿Ves a Hannah?

—Sí, la veo más o menos una vez al mes. Intenta darme de comer. Si vas allí, ella te enseñará cómo va todo.

Yasmine asintió y después suspiró con pesar.

—Mis padres me repudiarán.

—No lo harán.

—Sí que lo harán.

Gabe volvió a besarle la mano.

—Yasmine, cuando llegue el momento, ten un poco de fe. —Ella lo miró a la cara—. Dame la oportunidad de ganármelos. Puedo convertirme. Sé algo de hebreo, pero puedo llegar a hablarlo con fluidez. Puedo aprender persa. Puedo comer kebab y arroz persa con tomate asado. Puedo llegar tarde y celebrar fiestas ridículas en las que no se empieza a comer hasta las once de la noche.

Yasmine se rio a pesar de las lágrimas.

—Yo nunca te pediría que te convirtieras.

—¿Por qué no? —preguntó Gabe—. Deberías pedírmelo, porque es importante para ti. La gente no para de reinventarse. O sea, no puedo cambiar mi color de piel y no renunciaría a la música por nadie, pero todo lo demás en mi vida es negociable.

—¿Te convertirías por mí? —preguntó ella con voz tímida.

—Desde luego que me convertiría por ti. Mi programa está lleno de asiáticos, rusos y judíos. No me vendría mal unirme al grupo. —La miraba directamente a la cara—. Más que eso, me encantaría formar parte de un Dios y de una cultura que han tenido como fruto a una chica tan maravillosa como tú.

Ella se puso a llorar de nuevo sin poder controlarlo, con profundos sollozos que salían de su pecho. Gabe echó su asiento hacia atrás y abrió la puerta del conductor.

—Ven aquí, cabra loca.

Yasmine salió del coche, cerró la puerta del copiloto, rodeó el vehículo y cayó en su regazo para llorar sobre su hombro huesudo. Gabe cerró la puerta y la rodeó con los brazos. Por primera vez en casi un año, pudo respirar sin sentir un dolor físico y psicológico.

—Te quiero, Yasmine.

—Yo te quiero muuuuucho —respondió ella con suavidad.

Él rozó sus labios con los suyos y ella le devolvió el beso con otro húmedo. Su reacción fue inmediata. «Aleluya», pensó. «Sí, sigo vivo».

Ella se rio al sentir su erección.

—Como puedes ver, nada ha cambiado —dijo él.

Yasmine volvió a reírse.

—Enhorabuena por tus magníficas críticas del verano. —Gabe se quedó desconcertado. Ella le dio un beso en la mejilla—. Buscaba tu nombre en Google en la biblioteca.

—Vale. —Él también la besó—. No eran unas críticas tan buenas…

—La mujer del periódico de Oklahoma dijo que eras un pianista excitante y vibrante.

—Esa fue la excepción. Uno dijo que prometía mucho, otro dijo que era prometedor, y otro que era adecuado. Vale, pero no estelar. Se tarda su tiempo. Lo más importante es que te interesaras por mí. Eso vale más que mil críticas geniales.

—Nunca dejé de desearte algo bueno, Gabriel —dijo Yasmine—. Nunca, jamás.

—Dios, cómo te echaba de menos. Y siento mucho que tu madre te quitara el reloj. Parece que tendré que empezar otra vez desde el principio. —Apretó el botón de la guantera y sacó una caja envuelta—. Feliz cumpleaños atrasado. Te envié una tarjeta, pero es evidente que no la recibiste.

Ella lo miró con una amplia sonrisa y abrió el regalo. Dentro había una pulsera de oro blanco con diamantes. Se la llevó al corazón.

—¡Me encanta!

—¿De verdad?

—Sí, es el regalo más perfecto del mundo. ¡Es preciosa! —Apoyó la cabeza en su pecho—. Pero, en serio, me contentaría igual con la caja. Cualquier cosa tuya a la que pueda aferrarme por las noches.

—De acuerdo. Entonces devuelvo la pulsera y te quedas con la caja —bromeó él.

En ese momento vibró el móvil de Yasmine.

—Es mi coche compartido…

—¿Tienes teléfono?

—Mi madre me regaló uno por Janucá, pero sigue sin confiar en mí. Revisa a diario mis mensajes y llamadas. Sabe cuál es tu número, así que no puedes llamarme.

—Bueno, dame tu número de todos modos. —Ella se lo entregó—. Aunque no pueda llamarte, es agradable volver a tenerte en mi lista de contactos. Y siempre puedo cambiar de número de teléfono. Incluso puedo conseguir un código de área 310, así fingiremos que soy una de tus amigas de la escuela.

Yasmine no dijo que sí, pero tampoco dijo que no.

—Será mejor que me vaya antes de que envíen a la patrulla de búsqueda.

—Ha oscurecido.

—Entonces acompáñame hasta la esquina —le dijo ella.

Ambos salieron del coche agarrados del brazo.

—Oye, no has dicho nada de mi elegante coche.

—Un Cabriolet VW gris plateado con interior de cuero negro, cuadro de mandos de grafito de carbono. Muy chulo. Lo apruebo.

—No se te escapa una —respondió Gabe con una sonrisa.

—Siempre y cuando no te me escapes tú. —Lo abrazó con fuerza—. Y tú no has dicho nada de lo que tengo yo.

—¿Qué tienes tú? —preguntó él perplejo.

Yasmine le llevó la mano al pecho, por encima de su sudadera.

—¡Tengo tetas!

Gabe se rio con tanta fuerza que le temblaron las rodillas.

—Tendremos que explorarlas con detenimiento algún día. —Caminaron una manzana hasta que llegaron delante de su escuela. Cuando el semáforo se puso en verde, ella se quedó parada. Gabe le dio un beso en la mejilla—. Vete. No espero saber de ti de manera regular. Pero, si puedes escribirme de vez en cuando, así podré aguantar mucho tiempo.

—Te prometo que lo haré. Te quiero, Gabriel. Tienes mi corazón.

—Yo también te quiero, Yasmine, para siempre jamás. —Volvió a besarla—. Vete.

Mientras cruzaba el paso de peatones, Yasmine gritó por encima del hombro:

—¡Vete a casa y cómete un filete!

Cuando llegó al otro lado, se despidió con la mano y se alejó dando saltos, riéndose y bailando hasta desaparecer.

Era su propio vals vienés.

CAPÍTULO 40

La carretera de asfalto no era más que una vía de dos carriles llena de baches y de arena que atravesaba el desierto. Las carreteras en las afueras eran una mierda, pensaba Dylan, casi todas estaban llenas de agujeros y piedrecitas que destrozaban los bajos de los coches y los neumáticos. Incluso en las grandes ciudades la infraestructura era mala. Aunque no pasaba mucho tiempo en las ciudades. Ya no era peligroso, pero Dylan había perdido el gusto por los atascos. El lugar donde vivía era bastante aislado, igual que la carretera que estaba recorriendo; casi vacía, salvo por algún coche que pasaba de vez en cuando.

Había tardado un tiempo, pero pensaba que le iba bien, estaba ajustándose en la medida de lo posible. El tiempo avanzaba muy despacio. Al principio estaba tan aburrido que creía que se moría. Pero después, con suficiente metanfetamina en las venas y suficientes putas que le chuparan la polla, bueno, se había acostumbrado.

Era primavera, lo que implicaba viento, polvo y un aumento de las temperaturas. Había dos estaciones allí abajo: la del calor y la del calor asfixiante. Aquel día hacía suficiente fresco para conducir con las ventanillas bajadas. El coche tenía aire acondicionado que funcionaba igual de bien que todo lo demás; es decir, que no funcionaba en absoluto. Al menos era mejor que la tartana que había tenido nada más llegar allí. Su vehículo actual aún hacía ruido y vibraba, pero avanzaba un poco más rápido. Y tenía radio.

Dylan planeaba quedarse allí todo el año, fumando, follando y pasando el rato. Después, su español ya sería fluido y se iría al sur, otra vez a las grandes ciudades: quizá Buenos Aires o incluso Río, aunque no hablaba mucho portugués. Pero ¿y qué? Con su nuevo alias y su nuevo pasaporte, sabía que no le costaría trabajo empezar de nuevo.

Pero tendría que volver a ponerse en forma: perder los veinticinco kilos extra que había engordado con tanto almidón. Al final iría a la universidad y haría lo que podría haber hecho en Estados Unidos si esos malditos idiotas no se hubieran salido con la suya.

Su nuevo coche, su plan de tomarse un año sabático para recorrer el mundo, su título de Yale; todo se había ido por el retrete por unos pocos idiotas. La próxima vez no confiaría en nadie. La próxima vez sería mucho más listo: dispararía primero y preguntaría después. Aun así, un interludio de drogas y putas no era tan terrible.

Al principio solo pensaba en la venganza, en volver a Estados Unidos y liquidarlos a todos. Las fantasías adquirieron un placer sexual por sí mismas. Cada vez que una ramera ponía los labios sobre su polla, pensaba en la pistola disparando y reventando caras. Para sentirlo de verdad, pensaba en la cara de Gregory Hesse estallando, porque eso había sido real. Después empezó a extrapolar. Primero era Cameron la que se volaba los sesos, luego Kyle y después el resto. Pensaba constantemente en violar a la chica persa y después dispararle en la cara.

Pero luego, pasado un rato, la fantasía se esfumó y descubrió que en realidad le daban todos igual…, salvo quizá Gabe. Por alguna extraña razón, el tío aún le caía bien.

El tío molaba.

El tío estaba bueno.

Bueno. Era el momento de olvidar el pasado y pensar en el futuro.

El momento de no pensar en nada, porque siempre quedaba el mañana.

Dio un respingo al oír la explosión y sacó su pistola. En esas carreteras siempre había bandidos y traficantes de drogas. Había que tener cuidado. Pero entonces el coche empezó a vibrar y supo lo que había ocurrido.

¡Joder!

Se detuvo en el arcén, salió y empezó a maldecir de inmediato. Se protegió los ojos del sol con la mano para contemplar la carretera. No había ningún coche a la vista.

Miró hacia arriba; un cielo sin nubes y un sol abrasador. Miró hacia el horizonte; arcilla roja, arena y nada más. Llevaba un neumático de repuesto en el maletero, pero su habilidad cambiando ruedas no era buena. En cualquier caso, o esperaba a que pasara alguien, o era autosuficiente.

Intentaría primero lo de ser autosuficiente. Si eso no funcionaba, esperaría. Siempre viajaba con comida, agua y una pistola. Eso allí era algo obligatorio.

Abrió el maletero, rebuscó y sacó el neumático junto con la caja de herramientas. Después se agachó para examinar el daño. El tapacubos del neumático delantero derecho casi tocaba el suelo. Entornó los párpados y contempló las herramientas; el gato, la palanca, las tuercas. Estaba estudiando la situación con tal intensidad que ni siquiera oyó la moto acercarse hasta que casi la tuvo encima.

Dylan levantó la mirada justo cuando el hombre sacaba la pata de cabra. Llevaba un casco completo con gafas, cazadora de cuero y guantes negros.

—¿Necesitas ayuda?

Su voz sonaba profunda.

—Sí, tío. Muchas gracias. —El hombre se agachó, contempló el neumático, pero no dijo nada.

—Creo que ha sido un pinchazo.

—Eso parece. No es para tanto. —El hombre apartó la mirada del neumático pinchado y se fijó en la espalda del chico, concretamente en un espacio de cinco centímetros de piel al descubierto

410

entre la cinturilla de los pantalones cortos y el dobladillo de la camiseta; un buen trozo de piel tostada en la región lumbar.

El lugar perfecto.

La operación duró unos treinta segundos.

El hombre le clavó a Dylan un cuchillo en la espalda, justo entre las vértebras del muchacho, le seccionó los tendones y llegó hasta el hueso. Varios movimientos de un lado a otro y, en cuestión de segundos, le seccionó la médula espinal. Cortar nervios, sobre todo la médula, no resultaba fácil: la raíz era gruesa, fuerte y fibrosa. Hacía falta fuerza para partirla por la mitad. El chico tuvo suerte de que el hombre fuese fuerte y hábil para seccionarla rápida y limpiamente. Sucedió antes de que Dylan pudiera darse cuenta de lo ocurrido. Con los ojos muy abiertos y la boca abierta, cayó al suelo y emitió una especie de gemido gutural.

Si los paramédicos no tardaban en llegar, el chico tendría una oportunidad de vivir. Pero sus piernas serían apéndices inútiles, recordatorio de lo que había perdido.

Pero lo más importante era que su polla quedaría inservible.

La lesión se encontraba lo suficientemente arriba como para que Dylan perdiese la sensibilidad y la función motora de la mitad inferior de su cuerpo. Y eso era justo lo que Donatti quería.

Sin decir nada, le quitó la cartera y la vació de billetes. En aquella parte del país, el robo siempre era el motivo principal de un delito.

Dejó al chico tendido en el suelo, se montó en la moto y se marchó hacia su destino, no lejos de allí. Recorridos algunos kilómetros en dirección sur, cambió abruptamente de dirección hasta llegar a pleno desierto. Habría podido encontrar el lugar sin ayuda, pero con el GPS fue mucho más sencillo.

El Cessna de dos motores estaba esperándole.

Se bajó de la moto y se apresuró a quitarle las ruedas y el manillar. Después se quitó la cazadora, los guantes y el casco. Lo guardó todo en el compartimento de equipajes de la avioneta.

Quince minutos más tarde estaba volando.

La avioneta volaba bajo, pero evitaba fácilmente los radares mientras seguía una ruta cuidadosamente planeada. Había realizado dos recorridos de prueba y se sentía seguro. Cuando aterrizó en la pista privada tres horas más tarde, por fin respiró tranquilo. El aterrizaje no fue fácil —era una franja de césped entre los peñascos de la sierra— y fue la parte más difícil de todo el procedimiento. Había comprado cien hectáreas de bosque cinco años atrás, especialmente porque incluían aquella extensión llana para dejar su avioneta sin registrar. Para los negocios, Donatti volaba en primera clase con aerolíneas comerciales o en un *jet* en multipropiedad. La avioneta era solo para su disfrute personal, o para sus asuntos secretos.

Y, desde luego, aquel era un asunto secreto.

Sacó la moto del compartimento, volvió a montarla y comprobó la hora que era.

Faltaban dos horas para la reunión.

No había prisa.

Se puso la cazadora, el casco y los guantes. Se montó en la moto y condujo hasta llegar a la autopista principal. Talia, su fiel secretaria y amante, se reunió con él en el lugar acordado media hora más tarde. Le entregó las llaves de su Aston Martin.

—¿Estás segura de que puedes conducir la moto? —preguntó Donatti.

—No hay problema, Chris.

—Eres un encanto. —Le dio una bolsa de tela—. Mete dentro el cuchillo, lávalo y empápalo en ácido. Después examínalo con luminol. Que no brille nada. Asegúrate de aclarar bien el desagüe durante diez minutos. Y hazlo varias veces. Luego tritura lo que quede de metal y esparce los restos por el bosque nacional. —Se quitó la cazadora, el casco y los guantes—. Destruye toda mi ropa y la bolsa. Totalmente. Empapa el casco con la solución que te di y échale luminol. Después, si no hay restos que brillen, guárdalo en mi armario.

Talia metió en la bolsa la ropa que le dio. Luego abrió el maletero del Aston Martin mientras Donatti se desnudaba. Ella sacó su traje, su camiseta negra, sus mocasines de gamuza y ropa interior limpia.

—¿Estás seguro de que quieres quedarte con el casco?

—Hemos vivido muchas cosas juntos. Si no brilla, quiero quedármelo. Pero, si brilla, líbrate de él.

—¿Qué hago con la moto? —preguntó Talia.

—Dásela a Mason. Él cuidará de ella. ¿Te encargaste de mi móvil?

—Quedó destrozado por el agua, así que nadie ha podido localizarte esta mañana. Te he comprado un iPhone nuevo y tienes un número nuevo. —Le entregó el teléfono—. Aquí tienes.

—Gracias. —Se había vestido y se guardó el dispositivo en el bolsillo de la chaqueta—. Repíteme dónde voy.

—¿Qué harías sin mí? —se quejó ella—. Al edificio Barker.

—Eso es. ¿Y de qué iba la reunión?

—Es una reunión con tu corredor de bolsa de Utrich, SL. —Le entregó un maletín y le dio un beso en la mejilla—. Toda la información relevante está ahí dentro.

—Buena chica.

—Por cierto, Chris, he hecho lo que me dijiste y he llamado para denunciar el accidente desde una fuente remota.

—¿Lo han llevado a tiempo al hospital?

—Estaba vivo cuando lo recogieron. Lo último que supe fue que estaba en estado crítico.

—Esperemos que se recupere pronto. —Donatti le dio un beso en la mejilla—. Con suerte, vivirá lo suficiente para darse cuenta del amasijo patético en que se ha convertido y se suicidará.

Donatti se puso al volante, bajó la capota y se alejó a toda velocidad hasta llegar a la autopista. Puso *heavy* metal en la radio y sintió los latidos tranquilos de su corazón. Incluso horas más tarde seguía notando la tierra en la boca. Daba igual lo mucho que se protegiera, la arena siempre se colaba dentro. Talia le había dejado una botella de agua en el asiento del copiloto. La alcanzó y se la bebió entera. Una vez hidratado, mientras recorría la autopista y con veintidós grados de temperatura..., sintió que la vida estaba bien.

Nadie se metía con su hijo sin que hubiera consecuencias.

Esa era la explicación mojigata.

La verdad era que llevaba mucho tiempo sin hacer ningún trabajito y quería saber si seguía teniendo maña. Todavía tenía que encargarse de un par de detalles —realizar los pagos, resetear el cuentakilómetros de su avioneta—, pero después de la reunión tendría tiempo para eso.

Fue tachando puntos de su lista mental. Lo había hecho ya casi todo.

Sonrió sin poder evitarlo.

Seguía siendo un profesional.